Katharina Gerwens
Der letzte Schrei

PIPER

Zu diesem Buch

Eine verschwundene Frau, ein toter Nymphensittich und jede Menge Gerüchte – in Viechtach ist seit einigen Tagen nichts mehr, wie es einmal war. Wurde Roswitha Hirschfeld, die seit einem Unfall an den Rollstuhl gefesselt war und sehr zurückgezogen lebte, entführt? Warum entließ sie kurz vor ihrem Verschwinden ihren Nymphensittich in die Freiheit? Und wer hat den Vogel getötet und dessen Körper im Haus der Hirschfelds platziert? Warum will niemand im Dorf die Verschwundene genauer gekannt haben? Kriminalhauptkommissarin Franziska Hausmann ermittelt undercover und muss schon bald feststellen, dass in Viechtach vieles nicht so ist, wie es scheint.

Katharina Gerwens wuchs in einem Dorf im Münsterland auf. Nach ihrer Ausbildung zur Journalistin arbeitete sie in verschiedenen Verlagen und ist heute als freie Autorin, Texterin und Lektorin tätig. Sie lebt mit Mann und Katze in Niederbayern. Gemeinsam mit Herbert Schröger verfasste sie eine Reihe von Niederbayern-Krimis, die im fiktiven Ort Kleinöd spielen. Allein veröffentlichte sie bereits mehrere Krimis, unter anderem die Reihe um Franziska Hausmann, die im Bayerischen Wald spielt.

Katharina Gerwens

Der letzte Schrei

Ein Krimi aus
dem Bayerischen Wald

PIPER

Mehr über unsere Autoren und Bücher:
www.piper.de

Von Katharina Gerwens liegen im Piper Verlag vor:
Kleinöd-Krimis:
Stille Post in Kleinöd (mit Herbert Schröger)
Die Gurkenflieger von Kleinöd (mit Herbert Schröger)
Anpfiff in Kleinöd (mit Herbert Schröger)
Rufmord in Kleinöd (mit Herbert Schröger)
Selig in Kleinöd (mit Herbert Schröger)

Westfalen-Krimis:
Schürzenjäger
Westfälische Affären

Bayerischer-Wald-Krimis:
Die letzte Brezn
Die letzte Ölung
Der letzte Tropfen
Der letzte Schrei

FSC
www.fsc.org
MIX
Papier aus verantwortungsvollen Quellen
FSC® C083411

Originalausgabe
ISBN 978-3-492-31120-5
August 2018

Umschlaggestaltung- und motiv: www.buerosued.de
Satz: Uhl + Massopust, Aalen
Gesetzt aus der Aldus
Druck und Bindung: CPI books GmbH, Leck
Printed in the EU

1. Kapitel

Zu zweit hatten sie die ganze Nacht Straßen und Rastplätze kontrolliert, aber nicht ein einziger Grenzgänger oder gar Drogenschmuggler war ihnen ins Netz gegangen.

Nun saßen Benedikt Simbacher und Max Deffner, ebenso müde wie ihre Hunde, in der Polizeiinspektion Viechtach und warteten auf ihre Kolleginnen und den nächsten Schichtwechsel.

Benedikt Simbacher überlegte, ob er noch eine Kanne Kaffee kochen sollte. Die Damen der Frühschicht würden sich bestimmt freuen. Eigentlich aber war er hundemüde und freute sich auf sein Bett. Wenn er jetzt noch einen Kaffee trank, würde er sich den halben Vormittag unruhig hin- und herwälzen. Und er schaffte es beim besten Willen nicht, einen zu kochen, ohne selbst davon zu trinken.

Nachtschichten konnte er nicht leiden, denn sie stellten sein Leben auf den Kopf. Ginge es nach ihm, so müsste gesetzlich festgelegt werden, dass die Nacht ausschließlich zum Schlafen da war. Das müsste dann allerdings für jeden gelten oder zumindest für alle Kriminellen, die besonders gern im Dunkeln ihr Unwesen trieben, wie beispielsweise Menschen- und Drogenschmuggler.

Benedikt strich seinem Hund über den Kopf. »Gell, Burschi, bist aa miad?«, murmelte er und gähnte herzhaft. »Mir san ja nimmer die Jüngsten, aber bald gehn mir in Pension. Vasprocha!«

In diesem Augenblick klingelte das Telefon. Hätte das nicht noch zehn Minuten warten können? Dann wären

Sandra Falk und Lydia Hobmaier da und könnten gleich übernehmen.

»Polizeiinspektion Viechtach«, meldete er sich. »Polizeihauptmeister Simbacher am Apparat.«

»Hier ist Gottfried Hirschfeld. Meine Frau ist weg.«

Benedikt gähnte. Am liebsten hätte er gesagt, so etwas kommt halt vor. Auch seine Frau war eines Tages weg gewesen. Ohne Vorankündigung und ohne warnende Vorzeichen. Auf dem Küchentisch hatte ein Zettel gelegen mit den drei Worten: »Ich bin ausgezogen.« Ganz kurz hatte er mit einem Anflug von Vorfreude gedacht, sie liege nackt im Bett und alles sei wieder so wie in den Flitterwochen.

Doch im Schlafzimmer musste er feststellen, dass die Schränke mehr oder weniger leer waren. Sie hatte alles, was ihr gehörte, mitgenommen. Damals hatte er noch nicht gewusst, wohin sie mit ihren Kleidern, Schuhen, Mänteln, ihrem Laptop und ihren Kochbüchern gezogen war. Mittlerweile wusste er es, und er wusste auch, wer der neue Mann an ihrer Seite war, aber das machte die Sache nicht einfacher.

»Seit wann ist Ihre Frau denn weg?«, erkundigte sich Benedikt und bemühte sich um eine hochdeutsche Aussprache. Insgeheim war er froh, dass er für seinen Teil die Kränkung des Verlassenwerdens so gut wie überwunden hatte. Es hatte lang genug gedauert. Dieser Hirschfeld tat ihm leid.

»Ich habe es gerade erst bemerkt«, erwiderte der Mann am anderen Ende der Leitung.

Benedikt wusste, wer Gottfried Hirschfeld war und wo er wohnte. Doch seit wann hatte der eine Frau? Man hatte ihn immer nur allein gesehen, und er machte ständig einen zugleich gehetzten und besorgten Eindruck. Ein eigenartiger Mann.

Seit er hier lebte, hatte er nie Kontakt gesucht. In keinem Verein war er Mitglied, und er kam auch nicht zu einem der abendlichen Stammtische in den Viechtacher Gasthäusern. Auch bei den Schafkopfturnieren ließ er sich nicht blicken. Möglicherweise konnte er nicht einmal Kartenspielen. Auch solche Leute sollte es ja geben.

Von Zeit zu Zeit hatte Benedikt abends einen silbergrauen Mercedes mit der Aufschrift »Pflege vor Ort« vor Hirschfelds Haus stehen sehen und sich gedacht, dass der Hirschfeld vielleicht mit einer der Pflegekräfte mehr als bekannt war. Er hätte es ihm gegönnt.

Auf der Polizeiinspektion Viechtach war man sich darüber einig, dass Gottfried Hirschfeld ein komischer Kauz war, der eigentlich gar nicht in diese Gegend passte. Er war Inhaber der Hirschfeld GbR und handelte mit Gebrauchtwaren. Das meiste davon stapelte sich auf seinem Hof oder war im Vorgarten seines Anwesens ausgestellt, angefangen bei alten Gartenmöbeln über ausgemusterte städtische Straßenlaternen bis hin zu museumsreifen Landmaschinen. Ein Freiluftschaufenster bei Wind und Wetter.

Seine Kunden kamen von weit her, und vieles verschickte er per Post oder Spedition. Benedikt und Max hatten den Eindruck, als würde sich wesentlich mehr bei ihm ansammeln als wieder verschwinden. Und ihre Kollegin Lydia befürchtete sogar, irgendwann werde ganz Viechtach zugemüllt sein. Und das, obwohl es schon seit Jahren die Mülltrennung gab.

Manchmal beschwerten sich die Nachbarn über den Herrscher der Schrotthalde. Und zwar immer die mit den besonders ordentlichen Gärten, deren Garagen so blitzblank geputzt waren, dass man dort vom Boden hätte essen können, wenn man wollte. Aber wer machte das schon? Diese Ordnungsfanatiker jammerten über das Chaos auf dem Hirschfeld'schen Grundstück, als wäre das Durcheinander ein gefährliches Tier, das sich klammheimlich auch in ihren Häusern einnisten, Nachwuchs gebären und Konfusionen hervorrufen könnte.

Polizeihauptmeister Simbacher hatte die Strategie, gerade solchen Leuten zu versichern, dass ihr Grundstück neben einem derartigen Tohuwabohu umso klarer und strukturierter wirkte. Geradezu vorbildhaft und zur Nachahmung anregend. Bisher war er gut damit gefahren. Als Vorbild sah sich schließlich jeder gern.

Jetzt sah Benedikt Simbacher auf seine Armbanduhr. In fünf Minuten würden Lydia und Sandra kommen. Dann könnte er diesen Fall an sie weitergeben und sich endlich in sein Bett verkriechen.

»Meine Kolleginnen werden sich glei drum kümmern«, versicherte er dem verlassenen Ehemann. »Vielleicht ist Ihre Frau bloß kurz wos einkafa ganga.« Im selben Augenblick schämte er sich. Was für ein absurder Einwand. Er wusste doch genau, dass die Läden hier in Viechtach erst um acht Uhr öffneten.

»Das wäre wirklich besonders schön«, sagte Gottfried Hirschfeld leise, »aber meine Frau hat eine Parese.« Dann schwieg er vielsagend.

Der Polizeihauptmeister hatte dieses Wort noch nie zuvor gehört. Sollte er so tun, als wüsste er Bescheid? Während er noch darüber nachdachte, klärte Gottfried Hirschfeld ihn auf: »Roswitha ist seit ihrem Unfall vor zwölf Jahren von der Hüfte abwärts und linksseitig gelähmt. Nur ihre rechte Körperhälfte kann sie noch ein klein wenig bewegen. Wie soll sie da weggehen können? Ihr Zimmer liegt im ersten Stock. Um das Haus zu verlassen, müsste sie in der Lage sein, selbstständig aus ihrem Bett herauszukommen, den Rollstuhl nach unten zu verfrachten und dabei auch noch ohne Hilfe die Treppe hinabzusteigen. Das alles ist unmöglich. Sie kann sich an manchen Tagen kaum aufrichten. Wie soll sie da von sich aus verschwinden? Ich verstehe es nicht. Ich kann es einfach nicht begreifen.«

»I aa ned«, gab Benedikt ihm recht und merkte, wie unangenehm ihm das war. Zu seinem Bild von einem Polizisten gehörte, dass der immer eine Lösung parat haben sollte – und wenn schon keine Lösung, dann zumindest beruhigende Worte. Doch im Augenblick fiel ihm nichts ein außer: »Mia kemma sofort.« Dafür aber legte er so viel Zuversicht in diese drei Worte, als verspräche er damit, auch die Frau heimzubringen. Kopfschüttelnd über seinen völlig unangebrachten Optimismus legte er auf und begegnete dem vorwurfsvollen Blick seines Hundes.

»Mir warten auf d' Sandra und d' Lydia, dann schaun mir uns des amoi kurz an, und danach wird g'schlafen«, versprach er seinem Burschi. Der Rüde gähnte.

Oje, ein Pflegefall. Jetzt wusste er wenigstens, warum die »Pflege vor Ort« vor Hirschfelds Tür gestanden hatte. So klärte sich alles auf. Schade. Er hätte dem einsamen Händler dort am nordwestlichen Stadtrand von Viechtach eine nette Krankenschwester als Freundin gewünscht. Eine, die nach Penatencreme und Kölnisch Wasser duftete, die Kamillentee und Pfefferminztee kochte und die ihm niemals widersprach.

Jetzt suchte er den Blick seines jüngeren Kollegen Max. »Stell dir vor, dem Hirschfeld sei Frau ist weg. Und des, obwohl sie fast ganz gelähmt is.«

Polizeimeister Max Deffner tippte sich an die Stirn: »So ein Schmarrn. Das geht doch gar nicht. Wie soll denn so eine abhauen?«

»Das hod der Hirschfeld aa g'sagt. Host g'wusst, dass der verheiratet is? I hob bis heut g'moant, dass der da ganz alloan lebt.«

Max schüttelte den Kopf. »Nein, der muss die ja quasi vor der Welt versteckt haben.« Er strich seiner Boxerhündin Cora über die sorgenzerfurchte Stirn und raunte ihr ins Ohr: »Aber wer weiß, ob die Frau überhaupt existiert?«

»Wos soll denn des jetzt? Wie kimmst jetzt da drauf?«, entgegnete Benedikt. Dabei verspürte auch er einen leisen Zweifel. Denn tatsächlich war Gottfried Hirschfeld eigentümlich gelassen gewesen, als er die Vermisstenmeldung aufgegeben hatte. Möglicherweise, und das hielt Benedikt ihm zugute, stand er ja auch noch unter Schock. Seine gelähmte Frau war verschwunden. So was konnte einem wirklich zu denken geben. Das war ja fast so, als sei ihm die Frau aus dem Haus gestohlen worden.

»I find des unheimlich«, stellte er klar, stand steifbeinig auf und befüllte den Wasserkocher. »Jetzt mach i uns erst amoi an Kaffee.«

Während er Kaffeepulver in den Filter schüttete, schoss ihm ein Gedanke durch den Kopf, und er wandte sich an den Kollegen. »Woaßt, ich hob da öfters an Wag'n g'sehn vom Pflegedienst. Die müssten die Frau ja kenna. Roswitha hoaßt s', hod er g'sagt.«

»Die Lydia soll erst mal im Melderegister nachschauen, ob die überhaupt bei dem gemeldet ist. Das gibt's doch nicht, dass wir über zehn Jahre nichts von der gewusst haben! So was passiert doch nur in der Großstadt, und da auch bloß in irgendwelchen Hochhäusern, wo die Leute hinter verschlossenen Türen sterben, und keiner merkt's.« Max zweifelte offensichtlich immer noch an der Existenz von Roswitha Hirschfeld. »Und was heißt das schon, dass der Pflegedienst dort gewesen ist? Der kann ja auch beim Schrotthändler gewesen sein, um sich irgendein altes Zeug zu kaufen.«

»Du kannst längstens sechs Johr nix von der g'wusst ham, länger bist doch no gor ned bei uns«, widersprach Benedikt, der schon fast vierzig Dienstjahre auf dem Buckel hatte. »Aber stimmt scho. Soll d' Lydia erst amoi im Meldeamt recherchiern. Dann is sie wenigstens sinnvoll beschäftigt. Und danach schaun mir weita.«

»Ob's ihm peinlich ist, dass die krank ist?« Max kratzte sich seinen Dreitagebart. Die Geschichte schien ihn doch nicht ganz kaltzulassen. »Der is ja so gut wie nie in der Stadt gewesen, immer nur auf seinem Schrottplatz oder in der Lagerhalle. Der is nicht mal essen gegangen und hat mit niemandem geredet.«

»Vermutlich hod er sei Frau ned so lang alloan lassen woll'n«, gab Benedikt zu bedenken und spürte, dass er so etwas wie Hochachtung für den Hirschfeld empfand. Er bezweifelte, dass er selbst sich so für seine Frau aufgeopfert hätte, wenn die ihn nicht verlassen hätte. »Woaßt, i find ihn ganz in Ordnung. Er hod mir scho öfter schöne oide Sach b'sorgt, die es eigentlich gar nimmer geb'n hod. Manchmal hob i des Gefühl g'habt, der is zu fein für uns, obwoi es bei dem aufm Hof ausschaut, dass es der Sau graust. Die von der Tankstelle ham mir amoi g'sagt, dass er der Oanzige is, der jeden Donnerstag dort die *ZEIT* kauft. Deshalb ham die immer zwoa Exemplare da rumlieg'n. Oans für eahn und oans für Durchreisende, die zufällig vorbeikemma. Der is g'wiss a ganz armes Schwein g'wesn mit diesem Pflegefall dahoam.« Er seufzte.

Max nickte nachdenklich. »Ob er die Zeitung dann eine Woche lang seiner Frau vorgelesen hat? So viele Seiten?«

Darüber hatte Benedikt noch gar nicht nachgedacht. Wenn die so krank war, konnte sie ja vielleicht nicht einmal Buch- oder gar Zeitungsseiten umblättern. Wie entsetzlich!

»Wos is des wohl für a Unfall g'wesn? Und warum ham mir nie was davon g'hört? Ned amoi d' Sandra hod je davon g'sprochn.«

»Das muss woanders passiert sei«, meinte Max. »Und erst danach ist der mit der kranken Frau hergezogen und bastelt seitdem an seinem Saustall rum.«

»Mit seina unsichtbarer Frau.« Benedikt sah den Kollegen an und schenkte sich einen großen Becher Kaffee ein. »Magst aa oanen?«

Max schüttelte den Kopf. »Ich mag lieber ins Bett. Und überhaupt find ich, das ist ein Fall für die Sandra und die Lydia. Eine Weibersache halt, ist ja auch eine verschwundene Frau. Also eindeutig was für die Tagschicht.« Er sah auf die Uhr. »Wo bleiben die denn heute? Es ist schon nach sieben.«

Bevor er sich weiter echauffieren konnte, wedelte das Boxerweibchen aufgeregt mit dem Schwanz und schien sogar die sorgenvolle Stirn zu glätten. Kriminaloberkommissarin Falk betrat die Dienststelle. »Was für ein Empfang, ein glücklicher Hund und frischer Kaffee.« Sie nickte den beiden dankbar zu und sah sich um: »Wo ist Lydia?«

»Die kimmt g'wiss aa glei.«

»Wie war die Nacht? Alles im grünen Bereich?« Sandra hängte ihre Jacke an die Garderobe, kam zurück und streifte dabei wie zufällig Benedikts Schulter. Diese kleine Geste war von ihrer einstigen Affäre übrig geblieben, und sie hatten sie sich so bewahrt, wie andere ein Bild ihres vergangenen Glücks auf dem Schreibtisch stehen haben mochten oder versteckt in ihrer Brieftasche mit sich herumtrugen.

»Die Nacht ist ruhig gewesen«, antwortete Max an Benedikts Stelle. »Keine Auffälligkeiten – weder Trunkenheit am Steuer noch Schmuggel. Und auch auf den Rastplätzen war nix los. In der Früh ist es saukalt, November halt. Heuer fällt gewiss schon vor Weihnachten der erste Schnee.« Er sah besorgt in den Himmel.

Benedikt nickte bestätigend und wandte sich an Sandra: »Aber jetzt gibt's a Problem. Seit ungefähr ...« – er sah auf die Uhr – »... seit genau fuchzehn Minuten.«

Sandra goss Milch in ihren Kaffee und schob die Brille, die auf ihre Nasenspitze gerutscht war, rabiat nach oben. »Und was für eins?«

»Es is grad a Vermisstenmeldung eiganga. Frau Roswitha Hirschfeld is verschwunden.«

»Die Frau vom Schrotthändler? Ich wusste gar nicht, dass der verheiratet ist! Also für Ordnung hat die dann ja wohl nicht gesorgt!« Die Kommissarin blieb gelassen. »Da haken wir frühestens in achtundvierzig Stunden nach. Also übermorgen.«

»Das seh ich anders«, widersprach Max Deffner seiner Vorgesetzten.

Die hob die Augenbrauen. »Und wieso?«

»Die Frau Hirschfeld hätte überhaupt keine Ordnung halten können.«

»Und wieso nicht?«

»Weil die so was Ähnliches wie eine Lähmung hat«, fuhr Max Deffner fort.

»Trotzdem, achtundvierzig Stunden sind einzuhalten, bevor wir mit der Vermisstensuche beginnen! Vorschrift ist Vorschrift.« Sie betrachtete versonnen die beiden Polizeihunde. »Es sei denn, ihr wollt jetzt gleich mit euren Hunden losziehen. Die sehen aber müde aus, oder?«

»Hör amoi, Sandra«, mischte sich jetzt Benedikt ein. »Des is wirklich a komische G'schicht. Die Frau hod a Parese, des hod der Hirschfeld erzählt. Des is so wos wie a Querschnittslähmung. Sie is aber ausm ersten Stock und aus ihr'm Bett verschwunden. Des hod die ned aus eigener Kraft kenna. I moan, unter den Umständen gelten andre Regeln.«

Sie sah ihn an und schluckte. »Ich fass es nicht! Da hat also mitten in diesem Chaos eine gelähmte Frau gelebt? Um Himmels willen!«

»Ja.« Benedikt nickte. »Woaßt, eigentlich wollt i hoam und mi hi'legn, aber i hob dem Hirschfeld vorhin am Telefon scho versprochn, dass mir glei kemma. I würd di aa begleiten, wennst hifährst. Is dir des scho amoi passiert, dass a g'lähmter Mensch einfach verschwindt?«

»Noch nie!«, gestand Sandra Falk. »Unter diesen Umständen fahren wir natürlich hin.«

Benedikt stellte fest, dass seine Vorgesetzte reichlich blass um die Nase war. Er kannte Sandra. Die Sache ging ihr näher, als sie zugeben wollte.

»Dann werde ich hier derweil auf die Lydia warten müssen.« Max Deffner reckte sich demonstrativ. »Hoffentlich kommt sie bald.« Seine Hündin Cora riss das Maul auf, gähnte und winselte leise. »Die will auch heim, genau wie ich.«

Benedikt nickte ihm zu. Er verspürte einen Anflug von Neid. Auf den Max warteten ein warmes Bett und eine Freundin, die sich auf ihn freute. Ob die Hündin Cora wohl auch in diesem Bett schlafen durfte? Na ja, der Max war erst seit einem halben Jahr mit seiner Sabine zusammen. Da war noch alles frisch. Das würde sich schon noch legen. Wenn er eines gelernt hatte, dann das. Alles ging vorüber. Schönes und auch nicht so Schönes.

Mit Polizeimeister Max Deffner und dessen Hündin Cora kamen Benedikt Simbacher und sein Burschi gut klar, schwierig war nur die Zusammenarbeit mit der Neuen, Lydia Hobmaier. Die hatte sich nach achtzehn Monaten Bereitschaftspolizei in Sulzbach-Rosenberg zur Kripo nach Viechtach versetzen lassen, was ein gewisser Aufstieg war. Außerdem waren die Mietpreise hier besonders günstig. So zahlte sie für ihre Zweizimmerwohnung mit Terrasse in der Innenstadt gerade mal vierhundert Euro.

Anfangs hatten sie die Schichtdienste paarweise gemacht. Immer ein Mann und eine Frau. Doch das war für alle Beteiligten kein gutes Teamwork gewesen. Max wollte sich von Sandra nichts sagen lassen, und Lydia widersprach Benedikt, wo und wann immer sie konnte. Benedikt empfand die Polizeihauptmeisterin Lydia Hobmaier als zu jung, zu ehrgeizig und zu humorlos. Damit war sie quasi das genaue Gegenteil von Sandra Falk, die mit ihren fünfundfünfzig Jahren schon viel gesehen hatte und den Dingen zunächst einmal gelassen entgegentrat.

Momentan sah sie jedoch sehr besorgt aus, und bevor sie gingen, wandte sie sich noch mal an Max: »Was der Benedikt meint, ist schon ganz richtig. Erinnere Lydia bitte an das Melderegister – ich will wissen, ob in dem Haus der Hirschfeld GbR dort hinten am Bahnlager tatsächlich zwei Leute gemeldet sind.«

»Klar, für eine GbR braucht's doch mindestens zwei. Einer allein ist doch bloß eine Ich-AG«, wusste Deffner.

Sandra schüttelte im Hinausgehen den Kopf. »Dieses Gscheidhaferl… Das müssen doch nicht gleich zwei sein, die auch im gleichen Haus wohnen und im gleichen Bett schlafen – oder?«

Beim Stichwort Bett rieb Benedikt sich die Augen. Müde trottete der Hund hinter ihnen her, erklomm umständlich den Kofferraum des Kombis und legte augenblicklich den Kopf auf beide Pfoten. Er war halt auch nicht mehr der Jüngste.

»Nun ziehen wir mal wieder als altbewährtes Team los.« Sandra ließ sich auf den Beifahrersitz fallen. »Das hat doch auch was. Kennst du den Hirschfeld eigentlich näher? Was ist das für ein Mensch? Erzähl!«

»I hob scho vui bei dem 'kauft«, berichtete Benedikt. »A Wasserpump'n für mein' Garten zum Beispiel. Es is a recht oides Stück g'wesn, und er hod sie professionell und guad restauriert. I glaub, er is a guader Handwerker, und er ko ois irgendwie auftreiben. Wie a Zauberer.«

»Du und dein Garten!« Sandra schüttelte den Kopf. »Aber irgendwas braucht der Mensch ja wohl als Hobby.«

Benedikt betrachtete sie von der Seite. Ihr grau meliertes Haar trug sie lässig zu einem lockeren Dutt hochgesteckt, ihre Nase war lang und schmal, und ihr Mund wirkte immer leicht spöttisch.

Zu gerne hätte er geantwortet, was er immer wieder mal dachte: Mir hätten unser gegenseitiges Hobby werden kenna. Aber das Thema war durch. Sie waren sich zu früh und in einer Situation nähergekommen, die eher aus Verzweiflung denn aus Zuneigung geboren war. Ihm war gerade die Ehefrau abhandengekommen, und sie hatte sich zur selben Zeit aus Gründen der Vernunft von einem verheirateten Freund getrennt. Dieser Manfred nämlich war Vater von Zwillingen geworden und schob in jenen Wochen voller Stolz einen Doppelkinderwagen durch die Stadt, neben sich die strahlende Frau und Mutter. Sandra hatte ihm auf den Kopf zugesagt, dass er sich jetzt ja wohl nicht mehr für sie entscheiden werde – und er hatte ihr recht gegeben, dabei von sich und seinem Vaterglück, von Verantwortung und Vorbild und Erziehung gesprochen. Kein einziges Mal jedoch hatte er einfließen lassen, dass er Sandra vermissen werde.

Wenn man es genau betrachtete, hatten Sandra und Benedikt sich in jener Phase der Kränkungen mehr aneinander festgehalten, als dass sie sich gegenseitig hätten Halt geben können. Und mit exakt diesen Worten hatte Sandra das Ganze dann auch ein halbes Jahr später pragmatisch beendet. Es waren trotz allem sechs gute Monate gewesen, voller Vertrauen und Verlässlichkeit, auch wenn Sandra in ihrem Abschlussgespräch darüber klagte, weder Schmetterlinge im Bauch noch Herzklopfen verspürt zu haben.

Gerade jetzt, da wieder einmal der Winter bevorstand, fragte Benedikt sich, ob sie sich ihre Beziehung vielleicht hätten erarbeiten können. Er hätte sich dieser Aufgabe gern gestellt.

»Die Bäume in mei'm Garten schlog'n Wurzeln und lauf'n ned weg«, sagte er trotzig und bog in den Hof des Bahnlagers ein.

Das Grundstück der Hirschfeld GbR lag an einem stillgelegten Gleisarm der Deutschen Bundesbahn. Auf den Schienen standen halb entladene Güterwagen. Benedikt hatte sich noch nie viele Gedanken gemacht, wie all die Waren auf den Hof des Händlers kamen – jetzt wurde es ihm klar: mit dem Zug. Was für ein genialer Standort!

Der Hausherr dieses praktischen Standortes kam voller Ungeduld auf den Polizeiwagen zugelaufen. Er trug einen grauen Anzug und ein mittelblaues Hemd in derselben Farbe wie seine Augen. Sandra fragte sich, ob er heute in der Früh vor seinem Schrank gestanden und sich genau für dieses Oberhemd entschieden hatte. Erwartete er vielleicht einen Kunden? Standen wichtige Verhandlungen an? Warum sonst war er so elegant? Elegant, aber auch ungewöhnlich blass.

»Ich fass es nicht!«, rief er statt einer Begrüßung und stürzte auf die beiden Beamten zu. »Wie kann denn so was überhaupt passieren? Wer tut denn so was? Gut, dass Sie da sind. Machen Sie was! Bitte! So schnell wie möglich!«

Sandra blieb sachlich. »Haben Sie ein Foto von Ihrer Frau?«

»Ja klar, kommen Sie.« Ohne sich nach ihnen umzusehen, ging er ins Haus. Die Kommissarin und der Polizeihauptmeister folgten ihm, während der Hund im Kofferraum des Polizeiwagens müde den Kopf hob und dann weiterschlief.

Das Innere des Hauses war ungewöhnlich aufgeräumt, ein auffallendes Kontrastprogramm zu dem Durcheinander auf dem Hof. Direkt hinter der Eingangstür führte eine Treppe in den ersten Stock.

»Hier unten sind nur mein Büro und die Lagerräume«, erklärte Gottfried Hirschfeld und ging ihnen voraus. »Unsere Wohnräume und Roswithas Zimmer befinden sich im ersten Stock. Sie wollte das so, sie wollte mehr Himmel sehen. Und schon deswegen verstehe ich das alles nicht.«

»Wann genau haben Sie Ihre Frau zuletzt gesehen?« Sandra zückte ihren Block.

»Um Mitternacht«, antwortete er, öffnete eine Tür und wies auf ein leeres Bett. »Da habe ich sie noch einmal umgebettet und Puls und Blutdruck gemessen. Alles war wie immer. Anschließend bin ich selbst schlafen gegangen.« Seine Stimme kippte.

»Sie schlof'n ned im gleichen Zimmer als wie Ihre Frau?« Benedikt wunderte sich.

»Nein.«

Hirschfeld reichte ihnen schweigend ein Foto seiner Frau, dann umrundete er das Bett, an dessen Fußende ein großer, leerer Vogelkäfig stand. Rechts am Kopfende war ein Infusionsständer mit Tropfvorrichtung platziert, und an einem elektronischen Gerät blinkten einige Lämpchen geheimnisvoll.

»Warten Sie, ich stelle es eben ab.« Er beugte sich vor, und noch während Benedikt dachte, dass ihn das Ganze an ein Raumschiff erinnerte, erloschen die freundlich strahlenden Lichtlein und gaben dem Raum seine traurige Leere zurück.

»Ihre Frau ist also gelähmt?« Sandra sah Hirschfeld an, als könne sie es nicht glauben.

Der nickte. »Linksseitig und von der Hüfte abwärts. Seit fast zwölf Jahren.«

»Niemand hier in Viechtach hat das gewusst.«

»Wir haben kein Geheimnis daraus gemacht. Alle Pflegerinnen und Pfleger kommen aus der unmittelbaren Umgebung. Ich habe ihnen nicht verboten, darüber zu sprechen.«

»Über wos?« Benedikt verstand nicht genau, was Gottfried Hirschfeld damit sagen wollte.

»Über Roswitha und ihren Zustand.«

»Und warum hat es niemand getan?« Jetzt war es

Sandra, die nachfragte. In ihrem Frauenkreis waren einige Schwestern vom Pflegedienst, und zwei davon hatten in den letzten Jahren den Schrotthändler als potenziellen Liebhaber in Betracht gezogen. Soweit sie sich erinnerte, war aber nichts daraus geworden.

»Ärztliche Schweigepflicht?« Der Mann im grauen Anzug hob die Schultern. »Was weiß ich. Vielleicht wollten sie meine Roswitha ja auch so schnell wie möglich wieder vergessen. Wie heißt es so schön: Aus den Augen, aus dem Sinn.«

Benedikt fragte sich, wie Gottfried Hirschfeld wohl ausgesehen haben mochte, als er noch jung war. Ein attraktiver Mann mit rötlichem Haar und leuchtend blauen Augen. Jetzt war sein Haar grau und kurz geschoren, einzig der Schnäuzer schimmerte rötlich. Die Spitzen von Mittel- und Zeigefinger waren nikotingelb, ebenso die Zähne. Vermutlich hatte er nicht im Zimmer seiner Frau geschlafen, weil er die halbe Nacht entweder rauchte oder hustete. Auch jetzt wurde er von einem Hustenanfall geschüttelt.

»Was meinen Sie damit, man wollte sie so schnell wie möglich vergessen?« Sandra sah angestrengt auf ihren Block und fragte sich, wie alt der verwaiste Ehemann sein mochte. Ende fünfzig, Anfang sechzig? Irgendwie erinnerte er sie an den Vater der Zwillinge, und ihr Herz wurde schwer.

»Sie hat es niemandem leicht gemacht – weder den anderen noch sich selbst.« Hirschfeld seufzte, zog eine Schachtel Zigaretten aus der Brusttasche und spielte mit dem Feuerzeug.

»Ham S' im Zimmer Ihrer Frau aa g'raucht?« Es ging ihn nichts an, aber Benedikt fragte trotzdem.

»Nein, nie. Mein Reich ist dort drüben.« Er wies auf eine verschlossene Tür am Ende eines dunklen Ganges. »Und sie bestand darauf, dass ich die Tür schloss, bevor ich mir eine anzündete.«

»Darf ich mal in Ihr Zimmer reinschauen?«, erkundigte sich Sandra.

»Bitte. Aber dort werden Sie sie auch nicht finden. Ich hab schon überall gesucht. Was tut man nicht alles in seiner Panik. Seit heute verstehe ich, dass Leute über so etwas verrückt werden können.«

Benedikt folgte seiner Vorgesetzten. Sandra Falk öffnete die verschlossene Tür, hinter der sich Gottfried Hirschfelds Schlafzimmer befand. In seinem Chaos erinnerte es an das Durcheinander auf dem Schrottplatz, und es roch unangenehm nach kaltem Rauch. Wie in einem Abstellraum sah es darin aus, auf Regalen lagen stählerne Ersatzteile, Schrauben, Winkelhaken – als würde auch dessen Besitzer sich nächtens hier zwischenlagern. Keine Nachttischlampe, keine Bücher oder Zeitschriften neben dem ungemachten Bett, dafür überall bis zum Rand gefüllte Aschenbecher und ein mit Kleidung gefüllter Schrank, dessen Türen und Schubladen offen standen. Kein Ort zum Ausruhen, kein Raum, in dem man sich wohlfühlen konnte. Am Fußende des Bettes stand ein Rollstuhl.

Die Kommissarin suchte Hirschfelds Blick und fragte: »Warum steht der hier oben?«

»Unten ist kein Platz. Und wenn Roswitha wirklich mal an die Luft wollte, bin ich halt zweimal gelaufen. Einmal für den Stuhl und einmal mit ihr auf meinen Armen. Kam eh immer seltener vor, sie wollte nicht mehr.«

»War sie nicht zu schwer für Sie?«, fragte Sandra, als sie wieder im Krankenzimmer seiner Frau standen.

Auf dem Foto, das er ihnen gegeben hatte, war eine stämmige blonde Frau zu sehen, die missmutig in die Kamera blickte.

»Alles eine Sache der Übung. Sie wiegt jetzt nur noch vierzig Kilo.«

»Meinen mir dieselbe Frau?« Benedikt hielt das Foto hoch. »I glaub's ned.«

»Das Bild wurde vor dem Unfall aufgenommen. Jetzt sieht sie anders aus.« Hirschfeld sah zu Boden. »Schmaler und weniger fröhlich, fast vierzig Kilo weniger.«

Benedikt betrachtete erneut das Porträt. Unter fröhlich stellte er sich etwas anderes vor.

»Sie wollte ein Zimmer hier oben, denn sie sieht so gern den Vogelschwärmen zu. Wenn Roswitha etwas wollte, dann hat sie es auch gekriegt.« Er klang verbittert. »Ich habe extra die Fenster vergrößern lassen und Vorrichtungen für Vogelfutter gebaut.«

Erst jetzt fiel den beiden das große kunststoffverstärkte Sprossenfenster auf, das sich bei Bedarf wie eine Flügeltür öffnen ließ. Hirschfeld bemerkte ihren Blick. »Sie wollte auch keine Gardinen.« In den Ästen der Rotbuche hingen Futterhäuschen unterschiedlicher Stabilität und Größe, Stationen für heimische Vögel. Gottfried klatschte in die Hände, und ein Schwarm von Tauben, Amseln und Meisen flatterte auf. »Sie findet das interessanter, als fernzusehen«, erklärte er und fügte fast ein wenig stolz hinzu: »Neulich kam sogar ein Grünspecht!«

Benedikt hätte ihm in diesem Augenblick gern eine Hand auf die Schulter gelegt. Eine männliche Geste des Trostes.

Gottfried Hirschfeld schloss das Fenster und drehte sich um.

»Ich brauche noch einige Daten zu Ihrer Frau«, erklärte Sandra. »Geburtsdatum, Mädchenname, Hochzeitsdatum, Zeitpunkt des Unfalls.«

Mit leiser Stimme lieferte er ihr die gewünschten Informationen.

»Was hat sie vor dem Unfall gemacht? Hatte sie einen Beruf?« Sandra blieb sachlich.

»Sie war Sportlehrerin. Mit Leib und Seele. Sie war sozusagen der personifizierte Sport.« Er seufzte.

»Haben Sie Kinder?«

»Nein.« Er schüttelte den Kopf.

»Hat Ihre Frau irgendetwas angedeutet? War sie anders in letzter Zeit? Verzeihen Sie, aber wir müssen das alles fragen.«

»Nein, sie war wie immer. Was hätte sie denn andeuten sollen? Dass sie dieses Leben nicht mehr will? Glauben Sie mir, ich tue alles, um es ihr so angenehm wie möglich zu gestalten. Aber gesund machen kann ich sie natürlich nicht. Sie kann mich schon allein physisch nicht verlassen.«

Benedikt wusste genau, dass Sandra in solchen Fällen gern sagte, es gebe auch eine innere Trennung, so wie es in Betrieben innere Kündigungen gab. Zum Glück verzichtete sie auf diesen Satz. Stattdessen hielt sie fest: »Ihre Frau wollte also kaum noch in den Rollstuhl, aber was ist das da am Fenster? Ist das ein Laufband?«

»Das ist ein Gehroboter. Beim Training muss Roswitha ein sogenanntes Exoskelett tragen und kann dann das Laufband benutzen. Das macht sie auch ziemlich regelmäßig. Was meinen Sie, was so ein Ding kostet!« Er klang zum ersten Mal ein wenig vorwurfsvoll. »Sie hat gedacht, sie kommt damit wieder ganz auf die Füße – nein, sie hat es nicht nur gedacht, es war ihr Ehrgeiz. Aber der Roboter hat sie nur stabilisiert. Wenn sie mal wieder einen ihrer Wutanfälle bekommt, will sie ihn verkaufen.«

Davon lebt er ja, vom An- und Verkauf, dachte Benedikt und schwieg.

»Mit der rechten Hand kann sie noch ein bisschen was machen«, fuhr Gottfried Hirschfeld fort und zeigte auf eine kompliziert wirkende Apparatur an der rechten Bettseite. »Die habe ich für sie gebastelt.« Er hörte sich ein bisschen stolz an. »Das ist vermutlich einzigartig. Von hier aus kann sie alles steuern und auch telefonieren, und das da ist ein Knopf, mit dem sie mich immer und überall erreicht. Selbst wenn ich in der Stadt bin.«

»Okay, dann überprüfen wir als Erstes die letzten Telefonverbindungen.« Sandra schrieb die Nummer des Anschlusses auf und simste sie an Lydia mit dem Vermerk: »Bitte Verbindungsnachweise checken.« Sie war ungeheuer effizient. Im Gegensatz zu Benedikt, der einfach nur dastand und die Situation auf sich wirken ließ. Ihm war ganz mulmig vor Müdigkeit, und gleichzeitig verspürte er eine kribbelnde Nervosität. Am liebsten wäre er vor die Tür gerannt und hätte bis zur Erschöpfung Holz gehackt. Das half immer.

»Ich habe rund um die Uhr Pflege für sie organisiert. Nur nachts sind wir allein.« Gottfried Hirschfeld klang erschöpft. »Die Krankenschwester, die heute Morgen kam, habe ich dann wieder weggeschickt.«

»Wer ist denn zuletzt bei ihr gewesen?«

Routiniert betete Hirschfeld mehrere Nachnamen herunter. »Ich weiß nicht, wer vom mobilen Pflegedienst es war. Ich kann aber nachschauen. Die müssen sich ja in ein Buch eintragen und genau dokumentieren, was sie mit welchem Zeitaufwand gemacht haben. Haare kämmen, Nägel schneiden, waschen, anziehen, Brote schmieren und in Häppchen schneiden. Gespräche inbegriffen. Das Aufschreiben kostet mehr Zeit als die eigentliche Pflege. Aber was soll man machen?« Er tippte sich an die Stirn, trat hinter den Mauervorsprung und griff nach einer dicken Kladde. »Pflegebericht« stand auf dem Deckblatt.

»Kann ich die mitnehmen?« Sandra hatte sie sich schon unter den Arm geklemmt.

Hirschfeld nickte.

Sandra reichte die Kladde an Benedikt weiter. »Hol doch mal den Hund.«

»Den Burschi, warum jetzt des?«

»Hast du etwa noch einen anderen?« So ungeduldig hatte sie ihn noch nie angefahren. Sie bemerkte sein Zusammenzucken und fügte versöhnlich hinzu: »Er soll mal am Bettzeug riechen. Vielleicht nimmt er Witterung auf. Und leg den Bericht bitte auch gleich in den Wagen.«

Der Hund schnüffelte halbherzig, kroch müde unter Schränke und Kommoden, wischte sich bäuchlings unters Bett hindurch und brachte unterhalb der Heizungsrohre Staubmäuse ans Licht.

»Entschuldigung«, bemerkte Hirschfeld verlegen. »Das hat die Putzfrau wohl übersehen.«

»Such, Burschi, such!« Benedikt fasste dem schwarz gelockten Bouvierrüden unters Kinn und hielt ihm ein seidenes Damenunterhemd vor die Nase, das Gottfried Hirschfeld aus dem Bad geholt hatte. »Das ist von ihr.«

Burschi wurde wacher und nahm Witterung auf. Er lief aber nicht die Treppe hinunter, sondern ins Bad, das zum Wohntrakt des Hausherrn gehörte. Hier befand sich auch der gut gefüllte Wäschekorb. Aufgeregt blieb das Tier davor stehen und gab kurz Laut.

»So kemma mir ned weiter.« Benedikt nahm den Hund am Halsband und führte ihn zur Treppe. »Such!« Der Hund sah zu ihm auf und gähnte.

Währenddessen überprüfte Sandra die Fenster des Krankenzimmers. »Hätte man Ihre Frau mithilfe eines Krans und einer Trage nach draußen schaffen können?«

Gottfried Hirschfeld schüttelte entgeistert den Kopf. »Das hätte ich doch gehört. Ich habe einen leichten Schlaf. Wer würde denn so was machen – und wozu?«

Sandra hob die Schultern. »Ich weiß es auch nicht.«

»Was machen wir denn nun? Roswitha braucht ihre Medikamente, sie muss regelmäßig massiert werden, weil es sonst eine Embolie geben könnte, und die Kompressionsstrümpfe … Was soll ich denn nur tun?« Hilflos und mit hängenden Armen stand er da.

Auch Benedikt war ins Krankenzimmer zurückgekehrt, sein Hund wartete im oberen Flur. »Hod sich denn wer bei Eahna g'meldt?«, fragte er. »Werden S' erpresst? Ist womöglich scho a Lösegeldforderung einganga?« Während er sich selbst zuhörte, fühlte er sich wie ein Ermittler aus den sonntagabendlichen Tatorten, der in gekonnter Manier seine Fragen herunterspulte. Irgendwie fremd und aufgesetzt.

»Nein, natürlich nicht, das hätte ich Ihnen doch als Erstes gesagt! Ich meine, was geschieht denn jetzt konkret? Die Zeit läuft uns davon. Es geht um Leben und Tod!«

»Wir werden uns als Erstes mit den Kollegen vom Präsidium in Straubing kurzschließen«, versprach Sandra und bemühte sich darum, in ihrer Stimme Zuversicht mitschwingen zu lassen, doch es gelang ihr nicht so ganz. »Und dann melden wir uns bei Ihnen.«

»Ich kenne einen Staatsanwalt in Passau«, sagte Gottfried Hirschfeld schnell. »Den rufe ich an. Der hat vor Kurzem bei mir einen Heuwender gekauft. Er hat gesagt, wenn mal irgendwas ist …«

»Für Viechtach ist aber das Präsidium in Straubing zuständig«, belehrte Sandra ihn.

»Das ist mir wurscht. Wenn man jemanden kennt, kommt man immer schneller voran als normal.«

»Heuwender?« Sandra schüttelte den Kopf, als sie wieder zu zweit im Auto saßen und zur Polizeiinspektion in der Mönchshofstraße zurückfuhren.

»Wozu um Himmels willen braucht denn ein Staatsanwalt einen Heuwender? Etwa, um seine Akten zu bewegen?«

Benedikt hob die Schultern. »Wos woaß denn i? Setz mi bitt' schön dahoam ab, i muass jetzt schlaf'n, vorher kann i ned logisch denken.«

Sandra zog die Stirn kraus. »Das ist ein Notfall, und wir brauchen jeden Mann. Bitte, lass mich nicht allein mit der naseweisen Lydia. Ich brauch dich!«

»Nur zwoa, drei Stund'n. I stell mir an Wecker. Gegen Mittag bin i wieder do.«

Etwa zur gleichen Zeit an diesem Mittwoch im November setzte Benno Holdenrieder seine Frau Marie vorsichtig in den Rollstuhl und redete mit beruhigender Stimme auf sie ein. »Lass es langsam angehen, es wird schon alles. Die Zeit ist dein Freund. Das sagen die Ärzte. Wir brauchen Geduld.«

Dabei war es vor allem sie, die Geduld brauchte.

Marie schwieg. Im Krankenhaus hatte man ihr vor dem Eingriff die Haare geschoren. Als heller Flaum wuchsen sie nach und bedeckten einen viel zu groß wirkenden Kopf. Ihre Augen waren von tiefen Schatten umgeben.

Man hatte ihnen gesagt, dass es kein Tumor gewesen sei, der dort als Raumforderung in Maries Kopf gehockt hatte. Nur eine Zyste. Und die sei nun weg. »Das Ding«, wie Marie es nannte. »Das dumme Ding.« Es war zwar weg, aber noch nicht aus ihrem Leben verschwunden. Sein langer Schatten bestimmte ihren Alltag und machte sich in jedem Winkel des Hauses breit. An manchen Tagen versuchte sie, es zu verscheuchen. Es gelang ihr nicht immer.

Dazu kam die Hilflosigkeit ihres Mannes: »Liebes, du kommst wieder auf die Beine!« Das versprach er ihr jeden Morgen – mantragleich. Marie ahnte, dass er es sich selbst versprach und mit aller Kraft daran glauben wollte. Anders war für sie und ihn keine Zukunft möglich. Ihre fragile Konstruktion des Zusammenlebens war darauf angewiesen, dass jeder vom anderen unabhängig war und nach seinem eigenen Rhythmus leben konnte. Mit einem Partner im Rollstuhl ging das nicht, und vor allem das Leben in Lieblmühle, ihrem Sommerhaus, würde dann der Vergangenheit angehören. Das konnte sie weder sich noch ihm zumuten. Marie wusste, dass sie irgendwann mit ihm darüber reden musste. Aber noch war es zu früh.

Jetzt schob Benno sie durch die barrierefreien Räume der Passauer Villa vom Schlafzimmer durchs Wohnzimmer in die Küche. Sie griff in die Seitentasche ihres Gefährts und setzte sich eine jener Mützen auf, die sie sich vor der Operation gestrickt hatte. Aus bunter Wolle und in fröhlichen Farben. Es mussten Dutzende sein, die jetzt überall herumlagen. Marie wechselte sie wie ihre Stimmungen. Nun stülpte sie sich eine rot-gelb gestreifte über den immer noch fast kahlen Kopf und murmelte: »Meine Güte, was ist bloß aus uns geworden!«

Er schob sie an den Tisch und fragte: »Kannst du deinen Kaffeebecher selber halten?«

Sie nickte und griff danach. »Es geht voran, jeden Tag ein bisschen. Siehst du doch!«, sagte sie. Es sollte betont munter klingen, aber sie glaubte selbst nicht daran.

»Liebes, die OP ist grad mal drei Wochen her, und die Ärzte meinen, dass es ein halbes Jahr dauern kann, bis du wieder ganz fit bist. Wir verbringen den Winter in der Stadt und ziehen im Frühling zurück nach Lieblmühle. Im Frühling läufst du dann schon wieder auf eigenen Beinen.«

Sie nickte und fuhr sich mit der linken Hand unter die Wollmütze. »Dann werden meine Haare etwa sechs Zentimeter lang sein. Glaub nur nicht, dass ich eitel bin – aber wie sonst sollte man die Gelegenheiten beim Schopfe packen, wenn man keinen Schopf mehr hat?«

Er bestrich ihr ein Toastbrot mit Streichwurst. »Du ahnst ja gar nicht, wie froh ich darüber bin, dass dir dieses Haus gefällt!«, sagte er. »Es ist unsere Winterresidenz.«

Sie nickte und log: »Wir sind wie die Könige aus früheren Zeiten mit Winter- und Sommerpalästen, allerdings noch ohne Personal.«

Die Tatsache, dass er dieses Haus ohne Rücksprache mit ihr gekauft und eingerichtet hatte, verletzte sie immer noch ein wenig. Sie fühlte sich wie in einem Ausstellungsstück von *Schöner Wohnen*, nicht aber wie in ihrem eigenen Zuhause. Was hatte er sich nur dabei gedacht, Küche und Bad mit rotem Granit auszulegen? Jeder wusste, dass Rot aggressiv machte.

»Was hast du heute vor?«, fragte sie ihn.

Er machte eine Handbewegung Richtung Wohnzimmer und zu seinem Schreibtisch, der direkt vor der Glasfront stand, hinter der sich ein Stück Brachland ausbreitete. Wenigstens durfte Marie Pläne für den Garten machen. Sie zeichnete sie während des Tages und verwarf sie allabendlich wieder. Was konnte man auf einem Grund von nicht einmal vierzig Quadratmetern schon groß als Landschaft planen? Gerade mal ein paar Sträucher und Blumenrabatten – bloß keinen Baum, und wenn, dann höchstens Zwergbirken.

»Ich werde ein paar Akten durcharbeiten. Und ein bisschen telefonieren«, sagte Benno. »Und du?«

»Ich denke über stufenartig angelegte Hochbeete nach. Und zwischendurch werde ich schlafen.« Sie gähnte. »Ich bin so unendlich müde. Am Nachmittag kommt die Physiotherapeutin, und dann werde ich an der Stange üben müssen.« Sie bemerkte seinen skeptischen Blick. »Ja, ich halte durch, versprochen! Aber eine Balletttänzerin werde ich nicht!«

Anfangs hatte sie sich geweigert, irgendwas für sich selbst zu tun oder sich auch nur anzustrengen. Benno hatte einmal gemeint, sie verhalte sich unvernünftig und wie ein störrisches Kind. »Was soll ich in meinem Alter noch mal laufen lernen? Das lohnt sich doch nicht mehr!«, hatte sie gesagt, dabei war sie gerade mal sechzig.

Maries Physiotherapeutin, die für alles eine Erklärung hatte und deren unerschütterliche Zuversicht bisweilen äußerst anstrengend war, erklärte der Kranken, dass diese Haltung mit einer postoperativen Depression einherging und dass sie Geduld haben müsse.

Benno Holdenrieder war bis dahin nicht klar gewesen,

wie sehr er Marie liebte und wie wichtig sie für ihn war. Es gab keinen anderen Menschen auf der Welt, mit dem er sich ein gemeinsames Leben vorstellen konnte.

»Wir haben noch mindestens dreißig wunderbare Sommer in Lieblmühle vor uns. Wir werden Traktoren reparieren, Enten züchten und unseren Garten und das Haus genießen«, versprach er. »Bitte werde gesund! Und wenn es nur meinetwegen ist.«

Vielleicht war es ein Test gewesen, als sie ihm vor einigen Tagen aus ihrem Rollstuhl heraus zu bedenken gab: »Es gibt genug Frauen in meinem Alter, die sich auf dich einlassen würden. Tausch mich einfach aus. Andere Männer machen das ja auch. So etwas liest man in den Wartezimmern der Arztpraxen. Jung gegen Alt – nie andersherum. Schau dir mal Christian an. Der jagt ständig in fremden Revieren. Das hat Franziska mir gestanden. Und er selbst hat mir mal weinselig was von einer Angelika gebeichtet. Auch jünger, logisch!«

Er war wütend geworden. »Vergleich mich bitte nicht mit Franziskas Mann! Ich will nur dich. Meine Marie. Ich habe nicht vierzig Jahre lang nach dir gesucht, um dich nach ein paar Jahren wieder aufzugeben oder gar auszutauschen. Ja, spinnst du? Du wirst sofort gesund! Auf der Stelle!« Es klang wie eine Verfügung, eine richterliche Entscheidung. Ein Befehl, dem nichts entgegenzusetzen war.

»Jawohl, Herr Staatsanwalt!«

Seitdem gab sie sich Mühe, möglicherweise nur seinetwegen – aber es würde ihnen beiden helfen, davon war Benno überzeugt.

Nun nahm sie ihm das Toastbrot aus der Hand. »So, und ab morgen schmiere ich mir auch meine Stullen wieder selbst. Nur dass du es weißt!«

Er spürte am Vibrieren seiner Kaffeetasse, dass ein Anruf einging. Marie zuliebe hatte er den lauten Klingelton abgestellt und legte das Handy seitdem immer in die Nähe von Tassen oder Tellern, sodass es verheißungsvoll zu klirren begann, wenn jemand etwas von ihm wollte.

»Stört es dich, wenn ich rangehe?«, fragte er.

Marie schüttelte vorsichtig den Kopf. »Nein, red nur. Ich ess derweil. Kümmere dich um deine Kundschaft.«

Langsam, so dachte er, fand sie nun doch zu ihrer alten Form zurück. Diese Krankheit hatte sie und ihn auf eine harte Probe gestellt, aber sie beide hatten sie bestanden, und darauf sollten sie stolz sein.

»Gottfried Hirschfeld«, meldete sich der Anrufer. »Ich habe Ihnen vor Kurzem einen Heuwender verkauft. Aber darum geht es heute nicht.«

Der Anrufer schien zu weinen, was Benno wiederum verwirrte.

»Ich habe Angst, und ich weiß nicht, ob ich mich auf die hiesige Polizei verlassen kann«, fuhr Hirschfeld fort. »Sie müssen mir helfen! Sie sind doch Staatsanwalt, oder nicht?«

»Was ist passiert?«

Benedikt Simbacher lag in seinem Bett und fragte sich, wie es sein mochte, nur noch die rechte obere Körperhälfte bewegen zu können. Er versuchte, es sich vorzustellen, und kam dabei auf eigenartige Gedanken, beispielsweise wozu man beide Hände brauchte. Zum Schneiden eines Brotes, um sich die Schnürsenkel zuzubinden, um ein Bett zu beziehen, um den Hundenapf zu füllen, um sich die Finger- und Zehennägel zu schneiden, um ein Steak zu essen, ja, selbst zum Telefonieren und um dem

Hund die Leine anzulegen. Burschi lag derweil am Fußende seines Bettes und schnarchte. Selbst zum Knopfannähen braucht man zwei Hände, dachte Benedikt, nieste und setzte sich auf. So ging es nicht weiter. Er wusste, dass er nicht einschlafen würde. Da konnte er auch gleich wieder losziehen.

Entschlossen duschte er erst heiß und dann kalt, machte sich einen Espresso und stieg wieder in seine Uniform. Ihm war klar, dass sie diese Roswitha so schnell wie möglich finden mussten. Schlafen konnte er danach, und zwar in Ruhe. Vielleicht sogar einmal zehn Stunden am Stück.

Sein Hund Burschi schüttelte sich und machte so gar keine Anstalten, das Bett oder gar das Haus zu verlassen. Benedikt versprach ihm, dass er sich später unter dem Schreibtisch in der Inspektion weiter ausruhen dürfe. Unwillig trottete der schwarze Bouvier nun hinter ihm her.

Benedikt hatte sich für diesen Rinderhütehund entschieden, nicht weil er selbst ein Rindvieh war, wie Lydia Hobmaier einmal spöttisch verkündet hatte, sondern weil Burschi zu einer vom Untergang bedrohten Rasse gehörte. Benedikt hatte nun mal ein Faible für Randgruppen, vor allem, wenn sie dem Untergang geweiht waren.

Außerdem zählten Mitglieder dieser Züchtung zu den anerkannten Diensthunden, und sein Burschi war als Deckrüde gemeldet und wurde auch gelegentlich zu diesem Zweck in fremde Zwinger eingeladen. So hatte wenigstens einer von ihnen ab und zu mal Sex.

Als Welpe hatte Burschi eher einem schwarzen Pudel geglichen, nun tapste er gelassen und wie ein müder Tanzbär hinter seinem Herrchen her. Er war ein stiller Hund, einer, der sich nur zur Not meldete, ganz im Gegensatz zu Max Deffners Boxerweibchen Cora, das voller Aufmerksamkeit seinen Rudelführer im Blick behielt und dazu neigte, dessen Befinden mit Knurren und Bellen zu kommentieren oder gar in ein herzzerreißendes Jaulen zu übersetzen.

In der Inspektion baute Benedikt seinem Hund einen Liegeplatz unter dem Schreibtisch und wandte sich dann an Sandra Falk.

»Wos sog'n denn die Kollegen in Straubing zu der G'schicht?«

»Die denken an eine Entführung und gehen davon aus, dass sicher bald eine Lösegeldforderung eingehen wird.«

Benedikt nickte nachdenklich. »Wie schätzt du den Hirschfeld ei? Wenn die Entführer dem sogn: Koa Polizei? Wird der uns trotzdem informiern? Was moanst du?«

Sandra hob die Schultern. »Ich kenne den nicht. Keine Ahnung, wie der reagiert. Ich schätze ihn eher als eigenbrötlerisch ein oder als jemanden, der gelernt hat, dass er alles alleine schaffen kann. Hat er ja wohl auch in den vergangenen Jahren.«

»Wenn er des selber glaubn tät, hätt er uns ned informiert.« Benedikt sah sich um. »Wannst mi frogst, der woaß ned weiter, also miassn mir dem helfen.«

Polizeihauptmeisterin Lydia Hobmaier hockte an ihrem Schreibtisch und steckte sich gerade das Haar mithilfe eines Bleistifts hoch. Sie wirkte gestresst und überfordert – also wie immer.

Benedikt suchte ihren Blick.

»Weißt du«, jammerte sie ihn wie auf Knopfdruck an. »Ich war noch nicht mal richtig angekommen, da hat der Max mir schon tausend Aufgaben aufs Auge gedrückt. Und dann ist er gegangen. Mit seiner Cora. Faule Hunde, alle beide!« Sie setzte eine beleidigte Miene auf. »Wenn ein Tag schon so beginnt!«

»Jetz is aber amoi guad!« Benedikt wurde ungewöhnlich laut. »Der Max und i, mir warn die ganze Nacht unterwegs. Derweil du g'schlafa host.«

»Ach, und woher willst du das wissen? Hast du etwa an meinem Bett gesessen?«

Das hätte ihm gerade noch gefehlt. Erstaunt sah er sie an und überlegte flüchtig, was so eine wie Lydia in ihrer Zweizimmerwohnung denn sonst getan haben könnte – mitten in der Nacht. Lesen, Computerspiele, oder gab es gar einen Freund? Nein, Letzteres hätte er gewusst. In Viechtach machte fast alles sofort die Runde, und die Informationen aus sämtlichen Runden landeten erst bei der Kriminalhauptkommissarin Sandra Falk und anschließend meistens bei ihm.

Andererseits: Nicht einmal Sandra hatte gewusst, dass Gottfried Hirschfeld gemeinsam mit seiner Frau in dem Haus am Bahnlager lebte. Dann erfuhr sie wohl doch nicht alles. Darauf war also auch kein Verlass.

Benedikt fixierte Lydia streng. »Host denn scho wos rausg'fundn?«

Sie stellte sich unwissend und hob die Augenbrauen. »Wegen was?«

»Wegen den Hirschfelds.«

»Ach so, ja, die sind beide hier gemeldet.« Sie machte eine Kunstpause und legte nach: »Ich kenne übrigens jemanden beim Finanzamt.«

»Ja, und?« Jetzt war es Sandra, die seufzte. »Was hat denn das mit unserem Fall zu tun?«

»Nichts.« Lydia klang schnippisch und hielt erwartungsvoll inne.

Benedikt seufzte. »Des sogst doch ned oafach so. Wos hod des mit unserm Fall zum doa?« Er fragte sich, ob Lydia einen Freund beim Finanzamt in Zwiesel haben konnte, der ihr allabendlich den Bleistift aus dem hochgesteckten Haar zog und damit Herzchen auf die Rückseite von Steuerbescheiden malte.

Sie triumphierte: »Wir bekommen gleich den jüngsten Einkommensteuerbescheid der beiden zugemailt.«

»Wozu des?«

»Wetten, der Hirschfeld ist insgeheim so richtig vermögend? Der sitzt auf seinem Schrottplatz, macht auf harmlos und wickelt dabei klammheimlich und von allen unbemerkt seine Geldwäsche ab.«

Benedikts Verdacht bezüglich Lydias Liebhaber aus dem Finanzamt erhärtete sich. Im gleichen Maße wuchs aber auch sein Staunen angesichts ihrer Naivität.

Sandra bedachte die junge Kollegin mit Kopfschütteln. »Du liest offensichtlich zu viele Schundromane.«

»Wenigstens lese ich.«

»Ach, und was mache ich gerade?« Sandra hob die Kladde mit den handgeschriebenen Einträgen des Pflegedienstes hoch.

»Du ermittelst.«

Benedikt wäre am liebsten wieder gegangen. Warum nur hatte ihnen das Schicksal eine solche Zicke wie Lydia Hobmaier in die Inspektion gesetzt? Wer von ihnen hatte da nicht aufgepasst? Die einzige Hoffnung bestand möglicherweise darin, dass die sich bald von ihrem Finanzbeamten heiraten lassen und dann viele Kinder bekommen würde. Er wandte sich erneut an Sandra: »Ham die Kollegen in Straubing aa wos Konkretes vorg'schlogn?«

Sie nickte. »Und zwar das Gleiche, was ich auch schon

gemeint habe. Wir werden mit den Pflegerinnen und Pflegern sprechen. Vor allem müssen wir herausfinden, wie selbstständig Roswitha Hirschfeld tatsächlich ist, was sie machen kann und wie lange sie unter diesen Umständen durchhalten wird.«

»Die ist garantiert zäh wie ein Turnschuh«, bemerkte Lydia aus der Ecke ihres Schreibtisches. »Die war doch früher Sportlehrerin.«

»Ach was, hat sie dich auch unterrichtet? Kennst du sie daher?«

»Schmarrn, die ist doch schon seit zwölf Jahren weg von der Schule. Die liegt übrigens in Freising. Und so alt bin ich nun auch nicht!« Lydia klang beleidigt.

Sandra schob Benedikt einen Zettel rüber. »Das ist der Name des Pflegers, der gestern Abend bei ihr war. Der Ehemann hat ihr das Essen zubereitet, danach ist Herr Gerleigner gekommen, Gerhard Gerleigner. Der scheint eher eine Art Physiotherapeut zu sein als eine normale Pflegekraft. Jedenfalls hat er eine gute halbe Stunde mit ihr am Gehroboter gearbeitet. So steht es zumindest in diesem Bücherl. Und als Notiz steht da auch noch, was der Hirschfeld schon gesagt hat: Patientin will auf weiteres Training an diesem Gerät verzichten.« Sandra zog die Stirn kraus. »Vielleicht hat dieser Verzicht ja auch was mit dem Trainer zu tun? Möglicherweise kam sie mit dem nicht klar. Soll's ja geben.«

»Echt, die wollen das Gerät loswerden?« Lydia horchte auf. »Habt ihr euch den Gehroboter mal angeschaut? Ist das nicht so eine Art Laufband? Ich meine, könnte man das eventuell für mich umrüsten? Bevor die den wegschmeißen, könnte ich das doch nehmen. Ich hab ja nix gegen Sport, ich hab nur was gegen frische Luft.«

Benedikt tippte sich gegen die Stirn. »Ja, spinnst jetzt

komplett? Da wird a Frau entführt, und du denkst glei, wos für Vorteile dir des bringa könnt! I frog mi manchmal wirklich, wos du bei der Polizei machst.«

Lydia wandte sich ab. »Man wird doch wohl noch einen Scherz machen dürfen!«

Benedikt und Sandra sahen sie mit offenem Mund an. Es war das erste Mal seit ihrem Dienstantritt, dass Lydia von Scherzen sprach. Niemand hätte gedacht, dass sie das Wort überhaupt kannte. Sie gehörte nicht zu denen, die zum Lachen in den Keller gingen – sie lachte vorsichtshalber überhaupt nicht.

Selbst Burschi knurrte in diesem Moment, ob im Traum oder weil er die Unstimmigkeit zwischen Aussage und Person bemerkte. Er war nun mal ein besonders sensibler Hund. Gerührt strich Benedikt ihm über die schwarzen Locken.

»Kann ich dich mal kurz sprechen?« Sandra suchte den Blick des Kollegen. »Am besten draußen vor der Tür.«

»Ja, weiht mich bloß nicht ein, damit ich euch ja nicht helfe!«, klagte Lydia. »Und sprecht ruhig über mich!«

»Es geht nicht immer nur um dich. Und du wartest hier drinnen auf dein Finanzamtsgespräch«, erklärte Sandra und raunte Benedikt im Hinausgehen zu: »Was immer das auch bringen mag.«

Draußen nahm sie ihn beiseite. »Das bleibt nun aber unter vier Augen. Also mich hat vorhin ein Staatsanwalt aus Passau angerufen. Offensichtlich ein Bekannter vom Hirschfeld. Und dieser Staatsanwalt, Benno Holdenrieder, erwägt, eine Kriminalkommissarin als Undercover-Ermittlerin beim Hirschfeld einzuschleusen. Die soll zum einen auf den Hirschfeld achten und zum anderen dafür sorgen, dass der keine Alleingänge macht.«

Benedikt seufzte. »Ich woaß ned. Was sogt der Hirschfeld denn dazu?«

»Angeblich ist der einverstanden. Der klammert sich an jeden Strohhalm. Außerdem gibt es im Haus eine Einliegerwohnung, in der die Kollegin dann wohnen kann. Getarnt als seine Schwester. Das schlägt der Staatsanwalt vor.«

»Im Hause Hausmann hängt der Haussegen nicht nur schief, der ist gerade komplett runtergefallen«, erklärte Franziska ihrer Katze Bella. Jetzt bloß nicht hysterisch werden! Den Gefallen würde sie ihrem Mann nicht auch noch tun. Sie wandte sich erneut an die Katze und murmelte: »Es kann sein, meine Liebe, dass ich für ein paar Tage verreise. Momentan halte ich es hier nicht aus.«

Ihr Mann Christian klopfte an die Schlafzimmertür. »Nun lass uns doch darüber reden. Bitte!«

»Dadurch wird es auch nicht anders und schon gar nicht rückgängig gemacht oder aus der Welt geschafft«, murmelte Franziska mit belegter Stimme und begriff erst jetzt, wie gekränkt sie war.

Die Demütigung machte ihr mehr zu schaffen als alles andere.

»Es hat nichts zu bedeuten!«, versicherte Christian ihr durch die geschlossene Tür.

Sie schwieg und fragte sich, wie es denn überhaupt geschehen konnte, wenn es nichts zu bedeuten hatte.

Der Schalenkoffer fiel ihr fast auf den Kopf, als sie ihn vom Schrank herunterwuchtete. Diesmal würde sie auch an flache Schuhe denken. In Lieblmühle …

Im nächsten Moment wurde ihr bewusst, dass ihre Freundin Marie ja gar nicht in Lieblmühle war, sondern sich in Bennos Haus in Passau von ihrer Operation erholte. Wie hatte sie das nur vergessen können!

»Du hättest sie gar nicht wegschicken müssen!«, rief sie Christian durch die geschlossene Tür zu. »Ich gehe!«

Wenn sie nicht zu Marie nach Lieblmühle fuhr, konnte sie immer noch in Passau in ein Hotel gehen und Marie täglich besuchen, überlegte sie nun. Was für ein Glück, dass sie finanziell unabhängig war.

Zehn Tage mindestens, beschloss sie und schüttelte über sich selbst den Kopf. Würden zehn Tage genügen, um herauszufinden, ob sie weiter mit Christian leben wollte? Und falls ja, wie und unter welchen Bedingungen?

Franziska zählte zehn Slips ab und packte sie in den Koffer. Bella strich ihr misstrauisch um die Beine.

Die Frau hatte an diesem Mittwoch am Gartentor gestanden und verbindlich gelächelt. Dabei hatte sie ebenso forsch wie müde gewirkt. Franziska hatte sie für eine Vertreterin gehalten, die während der Woche in unpersönlichen Hotelzimmern nächtigte und sich dort Abend für Abend mehr Wein gönnte, als sie tatsächlich vertrug.

Während Franziska sich noch gefragt hatte, welches Produkt ihr gleich angeboten werden würde, Töpfe, Putzmittel oder stapelbare Aufbewahrungsboxen, verlangte die Fremde mit fordernder Stimme: »Ist Christian Hausmann da?« Dabei hatte sie Franziska mit einem Blick bedacht, der dieser klarmachte, dass sie sie für die Haushälterin des Herrn Hausmann hielt.

Franziska hatte sofort gewusst, dass es kein Spiel war, und dennoch versucht, die Sache komisch zu nehmen. Irgendwie musste sie ja aus dieser Nummer herauskommen, und vor der Fremden wollte sie keinesfalls ihr

Gesicht verlieren. Dabei hatte sie wider besseres Wissen gehofft, dass alles ein Irrtum sein möge. Doch die unsichtbare Faust, die sich in ihrem Magen drehte, belehrte sie eines Besseren.

Sie war zurück in die Diele gegangen und hatte nach ihrem Mann gerufen. »Besuch für dich!«

Ahnungslos war er die Treppe heruntergekommen, hatte die Besucherin gesehen und war blass geworden. »Du?«

»Ja, ich!« Die Fremde hatte ihn angestrahlt. »Endlich habe ich herausbekommen, wo du wohnst! Darf ich reinkommen?« Sie war auf das Haus zugegangen und hatte Franziska mit einer so herrischen Geste zur Seite geschoben, dass diese erneut begriff: Die Frau hielt sie für eine Angestellte.

Franziska, der das Haus gehörte, hatte sich an ihren Mann gewandt und betont gelassen gefragt: »Willst du uns nicht vorstellen?«

Die anfängliche Blässe war aus seinem Gesicht gewichen, inzwischen leuchtete es dunkelrot, und auf der Stirn glänzten Schweißperlen: »Angelika, das ist meine Frau«, sagte er wie ein braver Junge und wandte sich an Franziska: »Das ist Angelika.«

Franziska hatte von dem einen zu der anderen geschaut und sich erkundigt: »Und wie steht ihr zueinander?«

»Christian ist mein Freund!«, erklärte Angelika mit einem Selbstbewusstsein, bei dem Franziska das Herz stockte.

Ihr Mann stand währenddessen auf der zweiten Treppenstufe, hatte den Kopf gesenkt und geschwiegen.

»Seit wann?« Franziska hatte sich um ein verbindliches Lächeln bemüht. Diese Angelika sollte nicht sehen, wie bestürzt sie war.

»Auf den Tag genau weiß ich es gar nicht«, hatte Angelika geantwortet und Christian verliebt angesehen. »Wie lange kennen wir uns schon? Sechs Jahre, sieben Jahre? Und nun hast du dich wochenlang nicht gemeldet. Was hätte ich denn tun sollen? Ich bin fast verrückt geworden vor Sorge.«

»Du hättest nicht kommen dürfen!«, hatte er tonlos entgegnet. »Das war zwischen uns nicht ausgemacht.«

»Es ist nicht das, was du denkst«, rief Christian ihr durch die geschlossene Schlafzimmertür zu. Franziska fühlte sich wie in einem absurden Film mit platten Dialogen und hatte gleichzeitig das Empfinden, das alles schon einmal erlebt zu haben. Ein Déjà-vu. Ein Albtraum!

»Woher willst du denn wissen, was ich denke?«, entgegnete sie und packte weiter.

Wenig später klopfte er schon wieder an die Schlafzimmertür. »Franziska, mach auf! Telefon für dich. Benno will dich sprechen.«

Der hatte ihr gerade noch gefehlt.

2. Kapitel

Letztendlich hatte sie den Koffer noch einmal komplett neu gepackt. Diesmal für drei Wochen. Dazu ihr Tablet, den Laptop, Wanderstiefel, einen Haufen Bücher – zusammen mit der irrwitzigen Hoffnung, vielleicht ein oder zwei Tage lang nur lesen zu können – und dicke Socken. Wenn sie es genau betrachtete, so hatte Benno ihr einen Rettungsring zugeworfen, auch wenn sie noch nicht wusste, wo sie stranden würde.

Als Franziska am frühen Nachmittag in ihren Wagen stieg, stand Christian am Fenster seines Arbeitszimmers und sah ihr nach. Regungslos, versteinert wie eine Statue. Er tat ihr fast leid, aber dieses Gefühl verbot sie sich.

»Ich brauche Abstand«, war das Einzige gewesen, was sie zu ihm sagen konnte. Dieser Satz erschien ihr wie der Deckel auf einem Fass, in dem es schäumte und gefährlich brodelte. Eigentlich sollte er ihr dankbar sein, dass sie mit diesen drei Worten den explosiven Stoff unter Verschluss halten konnte. Aber wer wusste schon, für wie lange.

Jetzt fuhr sie mit ihrem Wagen durch die triste Novemberlandschaft, und ihr wurde zum ersten Mal bewusst, dass das Auto ihr gehörte, ebenso wie das Haus, und dass sie es war, die ihrem Mann jenes Leben ermöglicht hatte, das es ihm erlaubte, sie zu hintergehen. All das hätte vermutlich gar nicht geschehen können, hätte sie nicht vor neun Jahren im Lotto gewonnen und würden sie nicht seitdem gemeinsam von ihrer monatlichen Sofortrente profitieren.

Franziska spürte, wie unfair es war, ihren Frust auf diesen Lottogewinn zu schieben, der ihnen beiden doch ein angenehmes Leben ermöglichte, dennoch spann sie diesen Gedanken weiter: Er hatte etwas Neutrales an sich und trug nicht den Namen Angelika. Ohne dieses finanzielle Polster wäre Christian nie auf die Idee gekommen, elegant gekleidet an Übersetzerkongressen teilzunehmen, sich in Gremien zu engagieren, in Herausgeberkreisen kluge Dinge von sich zu geben und sich dabei seinen Kaschmirschal so um den Hals zu legen, als sei er ein Bonvivant. Sie selbst hatte ihm den geschenkt und amüsiert beobachtet, wie er vor dem Spiegel neue Gesten damit probte. Ihr wurde klar, dass sie an ihn wie an ein ungezogenes und verwöhntes Kind dachte – nicht wie an einen Ehemann.

Ohne dieses Monat für Monat verlässlich eintreffende Geld wäre er nicht so viel unterwegs gewesen, hätte er nicht in gehobeneren Hotels absteigen können und wäre dann vermutlich auch nicht vor sechs Jahren dieser Angelika über den Weg gelaufen.

Franziska verbot es sich, weiter über diese Frau nachzudenken. Das verbrauchte nur wertvolle Energie. Pragmatisch beschloss sie, die Geschehnisse des heutigen Vormittags in Erinnerungsschubladen zu verwahren. Und zwar in ganz fest verschlossenen. Dort sollten sie verschrumpeln und brüchig werden, bis sie schließlich in Vergessenheit gerieten. Dabei wusste sie schon aus Erfahrung, dass ihr das nicht gelingen würde.

Die eigentliche Frage war doch, ob sie weiterhin mit Christian leben wollte – oder konnte. Und auch er wusste, dass es darum ging. Sie hatte es ihm angesehen. Aber er war es auch gewesen, der alles aufs Spiel gesetzt hatte.

Das alles hätte sie zu gern mit ihrer besten Freundin

Marie besprochen. Schon während sie ihren Koffer zum ersten Mal packte, hatte sie sich vorgestellt, mit Marie an einem Tisch zu sitzen, Wein zu trinken und sich in aller Ruhe und mit vielen Pausen und sicher auch einigen Tränen alles von der Seele zu reden. Und genau in dem Augenblick hatte Benno, Maries Mann, angerufen.

»Ich brauche deine Hilfe«, hatte er statt einer Begrüßung gesagt.

Sofort hatte sie gedacht, dass etwas ganz Entsetzliches geschehen sein musste. Der Tag hatte mit einer Katastrophe begonnen, irgendwie logisch, dass es nun so weiterging. Ein Unglück folgte dem anderen, und dazu könnten schlechte Nachrichten über die frisch operierte Marie gehören, ein weiterer brutaler Schicksalsschlag, der ihre eigenen kleinen Probleme der Lächerlichkeit preisgeben würde.

Ihr war schwindlig geworden, und sie hatte sich aufs Bett gesetzt: »Um Gottes willen. Was ist passiert?«

»Hier ist alles in bester Ordnung«, hatte Benno sie beruhigt.

Sie hatte geschluckt und ihm gestanden: »Gerade habe ich überlegt, ob ich euch besuchen soll, in eurer kleinen, feinen Villa in Passau.« Es gelang ihr mit Mühe, den tatsächlichen Grund ihrer Reise für sich zu behalten. Offensichtlich hatte auch Christian über die akuten Eheprobleme geschwiegen, denn Benno hörte sich an wie immer.

»Das wäre wirklich schön, aber ich wollte dich bitten, in einer anderen Angelegenheit für mich tätig zu werden.«

Sie ahnte bereits, weshalb er anrief. »Geht es etwa schon wieder um eine Sonderermittlung? Die letzte ist doch noch gar nicht so lange her.«

»Das Böse schläft nie«, versuchte er zu scherzen, und

sie war froh, dass er so mit ihr sprach, denn das hieß auch, dass mit Marie tatsächlich alles in Ordnung war. »Ich wollte dich bitten, so schnell wie möglich nach Viechtach zu reisen«, fuhr er fort. »Am besten noch heute und am besten sofort.«

»Und warum?«

Dann hatte er ihr eine Geschichte erzählt, die ihr so ungeheuerlich erschien, dass sie ohne großes Nachdenken in seine Pläne eingewilligt hatte. Eine kranke und fast unbewegliche Frau war verschwunden und schwebte vermutlich in Lebensgefahr.

»Was soll ich tun?« Als sei ein Schalter umgelegt worden, fand sie zu ihrer Professionalität zurück. »Hast du schon einen Plan?«

»Ich habe mit dem Ehemann gesprochen«, sagte Benno. »Wir kennen uns, weil ich ihm vor Kurzem einen Heuwender abgekauft habe.«

Franziska hätte fast gelächelt. Die außerberuflichen Kontakte ihres alten Freundes und inzwischen Oberstaatsanwaltes bestanden seit Jahren hauptsächlich zu Besitzern, Verkäufern und Händlern historischer Landmaschinen, wobei er und Marie die Geräte in desolatem Zustand zu sich holten, dort mit viel Liebe und noch mehr Maschinenöl wiederbelebten und »aufhübschten«, wie Marie es nannte, um ihnen einen angemessenen Platz in ihrem Landmaschinenmuseum zuzuweisen.

»Gottfried Hirschfeld ist verzweifelt und völlig durcheinander«, erklärte Benno. »Ich möchte, dass du auf ihn aufpasst. Nicht, dass der unüberlegt handelt und dadurch alles noch viel schlimmer wird.«

»Und wie soll ich das machen?«

»Die wesentlichen Eckdaten habe ich schon mal geklärt.«

Benno spielte gerne den Macher. »Ich habe mit Herrn Hirschfeld vereinbart, dass du ab sofort mit ihm in seinem Haus wohnst. Es gibt dort eine abgeschlossene Einliegerwohnung, in der er dich unterbringen wird. Wir haben entschieden, dass er dich als seine Schwester ausgeben wird – im Klartext heißt das, dass ihr euch vor Publikum und den Kollegen der dortigen Inspektion von Anfang an duzt.«

»Und die Kollegen wissen, wer ich bin?«

»Ich denke, nur Frau Falk. Sie ist Kriminalhauptkommissarin und wird das Ganze für sich behalten. Mit der kannst du offen reden. Für alle anderen bist du Hirschfelds Schwester Franziska. Der hat tatsächlich eine Schwester, aber die hat sich von ihm abgewandt. So sind wir auf der sicheren Seite, sollte einer von den Viechtacher Kollegen auf die Idee kommen, einstige Nachbarn in Hirschfelds Heimatort zu befragen – man weiß ja nie.«

»Ich dagegen habe keine Brüder«, sagte die Sonderermittlerin und verspürte einen leisen Schmerz. »Ich war immer ein Einzelkind.« Wie schön wäre es doch, einen Bruder zu haben, der mit Christian sprach und Angelika zum Teufel schickte und in alter Familientradition die Dinge klärte. Aber solche Brüder gab es wohl nur im Märchen.

»Umso besser, dann erfährst du jetzt, wie es ist, Geschwister zu haben.« Benno hatte sich angehört, als dulde er keinen Widerspruch.

Während Franziska einen Traktor überholte, fragte sie sich, ob Benno mit seiner genesenden Marie auch so sprach: »Du stehst jetzt auf und läufst drei Schritte! Du machst ab sofort deine Übungen! Du bist in einer Woche wieder fit!« Ob Marie ihm wohl gehorchen würde? Hoffentlich ging sie nicht gleich in Opposition. Schließlich meinte er es ja nur gut.

Sie selbst war vor fast vierzig Jahren an Maries Stelle gewesen, die Frau an der Seite dieses vielversprechenden Jurastudenten, und sie hatte damals alles getan, was er von ihr erwartete, hatte sich überlegt, wovon er womöglich träumte, und diese Wünsche schon erfüllt, noch bevor er sie ausgesprochen hatte. Sie war zu nett gewesen. Und so verliebt, dass es eigentlich verboten gehörte.

Genauso verliebt wie später in Christian. Und nun das!

Es war hinterhältig und nicht fair vom Schicksal, dass die Menschen weiterlebten und älter wurden, ihre Gefühle füreinander jedoch fadenscheinig wurden und irgendwann ganz verschwanden.

Warum war die Liebe zu einem bestimmten Menschen nicht an die gemeinsame Lebenszeit gekoppelt? Dann hätte das mit Christian und der Vertreterin erst gar nicht geschehen können – andererseits wäre sie dann immer noch mit Benno zusammen, was inzwischen unvorstellbar war. Oje! Und was wäre dann wohl aus Marie geworden?

Die männliche Stimme des Navigators machte sie auf einen Kreisverkehr aufmerksam und empfahl, diesen zu durchfahren und die zweite Ausfahrt zu nehmen, um anschließend zunächst links und dann rechts abzubiegen. Sie folgte den Anweisungen und fand sich plötzlich mit ihrem Wagen inmitten eines Platzes voller verrosteter Stahlträger, abgehalfterter Maschinen, Ziegel- und Steinberge sowie unübersichtlich geschichteter Autoräder wieder. Der Navigator verkündete: »Sie haben Ihren Zielort erreicht.«

Da stimmte doch was nicht! Hatte sie sich bei der Eingabe in den Navigator vertippt?

Während sie noch zweifelnd in ihrer Handtasche nach der Adresse suchte, die Benno ihr gegeben hatte, fiel ein Schatten auf sie. Er gehörte zu einem Mann in etwa ihrem Alter, der sich vorbeugte und fragte: »Franziska?«

So also sah ihr Bruder aus.

Sie hob die Augenbrauen und stellte die Gegenfrage: »Gottfried?«

Der Fremde nickte.

Den Sicherheitsgurt lösend suchte sie seinen Blick und fragte besorgt: »Gibt es schon was Neues?«

Gottfried schüttelte den Kopf.

»Keine Anrufe, keine anonymen Briefe, keine verräterischen E-Mails?«

»Nein. Nichts.« Er nahm ihr den Koffer ab und ging voraus auf eine lang gezogene Halle zu, während er ihr erklärte: »Die Wohnungen sind oben.«

Es ging schon auf achtzehn Uhr zu und draußen war es bereits dunkel. Sie stiegen die Treppe hinauf, bogen direkt vor dem geöffneten Krankenzimmer nach rechts ab und standen dann in der Einliegerwohnung. Gottfried Hirschfeld betätigte den Lichtschalter. Die Zigarette, die er noch auf der Treppe geraucht hatte, verqualmte in einem Aschenbecher auf der Fensterbank des Treppenhauses. Franziska war aufgefallen, dass er sich eine an der anderen anzündete. So brauchte er eigentlich weder Streichholz noch Feuerzeug – außer für die erste des Tages. Woher kamen ihr nur immer solche Gedanken?

Mit zigarettenfreien Händen stand er im Flur der kleinen Wohnung und sagte: »Wir hatten sie mal als Ferienapartment angelegt. Aber es kamen keine Gäste. Wer will schon neben einer kranken Frau Urlaub machen! Und die auch noch immer beim Weggehen und Heimkommen als

Letztes und als Erstes sehen? Später sollte eine Pflegerin für meine Frau hier wohnen, eine aus Tschechien oder Polen. Dann ist uns klar geworden, dass es mit der Viechtacher ›Pflege vor Ort‹ praktischer ist. Die sind gut organisiert und kümmern sich auch um den Papierkram. Das muss ja auch alles gemacht werden. Wegen der Versicherung und so.«

Franziska nahm einen Aschenbecher von der Anrichte und stellte ihn auf den runden Esstisch. »Ich bin keine militante Nichtraucherin, also wenn Sie wollen ...«

Sie hatte die Raucherlaubnis nicht einmal ausgesprochen, als er schon wieder an einer Zigarette zog und sich seufzend auf einen Stuhl fallen ließ.

»Danke!«

Die Kommissarin sah sich um. »Hat Ihre Frau das so eingerichtet?«

Er nickte.

Die Wohnung war durchgängig in Schwarz-Weiß gehalten. Auf dem Tisch jedoch stand zu ihrer Begrüßung eine schwarze Vase mit dunkelroten Astern. Ob er die dorthin gestellt hatte? Dass er trotz all der Sorgen noch auf diesen Gedanken gekommen war! Franziska sah ihn von der Seite an. Gottfried Hirschfeld vertiefte sich in sein Rauchen. Auf dem weißen Teppich des Wohnbereiches standen ein schwarzes Ledersofa und zwei Sessel sowie gläserne Tische mit Stahlgestellen. An den Wänden hingen Schwarz-Weiß-Fotografien.

»Hübsch«, stellte Franziska fest und schob ihren Koffer ins Schlafzimmer. Mit einem Mal schämte sie sich. Sie hörte sich an, als sei sie eine Urlauberin und wolle ab morgen entweder den Böhmerwald erkunden oder Pilze sammeln – vielleicht auch beides.

»Erzählen Sie mir von Ihrer Frau.« Sie setzte sich zu ihm auf einen der schwarzledernen Freischwinger an den runden Esstisch.

»Der Benno hat gesagt, wir sollen uns duzen«, sagte er.

»Na gut. Erzähl mir von Roswitha.«

Aus alter Gewohnheit hätte sie fast nach einer der angebotenen Zigaretten gegriffen, zog aber noch rechtzeitig die Hand zurück. »Danke, ich rauche nicht mehr.«

»Schade.«

Sie hatten sich zum Mittagessen vom Grillwagen auf dem Stadtplatz Currywurst und Pommes frites geholt, wie sie es an jedem Marktmittwoch machten, um dann gemeinsam am Besprechungstisch zu essen. Und auch heute wieder rebellierte Benedikts Magen. Es wäre um einiges vernünftiger gewesen, nun einen Tee zu trinken, doch auch der höllenschwarze Kaffee gehörte zum Mittwochsritual.

»Wirst du die Ermittlungen leiten?«, sagte er an Sandra gewandt und fügte demonstrativ hinzu: »Mir sollt'n so schnell wie möglich mit seiner Schwester reden. Hod er ned g'sagt, dass die heit kimmt?«

»Ja, so ein Unglück schweißt die Familie zusammen«, kommentierte die allwissende Lydia ungefragt, und Benedikt wünschte ihr augenblicklich ein besonders großes Unglück und einen Pulk quengelnder Geschwister an den Hals. Im selben Moment schämte er sich für seine Gedanken.

»Lass es uns gleichberechtigt handhaben«, schlug Sandra vor.

»Oaner muass den Überblick behalten und die Aufgaben verteilen«, widersprach er, streifte sich unter dem Tisch die Schuhe ab und schob seine kalten Füße unter den warmen Bauch des Hundes. Der ließ sich von Benedikts Zehen kraulen. »Außerdem bist du die Chefin.«

»Wir sprechen uns einfach ab, wir sind doch ein gutes Team.« Sandra suchte seinen Blick. In ihren Augen las er, dass auch sie sich hin und wieder an jene Zeit erinnerte, in der sie sich nah gewesen waren. Damals waren sie ein besonders gutes Team gewesen. Er hätte gern die Zeit zurückgedreht. Sie möglicherweise auch? Dieser Gedanke hatte was Tröstliches.

»Und ich?« Lydia hob die Hand wie in der Schule. »Was kann ich tun?«

Benedikt vermied es, sie direkt anzusehen. »Wos sogt denn dei Finanzamt zu deiner selbstständigen Recherche? Gibt's scho wesentliche Erkenntnisse?«

Er hatte Lydia Hobmaier von Anfang nicht leiden können, was für ihn, ansonsten die Gelassenheit in Person, ein völlig unbekanntes Empfinden war. Es gab nicht einmal eine Erklärung. Lydia war eines Morgens durch die Tür des Reviers getreten, hatte sich, wie Benedikt es später zu deuten pflegte, hochmütig umgesehen, als habe sie etwas Besseres erwartet, und er hatte instinktiv gewusst: Wir zwei können nicht miteinander. Genauso war es dann ja auch gekommen.

Andererseits – mit Lydia kam niemand klar. Auch Max Deffner und dessen Hündin Cora pflegten in ihrer Nähe zu knurren, vor allem, wenn Lydias Sätze mit den Worten begannen: »Also bei uns, bei der Bereitschaftspolizei ...« Dann folgten immer schrecklich langweilige Erinnerungsgeschichten, die zwar an unterschiedlichen Orten spielten, aber alle den gleichen Inhalt hatten.

»Ingo meldet sich«, antwortete sie nun.

»Ingo ist dein Kontaktmann?« Sandra sah von ihrer

Kladde auf. An die Ränder der einzelnen Seiten hatte sie Post-its mit Anmerkungen geklebt.

»Kontakt? Nein, nicht so, wie du meinst.« Lydia errötete und fummelte an dem Bleistift auf ihrem Kopf. Einerseits hielt er ihr Haar zusammen, andererseits aber schien er mit seiner Spitze geheimnisvolle Zeichen in die Luft zu schicken oder unsichtbare Sätze an die Decke zu schreiben. Benedikt dachte an finstere Beschwörungsformeln.

»Ich habe mich mal durch diesen Pflegebericht gelesen«, sagte Sandra nun. »Da war tatsächlich so gut wie rund um die Uhr jemand bei ihr.«

»Und wer zuletzt?«, wollte Lydia wissen.

»Am Dienstagabend um achtzehn Uhr ein Gerhard Gerleigner. Der hat eine Krankenpflegerin abgelöst. Aber den Namen dieser Frau kann ich beim besten Willen nicht entziffern. Na ja, die werden ja auch nicht fürs Schönschreiben bezahlt.« Sandra blätterte im Pflegebericht. »In den vergangenen zwei Monaten haben sich fünf verschiedene Personen um sie gekümmert, und alle kommen vom gleichen Pflegedienst.«

»Was willst du damit sagen?« Lydia beugte sich vor.

»Nichts, ich hab nur laut gedacht. Wenn ich das hier richtig lese, kam der Gerleigner an jedem zweiten Tag und hat dann jeweils eine Stunde lang mit ihr trainiert. Er ist übrigens der einzige Mann im Team dieser ›Pflege vor Ort‹.« Schweigend studierte sie die Listen und merkte an: »Soweit ich das sehe, hat er keine typischen Pflegeleistungen für sie aufgeschrieben. Nur Coaching und Training.«

»Und was verstehst du unter typischen Pflegeleistungen?«

Sandra las vor: »Waschen, Zahnpflege, Kämmen, Wechsel der Inkontinenzprodukte, Richten der Bekleidung. Das sind nur einige Punkte auf der Liste. Verständlich, ich würde mich auch lieber von einer Frau umsorgen lassen. Der Mann war wohl fürs Training und vielleicht auch für die Seele da.«

»Ich könnte mit dem reden«, meinte Lydia und hob schon wieder die Hand, als säße sie in einem Klassenzimmer.

»Was meinst du?« Sandra sah fragend Richtung Benedikt. Der zog gerade seine Füße unter dem Hund hervor und schlüpfte wieder in die Schuhe. Das wäre vielleicht eine Chance, diese Lydia für ein, zwei Stunden loszuwerden. Dennoch hob er zweifelnd die Schultern. »Und wenn mir den einbestell'n?«

»Das ist viel zu offiziell. Also, wir bei der Bereitschaftspolizei haben gelernt ...«, widersprach die junge Kollegin und war wieder einmal bereit, ihr ganzes Wissen vor ihnen auszubreiten.

Benedikt brachte sie mit einer Handbewegung zum Schweigen und wandte sich nach kurzem Nachdenken an Sandra: »D' Lydia kennt die Situation ned. Sie hod des Zimmer ned g'sehn und kann si koa wirkliche Vorstellung vom Gesundheitszustand von der Frau machen. Mir sollten oiso vorher die wesentlichen Fragen mit ihr absprechen. Und bei der Befragung sollt sie a Band mitlauf'n lassen.« Er sprach über Lydia, als säße die gar nicht mit am Tisch.

Stolz hielt Lydia ihr Smartphone hoch. »Dafür brauche ich kein Diktiergerät. Mein Handy kann alles.«

Benedikt wandte sich erneut an Sandra. Sie spürte, dass er eine diebische Freude daran hatte, so zu tun, als sei die Polizeihauptmeisterin Lydia nicht anwesend. »Wos moanst, unsre Kollegin könnt si doch vo dem trainiern lassen? A kloans Zusatztraining für ihre sauschlechte Kondition. Dann müsst i sie aa nimmer jede Woch zum Trainingslauf zwingen.«

Sandra strich sich durchs graue Haar und seufzte demonstrativ. »Lasst uns mal nachdenken. Was genau wollen wir denn von dem Gerleigner wissen? Welche Fragen sind relevant, oder, anders gesagt, welche Antworten könnten uns weiterbringen?«

Benedikt gähnte. Ihm war schlecht, ob vor Müdigkeit, wegen des viel zu starken Kaffees oder weil die Currywurst wie immer zu scharf gewürzt gewesen war – er hätte es nicht sagen können. Aber die Kombination dieser drei Faktoren war verheerend. Zu seinen Füßen schnarchte Burschi. Er beneidete seinen Hund. Der hatte ein einfaches Leben. Der musste nicht so viel denken.

»Wir müssen alles wissen!«, dozierte Lydia, und er sah ihr an, wie sehr sie sich auf ihren Auftritt bei der Zeugenvernehmung freute. »Wichtig ist doch, wie Roswitha Hirschfeld drauf war, ob zuversichtlich oder depressiv, was sie ihrem Coach anvertraut hat. Möglicherweise hat sie ihm gegenüber ihre Flucht schon angedeutet. Und wir müssen wissen, ob sie überhaupt mit ihrem Mann klargekommen ist. Vielleicht wollte sie den ja verlassen. Wie schätzt der Herr Gerleigner das ein, und haben seine Kolleginnen ihm auch mal was über das Ehepaar Hirschfeld erzählt?«

»Stopp!« Sandra unterbrach sie mit einem Handzeichen. »Das Wichtigste ist zunächst einmal seine Einschätzung ihrer Kondition. Wie fit ist Frau Hirschfeld? Wie lange kommt sie ohne Medikamente und adäquate Pflege klar? Sobald wir diese Antworten wissen, haben wir auch ein Zeitfenster. Wir können nur hoffen, dass es nicht zu eng ist. Und frag ihn dann bitte auch, was er heute Nacht gemacht hat.«

»Sowieso!« Lydia hatte sich schon ihre Jacke übergezogen. »Ich bin dann mal ermitteln.«

Benedikt verdrehte die Augen. Erneut wandte er sich ausschließlich an Sandra und sagte so laut, dass auch Lydia es noch hören musste: »Dieser Gerleigner wird scho seit heit in der Früh wissen, dass sei Patientin verschwund'n is. Der Schrotthändler hod die erste Pflegerin des Tages glei wieder fortg'schickt. Die san oiso bei der ›Pflege vor Ort‹ scho informiert und werden sich aa so ihre Gedanken g'macht und ihre Antworten zurechtg'legt ham.«

»Ich hab mir immer schon gedacht, dass mit diesem Schrottplatzheini was nicht stimmt!« Lydia zog sich den Bleistift aus dem Haar, drehte sich einen neuen Knoten und befestigte ihn diesmal mit einer Spange. Den Bleistift versenkte sie in die Brusttasche ihrer Jacke.

Hoffentlich hod sie da aa a Notizbuch stecken, dachte Benedikt, sagte aber nichts.

»Bis dann.« Die Polizeihauptmeisterin verschwand.

Kopfschüttelnd sahen Sandra und Benedikt ihr nach.

»Kannst ned dafür sorgn, dass die versetzt wird?«

»So einfach ist das auch nicht. Sie ist grad mal ein halbes Jahr hier. Ich kann sie nicht einmal wegloben.«

»Des wär aa z' vui des Guten.« Benedikt schüttelte den Kopf. »Wegen der braucht ma ned lügen. Woaßt wos, i werd sie mit diesem Ingo vom Finanzamt verkuppeln. Da muass doch wos gehn! Der soll sie heirat'n. Besser heit als morg'n. Und dann soll s' Hausfrau und Mutter werden und unter ihren Kindern vermitteln, denn die san g'wiss akkurat so besserwisserisch wie sie. Und denen soll s' dann ois, aber wirklich ois vo ihr'm abenteuerlichen Leb'n beim

Bereitschaftsdienst verzählen.« Er hatte sich wunderbar in Rage geredet.

»Hör auf zu träumen, Bene. Ich telefoniere noch mal mit Straubing. Wir sollten für die Nacht eine Hubschrauberstaffel mit Infrarotkameras anfordern. Du siehst wirklich müde aus. Leg dich doch noch mal hin.«

Benedikt schielte in den Nebenraum. Dort stand eine Pritsche mit einer Wolldecke. »Ja, i werd mi kurz hi'legn. Dem Hirschfeld sei Schwester is wahrscheinlich eh noch ned da, und wenn doch, dann soll die sich erst amoi vo ihm auf den neusten Stand bringen lassen. Komm, Burschi, mir ziehn uns z'ruck.«

Sandra griff zum Telefon und rief im Polizeipräsidium Niederbayern an. Von dort wurde sie an die Kriminalpolizeiinspektion Straubing vermittelt. Es wurde ein langes Gespräch.

Zwischendrin läutete ständig auf den anderen Leitungen das Telefon. Sie beugte sich vor und schaltete den Anrufbeantworter ein. Heute war wirklich die Hölle los. Als hätte man sich abgesprochen. An manchen Tagen wurde grad mal ein zugeparktes Auto oder ein gestohlenes Rad gemeldet – gelegentlich ging auch die Aufforderung ein, gemeinsam mit den Kollegen von der Straßenpolizei an bestimmten Straßen Radarfallen zu errichten. Oder es war, wenn man Glück hatte, sogar ganz ruhig und damit Zeit für Verwaltungsarbeiten. Heute jedoch schienen alle etwas von ihnen zu wollen. Der Anrufbeantworter verzeichnete in nicht einmal einer halben Stunde fünf Gespräche.

So hatte ein gewisser Ingo um genau vierzehn Uhr achtundzwanzig angerufen und dringend mit Lydia sprechen wollen. Da sie nicht zurückgerufen hatte, war er zwei Minuten später noch mal zu hören: »Lydia, du wirst es nicht glauben! Ich habe extrem spannende Neuigkeiten, aber die sollten unter uns bleiben. Versprochen?«

Sandra schüttelte den Kopf. Wie blöd war jemand, der auf einem öffentlichen Anrufbeantworteter hinterließ, er habe streng geheime Informationen. Nicht zu fassen!

Sie lächelte. Benedikt würde jetzt garantiert sagen: »Blöd g'nug, um Lydia zum heiraten.« Dann sah sie auf die Uhr, öffnete eine Packung Kekse und weckte ihren Kollegen.

»Was hat denn die Polizei bisher unternommen?«, fragte Franziska und betrachtete den von Sorgen gebeugten Mann, der ihr gegenübersaß. »Oder sollte ich besser sagen, welche Schritte haben meine Kolleginnen und Kollegen bereits unternommen?«

»Was die unternehmen? Sich beraten!« Gottfried Hirschfeld strich sich über die Stirn. Seit etwa einer halben Stunde saßen sie jetzt in seinem Wohnzimmer, und er zündete sich tatsächlich eine Zigarette an der anderen an. Überall standen Aschenbecher, alle ordentlich geleert und ausgeputzt – bis auf den, den er gerade benutzte. Er hatte Franziska weder einen Kaffee noch ein Glas Wasser angeboten. Nur Zigaretten hielt er ihr immer wieder hin. Wenn das so weiterging, würde sie doch noch zugreifen.

Sie waren in seinen Wohnbereich gegangen, damit Franziska ihre Wohnung nach der einen Zigarette lüften konnte.

»Also, die haben das Pflegebuch mitgenommen, die haben sich Roswithas Telefonnummern aufgeschrieben, Handy und Festnetz, und werden wohl alle Gespräche der letzten Tage checken, die ein- und ausgegangen sind. Außerdem wollen die eine Fangschaltung einrichten, falls sich ein Entführer meldet.«

»Das ist doch schon mal was.« Franziska sah ihn an. Sein schiefergrauer Anzug war zerknittert. »Andererseits sagt uns so eine Telefonrecherche nur, wie lang Roswitha mit welcher Nummer telefoniert hat, nicht aber, worüber gesprochen wurde.«

»Die hatte sowieso nur ein Thema«, murmelte Gottfried leise.

Franziska sah ihn an, doch er sprach nicht weiter. Bestimmt war dieses Thema das unbarmherzige Schicksal, das sie nach dem Unfall ans Bett gefesselt hatte. Im Grunde durchaus nachvollziehbar. Schnell fragte sie nach: »Hat Roswitha viele Freunde?«

Er hob die Schultern. »Hier in Viechtach kennt sie niemanden, nur die vom Pflegedienst, aber die haben ja nicht mal Zeit zum Reden, wenn sie hier sind. Mit denen hat sie garantiert nicht telefoniert – und dann gibt es da noch eine Kollegin von früher und auch ein oder zwei Schüler oder Schülerinnen, zu denen sie einen guten Draht hat. Die Kollegin heißt Theresa Wotzinger.« Er hielt kurz inne und behauptete ungewöhnlich bestimmt: »Aber von denen hat sie niemand entführt.«

»Ich könnte mir vorstellen, dass Kollegin Falk eine Hubschrauberstaffel anfordert, die heute Nacht über dieses Gebiet fliegt. Eine mit Infrarotkameras. Falls also jemand Ihre Frau … deine Frau …« Es fiel ihr schwer, mit diesem müden und gebrochenen Mann an einem Tisch zu sitzen, ihn einerseits professionell zu verhören und dabei gleichzeitig das vertraute Du zu benutzen. Damit wurde eine Nähe vorgetäuscht, die es nicht gab. »Wenn deine Frau also in einem unbewohnten Gebiet hier im Umkreis von Viechtach in einer Erdhöhle oder einem Unterstand versteckt gehalten wird, dann finden die das heraus.«

»Und wenn sie irgendwo in einer warmen Wohnung liegt?«

»Das wäre ja zu hoffen, aber dann kommen wir mit dieser Methode nicht weiter.«

Er nickte nachdenklich. »Wer zahlt das denn alles? Eine Hubschrauberstunde kostet doch mindestens fünftausend Euro. Und dann gleich eine ganze Staffel und eine ganze Nacht...«

Sie griff nach seiner Hand. »Darüber solltest du dir jetzt wirklich keine Gedanken machen.«

Er biss sich auf die Lippen, die an einer Stelle schon bluteten.

Franziska stand auf und ging ein paar Schritte durch den großen Wohnraum. »Was meinst du? Könnte sie entführt worden sein, und müssen wir mit einer Lösegeldforderung rechnen?«

Er hob die Schultern. »Ich weiß es nicht.«

»Hast du schon in deinen Briefkasten geschaut und deine Mails abgerufen?«

Er nickte. »Alles schon erledigt. Aber wenn es wirklich so wäre, dann wäre es viel schlauer gewesen, man hätte mich entführt.«

»Wieso?«

»Sie hat das Geld, sie hat das alles hier bezahlt, es ist ihr Haus, ihr Platz und ihre Lagerhalle, in der mein Zeug herumsteht, und es ist ihre Krankheit, und es sind ihre Pfleger, und ich bin nur ihr Ehemann, und es ist ihr Konto, und sie muss jede einzelne Überweisung telefonisch bestätigen... Ich habe keinen Zugriff auf ihre Konten.« Er wurde von einem Hustenanfall geschüttelt.

Das waren in der Tat wichtige Informationen. Franziska sah ihn lange an und verkniff sich die Frage, ob er sich lediglich als ihr Handlanger gefühlt haben mochte. Seine Empfindungen gingen sie nichts an. Er stieß ihr unbewusst eine Rauchwolke ins Gesicht, die sie mit einer Handbewegung fortwischte.

»Wo habt ihr denn früher gewohnt? Als Roswitha noch arbeitete?«

»In Freising«, antwortete er. »Gar nicht so weit weg vom Flughafen. Wir hatten ein kleines Haus mit zwei Etagen. Das ging dann nicht mehr.« Mit einer Kopfbewegung wies er auf den Rollstuhl. »Roswitha wollte irgendwohin, wo viel frische Luft und viel Licht war und wo nicht dauernd Flugzeuge an ihrem Fenster vorbeiflogen. Die ließen sie an Reisen und Ferien denken, Dinge, die für sie unmöglich geworden waren.« Er schüttelte den Kopf. »Auch wenn sie es nie so gesagt hat. Und dann habe ich dieses Gelände hier gefunden. Wir beschlossen ziemlich schnell, den ersten Stock auszubauen – einschließlich Ferienwohnung. Natürlich hat sie auch das alles bezahlt.« Er klang verbittert, und Franziska hatte den Eindruck, dass er sich von ihr gekauft fühlte. Ob es ihrem Mann Christian so ähnlich ging? Schnell verscheuchte sie diesen Gedanken.

»Sie wollte ihr eigenes Vogelhauszimmer, so nannte sie es«, fuhr er nun fort. »Und das hat sie dann ja auch bekommen.«

Franziska erinnerte sich an den verwaisten Käfig neben dem Krankenbett.

»Was war das für ein Vogel, der dort in dem Käfig saß?«

Er seufzte. »Lori. Ein Nymphensittich. Lori ist sehr sprachbegabt.«

»Kann so ein Tier den Winter im Freien überleben?«

»Vermutlich nicht. Lori ist ja kein Rabe, sondern ein ziemlich großer Sittich.«

Mit zitternden Fingern steckte er sich die inzwischen neunte Zigarette zwischen die Lippen. Er schien am Limit.

Polizeihauptmeisterin Lydia Hobmaier saß am runden Beratungstisch der »Pflege vor Ort«. Die Bürokraft im Foyer hatte sie ins Besprechungszimmer geschickt und ihr gesagt, sie solle dort warten. »Der Herr Gerleigner kommt gleich.«

»Ich kann ihn sonst auch bei sich zu Hause … wenn Sie mir seine Adresse geben?«

»Nein, Sie nehmen da jetzt Platz. Kaffee? Tee?«

»Ich bin von der Polizei und kein Pflegefall!«, erklärte Lydia. »Ich muss nur kurz mit ihm reden. Es geht um Frau Hirschfeld.«

»Ja, stimmt das? Ist die wirklich weg? Wie kann denn so was sein?«

»Das fragen wir uns alle«, antwortete Lydia. Sie zog den Bleistift aus ihrer Jackentasche und stellte fest, dass sie wieder mal keinen Block eingesteckt hatte. Egal, sie würde ja doch alles mit ihrem Handy aufnehmen. »Verzeihen Sie, aber wo ist er denn jetzt? Der Herr Gerleigner?«

»Bei einem Patienten, wo sonst? Sein Terminkalender ist eng getaktet.« Die resolute und stämmige Bürokraft baute sich breitbeinig vor Lydia auf.

Hier herrschte in der Tat ein rauer Ton. Lydia überlegte, ihr Smartphone von Anfang an mitlaufen zu lassen, um die Stimmung einzufangen. Dann würden Sandra und Benedikt auch von Anfang an spüren, unter welcher Spannung die hier alle standen.

Betont gelassen sah sie auf ihre Armbanduhr. »Wann ist er denn in etwa wieder hier?«

»Jetzt fangen Sie bloß nicht an, uns unter Zeitdruck zu

setzen«, fauchte die Frau. »Er kommt, wenn er kommt. Wir lassen uns nicht hetzen. Aber vielleicht kann ich Ihnen Ihre Fragen zu Frau Hirschfeld beantworten.«

»Sie kennen sie?« Lydia hob die Augenbrauen.

»Jeder von uns kennt die. Eine sehr, sehr schwierige Frau.«

»Weil sie so krank ist?«

»Nein, sie ist unzufrieden und ungerecht und glaubt, sie kann uns alle herumkommandieren. Geschieht ihr ganz recht, dass jetzt mal nicht alle nach ihrer Pfeife tanzen.«

»Was wollen Sie damit sagen?« Lydia starrte die Bürokraft an.

»Was man sich halt so denkt. Nichts Spezielles.«

»Sie mögen sie nicht?« Es war mehr eine Feststellung als eine Frage.

»Das liegt aber nicht an mir, das liegt an ihr.«

»Und Ihre Kollegen, also die Krankenschwestern und der Physiotherapeut? Wie kommen die mit ihr klar?«

»Das fragen Sie die Kollegen am besten selbst.«

»Genau das werden wir tun.«

Draußen im Flur putzte sich jemand sehr ordentlich die Schuhe ab.

»Da sehen Sie, da ist er ja schon, unser Gerhard. Kaum spricht man von ihm.« Die Bürokraft öffnete die Tür sperrangelweit.

»Gerhard, Besuch für dich!«, flötete sie und kehrte an ihren Computer im Foyer zurück.

»Das ist ja nett, dass mal jemand zu mir kommt und ich mich nicht immer selbst auf den Weg machen muss.« Seine Stimme hatte einen warmen Klang.

Der Mann, der das Besprechungszimmer betrat, wirkte

so sportlich, dass Lydia bereits bei seinem Anblick Muskelkater bekam.

»Für einen Pflegefall sind Sie aber noch verdammt jung!«, meinte er grinsend und reichte ihr die Hand, während er sie kritisch von oben bis unten betrachtete. »Ziemlich starres Rückgrat, oder?«

»Besser ein starres Rückgrat als gar keins«, schoss es aus Lydia heraus, die erst in diesem Moment begriff, dass sportliche Männer ihr nicht ganz geheuer waren.

Er lachte.

»Machen Sie sich eigentlich gar keine Sorgen um Frau Hirschfeld?« Lydia schob ihm ihren Polizeiausweis hin. Er nahm ihn in die Hände und studierte ihn sehr sorgfältig.

»So einen Ausweis habe ich noch nie gesehen. Außer natürlich im Film.«

»Setzen Sie sich, bitte!« Lydia Hobmaier klang sehr streng. Sie legte ihr Handy auf den Tisch und aktivierte den Aufnahmemodus. »Roswitha Hirschfeld ist verschwunden. Seit heute früh.«

»Ich weiß, davon hab ich schon gehört.«

»Sie waren nachweislich der Letzte, der sie gesehen hat – den Ehemann ausgenommen.«

»Ja, ich war gestern bei ihr«, sagte er und schob ihr den Polizeiausweis wieder zu.

Lydia steckte ihn ein und ließ ihr Gegenüber dabei nicht aus den Augen. »Wie hat sie auf Sie gewirkt?«

Er dachte nicht eine Sekunde nach. »Sie war wie immer – schlecht gelaunt und verbittert. Unter uns, das kann man ja auch gut verstehen. Sie ist erst Mitte fünfzig, und ihre Kondition ist ziemlich gut.«

»Ihre Kondition ist gut? Warum sagen Sie das jetzt?«

»So, wie die Hirschfeld beisammen ist, kann sie durchaus achtzig, wenn nicht neunzig Jahre alt werden. Wer will denn so leben?«

Lydia lehnte sich zurück und dozierte besserwisserisch: »Die Medizin forscht unentwegt. Sicher kann man da in einigen Jahren schon was machen.«

»Ja, vielleicht. Aber einige Jahre mit nichts als Hoffnung – das ist verdammt lang.«

Gerhard Gerleigner trommelte mit den Fingern auf der runden Tischplatte herum, und Lydia überlegte ernsthaft, ob auch das eine Art von Gymnastik sein mochte. Vermutlich trieb er immer und überall Sport. Er war ein Junkie, ein Sportjunkie, süchtig also. Sie atmete auf. Es tat gut, ihn in diese Schublade zu stecken. Diese ewigen Freiluftfanatiker waren ihr ein Graus. Sie beugte sich vor: »Frau Hirschfeld will sich von ihrem Gehroboter und dem Laufband trennen?«

»Das will sie jeden zweiten Tag!« Er seufzte.

»Also, ich wäre an dem Laufband interessiert, allerdings nur, wenn man es für gesunde Menschen umrüsten kann.« Noch während sie es sagte, beschloss sie, diesen Teil des Gespräches später zu löschen.

»Ich fass es nicht!« Gerleigner starrte sie an.

»Vielleicht behalten Sie es einfach in Ihrem Hinterkopf«, fuhr Lydia ungerührt fort. »Und jetzt habe ich noch ein paar Fragen zu Frau Hirschfeld.«

Gerhard Gerleigner hatte aufgehört, mit den Fingern auf dem Tisch zu trommeln. Nun saß er mit übereinandergeschlagenen Beinen und verschränkten Armen vor ihr und legte die Stirn in Falten. »Was wollen Sie wissen?«

»Wie lange kann sie ohne medizinische Versorgung überleben?«

»Wenn sie genug zu essen und zu trinken bekommt und

sich keine Lungenentzündung oder so etwas holt, mehrere Jahre. Aber es werden schreckliche Jahre sein.«

»Warum?«

»Können Sie sich das nicht denken?«

Lydia schüttelte den Kopf.

»Aus freier Kraft kann sie sich so gut wie gar nicht bewegen«, erklärte er. »Wenn jemand sie nicht in den Rollstuhl setzt oder erst in den Gehroboter und dann ins Laufband stellt, wird sie sich wund liegen. Sie wird Schmerzen haben und sich vor sich selbst ekeln, und sie wird verzweifelt und vor allem wütend sein – mehr, als sie es jetzt schon ist. Sie wird sich einnässen und einkoten – es sei denn, der oder die Entführer kennen sich mit Inkontinenzprodukten aus und kümmern sich entsprechend.« Er wurde nachdenklich.

»Haben Sie eine Idee, wer so was macht? Wer eine kranke Frau entführt?«

Er schluckte. »Ein Irrer vielleicht. Auf so eine Idee kommt man nur, wenn man verrückt ist.« Er sah auf die Uhr. »Ich muss zu meinem nächsten Termin. War's das?«

»Eine Frage noch: Wo waren Sie denn die ganze Nacht?«

Gerhard Gerleigner war schon halb aufgestanden, nun ließ er sich auf seinen Stuhl zurückfallen. »Ist diese Frage ernst gemeint?«

Sie nickte.

»Anstatt mich hier zu verdächtigen, sollten Sie lieber alles unternehmen, um Roswitha so schnell wie möglich zu finden.«

»Ach, Sie waren per Du?«

»Seit mehr als acht Jahren kümmere ich mich um sie«, sagte er entrüstet. »Da ist man vertraut miteinander. Aus dem Du werden Sie mir doch wohl keinen Strick drehen wollen?«

»Also, wo waren Sie?« Lydia blieb am Ball.

»Zu Hause natürlich, wo sonst?«

»Allein?«

»Mit meiner Frau, mit unseren drei Kindern, dem Hund und der Katze. Sie können gerne alle dazu befragen.«

»Danke, das werde ich machen.« Sie griff nach ihrem Handy und stand auf.

Draußen im Foyer baute Lydia sich vor der Bürokraft auf. »Ich brauche den Einsatzplan von allen Mitarbeitern und von sämtlichen Terminen, und zwar sofort. Es ist Gefahr im Verzug.«

»Aber die geht doch wohl nicht von uns aus!« Die Frau schüttelte den Kopf.

»Es geht mir um die Sekundärkontakte Ihrer Mitarbeiter«, erklärte Lydia selbstbewusst und fand, dass sich das ziemlich kompetent anhörte, auch wenn sie nicht genau zu sagen gewusst hätte, was exakt damit gemeint war. Sicherheitshalber fügte sie hinzu: »Wir müssen allen Spuren nachgehen, und wir haben nur wenig Zeit.«

»Wenig Zeit? Hat der Gerhard das gesagt?« Sie deutete mit dem Kopf auf Gerleigner, der sich draußen gerade auf sein Rennrad schwang und davonradelte.

Abwartend und mit offenen Händen stand Lydia da. Sollte die Bürokraft sich doch denken, was sie wollte. »Drucken Sie ihn mir aus?«

»Brauchen Sie dazu nicht einen Befehl?«

»Nicht, wenn Gefahr im Verzug ist.«

»Ja, wenn das so ist!«

»Hast du heute eigentlich schon was gegessen?« Franziska Hausmann besann sich auf das Wesentliche, was sicher auch daran lag, dass ihr Magen knurrte.

Gottfried Hirschfeld zog an seiner Zigarette und schüttelte den Kopf. Offenbar ernährte er sich von Rauch.

»Wo ist denn die Küche?«

Er wies mit dem Kopf hinter sich. »Aber ich kann auch was bestellen, eine Pizza oder so.«

»Mir macht es nichts aus zu kochen. Wir müssen jetzt ja sowieso warten. Nicht, dass dann gerade in dem Augenblick, in dem der Pizzabote vor der Tür steht, der entscheidende Anruf eingeht.«

Er nickte. »Spaghetti sind eigentlich immer da. Und Tomatendosen auch.«

»Damit komme ich schon ein ganzes Stück weiter. Darf ich?« Sie ging Richtung Küche.

»Tu dir keinen Zwang an.« Er lächelte schief und zog den Aschenbecher zu sich heran.

Sie stand in der Tür und fragte wie nebenbei: »Wer von meinen Kollegen war eigentlich heute Morgen hier?«

»Benedikt Simbacher. Der ist, glaube ich, Polizeihauptmeister und schon ziemlich lange dabei, und außerdem die Kriminalkommissarin, Sandra Falk. Die hatten aber auch noch einen Hund dabei, der gehört wohl dem Simbacher. Wenn der bei mir was kauft, hat er den auch immer dabei. Eigentlich sieht man den nie ohne seinen Hund. Später sind noch ein paar Leute von der Kriminaltechnik gekommen und haben Spuren und Fingerabdrücke gesucht.«

Sandra Falk. Genau diesen Namen hatte Benno ihr genannt. »Von der Sandra Falk hat der Staatsanwalt schon gesprochen«, sagte Franziska. »Dass die gleich einen Suchhund mitgebracht haben, wirklich klug.«

»Der Hund hat aber nichts gefunden.« Gottfried Hirschfeld klang deprimiert. »Er hat erst an Roswithas Nachthemd geschnüffelt und ist dann in mein Bad gelaufen. Dort hat er sich vor dem Wäschekorb aufgebaut, als sei sie darin verschwunden.«

»Darf ich mir das Bad mal anschauen?«

»Bitte!« Er hob beide Hände.

»Ich wollte mir sowieso gründlich die Hände waschen, bevor ich mit dem Kochen beginne.«

Der Wäschekorb war eine geflochtene große Tonne aus Rattan. Er hatte einen runden Deckel, der nur lose auflag. Franziska schob ihn zur Seite. Ein Geruch nach Krankenhaus, Parfüm und ungelüfteten Betten kam ihr entgegen. Mit spitzen Fingern griff sie nach dem gelben Nachthemd, das zuoberst lag, hob es hoch und spürte, dass etwas Schweres darin eingewickelt war. Das fiel nun heraus. Franziska starrte auf das Ding und schrie.

Gottfried kam sofort angerannt, die brennende Zigarette im Mundwinkel. »Was ist passiert?«

Sie wies zu ihren Füßen. Dort lag ein toter Vogel.

»Das ist Lori!« Gottfried ging in die Knie. »Wie kommt die denn hierher? Und wieso ist sie tot?«

»Es könnte sein, dass der Hund den kleinen Leichnam gewittert hat.« Franziska sah ihn fragend an. »Was meinst du?«

»Das kann ich mir nicht vorstellen. Als ich heute früh meine Wäsche hier reingeworfen habe, war da noch kein Vogel. Ich schwöre es dir! Was ist denn bloß los? Spielt die Welt verrückt?«

Franziska ging in die Knie und nahm den Vogel mithilfe eines Handtuches auf. Er war ziemlich groß und sah so aus, als habe man ihm den Hals umgedreht, bevor er in das gelbe Nachthemd eingewickelt wurde.

»War er allein?«

Gottfried riss die Augen auf. »Wer?«

»Der Vogel. War er allein in seinem Käfig?«

»Ja.«

»Aber das sind doch Herdentiere. Lori hat mindestens ein Gegenüber gebraucht!« Franziska klang ärgerlich.

»Das war Roswitha«, rechtfertigte sich Gottfried. »Sie wollte, dass Lori sich ganz auf sie konzentriert. Sobald diese Sittiche Artgenossen haben, wollen sie von den Menschen nichts mehr wissen. Aber in ihrer Einsamkeit hat Lori mit Roswitha gesprochen und sich einiges beibringen lassen. Sie konnte schon ziemlich viel.«

»Zum Beispiel?«

»Na ja, sie hat häufig gesagt: Hallo, hier ist die Roswitha. Es wird doch wohl jemand zu Hause sein, verdammt?« Dabei versuchte er, die Stimmlage des Vogels zu imitieren, der wiederum Roswithas Ungeduld imitierte.

Es versetzte Franziska einen Stich. Ein einsamer Vogel und ein einsamer Mensch. Sie sah Gottfried an. »Ich nehme an, dass Roswitha so ihre Telefonate begonnen hat.«

»Kann schon sein. Ich war dann ja meistens unten.«

»Und kannte diese Lori noch mehr Worte?«

»Ja, noch irgendwas mit Macht oder volle Macht. Ich hab es nie richtig verstanden.« Er sah zu Boden und wurde rot. »Manchmal hat sie mir ›Feigling!‹ zugeschrien. ›Feigling, Feigling, Feigling!‹ Immer, wenn ich ins Zimmer kam. Dieses Mistviech!«

»Der Vogel ist nicht von allein gestorben. Da hat jemand nachgeholfen.« Franziska betrachtete erneut den kleinen Leichnam.

»Wer macht denn so was?«

»Das frage ich mich auch. Ist irgendjemand ins Haus gegangen oder aus dem Haus herausgekommen, während du draußen warst?«

Er schüttelte den Kopf. »Nur die Kriminaltechniker. Ich hab die natürlich allein gelassen, damit sie in Ruhe arbeiten können.«

»Die hätten den Vogel finden müssen!« Franziska schüttelte den Kopf. »Wann sind die wieder gegangen?«

Er sah auf seine Armbanduhr. »Die waren ziemlich lange hier. Schätzungsweise um die Mittagszeit.«

»Und wo warst du da?«

»Hier auf dem Hof, wo denn sonst? Wir haben uns noch voneinander verabschiedet. Sie sagten, dass sie nun zur ›Pflege vor Ort‹ fahren und dort die Fingerabdrücke der Mitarbeiter nehmen würden. Für ein Ausschlussverfahren. Die unbekannten Fingerprints sind dann die des Entführers, haben die gesagt.«

Franziska schwieg. Wer auch immer der Fremde sein mochte, er hatte garantiert Handschuhe getragen. Mit einem Ausschlussverfahren würden die Kollegen der Kriminaltechnik nur weiterkommen, wenn der Entführer ein absoluter Stümper war. Aber ein Stümper würde keine schwerkranke Frau entführen. Es sei denn, er hatte nicht vor, sie am Leben zu lassen.

»Hast du irgendwo eine Schachtel oder einen kleinen Karton für Lori, so was wie einen Sarg?«, erkundigte sie sich.

»Bestimmt. Ich schau mal nach.« Erleichtert, irgendetwas tun zu können, verschwand Gottfried im Flur und ging die Treppe hinunter. Sie zählte mit. Es waren dreizehn Stufen. Noch immer hielt sie den Sittich namens Lori in den Händen. Sie konnte ihn nicht herzlos auf den Boden legen. Dabei dachte sie an die Telefonate, die Lori mehrmals täglich mitgehört haben musste und die alle mit dem Vorwurf begannen: ›Es wird doch wohl jemand zu Hause sein, verdammt?‹ Und wenn sich jemand nicht meldete, wurde er womöglich als Feigling beschimpft.

Zwei einsame Wesen, eines von dem anderen eingesperrt.

Sie hörte, wie Gottfried die Treppe heraufpolterte. Er hielt tatsächlich einen Schuhkarton in den Händen, der mit dunkelblauem Seidenpapier ausgelegt war. Franziska bettete den Nymphensittich dort hinein.

»Die Lori sollten wir dann auch der Kriminaltechnik übergeben«, meinte sie.

Er nickte nur. Dann klemmte er sich den Karton mit Loris Leiche unter den Arm und verschwand Richtung Wohnzimmer. Dort lagen seine Zigaretten, und er griff danach, als müsse er sich an ihnen festhalten.

3. Kapitel

Lydia Hobmaier schwenkte die ausgedruckte Liste wie eine Trophäe über ihrem Kopf und stürzte voller Elan in die Polizeiinspektion. »Schaut mal, was ich hier habe! Das ist der Einsatzplan des Pflegedienstes vom ersten Juli bis heute. So können wir genau sehen, wer wann bei wem war!«

Burschi, der unterm Schreibtisch von Benedikt Simbacher gelegen und geschlafen hatte, hob den Kopf und knurrte.

»Warum lässt du deinen Köter nicht mal zu Hause? Der nervt!«

»Wenn hier jemand nervt, dann is des g'wiss ned mei Hund«, schoss Benedikt zurück. »Der Burschi is die ganze Nacht im Einsatz g'wesn, der muass sich ausruh'n – und du trampelst hier herein und machst an solchen Lärm!«

»Ruhe jetzt!« Sandra Falk nahm ihre Brille in die linke Hand und rieb sich mit der rechten gestresst die Nasenwurzel. »Wir sind doch nicht im Kindergarten! Wenn das alles vorbei ist, mache ich mit euch eine Mediation. Dann kommen unsere Konflikte unter Aufsicht auf den Tisch und können hoffentlich gelöst werden – nun aber müssen wir erst einmal etwas ganz anderes lösen. Etwas viel Komplizierteres. Hast du wenigstens was erreicht?« Sie sah Lydia an.

»Na klar, mit dem Physiotherapeuten habe ich gesprochen, und den Wochenplan hab ich auch. Die Vernehmung hab ich für euch mitgeschnitten.« Sie legte ihr Handy auf den Tisch. Zum Glück hatte sie noch daran gedacht, die Stelle zu löschen, an der sie ihr Interesse an dem Laufband geäußert hatte.

»Gut. Dann zieh das auf eine Audiodatei und versuch, es heute noch abzuschreiben.«

»Was? Aber ich bin doch Polizeihauptmeisterin.«

»Ja, und? Du weißt doch, dass wir keine Schreibkraft für so was haben. Du schaffst das schon.« Betont ruhig setzte Sandra sich die Brille wieder auf. Benedikt nahm wahr, wie erschöpft sie aussah, und schämte sich. Vermutlich lagen ihrer aller Nerven blank.

Das war wirklich nicht der richtige Tag, um seine Aversion gegen Lydia auszuleben, auch wenn sie ihn gerade jetzt besonders nervte.

»Gib mir bitte den Plan des Pflegedienstes.«

Mit beleidigter Miene reichte die Polizeihauptmeisterin mit dem Expertinnenwissen der Bereitschaftspolizei ihr den Ausdruck und bekam dafür im Gegenzug das Handy zugeschoben.

»Und noch was, Lydia, zieh als Allererstes die Daten auf den Computer. Eh man sich versieht, ist alles wieder weg, und dann haben wir den Salat. Das ist uns allen schon mal passiert.«

»Ist ja schon gut, mach ich doch. Was stresst ihr euch denn so? Es läuft doch alles nach Plan!« Lydia fuhr ihren Rechner hoch.

Sandra beobachtete sie fassungslos. »Nach Plan, was soll das denn heißen? Nichts läuft nach Plan! Ich habe den halben Nachmittag telefoniert, und wir kriegen gerade mal vier Hubschrauber mit Infrarotkameras, die dann heute Nacht zwischen neun und elf über Viechtach und Umgebung fliegen.«

»Die wer'n g'wiss nichts finden.« Benedikt klang pessimistisch. »Es is November, da san d' Leit am Abend dahoam, genau wie der Entführer und sei Opfer.« Er dachte an die vergangene Nacht. »Sogar Grenzgänger und Drogendealer san lieber drinnen.«

»Hoffentlich!« Sandra sah ihn nachdenklich an. »Hoffentlich hast du recht und sie liegt nicht irgendwo im freien Feld und friert.«

Ihr Telefon läutete. »Herr Hirschfeld? Aha, ja, das ist gut. Ihre Schwester ist nun bei Ihnen. Und niemand hat sich bei Ihnen gemeldet? Kein Anruf, keine SMS. Haben Sie auch in Ihren Briefkasten geschaut? Nicht in den elektronischen, sondern in den, der am Hoftor hängt?«

Als Benedikt das hörte, dachte er sofort an jene Erpresserbriefe, die er aus Romanen kannte. Da waren die Lösegeldforderungen aus Zeitungsbuchstaben zusammengeklebt und stammten aus einer Zeit, als die Herkunft von Briefen noch anhand der Typen der Schreibmaschine identifiziert werden konnte. Fast wünschte er sich nun ein solches Schreiben, denn sollten sie es tatsächlich mit jemandem zu tun haben, der so agierte, dann handelte es sich um einen betagten Kidnapper – vielleicht um einen sehr alten und etwas vergesslichen Verbrecher, dem durchaus mal ein Fehler unterlaufen konnte. Und dann hätten sie ihn!

Er hörte Sandras Stimme: »Machen Sie sich keine Sorgen. Es kann gut sein, dass der oder die Entführer erst in einigen Tagen mit Ihnen Kontakt aufnehmen. Die setzen so eine Wartezeit auch gern als Zermürbungstaktik ein. Wie gut, dass Ihre Schwester nun bei Ihnen ist.«

Dann hörte sie lange zu. »Was? Ein toter Vogel? Und Sie glauben, dass Benedikt Simbachers Hund den heute früh schon gewittert hat?«

Sie verabschiedete sich von Herrn Hirschfeld und wandte sich dann an Benedikt. »Kannst du mit dem Burschi noch mal rübergehen? Der Hund ist doch heute Morgen ins Bad gerannt, und keiner von uns hat in den Wäschekorb geschaut. Das hat nun Hirschfelds Schwester getan und darin Roswitha Hirschfelds toten Vogel gefunden. Einen Nymphensittich. Sie heißt Lori. Oder besser gesagt, so hieß sie mal.«

»Wie konnte euch nur so eine Panne passieren?« Polizeihauptmeisterin Lydia Hobmaier wiegte gleichermaßen bedenklich wie besserwisserisch den Kopf. »Und die Spurensicherer nach euch haben auch nix gecheckt!«

Sandra warf Benedikt einen warnenden Blick zu. Der biss sich auf die Lippen und verkniff sich brav einen Kommentar. Aber nur ihr zuliebe.

»Bring am besten auch gleich den toten Vogel mit, Benedikt«, sagte Sandra. »Der Hirschfeld meinte, dem sei der Hals umgedreht worden. Aber das sollen die Kriminaltechniker checken. Die kommen eh gleich noch mal her.«

»Die kommen hier vorbei?« Lydia richtete sich auf und steckte sich mit dem Bleistift kokett das Haar hoch.

»Seid ihr euch gar nicht begegnet?« Die Hauptkommissarin schüttelte den Kopf. »Die wollten gleich los zur ›Pflege vor Ort‹ und dort schon mal die Fingerabdrücke von allen Mitarbeitern einscannen – wegen des Ausschlussverfahrens. Beim Hirschfeld waren die schon gegen Mittag mit allem durch.«

»Na, da werden die aber ihren Spaß haben«, bemerkte Lydia beim Gedanken an die missgelaunte Bürokraft und nahm sich fest vor, die Jungs von der Kriminaltechnik aufzuheitern. Sie sollten sich in ihrer Nähe wie im Paradies fühlen.

Benedikt legte Burschi an die Leine. »Mir genga dann amoi ohne Dienstwagen. A kloaner Spaziergang tuat uns sicher guad.«

»Wart mal, ich komm mit dir raus.« Sandra sprang auf und öffnete noch vor ihm die Tür. Draußen trat sie ganz nah an ihn heran und flüsterte: »Nur dass du es auch weißt, aber Lydia und die Kollegen vom Bereitschaftsdienst sollen es nicht erfahren.«

»Wos denn?«

»Die Schwester vom Hirschfeld ist tatsächlich eine Kriminalhauptkommissarin, die nur für Sonderermittlungen eingesetzt wird. Der Oberstaatsanwalt aus Passau hat die da eingeschleust, damit sie vor Ort alles im Blick hat.«

»Wos du ned sogst!«

Franziska suchte in den Küchenschränken nach Tellern, Besteck und einem Abtropfsieb für die Nudeln. Hinter den Türen und in sämtlichen Schubladen stapelten sich Diätmenüs für die Mikrowelle. Eines davon hob sie hoch und trat damit an die Schwelle der Wohnzimmertür: »Hast du dich davon ernährt?«

Er schüttelte den Kopf. »Roswitha will die. Sie mag es nicht, wenn ich aufwendig für sie koche. Außerdem hat sie seit Kurzem diesen Tick mit den kalorienarmen Mahlzeiten, weil sie sich ja auch nicht bewegt.«

»Verstehe.« Franziska trat an die Wohnzimmeranrichte und warf einen Blick auf das Hochzeitsbild der beiden, das dort in einem silbernen Rahmen aufgestellt war und an bessere Zeiten erinnerte: Roswitha im weißen Brautkleid mit langer Schleppe, Gottfried in einem schwarzen Anzug mit silberner Fliege. Beide wohlgenährt und überglücklich. »Da wird sie etwa achtzig Kilo gewogen haben«, stellte sie fest.

»Kann sein.« Er hob die Schultern. »Aber in den letzten Wochen hat sie höchstens noch die Hälfte davon gehabt. Weißt du, vielleicht wollte sie es ihren Pflegern leichter machen oder sich selbst vom Ballast befreien – keine Ahnung. Auch für mich wurde es immer einfacher, sie auf den Arm zu nehmen und in dieses Zimmer zu tragen. Gerade jetzt im Herbst haben wir oft hier gesessen und ferngesehen. Das heißt, sie hat oft allein geschaut, denn zum Rauchen musste ich ja raus. So hab ich höchstens die Hälfte gesehen, und sie hat mir dann den Rest erzählt.« Er seufzte. »Im Geschichtenerzählen ist sie gut.«

Franziska wollte gerade wieder in die Küche gehen, da schob er nach: »Roswitha sagt, dass in den Diätmenüs alles drin ist, was sie braucht. Und glaub mir, ich habe mich schon lange nicht mehr auf eine Diskussion mit meiner Frau eingelassen. Wer zahlt, hat recht«, schob er mit bitterer Stimme nach und bückte sich, um eine Zigarette auszudrücken.

»Was willst du damit sagen?«

»Dass ihr das alles hier gehört.« Er breitete die Arme aus. »Ich bin lediglich ihr williger und gehorsamer Diener.«

Sie sah ihn an. Hatte er etwas mit dem Verschwinden seiner Frau zu tun? Falls ja, war er ein hervorragender Schauspieler.

Misstrauen stieg in ihr hoch und manifestierte sich als Sodbrennen. »Deckst du den Tisch?«

»Natürlich.«

Eine halbe Stunde später wischte er sich den Mund mit einer Papierserviette und griff zufrieden nach einer Zigarette. »Das war wirklich lecker.«

»Danke.« Franziska nickte. Die Tomatensoße war ein

Geheimrezept von Marie. Je einfacher, desto besser. Und sie gelang ihr immer. Natürlich verriet sie niemandem, was der Trick dabei war. »Mit frischen Tomaten wäre es noch besser gewesen.«

Die Art und Weise, wie er die Töpfe, Teller und Gläser in die Küche trug und in die Spülmaschine räumte, ließ auf jahrelange Übung schließen. Als er mit zwei Tassen Espresso ins Wohnzimmer zurückkam, stieß er versehentlich gegen den Küchenstuhl, auf dem der Karton mit dem toten Vogel lag. »Jetzt könnte ich doch mal bei der Polizei anrufen und das melden. Was meinst du?«

Sie nickte. »Und sag denen auch, wo wir Lori gefunden haben. Möglicherweise kann der Hund ja noch mal Witterung aufnehmen.«

»Ja. Mach ich. Die haben mir übrigens vorhin gesimst, dass gegen neun die Hubschrauber mit den Infrarotkameras kommen. Acht Flugstunden wurden genehmigt. Das sind vierzigtausend Euro, wenn eine Flugstunde tatsächlich fünftausend kostet.«

»Um Geld solltest du dir jetzt keine Sorgen machen. Den Polizeieinsatz musst du nicht bezahlen«, beruhigte Franziska ihn.

Er biss sich auf die Lippen. »Denkst du, die finden sie da draußen?«

»Ich weiß nicht genau, was ich hoffen soll. Ich meine, sie wird ja nicht in Skiunterwäsche und in einem dicken Schlafsack im Wald liegen, sondern vermutlich in ihrem dünnen Nachthemd, von dem du sprachst, und dazu nur notdürftig zugedeckt. Und sie wird frieren. Es sei denn, ihre Entführer sind besonders fürsorglich.« Wenn es überhaupt um eine Entführung geht, dachte sie und suchte seinen Blick.

Er wich ihm nicht aus. »Es kommt natürlich drauf an, was die wollen.«

»Wie meinst du das?«

»Wenn sie wollen, dass Roswitha überlebt, werden sie vorgesorgt haben. Dann gibt es einen Plan. Sonst ist diese ganze Aktion doch sinnlos, oder?« Seine Überlegungen klangen so bittend, dass Franziska ihren Verdacht wieder verwarf. Außerdem: Hätte er wirklich selbst die Finger im Spiel, wäre er nicht gleich auf Bennos Vorschlag eingegangen und hätte schon gar nicht zugelassen, dass eine Kommissarin bei ihm einzog und seine Schwester spielte.

Während Gottfried Hirschfeld in der Polizeiinspektion anrief, ging Franziska in die Küche und schaltete ihr Handy ein. Keine Nachricht von Christian. Und auch kein Anruf von Benno oder gar von Marie. Sie spürte, wie ihre Füße kalt wurden, und ließ sich auf einen Stuhl fallen.

Gottfried setzte sich wenig später zu ihr an den Tisch. »Der Benedikt Simbacher kommt gleich. Mit seinem Hund. Der Simbacher ist ein guter Polizist.« Erneut hielt er ihr die Zigarettenschachtel vor die Nase.

Diesmal griff sie zu, machte ein paar Züge und hustete. »Ich kann es nicht mehr. Und das ist auch gut so. Manche Sachen verlernt man zum Glück.«

»Da hat übrigens jemand für dich angerufen«, berichtete Sandra, kaum hatten Benedikt und sein Hund den Raum verlassen. »Ein gewisser Ingo.«

Lydia legte ihre Kopfhörer beiseite und unterbrach ihr Tippen. Sie beherrschte das Zehnfingersystem so perfekt, dass sie während des Schreibens alles um sich herum im Blick behalten konnte. »Das wurde ja auch mal Zeit. Was hat er gesagt?«

»Er hat aufs Band gesprochen. Ich hab nur kurz reingehört, weil ich dachte, es könnte was Wichtiges sein.«

»Ingo ist immer wichtig. Ingo arbeitet beim Finanzamt.«

Sandra lächelte. Dann war dieser Ingo also tatsächlich etwas Besonderes für Lydia. Gut zu wissen.

Lydia griff nach dem Dienstapparat auf ihrem Schreibtisch und tippte in Windeseile eine Nummer ein. Sandra hatte den Eindruck, es handelte sich eher um einen privaten Kontakt. Dennoch konnte sie nicht umhin zu lauschen.

»Ich bin's«, sagte Lydia mit strenger Stimme. »Wieso hat das mal wieder so lang gedauert?«

Am anderen Ende der Leitung schien sich jemand zu rechtfertigen.

»Das ist mir doch wurscht! Du musst einfach lernen, Prioritäten zu setzen. Und wenn ich mal was Dienstliches von dir will, dann will ich das doch nicht zum Spaß, sondern weil es hier brennt, aber so was von!«

Sie schwieg ein paar Sekunden.

»Nein, was los ist, das kann ich dir nun wirklich nicht sagen. Wir stecken mitten in den Ermittlungen. Also, was hast du für mich recherchiert?« Sie zog den Bleistift aus dem hochgesteckten Haar und begann mitzuschreiben. Dabei fielen ihr die dünnen, mausbraunen Strähnen wie ein Vorhang vors Gesicht.

Nachdem sie etwa eine halbe Seite vollgeschrieben hatte, beendete sie das Gespräch mit dem Satz: »Nein, heute Abend habe ich keine Zeit. Wo denkst du hin? Die Kriminaltechnik kommt noch vorbei, und eine Hubschrauberstaffel ist auch schon angefordert und steht in Bereitschaft. Ob das alles mit deinen Zahlen zu tun hat? Ja, logisch! Meinst du, ich hätte dich sonst um diesen Gefallen gebeten? Und dann lässt du mich so lange warten. Okay dann.«

Kopfschüttelnd legte sie auf und seufzte demonstrativ. »Männer!«

Sandra fragte sich, ob dieser Ingo verheiratet war und der humorlosen Lydia aussichtslos den Hof machte, was diese wiederum ausnutzte, oder ob Lydia grundsätzlich so mit ihren Freunden umging. Das Bild des Zwillingsvaters tauchte unvermittelt vor ihr auf, und sie überlegte, ob ihr Leben anders verlaufen wäre, wenn sie damals nicht auf Manfred verzichtet, sondern sich dessen Frau zu erkennen gegeben hätte. Sie wusste, wie müßig diese Frage jetzt war. Dennoch kam sie immer mal wieder hoch. Und zwar in Zeiten, in denen sie sich nach jemandem sehnte, an dessen Schulter sie sich für eine kleine Weile ausruhen konnte. Dann schalt sie sich eine Träumerin und konzentrierte sich auf das Hier und Jetzt.

»Der Ingo hat sich die Einkommensteuer von den beiden angeschaut«, berichtete Lydia. »Und ich kann nur sagen: Mein lieber Schwan!«

»Jetzt spann mich nicht so auf die Folter! Was hat er denn gefunden?«

»Roswitha Hirschfeld hat die Kohle«, erklärte Lydia. »Und die beiden Ehepartner haben auch Gütertrennung.«

»Haben sie vielleicht auch Kinder?«

»Von einem Kinderfreibetrag hat Ingo nichts erzählt«, behauptete Lydia, aber Sandra sah ihr an, dass sie sich nicht so ganz sicher war.

»Sobald ein Kind älter als achtzehn beziehungsweise fünfundzwanzig ist und nicht mehr zu Hause wohnt, kann man den ja auch nicht mehr geltend machen. Die Hirschfelds könnten durchaus ein Kind haben, das bereits fünfundzwanzig ist und auf eigenen Beinen steht. So jung sind die ja nun auch nicht mehr.« Sandra sah auf ihre Papiere und ergänzte: »Sie ist achtundfünfzig und er zweiundsechzig.«

Lydia tippte sich an die Stirn. »Aber das hätte der Hirschfeld euch doch gesagt. Und überhaupt, ein Kind muss seine Mutter nicht entführen. Das klopft freundlich an die Tür und sagt: ›Hallo, lieber Vater – dann nehme ich die Mama mal mit zu mir.‹ So läuft das!«

Wie gut, dass Lydia immer alles so genau wusste. Sandra seufzte und sah, dass in diesem Moment auf ihrem Rechner eine E-Mail aufpoppte. Da war ja mal etwas richtig schnell gegangen. Die Telefongesellschaft hatte aufgrund einer richterlichen Anordnung postwendend die Verbindungsdaten von Roswitha Hirschfelds Telefon und Handy geliefert.

Noch bevor Sandra richtig hinsah, fiel ihr schon auf, dass auf der Liste der identifizierten Nummern ausschließlich ausgehende Gespräche standen. Eingehende Telefonate waren in unregelmäßigen Abständen von einer oder mehreren unterdrückten Rufnummern gekommen und hatten nie länger als zwölf bis fünfzehn Sekunden gedauert. Sie seufzte. Es würde dauern, bis sie diese Nummern entschlüsselt bekam. War Roswitha anonym belästigt worden und wusste ihr Mann davon?

Gefühle waren völlig unprofessionell, aber diese Liste machte sie eigenartig traurig. Sie dokumentierte, dass fast alle Kontaktversuche einzig und allein von dieser Frau ausgegangen waren, die ja schon seit Jahren in ihrem Zimmer eingesperrt war. Roswitha Hirschfeld wollte mit den anderen sprechen – aber offensichtlich niemand mit ihr, zumindest nicht von sich aus. Bis auf die sekundenlangen Anrufe, die offensichtlich von der Bettlägerigen augenblicklich wieder beendet worden waren. Was für eine Persönlichkeit mochte sie gewesen sein? Gottfried Hirschfeld hatte sie als schwierig bezeichnet, aber was besagte das schon?

Erleichtert stellte Sandra fest, dass Lydia weiterhin brav an ihrem Protokoll tippte und dabei hocherhobenen Hauptes aus dem Fenster sah.

Draußen braute sich ein Sturm zusammen, und die Bäume bogen sich unter dem plötzlich einfallenden Wind. Sollte das so bleiben, musste die Hubschrauberstaffel aus Sicherheitsgründen wieder abgesagt werden. Wenn was schiefging, dann ging auch immer gleich alles schief. Kriminalhauptkommissarin Sandra Falk atmete tief durch.

Es waren drei unterschiedliche Nummern, die Roswitha an jedem einzelnen Nachmittag der vergangenen zehn Tage in immer der gleichen Reihenfolge angerufen hatte. Das also waren die Eckdaten ihres Kontaktnetzes, dachte Sandra. Die Zeitangaben der Telefonate ließen erkennen, dass die Gespräche fast immer extrem kurz gewesen waren. Vermutlich hatte Roswitha dann nur eine Nachricht auf dem Anrufbeantworter hinterlassen. Sie war nicht ein einziges Mal zurückgerufen worden.

Gelegentlich schienen ihre Kontaktpersonen ans Telefon gegangen zu sein und hatten drei bis vier Minuten ihrer Zeit für ein Gespräch mit Roswitha geopfert. Sandra schüttelte über sich selbst den Kopf. Warum ging sie wie selbstverständlich davon aus, dass es den Angerufenen keine große Freude gemacht haben konnte, mit Frau Hirschfeld zu telefonieren?

Sie rief in ihrer Datenbank die Inhaber der drei Anschlüsse auf. Die eine Telefonnummer gehörte einer Studienrätin aus Freising, vermutlich einer einstigen Kollegin, die andere einer Tarotkartenlegerin, und nicht einmal die hatte zurückgerufen, obwohl sie ihre Dienste ja sicher nicht unentgeltlich anbot. Der dritte Anschluss, die eindeutig am häufigsten gewählte Nummer, verwies auf den Namen Arndt Danske, wohnhaft in München, ohne eine Berufsbezeichnung. Der einzige Mann unter den Gesprächsteilnehmern.

Sandra griff zum Telefon und wählte die Münchner Nummer. Es meldete sich ein unpersönlicher Anrufbeantworter. Sie legte auf, ohne eine Nachricht zu hinterlassen.

Draußen wurde es dunkel, und mit der Dunkelheit ließ auch der Sturm nach. Wenigstens das. Es war genau siebzehn Uhr zweiunddreißig.

Lydia riss sich die Kopfhörer von den Ohren und rief: »Fertig!« Sie ist eben doch noch ein Kind, dachte Sandra. Mit Kindern musste man Geduld haben.

»Wann kommen denn die Kollegen von der Kriminaltechnik?«, fragte Lydia und sah auf die Uhr. »Es kann doch nicht ewig dauern, bei der ›Pflege vor Ort‹ ein paar Fingerabdrücke zu nehmen.«

Franziska drehte in ihrer Ferienwohnung die Heizung auf. Der Sturm des Nachmittags hatte nachgelassen, und sie schloss die Fenster, durch die Gottfrieds Zigarettenrauch inzwischen abgezogen war. Draußen im Hof zwischen all den Ausstellungsstücken und Maschinen gingen ein Mann und ein Hund auf das Haus zu. Sie bewegten sich wie ein eingespieltes Team. Es hatte etwas Zuversichtliches, Verlässliches. Franziska lächelte.

Langsam wich die Anspannung des Tages von ihr. Sie sah sich in der durchgestylten Wohnung um und fragte sich, wie lange sie hierbleiben würde oder ob sie möglicherweise gleich für immer hierbleiben sollte. Denn was war das für ein Zuhause, in dem ihr Mann Christian durch die Räume lief und sie verriet, sie schon seit Jahren hinterging mit dieser Angelika. Und noch schlimmer: Was wäre es für ein Zuhause, wenn sie allein dort lebte und alles sie an Christian erinnerte, der sich irgendwo anders mit dieser Angelika niedergelassen hatte. Dann schüttelte sie sich. Kümmer dich um diesen Fall, der ist wichtiger als dein Befinden, ermahnte sie sich.

In diesem Moment hörte sie die Stimme von Gottfried Hirschfeld.

»Franziska? Kommst du? Wir haben Besuch.«

Gottfried erklärte dem Hundebesitzer, dass seine Schwester sich gerade in der Ferienwohnung einrichtete. »Wissen Sie, die raucht nämlich nicht. Und wenn sie ihre eigenen vier Wände hat, gibt's deswegen keinen Stress.«

»I soll wos für die Kriminaltechnik mitnehma«, erklärte der Besucher.

Als Franziska die Küche betrat, stand der Hund schon vor dem Karton mit der Vogelleiche und gab Laut.

»Brav, Burschi, brav!«, sagte ein älterer Polizist, der so traurig dreinblickte, als sei der Nymphensittich sein Vogel gewesen. Er nickte der Kommissarin zu und gab ihr die Hand. »Benedikt Simbacher. Wie guad, dass Sie Ihr'm Bruder in dieser schweren Zeit zur Seite stehen.«

Der Hund schnupperte an Franziska und schien sie zu mögen. Als Simbacher das sah, lächelte er.

»Die Sandra Falk hod g'moant, i sollt no amoi mit dem Burschi Witterung aufnehmen.« Er warf Gottfried einen langen Blick zu. »Und natürlich wollt sie, dass i mi für uns entschuldige, weil mir ned glei in den Wäschekorb einig'schaut ham. Und die von der Technik aa ned! Des wird noch a Nachspiel habn. Ham Sie sich denn gor ned g'fragt, wo der Vogel geblieben is?«

Franziska sah, wie ihr »großer Bruder« nach Luft schnappte. »Da hatte ich wirklich andere Sorgen!«

»Stimmt aa wieder.« Benedikt Simbacher nahm den Deckel vom Pappkarton und betrachtete den toten Vogel. Behutsam legte er Gottfried die Hand auf die Schulter. »Kenna Sie sich vorstellen, dass jemand vo hier dem Vogel den Hals umdraht und dann in Eahnan Wäschekorb neig'legt hod?«

Gottfried zuckte mit den Achseln.

»Ham S' denn Feinde?« Benedikt Simbacher klang erstaunt.

»Keine Ahnung. Zumindest bin ich niemandem absichtlich auf die Füße getreten.«

Nun mischte Franziska sich ein. »Dass Roswitha hier wohnte, wusste doch so gut wie keiner, oder?«

»Nur die von der ›Pflege vor Ort‹. Aber die haben das für sich behalten. Bestimmt gehört es zu ihrem Job, dass sie nicht über ihre Patienten sprechen. Die kannten Roswitha und natürlich auch Lori. Aber von denen tut keiner auch nur einer Fliege was zuleide – und schon gar nicht einem Nymphensittich. Wenn die Lori zu denen geflogen wäre, hätten die sie uns sofort lebendig zurückgebracht.«

»Auf mich wirkt der Tod des Vogels wie ein Warnsignal, wie ein Zeichen«, meinte Franziska.

»Da könnten Sie recht ham.« Benedikt Simbacher wiegte nachdenklich den Kopf und sah die Frau an Gottfrieds Seite zum ersten Mal richtig an. Ob sie wusste, dass er wusste, wer sie wirklich war?

»Die Lori war schon sehr laut«, sagte der Schrotthändler in die Stille hinein. »Vor allem im Sommer, wenn die Fenster offen standen, hörte man sie bis in den Hof hinein. Meine Kunden haben dann wissen wollen, wer da so rumkreischt und immer ›Feigling!‹ schreit. Ich hab dann gesagt: Das ist mein Vogel.« Er versuchte sich an einem Grinsen, doch es misslang.

Zwischen Benedikt Simbachers Augenbrauen bildete sich eine senkrechte Falte. Er wandte sich an Gottfried Hirschfeld: »Dann schreiben S' amoi auf, wer von dem Vogel wos g'wusst hod und wer wos hätt wissa kenna.« Er trat ans Fenster. »Oder ham sich die Nachbarn durch sein Geschrei gestört g'fühlt?« Doch nach einem kurzen Rundblick besann er sich. »Naa, des ko ned sei. Dafür san die nächsten Häuser zu weit weg.«

Franziska betrachtete den Hund des Polizisten und musste unwillkürlich an ihre Katze Bella denken. Christian würde für sie sorgen. Er würde sie entweder mitnehmen zu dieser Angelika oder sie in eine Katzenpension bringen, in der sie sich schon auskannte.

»Komm, Burschi«, sagte Simbacher und warf Gottfried einen fragenden Blick zu. »Dürfen mir ins Bad einischaun?«

»Natürlich.«

Der Hund schnupperte am Wäschekorb und eilte dann in die Küche, wo er erneut vor der Schachtel mit dem toten Vogel Laut gab.

»Hob i mir's denkt«, diagnostizierte Benedikt Simbacher. »Den Vogel hod er heit in der Früh scho g'schmeckt. Jetzt wissen mir scho a bisserl mehr.«

»Ach was, wieso?« Franziska stellte sich erstaunt.

»Der Vogel muass im Krankenzimmer getötet und dann glei in den Wäschekorb g'legt worden sei. Sonst wär mein Burschi nämlich zur Treppe ganga. Wo san Sie eigentlich g'wesen, als Ihre Frau verschwundn is, Herr Hirschfeld?«

Gottfried kniff die Augen zusammen. Die waren jetzt in

der Dämmerung nicht mehr ganz so blau wie sein Hemd. Eher graugrün. »Im Büro vermutlich. Ich hatte gerade bei eBay ein paar Dinge zur Versteigerung angeboten. Die wurden alle zwischen sieben und neun Uhr abends fällig.«

»Können S' vom Büro aus des Fenster vom Krankenzimmer sehn?«

Gottfried schüttelte den Kopf.

»Dann kann es nur so g'wesen sei«, fuhr Simbacher fort. »Jemand hod a Leiter vors Fenster g'stellt und si Ihre Frau g'holt. Mir schaun glei amoi nach, ob der Burschi an irgendeiner Leiter a Spur find't. Dann soll'n die Kriminaltechniker aa glei vorbeikemma, die san eh grad in der Inspektion.«

Wenig später stand Franziska mit Gottfried und Benedikt Simbacher draußen im Hof und beobachtete den schwarzlockigen Spürhund, der alle Leitern abschnüffelte. Burschi war sehr aufgeregt. Es sah ganz so aus, als habe er schon Witterung aufgenommen.

Franziska hob ihr Gesicht erneut in den wolkenverhangenen und schon dunklen Himmel. Wenn es heute Nacht nicht regnete und Roswitha tatsächlich hier draußen irgendwo versteckt war, so hatten sie eine reelle Chance, sie unversehrt zu finden.

»Wo haben Sie sich denn nur den ganzen Nachmittag herumgetrieben? Wir warten schon seit Ewigkeiten auf Sie.« Lydia blaffte die vier Kollegen von der Kriminaltechnik an, die müde nacheinander in die Inspektion hineinstapften. Erstaunt sahen sie erst zu der jungen Frau mit dem Bleistift im Haar und dann zu Sandra Falk.

»Meine Kollegin steht gerade ein bisschen unter Strom«, entschuldigte sich Sandra und bedachte Lydia mit einem fassungslosen Kopfschütteln. Dann wandte sie sich an die vier Kollegen: »Haben Sie von sämtlichen Mitarbeitern des Pflegedienstes die Fingerabdrücke einscannen können? Es geht uns vor allem um ein Ausschlussverfahren.«

Der Häuptling der Truppe nickte. Er hatte eine beginnende Stirnglatze, schütteres graubraunes Haar und so tiefe Schatten unter den Augen, als folge er schon seit Monaten verwirrenden Fährten und litte daher unter Schlaflosigkeit.

»Bis wann, glauben Sie, können sämtliche Fingerabdrücke miteinander abgeglichen werden?«

»Die vom Labor werden wohl eine Nachtschicht einlegen müssen. Wir hatten ja schon die Tagschicht.« Ein kleiner, rundlicher Spurensucher grinste. »Das Leben ist halt doch manchmal gerecht.«

Die Viechtacher Hauptkommissarin sah ihn an. »Wir haben da noch einen Leichnam, den Sie gleich mitnehmen sollten. Ich habe deswegen schon mit dem Labor telefoniert.«

»Dafür sind wir nicht zuständig. Da sollten Sie sich an ein Bestattungsunternehmen wenden.«

Sandra winkte ab. »Es ist ein Sittich, das Tier der Entführten. Möglicherweise hat der Täter dem Vogel den Hals umgedreht.«

»Na gut, dann gehört er in die Kriminaltechnik, her damit.« Der Chef der Truppe hielt beide Hände auf.

»Der liegt noch am Fundort. Soll ich ihn hier vorbeibringen lassen, oder fahren Sie selbst dort hin?«

Sie griff zum Telefon, das genau in diesem Moment läutete. »Ja, Benedikt. Gut, dass du anrufst. Die Herren von der Kriminaltechnik könnten den Vogel bei euch abholen, oder bringst du ihn hierher?« Sie schwieg einen Moment. »Ach was, das ist ja interessant! Ja, so machen wir das, klar, ich schicke die vier Kollegen gleich zu euch. Wie gut, dass sie noch hier sind.« Sie legte auf und wandte sich wieder an die vier Kriminaltechniker. »Unser Suchhund hat an einer Leiter auf dem Grundstück der Hirschfelds weitere Spuren gesichert. Dürfte ich Sie noch mal bitten?«

»Ja, klar.« Der Mann mit dem müden Blick unterdrückte ein Gähnen. »Wenn es weiter nichts ist. Den Weg kennen wir ja.«

Es war inzwischen neun Uhr abends, und der Wind hatte sich vollständig gelegt. Sie saßen nebeneinander im Wohnzimmer von Gottfried Hirschfeld und lauschten den vier knatternden Hubschraubern mit ihren Infrarotkameras.

»Werden sie sie finden? Und in welchem Zustand wird sie sein?« Gottfried war sehr blass.

Franziska sah auf das Glas Rotwein vor sich und dachte, dass dies kein guter Moment war, um danach zu greifen. Dabei hätte sie gerade jetzt so gern einen Schluck genommen. Stattdessen bemühte sie sich, ihren »Bruder« zu beruhigen.

»Ich kenne sie ja nicht. Ich weiß ja nicht, wie fit sie ist. Aber wenn sie in den nächsten Stunden gefunden wird, ist es keinesfalls zu spät.«

Er nickte nachdenklich. »Und wenn nicht?«

»Uns bleibt immer nur die Hoffnung«, sagte sie, und ihre Stimme klang in ihren eigenen Ohren wie die einer Pfarrerin, die ihren Beruf verfehlt hatte.

Er schenkte Wein in die noch fast vollen Gläser nach. »Wer auch immer sie mitgenommen hat«, murmelte er dann. »Sie wird demjenigen das Leben zur Hölle machen.«

Franziska trank einen Schluck. »Ich kann mir einfach noch kein Bild von deiner Frau machen. Erzähl von ihr.«

»Sie ist ehrgeizig und hat ihren eigenen Willen, und alles muss nach ihrem Kopf gehen. Sie war davon überzeugt, dass sie allein Berge versetzen kann, aber dann kam der Unfall. Seitdem ist sie halbseitig gelähmt und verbittert.«

Franziska, die das gut verstehen konnte, schwieg.

»Sie ist verbittert und ungerecht und bösartig. Aber sie ist meine Frau, und ich kann sie doch nicht alleine lassen. Ich muss mich um sie kümmern«, fügte er nach einem langen Schweigen hinzu.

»Mir gibt es zu denken, dass überhaupt keine Forderung eingeht. Kannst du dir das erklären?« Es fiel Franziska immer noch schwer, diesen Mann ihr gegenüber zu duzen. Er dagegen ging offenbar ganz locker damit um.

Nun verzog er seinen Mund. »Roswitha wird die so sehr stressen, dass die zu nichts mehr kommen. Und außerdem: Was sollten die denn schon wollen?«

»Geld«, sagte Franziska und ließ ihn dabei nicht aus den Augen.

»Ich habe keins. Und an ihres kommen wir nur heran, wenn sie die Transaktionen bestätigt. Jede einzelne. Das wird sie ihren Entführern schon erklärt haben.«

»Okay, dann geben wir Roswithas Vermögen als Sicherheit an, und darauf soll die Bank dir einen Kredit geben. Ich bin davon überzeugt, dass sich da etwas machen lässt. Vor allem unter diesen Umständen. Sandra kennt den Sparkassendirektor noch von früher.«

»Vielleicht wollen die gar kein Geld?« Gottfried Hirschfeld kratzte sich den Kopf. Ausnahmsweise hatte er keine Zigarette in der Hand.

»Was sollten die sonst wollen?«

»Mich quälen«, sagte Gottfried. »Oder sie.« Hastig griff er nach einer Zigarette.

»Du machst dir große Sorgen. Das kann ich gut verstehen.« Franziska hatte fast ein schlechtes Gewissen, als sie sich erneut Wein nachschenkte. Sie beschloss, morgen gleich mehrere Flaschen zu kaufen, und merkte sich das Etikett.

Ihre und Gottfrieds Welt waren heute aus sehr unterschiedlichen Gründen aus den Fugen geraten, und selbst wenn mit Wein das seelische Gleichgewicht nicht wiederherzustellen war, so doch zumindest ein wenig Gelassenheit.

»Ich mache mir Vorwürfe«, murmelte er. »Ich hätte sie einsperren müssen.«

»Sie war durch ihre Krankheit schon eingesperrt genug«, stellte Franziska klar und schämte sich im gleichen Augenblick. Das klang ziemlich herzlos.

»Da hast du recht.« Er stieß den Rauch als dichte graue Wolke aus.

»Wie war sie zu dir?«, fragte Franziska und sah ihn an.

»Ungerecht«, murmelte er nach kurzem Nachdenken und fügte hinzu: »Sie hat es mir übel genommen, dass ich mich bewegen kann. Jeder einzelne Schritt von mir war für sie eine Provokation. Das hat die Sache nicht gerade leichter gemacht.«

»Von Anfang an?«

Er dachte nach und nickte. »Ja, von Anfang an. ›Dieser Unfall hat mich zur Dankbarkeit verdammt‹, hat sie mal gesagt, ›aber glaub ja nicht, dass ich dir den Gefallen tu. Lass mich doch einfach verrotten.‹ Wie gesagt, es war nicht leicht mit ihr.«

Franziska beugte sich vor. »Was war das eigentlich für ein Unfall?«

»Sie als Sportlehrerin, ausgerechnet sie, ist vom Pferd

gefallen. Keine Ahnung, was mit dem Tier los war, es muss plötzlich durchgeknallt sein. Auf jeden Fall hat es sie abgeworfen, und sie ist sehr unglücklich auf das Pflaster gestürzt. Wir waren damals in Runding unterwegs.« Er hatte sich von ihr abgewandt und sah aus dem Fenster. »Und das war es dann. Sie lag lange im künstlichen Koma, und als sie wach wurde, sagte sie nur einen Satz zu mir.«

»Und der war?«

»Du hättest mich dortlassen sollen.«

»Wo?« Franziska ahnte, was kommen würde, wollte es aber von ihm direkt hören.

»Drüben«, antwortete er. »In der Ruhe, im Licht und im Glück. Und seitdem bin ich an ihrem Unglück schuld.«

Franziska dachte an die Thailänderin Akima, die an diesem Punkt des Dialogs gesagt hätte: Du bist nicht schuld. Roswitha wollte zurück. Sonst wäre sie nicht wieder wach geworden. Ihre Seele muss auf dieser Welt noch etwas erledigen.

Wenn Akima so etwas sagte, hörte es sich klar und vernünftig an. Würde Franziska es aussprechen, so klänge es fremd. Also behielt sie es für sich und fragte stattdessen: »Was ist das eigentlich für eine GbR, der du hier vorstehst?«

»Ich verkaufe halt Zeug im Internet«, sagte er, und es war ihm anzusehen, wie dankbar er ihr war, dass sie das Thema wechselte. »Deshalb sind wir hergezogen, hier ist viel Platz, und ich wollte einen Ort, an dem ich den ganzen Tag in ihrer Nähe sein kann, damit sie nur nach mir rufen muss, wann immer sie mich braucht.«

»Hat sie dich oft gebraucht?«

Er dachte nach. »In letzter Zeit weniger. Das mit der ›Pflege vor Ort‹ funktioniert wirklich gut. Zu den Leuten ist sie auch nicht ganz so garstig wie zu mir. In den vergangenen Monaten bin ich nur abends noch zu ihr gegangen, und wir haben ein bisschen geredet. Manchmal wollte sie auch zu mir ins Wohnzimmer und mit mir fernsehen. Ich habe dann ihre Hände und ihre Füße eingecremt. Vom Spätdienst der Pfleger waren die Inkontinenzprodukte schon ausgetauscht worden. Es wäre ihr nicht recht gewesen, wenn ich das übernommen hätte.«

»Und was ist mit dem Physiotherapeuten und dem Laufband?«

»Anfangs war sie dagegen, aber dieser Gerleigner kommt irgendwie besser mit ihr klar als alle anderen. Auf den hat sie ein bisschen gehört, aber er hat ihr vielleicht auch Hoffnungen gemacht. Also haben wir das Band gekauft und auch die physiotherapeutische Laufapparatur und alles, was damit zusammenhängt. Gerleigner hat ihr bestimmt nicht versprochen, dass sie wieder laufen kann, das hat sie sich garantiert selbst eingeredet mit ihrem Ehrgeiz und ihrem eisernen Willen. Egal wie, es hat jedenfalls nicht geklappt. Das Ding hat sie nur ein wenig stabilisiert. Und das hat sie ihm nicht verziehen. Sie ist seit einigen Wochen nicht mehr so gut auf den Gerleigner zu sprechen.«

Er zündete sich erneut eine Zigarette an und inhalierte so tief, als hinge sein Leben davon ab. Als Franziska auf die Uhr sah, gähnte und ihren Wohnungsschlüssel auf den Tisch legte, fuhr er fort:

»Roswitha schweigt eigentlich immer, wenn ich zu Hause bin. Sie liegt dann ganz still und kann allein durch Zuhören herausbekommen, was ich gerade mache. Glaub mir, das ist unheimlich. Ich darf weder Radio noch Fernseher einschalten, es sei denn, sie sitzt neben mir auf dem Sofa.«

Franziska fragte sich, warum er sich so dominieren ließ, warum er auf Geheiß seiner Frau Radio und Fernsehen abschaltete. Was war da los zwischen Gottfried und Roswitha?

»Sie hört, wie ich den Kühlschrank öffne und ein Menü für sie herausnehme«, sagte er. »Hört, wie ich die Packung aufreiße oder mit der Gabel in die Folie steche und es in die Mikrowelle schiebe. Sie hört sogar, ob ich Groß- oder Kleinbuchstaben tippe, wenn ich an meinem Computer sitze und schreibe.«

Franziska betrachtete ihn mit gerunzelter Stirn. »Das kann nicht sein!«

»Doch.« Er nickte eifrig. »Sie behauptet, es gäbe ein leicht verzögertes Klicken. Sie kann so genau erkennen, ob ich für mich Notizen schreibe oder einen offiziellen Brief verfasse.«

»Dann wird sie auch die Hubschrauber hören«, meinte Franziska. Sie fragte sich, ob das ein Trost sei, und fügte, wie zur Erklärung, schnell hinzu: »Sie wird hören, dass wir nach ihr suchen.«

»Sie wird denken, dass wir sie nicht finden«, hielt er dagegen.

»Warum?«

»Ich kenne sie.«

4. Kapitel

Gegen Mitternacht kam die Meldung, dass den vier Hubschraubern mit den Wärmebildkameras nichts Ungewöhnliches aufgefallen sei, weshalb man den Einsatz abgebrochen habe. Insgesamt hatten die Helikopter mit den Infrarotsuchern ein Gebiet von vierzig Quadratkilometern überkreist. Und dabei den Bewohnern dieses Gebietes den Schlaf geraubt.

»Nichts gefunden«, wiederholte Sandra das Ergebnis ihres Telefonats und sah fast zufrieden in die Runde. »Für uns bedeutet das, dass Roswitha Hirschfeld nicht irgendwo im Wald versteckt wird.«

»Die Frau ist vielleicht gar nicht entführt worden«, gab Max Deffner zu bedenken, wiegte seinen Kopf und strich sich über den Dreitagebart.

»Sondern?« Sandra sah ihn fragend an.

»Die wollte da weg. Die hat sich da rausholen lassen von irgendwem. Zwölf Jahre eingesperrt sind ja wohl genug.«

»Aber warum?« Sandra dachte an den rauchenden Mann mit den blauen Augen, dem sorgenvollen Blick und dem mitleiderregenden Husten.

»Weil er sie eingesperrt hat?«, bot Deffner an.

Lydia, die sich als Erstes von Sandra einen Antrag auf Überstunden hatte unterschreiben lassen, tippte sich gegen die Stirn. »Du hast als Kind zu viel Rapunzel gelesen. Natürlich ist die entführt worden. Also, das sage ich euch, wir von der Bereitschaftspolizei würden in einem solchen Fall …«

Cora knurrte. Sandra hegte den Verdacht, dass der Polizeimeister sein Boxerweibchen darauf trainiert hatte, ungehaltene Laute von sich zu geben, sobald Lydia das Wort Bereitschaftspolizei aussprach. Umso besser, da musste sie selbst nicht stöhnen.

»Bisher sind ja weder ein Erpresserbrief noch ein entsprechender Anruf eingegangen«, untermauerte Deffner seine These und bemühte sich um den abgeklärten Blick eines Fernsehkommissars.

»Dann spiel doch mal dein absurdes Szenario durch«, forderte Lydia ihren Kollegen mit kalter Stimme auf. »Wer macht denn so was, und vor allem, warum? Roswitha Hirschfeld ist krank und muss gepflegt werden, und zwar von morgens bis abends, rund um die Uhr.«

»Es gibt zwei Möglichkeiten.« Deffner hob Daumen und Zeigefinger, als müsse er alle Optionen daran abzählen.

Sandra Falk, die die beiden beobachtete, war sich nicht sicher, ob sie ihre jungen Kollegen mit dem Fall Hirschfeld spielen lassen sollte – nicht einmal in Gedanken. Dazu war die Sache wirklich viel zu ernst.

»Und welches ist die erste?«, fragte Lydia streng und zwirbelte den Bleistift auf ihrem Kopf.

»Die hat sich entführen lassen und bezahlt ihren Entführer dafür, dass der sie da rausholt, aus dem Zimmer. Das heißt, der Platz, wo sie hingebracht worden ist, muss schon gut vorbereitet gewesen sein. Sie wird dort erwartet. Ihr wird kein Leid geschehn.« Das Letzte hörte sich an, als säße er gerade in einem Bibelkreis.

»Und warum?«, fragte Sandra Falk.

»Die will weg von ihrem Mann. Sie will ihm nicht mehr auf Gedeih und Verderb ausgeliefert sein.« Max wandte sich an Lydia: »Seit dem Gespräch mit deinem Ingo wissen wir, dass das ganze Vermögen ihr gehört. Sie kann sich also jemanden leisten, der sie da herausholt. Sie kann sich ihre Freiheit kaufen. Sie kann sich auch die Leute kaufen, die sich dann um sie kümmern.«

»Mein Ingo!« Lydia wurde rot. »Was soll das denn? Und überhaupt, so viel Geld ist das gar nicht. Es sind nicht einmal mehr sieben Millionen, die sie in ihrer Einkommensteuer angibt. Klingt auf den ersten Blick viel, aber der Ingo sagt, dass sie dieses Geld nicht für sich arbeiten lässt, wie es jeder normale Mensch machen würde. Das bedeutet im Klartext, dass es sich nicht vermehrt. Früher konnte man bei dieser Summe allein von den Zinsen leben, sagt der Ingo. Aber jetzt wird es von Tag zu Tag weniger.«

Sandra sah Max an und wusste, dass er sich einen Kommentar verkniff.

»Kranksein ist teuer«, erklärte Sandra. »Da hat dieser Ingo schon recht.«

Lydia wandte sich ungeduldig an Max: »Und wie geht deine zweite Theorie?«

»Ich hab noch eine dritte.« Er streckte nun auch noch seinen Mittelfinger in die Luft.

»Lass erst die zweite hören.«

»Die Roswitha zahlt den Entführer, damit er sie da rausholt und ihr dann zur Seite steht, wenn sie Schluss macht mit ihrem Leben, oder mit ihr in die Schweiz fährt, damit sie dort in Frieden sterben kann. Das ist ja hier noch nicht möglich.«

»Du spinnst!« Lydia tippte sich an die Stirn. »Und was hast du sonst noch so an Spekulationen auf Lager?«

»Die hat mit einem Wunderheiler Kontakt aufgenommen, und der hat sie nun entführt, um sie zu heilen. Weil ihr Mann sie da nicht hinbringen wollte, weil er nicht an Wunder glaubt.«

»Sandra, was sagst du denn dazu?« Lydia hatte sich die Kommissarin als Schiedsrichterin erkoren.

Die hob die Schultern. »Ich kann mir kaum etwas anderes vorstellen als eine klassische Entführung. Was mir allerdings Sorgen macht, ist die Tatsache, dass sich bisher niemand gemeldet hat, um irgendwelche Forderungen zu stellen.« Sandra wandte sich an Benedikt Simbacher: »Du hast mit der Schwester gesprochen? Was meint die? Und wird die uns informieren, wenn die Entführer sich melden? Nicht, dass er hinter unserem Rücken seine eigenen Wege geht und allein mit den Entführern verhandelt. So was endet fast immer in einer Katastrophe.«

»Vielleicht will er ja gerade das. Wenn die Entführer Mist bauen und sie umbringen, erbt er schließlich die sieben Millionen. Da kann er sich noch mehr Schrott anschaffen.« Lydia schien von dem Besitzer des Lagers am stillgelegten Bahngleis nicht viel zu halten.

Benedikt sah sie nicht mal an. »Die Schwester hoaßt Franziska«, klärte er die Mannschaft auf. »Franziska Hausmann. Und i moan, sie woaß genau, was sie duat.«

»Wenigstens das!« Sandra wirkte erleichtert. »Sag mal, Bene, willst du nicht heim und dich hinlegen? Heute Nacht macht Lydia Dienst, und wahrscheinlich brauchen wir morgen alle Kräfte.«

»Soll ich dann allein Streife fahren?« Max Deffner schien mit einem Mal hellwach.

Sandra schüttelte den Kopf. »Wir müssen Prioritäten setzen. Wichtig ist jetzt der Fall Hirschfeld. Nächtliche Streife wird erst wieder gefahren, wenn wir die Frau gefunden haben.«

»Ja, ich geh hoam.« Benedikt suchte Sandras Blick. »Und wie lang wollt ihr no bleiben?«

»Lydia bleibt über Nacht auf der Inspektion, und wir anderen legen uns auch aufs Ohr. Morgen um sieben?«

Benedikt nickte. »Morgen um sieben.«

Die drei hohen Fenster des kombinierten Wohn-, Ess- und Küchenraums gingen Richtung Fluss. Schwarzer Regen hieß der hier, dabei glitzerte er silbern im Mondeslicht.

Franziska sah hinaus und trank das letzte Glas Wein des Abends. Bevor sie in ihre Ferienwohnung gegangen war, hatte sie Gottfried Hirschfeld aufgefordert, die neuesten E-Mails abzurufen, in den Hausbriefkasten zu schauen und nachzuprüfen, ob ein Zettel unter der Haustür durchgeschoben worden war – aber es war keine Botschaft gekommen, nichts, das in irgendeiner Weise mit Roswithas Verschwinden zu tun haben könnte.

Dieser Gottfried, so dachte Franziska, rauchte, als würde er dafür bezahlt. Die Art und Weise, wie er an seinen Zigaretten sog, hatte etwas Selbstzerstörerisches.

Je länger sie über ihn nachdachte, umso mehr hatte sie das Gefühl, dass er unwissentlich und aus einer Laune des Schicksals heraus in ein völlig falsches Leben hineingerutscht war und sich nun in einer Existenz befand, in der er zum Gefangenen von Ritualen wurde und nicht er selbst sein konnte. Er wehrte sich nicht. Er ließ alles mit sich geschehen. Er verhielt sich wie ein Opfer der Umstände. Vermutlich brauchte er einen Tritt, um auf die eigenen Füße zu fallen.

Ganz anders dagegen Polizeihauptmeister Benedikt Simbacher. Der hatte zwar unendlich müde und erschöpft gewirkt, ebenso zerknittert wie seine blaue Uniform, aber

Franziska war sich sicher, dass er trotz allem sein eigenes Leben lebte. Er müsste dazu nur einmal richtig ausschlafen.

Und sie selbst? Lebte sie ihr eigenes Leben? Nein, ermahnte sie sich, das war wirklich nicht der richtige Augenblick für eine solche Frage.

Sie sah auf ihr Smartphone, doch es war lediglich eine Nachricht von der Viechtacher Kollegin Sandra Falk eingegangen mit einem Anhang, den sie noch nicht geöffnet hatte.

Christian hüllte sich in Schweigen, nicht einmal Marie hatte eine SMS geschickt, was darauf schließen ließ, dass sie noch von nichts wusste – aber Marie hatte momentan auch genug mit sich selbst und dem eigenen Gesundwerden zu tun. Marie konnte sie verzeihen. Christian nicht.

Plötzlich fror sie. Um sich abzulenken, öffnete sie den Anhang von Sandra Falks Mail. Die Polizeihauptmeisterin begrüßte sie darin aufs Herzlichste und dankte ihr für die Unterstützung.

»Ich bin heilfroh, dass Sie ein Auge auf Herrn Hirschfeld haben«, hatte sie geschrieben, und Franziska fragte sich kurz, was damit gemeint sein könnte – warf man nicht sprichwörtlich sein Auge auf Dinge oder Menschen, die man begehrte?

Sandra Falk hatte die Telefonverbindungslisten der Entführten als Tabelle beigefügt und diese in einer Extraspalte mit ihren bisherigen Erkenntnissen versehen. In den vergangenen zwei Monaten hatte Roswitha Hirschfeld demnach immer wieder drei verschiedene Nummern angewählt, war aber von keiner einzigen zurückgerufen worden. Stattdessen war sie offenbar von anonymen Anrufen belästigt worden.

Kopfschüttelnd sah Franziska sich die Liste im Anhang an. Wenn sie eines nachvollziehen konnte, dann dieses Gefühl, auf einen Anruf zu warten, der dann nicht kam. Einseitig war der Kontakt zu längeren Gesprächen immer nur von der Hirschfeld ausgegangen – ihre eigene Nummer dagegen war nur von einer unterdrückten Rufnummer gewählt worden.

Aus einem Impuls heraus googelte sie die Freisinger Studienrätin und wurde mit dem Foto einer freundlichen älteren Dame belohnt, die so wirkte, als könne sie sich durchaus Zeit für längere Telefonate nehmen. Sie hieß Theresa Wotzinger und unterrichtete Religion und Deutsch. Bestimmt eine von Roswithas früheren Kolleginnen.

Als Nächstes öffnete Franziska die Website der Tarotkartenlegerin mit dem Künstlernamen Melusine. Dort entrollte sich ein Spruchband und verhieß: »Was immer dich zu mir geführt hat – es war dir vorbestimmt.« Franziska spürte fast körperlich, wie sehr es ihr gegen den Strich ging, von Unbekannten geduzt zu werden. Sie mochte keine Ratgeberbücher, in denen die Leserin so vertraut angesprochen wurde, als sei die Autorin ihre beste Freundin. Ein Du musste wachsen, damit durfte man nicht einfach so inflationär um sich werfen. Genau deshalb war es ihr auch so schwergefallen, sich auf dieses Bruder-Schwester-Spiel mit Gottfried einzulassen.

Die schöne Melusine hatte sich professionell fotografieren lassen. Ihr Gesicht war geheimnisvoll ausgeleuchtet, und sie hielt ihre mit Edelsteinringen geschmückten Hände über eine leuchtende Kugel, in der sich vermutlich ihrer aller Zukunft offenbarte. Im Hintergrund trabte ein weißes Einhorn durch einen glitzernden Märchenwald. Du hast Roswitha die Märchen erzählt, die sie hören wollte, oder?, überlegte Franziska und duzte die schöne Melusine zumindest in Gedanken. Die Website der Kartenlegerin gab keine Antwort.

Franziska fand es irritierend, dass sie im Internet nicht eine einzige Information zu jemandem fand, der Arndt Danske hieß. Die Kommissarin hatte nicht gewusst, dass man sich heutzutage selbst im Netz so gut verstecken konnte. Diesen Arndt hatte Roswitha mehrmals am Tag zu erreichen versucht. Erwischt hatte sie ihn jedoch höchstens zweimal die Woche. Dann aber waren die Gespräche lang gewesen.

Wer um Himmels willen war das? Sie würde Gottfried danach fragen. Arndt war der einzige Männername auf Roswithas Liste. Franziska murmelte diesen Namen vor sich hin und verspürte ein eigenartiges Magengrummeln. Meistens ein Zeichen dafür, dass etwas nicht stimmte.

Als müsse sie sich selbst quälen, googelte sie nun auch noch ihren Mann. Nachdenklich und klug lächelte Christian Hausmann ihr von seiner Website entgegen und bot sich als Übersetzer und Redenschreiber an. Ein wenig verloren wirkte er mit dem grau melierten Dreitagebart vor seiner großen Bücherwand. Alles an ihm schien die Botschaft auszustrahlen: »Kümmere dich um mich!« Darauf ließen sich die Frauen natürlich gerne ein, vor allen Dingen solche wie diese Angelika. Mit dieser Ausstrahlung hatte er seinerzeit auch Franziska für sich gewonnen. Sie verbot es sich, weiter an ihn zu denken. Vor allem verbot sie es sich, an ihn im Zusammenhang mit Angelika zu denken. Das war nicht leicht. Um diesen Vorsatz wirklich umzusetzen, brauchte sie dringend noch ein weiteres Glas Wein.

Als sie am nächsten Morgen in ihrem fremden Bett erwachte, umnebelt von einem leichten Kopfschmerz und dem Gefühl, dass etwas Wesentliches schiefgegangen war, lag Raureif auf den Dächern der nahe gelegenen Häuser, und auch das stählerne Brückengeländer der Autostraße über dem Schwarzen Regen war wie versilbert. Die vom gefrierenden Morgentau benetzten Gräser am Flussufer wirkten mit ihrer filigranen Eiskristallhülle wie Fäden aus Glas.

Franziska zog sich sehr warm an, brühte sich einen Kaffee auf und ging hinüber in die Wohnung des verwaisten Ehemannes. Der saß am Tisch, rauchte bereits und hatte die *ZEIT* vor sich ausgebreitet. Er las erkennbar keinen Artikel, blätterte sich aber mit einer solchen Hektik durch die Zeitung, als sei er davon überzeugt, seine Frau habe sich zwischen den Seiten versteckt.

»Hallo! Gibt es was Neues?«, fragte Franziska.

Müde sah er auf, schüttelte den Kopf und erstickte fast an einem Hustenanfall.

»Kein Telefonat, keine E-Mail, keine Botschaft?«

Er schnappte nach Luft und verneinte erneut. Dann nahm er bereitwillig die Tasse Kaffee entgegen, die sie ihm anbot, trank und erzählte in einem Ton, als müsse er etwas Ungeheuerliches beichten: »Ich hole jeden Donnerstag die *ZEIT* für sie. Die an der Tankstelle bestellen sie extra für uns. Ich dachte, wenn ich sie heute auch hole, so wie immer, dann ist auch alles wie immer. Dann liegt sie in ihrem Bett und ist in ihrem Zimmer, wenn ich nach Hause komme. Aber so war es nicht. Ist sie wirklich weg?« Er zog die Stirn kraus und sah Franziska fragend an.

»Die wussten übrigens alles«, murmelte er nach einer Weile.

Sie sah ihn an. »Was meinst du denn damit?«

»Die wussten, dass meine Frau entführt worden ist. Bis gestern wussten sie nicht einmal, dass ich überhaupt eine Frau habe, die hier lebt, aber jetzt wissen sie es, und sie wissen auch, dass Roswitha gekidnappt wurde.«

»Gekidnappt?« Franziska schüttelte den Kopf. »Sag nicht so was. Wir wissen doch gar nicht, ob sie wirklich entführt wurde.«

»Was denn sonst?« Er sah sie lange an. »Sie kann nicht von selbst gehen. Sie kann nicht aufstehen, sich anziehen, eine Tür öffnen, die Treppe hinuntersteigen, alle dreizehn Stufen, und dann das Haus verlassen. Wenn, dann hätte sie es doch schon längst getan und mich damit überrascht.«

Jetzt war es Franziska, die aufhorchte. »Was meinst du damit?«

»Nichts.« Er zündete sich eine Zigarette an und legte die Zeitung zusammen.

»Wer ist Arndt Danske?«

Gottfried Hirschfeld zuckte zusammen, als hätte ihn ein Schuss getroffen. Er wurde blass. »Woher hast du den Namen?«

Franziska ließ ihn nicht aus den Augen. »Nun sag schon. Wer ist das? Du kennst ihn doch.«

Er wand sich und beschäftigte sich intensiv mit dem Ausdrücken seiner Zigarette. Die Kippen quollen über den Aschenbecherrand. »Das ist eine lange Geschichte. Ich kann und will jetzt nicht darüber reden.«

»Aber später. Ich komme darauf zurück.« Ihr selbst war um diese Zeit auch noch nicht nach Reden zumute. Sie nahm den Aschenbecher und leerte ihn in den Mülleimer.

»Du wirst mir aber schon noch sagen, wer das ist?«

Er nickte.

Sie sahen sich schweigend an. Es war ein Kräftemessen. Franziska begriff, dass sie die Stärkere war. Das genügte für den Augenblick. Sie setzte sich zu ihm an den Küchentisch. »Weißt du«, begann sie nach einem Moment des Schweigens, »ich habe mich gefragt, warum sie so viel abnehmen wollte.«

»Mir egal.« Gottfried stand auf, zog an einer Küchenschublade und nahm eine frische Zigarettenpackung heraus.

»Vielleicht«, bot Franziska an, »wollte sie leicht sein für denjenigen, der sie über die Leiter nach unten tragen würde.«

»Wer sollte so was tun?« Gierig riss er die Zellophanumhüllung von der Schachtel und zog die erste Zigarette heraus. Das Feuerzeug klickte.

»Vielleicht Arndt Danske?« Die Kommissarin ließ ihn nicht aus den Augen.

»Der niemals!« Seine Antwort kam aus tiefster Seele.

»Und wie wäre es dann mit Theresa Wotzinger oder einer gewissen Melusine?«

»Ich kenne nur Theresa Wotzinger. Eine frühere Kollegin von ihr. Die andere … was ist mit der?«

»Mit denen hat sie telefoniert. Und mit Arndt.«

Er biss sich auf die Unterlippe und sah hektisch um sich. »Gehst du heute zur Polizei?«

Sie schüttelte den Kopf. »Ich werde die Kollegen auf der Dienststelle lieber nicht besuchen. Das würde doch auffallen. Ich bin ja deine Schwester.«

»Ach so, stimmt.«

»Und du?« Sie sah ihn fragend an.

»Ich muss gleich runter. Heute kommt eine Lieferung. Und außerdem will ich noch ein paar Sachen verschicken. Jetzt im November laufen die Auktionen gut. Das Weihnachtsgeschäft beginnt. Man muss sich ja irgendwie beschäftigen.« Er klang deprimiert.

Franziska fragte sich, wo sie selbst das Weihnachtsfest verbringen würde – ob allein, mit der kranken Marie und dem fürsorglichen Benno oder gar mit Christian? Dem Übersetzer und Redenschreiber? Mit welcher Rede würde er zu seiner Entlastung antreten, und wie sollte sie reagieren, und was, wenn er sich gar nicht meldete? Sie spürte Panik in sich aufsteigen.

»Die Schwester von Herrn Hirschfeld glaubt übrigens auch, dass dessen Frau ihre eigene Entführung inszeniert hat.« Sandra Falk klappte ihr Handy zu und schüttelte den Kopf. »Sie hat mir heute Nacht noch eine Nachricht geschickt.«

»Willst du damit sagen, dass ausgerechnet der Max mit seinen Vermutungen richtigliegt?« Lydia zog die Stirn kraus. »Das kann nicht sein. Das sind wilde Spekulationen.«

Dafür, dass sie Nachtschicht gehabt hat, dachte Sandra, sieht die junge Kollegin verdammt fit aus. Tatsächlich hatte Lydia auf der Notfallliege im Ruheraum der Inspektion in ihrem Schlafsack wunderbar und tief geschlafen. Nicht ein einziges Mal hatte das Telefon geläutet, und sie hatte sich hier in der Mönchshofstraße weitaus sicherer gefühlt als daheim. Jetzt reckte sie sich und fragte: »Ist es okay, wenn ich kurz in meine Wohnung fahre, um mich frisch zu machen?«

Sandra nickte. »Lass dir Zeit. Gleich sind ja auch Benedikt und Max hier.«

»Nicht zu vergessen deren hellwache Spürhunde, die dann unter unseren Tischen schnarchen.« Lydia warf sich die Jacke über. »Sind denn wenigstens Forderungen eingegangen?«

Sandra schüttelte den Kopf. »Als Hirschfelds Schwester die Nachricht verschickt hat, also gegen zwei Uhr morgens, war noch nichts da.« Dann stand sie auf und brühte einen Kaffee auf.

Es war Donnerstag, der 7. November, um halb acht in der Früh. Die Sonne war gerade aufgegangen und verhieß einen trüben Tag. Sandra sah der Kollegin nachdenklich hinterher. Lydia hatte sich nicht einmal gewundert, dass Hirschfelds Schwester mit Sandra mitten in der Nacht Mails austauschte. Es hätte ihr doch auffallen müssen. Kopfschüttelnd ging Sandra in den Technikraum und drehte den Thermostat der Heizung etwas höher. Dabei nahm sie sich vor, ab neun Uhr spätestens die Telefonpartner der Verschollenen anzurufen. Oder wäre es eventuell besser, gleich hinzufahren?

Von Viechtach bis Freising waren es gut einhundertfünfzig Kilometer, da könnte sie in zwei Stunden bei der Studienrätin sein. Die Tarotkartenlegerin hatte keine Adresse angegeben, ihre und die Websites anderer Zukunftsdeuter wurde von einer Firma im italienischen Turin gehostet. Erreichbar war die Kartenlegerin lediglich per Handynummer. Und in München hockte dieser Arndt Danske in einem riesigen Apartmentblock am Arabellapark – zumindest führte der Anschluss dorthin.

Ob Franziska Hausmann in ihrer Rolle als Hirschfelds Schwester schon herausgefunden hatte, welche Bedeutung diese drei Telefonkontakte haben mochten?

Mal sehen, was Benedikt dazu meint, dachte Sandra. Und ganz so, als habe sie ihn allein durch die Kraft ihrer Gedanken herbeigerufen, öffnete Benedikt Simbacher in diesem

Augenblick die Tür und betrat mit Burschi das Amtszimmer. Während er seine Jacke an die Garderobe hängte, bemerkte er: »Mit der Kommissarin, die dem Hirschfeld sei Schwester spuit, hamma mir a richtig's Glück. Des ist a kluge Frau. G'wiss hod die scho wos über die Ehe der beiden rausg'funden. Wann's dir recht is, geh i nachher no amoi rüber zu dene beiden.«

Sandra sah ihn an. Er hatte sich frisch rasiert, das Haar gewaschen und perfekt gescheitelt, und er trug ein nagelneues Hemd und eine frische Uniform. Sogar der Hund sah aus, als sei er gebadet und geföhnt worden. Seine schwarzen Locken wippten bei jedem Schritt.

Die Hauptkommissarin nickte. »Ja, mach das. Aber denk bitte dran, dass weder Lydia noch Max wissen dürfen, wer sich hinter Hirschfelds Schwester verbirgt. Frau Hausmann ermittelt undercover.«

»Logo. D' Lydia hob i grad auf der Straß'n getroffen. Und der Max kimmt ja eh immer z' spät. Wie war die Nacht?«

»Hier gab es keine besonderen Vorkommnisse.« Sandra sah auf die Uhr. Es war noch vor acht. Sie nahm die Tasse entgegen, die Benedikt ihr reichte, und kniff die Augen zusammen. »Wir werden heute mal die Telefonkontakte der Hirschfeld checken.«

»Das ist gut.« Dann saß er da, sah den Hund an, trank einen Schluck Kaffee und sah immer wieder nervös auf die Uhr.

Sandra suchte seinen Blick. »Habt ihr euch schon für eine bestimmte Zeit verabredet? Die Schwester, der Hirschfeld und du?«

Er schüttelte den Kopf und lenkte ab: »Gibt's scho wos Neues vo der Kriminaltechnik?«

»Wie man's nimmt.« Sie seufzte. »Die Fingerabdrücke auf der Leiter sind auch am Wäschekorb, und sie gehören nicht dem Ehemann. Das bedeutet, dass der Entführer und mutmaßliche Vogelmörder über das Fenster ins Haus gekommen ist.« Sandra biss sich auf die Unterlippe. »Da könnten wir ansetzen. Es gab nur wenige, die von ihr und dem Vogel wussten.«

»Bloß die ›Helfer vor Ort‹«, bestätigte Benedikt.

»Und vielleicht noch der ein oder andere Arzt hier aus Viechtach.«

»Und die Telefonkontakte. Der Vogel hod g'wiss gezwitschert und sie imitiert, wenn sie telefoniert hod. Soll i die Franziska amoi danach frag'n?«

Sandra nickte. Dass Polizeihauptmeister Simbacher die Hauptkommissarin schon beim Vornamen nannte, ließ tief blicken. Sie hakte nach: »Ihr habt euch gestern erst kennengelernt und duzt euch schon?«

»Naa, wie kimmst denn da drauf?«

»Weil du sie Franziska nennst.«

»Des mach i nur so für mi.« Er merkte, dass er rot wurde. Diese Frau hatte etwas in ihm berührt. Er freute sich auf sie und konnte es kaum erwarten, endlich loszugehen.

Sandra sah ihn an. »Na gut, dann rede du erst mit der Kommissarin.«

Franziska Hausmann stand währenddessen am geöffneten Nordfenster der Wohnung von Gottfried Hirschfeld und sah auf den dunklen Fluss, der an diesem nieseligen Tag etwas an sich hatte, was sie an dickflüssige schwarze Tinte denken ließ.

Die kalte Winterluft strich durch die geöffneten Fenster

und beförderte kompakte und dichte Wolken grauen Zigarettenrauchs nach draußen. Dieser Gottfried schien wirklich Vertrauen zu ihr zu haben. Er ließ sie in seiner Wohnung zurück, obwohl er wusste, dass sie Kommissarin war. Hatte er keine Angst, dass sie Schränke öffnen und nach Verbotenem suchen würde? Vielleicht dachte er auch einfach: Eine Frau in meiner Wohnung ist nie verkehrt. Die sorgt für Ordnung.

Und damit hatte er irgendwie auch recht. Denn Franziska hatte das Frühstücksgeschirr bereits in die Spülmaschine geräumt, den Nudeltopf des gestrigen Abends von Hand abgespült und den großen Holztisch feucht abgewischt. Während sie nun am Fenster stand und die Wohnung entqualmte, fragte sie sich, was sie eigentlich hier zu suchen hatte. So abgeschirmt von der Polizeiarbeit und in dieser Position konnte sie nichts bewirken. Als Hirschfeld-Schwester konnte sie nur hilflos darauf warten, dass entweder die Entführer oder Erpresser sich meldeten und die örtliche Polizei sie über alles informierte. Doch genau das war bisher noch nicht geschehen. War ihre Reise nach Viechtach in Wahrheit eine Flucht vor der eigenen häuslichen Katastrophe? Nie zuvor war sie Bennos Aufforderung so früh und ohne jeden Widerspruch nachgekommen. Sie begriff: Sie hätte sich auf alles eingelassen – bloß weg von zu Hause.

Plötzlich hörte sie Gottfried schreien: »Ihr Handy ist weg!« Mit Panik in der Stimme stürzte er durch den dunklen Flur auf sie zu.

»Du hast doch gestern gesagt, dass nichts fehlt!« Franziska schloss die Fenster. Sie hatte plötzlich das Gefühl, alles klarer zu sehen, nicht nur die Möbel und die Bilder an den Wänden, sondern auch mögliche Zusammenhänge.

»Ich hab nicht an das Smartphone gedacht«, gestand er. »Das hatte sie erst seit Kurzem, und ich weiß gar nicht, ob sie es je benutzt hat. Vorhin fiel es mir wieder ein, und ich habe sofort nachgeschaut: Es ist weg.«

»Wo hatte sie es denn gewöhnlich?«

»Direkt neben ihrem Kopfkissen.«

»Okay.« Franziska sah ihn an. »Du rufst jetzt bitte sofort bei der Polizei an, gibst die Nummer durch und lässt es orten. Du kennst doch die Nummer?«

»Ich habe sie auf meinem Rechner gespeichert.« Er nickte.

»Wenigstens das! Wenn wir Glück haben, ist es eingeschaltet. Und dann kann man nur hoffen, dass sie es tatsächlich bei sich trägt.«

Sie machte sich Vorwürfe. Sie hätte gestern genauer nachfragen sollen. Aber sie hatte sich auf diesen Benedikt Simbacher und dessen Leute sowie auf die Kollegen von der Spurensicherung verlassen. Sie war ja »nur« die Schwester. Bei der Vorstellung, dass das Smartphone eingeschaltet gewesen sein könnte oder immer noch war und somit die teure Suchaktion mit den Helikoptern und den Infrarotkameras überflüssig gewesen sein könnte, wurde ihr ganz schlecht. Sie hörte schon Bennos Stimme: »Deshalb hab ich dich ja dahin geschickt, damit solche Sachen nicht passieren!« Und nun war es passiert.

»Der Simbacher und sein Hund sind schon auf dem Weg«, verkündete Gottfried kurz darauf und begann damit, die frisch gelüfteten Räume wieder vollzuqualmen.

»Du hast also die Nummer des Smartphones durchgegeben und dafür gesorgt, dass es geortet wird?«

»Ja.« Er hustete.

»Gibt's sonst noch was Neues?« Sie sah ihn mit zusammengekniffenen Augen an. Heute trug er einen sehr dicken graugrünen Strickpullover, der sie an irgendetwas erinnerte. Was war das nur? Plötzlich fiel es ihr ein. Als sie noch ein Kind war, hatte Franziskas Großmutter den Teddy der Enkelin mit einer handgestrickten Polizeiuniform versehen. Die Wolle war weich gewesen und hatte nach der Oma gerochen. Hat das womöglich meine Berufswahl geprägt?, dachte Franziska und wunderte sich gleichzeitig darüber, dass sie nicht schon viel früher auf diesen Gedanken gekommen war.

»Wenn du damit meinst, ob sich jemand gemeldet hat?« Gottfried schüttelte den Kopf. »Ich war sogar schon am richtigen Briefkasten, nicht nur am virtuellen.«

Franziska sah ihn an. War er weniger verzweifelt als gestern? Er wirkte entspannter, fast abgeklärt.

Ihr schoss eine Idee durch den Kopf. »Sag mal, die Leiter, an der der Spürhund gestern angeschlagen hat und die dann auch von den Technikern nach Spuren untersucht wurde – ist die noch hier?«

Er nickte.

»Ich würde gern mithilfe dieser Leiter etwas nachprüfen. Aber das bespreche ich vorher mit dem Kollegen. Wenn der einverstanden ist, bräuchten wir dann deine Hilfe.«

»Ich bin immer für euch da«, sagte er, und es klang so, als würde er sie segnen. »Aber jetzt muss ich nach unten und mein Zeug packen, es hilft nichts.«

Sie sah ihm nach, wie er die dreizehn Stufen hinabstieg, und schüttelte sich. Irgendetwas war aus dem Ruder gelaufen. In ihrem Inneren häutete sich etwas und suchte Schutz. Am liebsten hätte sie sich wieder an dem Teddy ihrer Kindheit festgehalten. Aber wer weiß, wo der jetzt steckte. Warum nur konnten Plüschtiere nicht ins Erwachsenenleben hinübergerettet werden und dort weiter Trost spenden?

Benedikt Simbacher betrat den Hof des Schrotthändlers. Hellwach schaute Burschi in die Welt, und als Franziska auf den Kollegen zuging, fiel ihr auf, dass auch der nicht mehr ganz so müde wirkte wie noch gestern.

»Gibt's wos Neues?«, fragte Benedikt Simbacher, und Franziska verfiel gleich in ihr übliches Antwortschema: »Keine besonderen Vorkommnisse.«

»Dann is ja guad.« Wie er es sagte, klang es tatsächlich beruhigend. »Die Sandra Falk hat mi eben ang'rufen. Des Smartphone kann ned geortet werden. Es ist zuletzt vorgestern gegen vierzehn Uhr eing'schaltet g'wesn, und zwar in der Funkzelle, die des Haus abdeckt.«

»Und die Infrarotkameras haben auch nichts gebracht«, murmelte Franziska.

»Mehrere Dachsbaue ham die von oben g'funden«, pflichtete Benedikt Simbacher ihr bei. »Aber danach hamma ja gor ned g'sucht.« Er tätschelte seinen Hund und raunte ihm zu: »Außerdem ist des ja dei G'schäft, oder? Du bist der Experte für Dachsbaue.«

»Was machen wir nun?« Franziska sah ihn an.

»I woaß es aa ned. Warten?«

»Worauf?«

»Auf a Zeichen?« Er hörte sich so an, als rechne er tatsächlich damit.

5. Kapitel

Jetzt, am späten Vormittag, begann es zu regnen. Zu zweit standen sie auf dem Hof vor Hirschfelds Haus. Franziska sah erst den Hund und dann Benedikt Simbacher an. Herr und Hund schüttelten sich.

»Wir könnten in die Ferienwohnung gehen«, schlug sie vor. »Gottfried hat sie mir freundlicherweise überlassen. Und dort tauschen wir uns dann in Ruhe über die Dinge aus, die jeder von uns inzwischen in Erfahrung gebracht hat.«

Benedikt nickte. »Gern.« Seine Augen leuchteten.

Wenig später standen sie nebeneinander in der Küche. Franziska brühte einen Tee auf, und er stellte zwei Tassen ins Spülbecken, um diese mit kochendem Wasser aus dem pfeifenden Kessel auszuspülen. Es fühlte sich an, als würden sie schon seit Jahren täglich nebeneinanderstehen und Tee kochen. Franziska atmete weniger angespannt und dachte, dass Hunde offensichtlich einen guten Einfluss auf die Menschen in ihrer Umgebung hatten. Sie fühlte sich zum ersten Mal seit dem gestrigen Vormittag wieder besser, und es gelang ihr, Christian und diese fremde und viel zu junge Frau aus ihren Gedanken zu verbannen.

»I woaß, wer Sie san«, sagte Simbacher nun. »Mit mir miassen S' koa Versteckspui mehr spuin. Die Sandra hat mit dem Oberstaatsanwalt telefoniert und mi dann eing'weiht. Aber bloß mi. Die anderen beiden wissen's natürlich ned, und sie solln's aa ned erfahrn. Danke, dass Sie uns helfen.«

Franziska sah ihn an. Er meinte es tatsächlich ernst, und das rührte sie. Sie hatte es bei ihren Einsätzen als Sonderermittlerin schon des Öfteren erlebt, dass ihr erst einmal Widerstand entgegengebracht wurde. Niemand ließ sich gern in die Karten schauen, und oftmals hatte sich die Choreografie des Zusammenarbeitens in den Dienststellen über Jahre hinweg so fein austariert, dass eine von außen Kommende nur alles durcheinanderbringen konnte. Und ab und zu war genau sie das gewesen.

Diese Bedenken schien Benedikt Simbacher nicht zu haben. Seine braunen Augen leuchteten erwartungsvoll.

»Dann tragen wir mal zusammen.« Sie setzten sich auf die schwarzen Lederschwinger an den weißen Tisch, beobachteten, wie der schwarzlockige Hund sich nach vielem Hin und Her so auf dem schwarz-weiß karierten Teppich niederließ, als sei er wesentlicher Teil der Dekoration.

Franziska sah Benedikt nachdenklich an. »Was sagen Sie denn zu der Geschichte mit dem Smartphone?«

»Mir ham scho die IP-Adresse gecheckt. Auffällig is, dass sie mit dem Ding gor ned telefoniert hod, sie war nur im Internet unterwegs. Aber warum aa ned? Heutzutag kommuniziert doch a jeder mit so einem Gerät. Die schaun ja ned amoi hoch, wenn s' im Straßenverkehr unterwegs san. So passiern übrigens vui Unfälle.« Sein Kopfschütteln deutete Verständnislosigkeit an.

»Wozu sie das Smartphone brauchte, hat Gottfried mir schon erklärt«, meinte Franziska. »Mit dem normalen Festnetztelefon kann sie per Headset telefonieren. Das ist weitaus bequemer, als sich ein Smartphone ans Ohr zu halten. Mit dem hat sie wohl nur gechattet.« Sie hörte sich sprechen und fand, dass sie genau so klang, als würde sie von morgens bis abends nichts anderes tun, als sich elektronisch und in Echtzeit mit Fremden über Banalitäten auszutauschen.

»Aha.« Er sah sie erwartungsvoll an.

»Vielleicht hat sie damit auch irgendwas recherchiert oder ihre Termine koordiniert.«

»Wos für Termine denn?« Benedikt horchte auf.

Franziska lächelte resigniert. »Das stimmt, so viele wird sie nicht gehabt haben. Und die von der ›Pflege vor Ort‹ kamen sehr regelmäßig. Herr Hirschfeld hat erzählt, dass seine Frau auch für ihr Smartphone eine Flatrate hatte. Sie war also sicher häufig im Internet und dürfte daher digitale Fußspuren hinterlassen haben.«

»Da samma dran.« Benedikt hob mit beiden Händen die gefüllte Teetasse und blies den Dampf über deren Rand. »Sandra hod scho die entsprechende Liste vom Provider ang'fordert. Sobald die richterliche Verfügung vorliegt, miassen die liefern, ob sie wollen oder ned. Meistens woll'n die ja ned so recht.«

Franziska dachte an Benno. Wenn der Antrag über den Tisch des Oberstaatsanwalts lief, könnte es sehr schnell gehen. Aber vermutlich ging dieses Gesuch einen anderen Weg. Schließlich gehörte Viechtach nicht zum Einzugsgebiet der Passauer Justiz.

»Das heißt, wie müssen jetzt erst einmal warten.« Sie klang mutlos.

»I mach mir wirklich Sorgen um die Frau Hirschfeld«, meinte Benedikt Simbacher. »Niemand meldet si oder will irgendwas vo ihrem Mann. Eine Entführung hod doch koanen Sinn, wenn koa Lösegeld verlangt wird.«

»So sehe ich das auch!« Franziska schob den Stuhl von sich und trat ans Fenster. Auf der Oberfläche des Flusses hinterließ jeder einzelne Regentropfen Ringe, die sich ausbreiteten und einander überschnitten, als würden sie sich gegenseitig ihr Revier streitig machen. Innerhalb und außerhalb des Hauses war es eigenartig still. Stiller als gestern.

»D' Sandra hod gmoant, sie wui die Telefonkontakte von Roswitha Hirschfeld abtelefonieren.«

»Ich habe die Liste schon von Ihrer Chefin bekommen. Inzwischen habe ich die drei Anschlüsse recherchiert und kann sie realen Personen und konkreten Namen zuordnen.«

»Wie die Sandra. Die wui heit no zu der Studienrätin nach Freising fahrn. Den andern hod sie no ned erreicht, und vo der Wahrsagerin hält s' ned vui.«

»Weil die Märchen erzählt?«, meinte Franziska, und Benedikt Simbacher nickte.

In diesem Moment klingelte sein Telefon.

Benedikt holte sich formvollendet von seiner Kollegin Sandra das Einverständnis zum Freisprechen ein, aktivierte den Lautsprecher und legte sein Mobilgerät zwischen die zwei leeren Teetassen auf die weiße Leinendecke.

Sandra Falk hatte eine sympathische Stimme, und Franziska ahnte, dass man dieser Frau gern und viel erzählte. So einer wie der würde sie sogar die Geschichte von dieser Angelika anvertrauen. Marie wollte sie nicht damit belasten, und Benno würde sagen, das werde sich schon wieder klären.

»Ich wollte kurz mit Ihnen absprechen, dass ich nun zu der Studienrätin nach Freising fahre«, erklärte Sandra Falk. »Auge in Auge erfährt man doch meistens mehr. Vielleicht ist es eine Übersprungsreaktion – aber nur warten, das halte ich augenblicklich nicht aus.«

Ich auch nur sehr schlecht, dachte Franziska, behielt das aber für sich.

»Um zwölf habe ich noch einen Termin bei der ›Pflege vor Ort‹«, berichtete die Viechtacher Kollegin. »Sobald ich mit denen gesprochen habe, fahre ich los.« Franziska und Benedikt nickten sich über den Tisch an. »Ich melde mich dann bei euch.« Sandra beendete das Gespräch.

Franziska sah erneut das Zimmer der Kranken vor sich. Sie stellte sich Roswitha vor, wie sie verzweifelt versuchte, Kontakt zu anderen Menschen aufzunehmen, egal ob Studienrätin oder Kartenlegerin. Sie wollte in diese Menschen hineinschlüpfen, mit deren Füßen gehen, mit deren Händen handeln und mit deren Stimmen sprechen. Denn nur mit dieser Strategie konnte sie sich aus ihrer eigenen gelähmten Hülle befreien. Ein Gedanke, den Franziska durchaus nachvollziehen konnte.

»Wer woaß, wie die Hirschfeld mit ihren Freunden umganga is«, bemerkte Benedikt Simbacher. »Wenn ma so vui Zeit hod, macht ma sich auch vui Gedanken. Aber oans sog i Eahna: Vo dene, die sie jeden Tag ang'rufen hod, kimmt g'wiss koaner auf die Idee, sie ganz zu sich zu holn.«

Da war was dran. Franziska trat erneut ans Fenster. Es hatte aufgehört zu regnen. Der Schwarze Regen floss unten am Haus vorbei. Ob Roswitha von ihrem Bett aus auch auf den Fluss sehen konnte? Wenn das Kopfende hochgefahren wurde, bestimmt. Wasser hatte etwas Beruhigendes an sich. Zumindest für Franziska.

Als Kind und junge Frau hatte sie stundenlang am Flussufer sitzen und nachdenken können. Möglicherweise, so ihr Verdacht, war genau das der eigentliche Antrieb von Angelsportlern. Sie benutzten das Fischefangen als Alibi:

Nur mit ausgefahrener Angelrute und starrem Blick auf den Köder erlaubten sie es sich, eine Zeit lang auf den Fluss zu sehen und dabei die Dinge des eigenen Herzens zu ordnen. Noch schöner war es natürlich, am Meer zu sitzen. Wenn alles hier vorbei war, wenn es Marie wieder gut ging, dann würden sie und ihre Freundin ans Meer fahren – das schwor sie sich.

Sie sah sich nach dem Kollegen um. »Herr Simbacher, ich würde gerne etwas ausprobieren. Dazu bräuchte ich Ihre Hilfe.«

»Gerne, zwengs dem bin i ja kemma.«

»Sind Sie stark?«

Er wurde rot. »Ich moan scho.«

»Wir brauchen als Erstes eine Waage und dann eine große Tüte oder einen Kleidersack. Gottfried hat mir gesagt, dass Roswitha zweiundvierzig Kilo wiegt. Ich will wissen, ob es möglich ist, eine Person mit diesem Gewicht aus dem Bett zu heben, mit ihr durchs Fenster zu steigen und sie dann über die Leiter nach unten zu bringen. Ich würde es nicht schaffen. Aber ein starker Mann ...?«

»Freilich is des zum schaffn. Mei Burschi wiegt fünfunddreißg Kilo, und den trog i mit Leichtigkeit.«

»Wollen Sie es mit Ihrem Hund testen? Dann brauchen wir aber noch ein Zusatzgewicht.«

Er schüttelte den Kopf. »Besser ned. Der zappelt dann bloß rum.«

In den Hirschfeld'schen Lagerbeständen gab es von allem. Angefangen bei Landmaschinen, Schubkarren, Drahtgeflechten bis hin zu Nägeln, Schrauben und Stecknadeln. Stoffballen lagen dort herum sowie Papierstapel und Bücherberge. In den Regalen stand gebrauchtes Geschirr, eine Ecke der Halle war mit Töpfen und Pfannen vollgestellt. An der Durchgangstür zu Gottfrieds Büro hing ein eingeschweißtes Blatt Papier mit folgender Aufschrift: »Hier wird mit allem gehandelt – nur nicht mit Essbarem und auch nicht mit falschen Versprechungen«.

Die Hallen waren ein einziges Chaos. Unglaublich! Franziska durchschritt die riesigen Bestände an Gebrauchtwaren. Wer brauchte all diese Dinge? Und wer überblickte den Lagerbestand? Ob Gottfried dafür ein extra Computerprogramm hatte? Das meiste, was hier herumstand, sah aus, als sei es schon vor ewigen Zeiten von anderen ausgemustert oder weggeworfen worden. Sie wandte sich an Gottfried, der mit sorgenzerfurchter Stirn sein Büro verlassen und sich in der Verbindungstür zu seinem Lager eine Zigarette angezündet hatte: »Wir brauchen so etwas wie eine große Tüte – ungefähr einen Meter fünfzig lang.«

»Plastik und Müllbeutel und solche Sachen sind dort.« Er wies auf die rechts vor ihnen liegenden Regalgänge. »Wozu wird die gebraucht, was soll weggepackt werden? Im Haus steht doch alles an seinem Platz.«

»Wir wollen was nachstellen.«

»Ach so.« Er sah sie an.

»Du hast mir gestern Abend gesagt, dass Roswitha zweiundvierzig Kilo wiegt. Und dieses Gewicht will ich jetzt in eine Tüte packen, und dann soll Herr Simbacher mal schauen, ob er den Sack aus dem Bett und durchs Fenster heben und über die Leiter in den Hof bringen kann.«

»Wenn ich sie ins Wohnzimmer trage, legt sie immer den rechten Arm um meinen Hals«, sagte Gottfried. »Das macht es natürlich einfacher.«

»Wenn sie oaner gegen ihr'n Will'n entführt, wird's dem ned den Arm um den Hals leg'n«, bemerkte Benedikt aus dem Hintergrund. »Zwengs dem bin i dafür, dass mir die schwierigere Variante ausprobiern.«

Natürlich klappte es problemlos. Das Fenster des Krankenzimmers war so groß wie eine Terrassentür, der Polizeihauptmeister hatte beide Fensterflügel geöffnet, sich den Sack über die Schulter gelegt und war mit Leichtigkeit die Leiter hinabgestiegen, das Gewicht auf der rechten Schulter balancierend. Es war exakt die Leiter, an der Burschi gestern Abend schon so aufgeregt herumgeschnüffelt hatte.

»Und jetzt?« Gottfried hatte das Manöver vom Hof aus beobachtet. »Was soll das bringen?«

»Wir wissen nun zwar nicht viel mehr, aber eines ist klar: Roswitha kann auch gegen ihren Willen aus dem Zimmer geholt worden sein.«

Gottfried Hirschfeld zog die Stirn kraus und sah seine Scheinschwester ungläubig an. »Hast du tatsächlich gedacht, dass sie sich absichtlich von mir wegholen lässt? Die kann doch gar nicht ohne mich. Die braucht mich doch! Wir lieben uns!«

Franziska mied seinen Blick. »Wir müssen alle Möglichkeiten in Betracht ziehen.« Was für ein alberner Satz. Und wie oft in ihrem Leben hatte sie den schon gesagt. Er war ideal, um ausweichend zu antworten und um keine Stellung beziehen zu müssen. Es war ein Satz für Feiglinge. Auch der Vogel hatte des Öfteren »Feigling« gerufen, schoss ihr plötzlich durch den Kopf.

»Jetzt ist sie schon seit mehr als vierundzwanzig Stunden verschwunden. Und ich habe immer noch nichts von ihr oder über sie gehört. Kein Anruf, keine SMS, keine E-Mail – und der Briefkasten vorne am Tor ist auch leer.

Wie, verdammt noch mal, werden sich die Erpresser denn bei mir melden? Und wann? Und überhaupt: Was werden sie von mir wollen?«

»Die werden sich scho rührn.« Benedikt Simbacher versuchte, so etwas wie Zuversicht auszustrahlen, aber das war nicht der richtige Augenblick für Optimismus oder Lebensmut. Selbst der Hund senkte bedrückt den Kopf.

»Wie entführt worden? Wer macht denn so was? Sind Sie sich da ganz sicher? Ich hab die ganze Nacht darüber nachgedacht, nachdem die da«, Gerleigner zeigte auf Lydia Hobmaier, »gestern was von wegen Verschwinden erzählt hat. Bei dem Zustand der Frau geht es selbst bei einer harmlosen Verschleppung nicht um ein normales Kidnapping, sondern mindestens um fahrlässige Tötung! Und zwar grob fahrlässig!«

Gerhard Gerleigner schien sich gut auszukennen. Lydia wurde rot. Sandra wusste immer noch nicht, warum die Kollegin trotz der Nachtschicht heute dabei sein wollte. Andererseits, je mehr Personen am Ball blieben, umso eher würde der Fall gelöst werden.

Nun saßen sie zu siebt um den runden Besprechungstisch der »Pflege vor Ort«, und Sandra Falk, die die Mitarbeiter des mobilen Pflegedienstes bereits per Handschlag begrüßt und sich zu jedem einzelnen so ihre Gedanken gemacht hatte, fühlte sich in ihrer privaten Theorie bestärkt: Unternehmen, in denen die Stimmung nicht gerade die beste war, statteten ihre Besprechungsräume grundsätzlich mit runden Tischen aus. Als liefe damit auch die Kommunikation wieder rund, da Hierarchien in der Sitzordnung nicht erkennbar waren. Konnte das sein? Sie beschloss, in Zukunft besonders darauf zu achten.

Vor ihr lagen die Einsatzpläne des Pflegedienstes für die Monate Juli bis November. Schon auf den ersten Blick war zu erkennen, dass Roswitha Hirschfeld hauptsächlich von drei verschiedenen Mitarbeitern besucht worden war. Außerplanmäßig waren gelegentlich die Bürokraft und die Auszubildende Jenny eingesprungen. An den Vormittagen und zur Nachtpflege wechselten sich zwei Krankenpflegerinnen ab. Die eine hieß Alma, die andere Selma.

Die Mitarbeiter des Pflegedienstes hatten sich ein Schild mit dem Vornamen an den weißen Kittel geheftet. Nur die Bürokraft trug keinen Kittel, da sie nur gelegentlich Dienst machte, ansonsten aber den Laden, alle Termine und die Geschäftsbücher am Laufen hielt, wie sie nachdrücklich betonte. Das Schild an ihrem lindgrünen Pullover wies sie als Margot aus. Die Frauen maßen sich mit abschätzenden Blicken. Die Bürokraft schien es auf einen Machtkampf anzulegen. Sie sah aus, als hätte sie den Ring für einen anstehenden Boxkampf bereits begutachtet und sei sich ihres Sieges gewiss.

Margots erster Satz beim Eintreten der Kommissarin und der Polizeihauptmeisterin war gewesen: »Ich weiß gar nicht, was Sie von uns wollen. Hier läuft alles korrekt, alles ist hygienisch und sauber, und unsere Aktivitäten sind für jedermann transparent. Also kümmern Sie sich lieber um die wesentlichen Dinge und bringen Sie verdammt noch mal diese sowieso schon kranke Frau zurück. Und zwar so schnell wie möglich!«

»Wir kommen nicht, um Sie oder die ›Pflege vor Ort‹ unter die Lupe zu nehmen. Wir sind hier, weil wir Ihre Hilfe brauchen«, hatte Sandra mit ihrer verbindlichsten Stimme klargestellt, aber diese Margot war da schon auf Krawall gebürstet gewesen. Und die Art und Weise, wie sie Augenblicke später die Dienstpläne auf den Tisch donnerte, sprach für sich. »Ich hab Ihnen doch schon gestern alles ausgedruckt.«

»Aber nicht so ausführlich!«, entgegnete Lydia, und Sandra ahnte, dass ihre Kollegin ihr am liebsten über den runden Tisch zugegrölt hätte: Ich hab doch gleich gesagt, dass das ein Zerberus ist. Zum Glück aber schwieg sie.

Mit gesenktem Kopf betrachtete Sandra nun die Übersicht der Tages- und Nachtschichten, auf denen auch die Zeiten sowie der Zeitaufwand in Minuten für die einzelnen Verrichtungen aufgelistet waren. Einzig bei Gerhard Gerleigner, der Roswitha Hirschfeld am häufigsten und regelmäßigsten besucht hatte, stand unter der Rubrik Hilfebedarf das Stichwort Physiotherapie. Er war zudem seit gut zwei Monaten jeden Nachmittag von siebzehn bis achtzehn Uhr bei ihr gewesen. Damals war das Laufband angeschafft worden. Selbst an Samstagen hatte er mit ihr trainiert. Nur sonntags war er nicht zu ihr gegangen.

»Können Sie sich an vorgestern Nachmittag erinnern?«, wandte sich Sandra an ihn.

Gerhard Gerleigner nickte und schwieg. Sandra sah ihn an und gab Lydia innerlich recht. Wie hatte die ihn genannt? Einen Sportjunkie. Tatsächlich erinnerte dieser Herr mit seiner polierten Glatze an einen Marathonläufer oder einen Zehnkämpfer. Er schien einzig und allein aus sprungbereiten Muskeln zu bestehen, selbst die Bügelfalten seines weißen Arztkittels wirkten dynamisch und durchtrainiert.

Die sich zur Unsportlichkeit bekennende Lydia beugte sich an der Bürokraft vorbei über den Tisch und fixierte Gerhard Gerleigner mit strengem Blick: »Nun sagen Sie schon, was in der Nacht von Dienstag auf Mittwoch war, nach Mitternacht ungefähr! Ist doch noch nicht so lange her!«

Sandra ärgerte sich. Es war nicht abgesprochen, dass Lydia sich einmischte. Sie war ausschließlich als stille Beobachterin mitgekommen. Also hätte Sandra doch auf ihren Bauch hören und die Kollegin nicht mitnehmen sollen. Mit ihrer harschen und bissigen Art weckte Lydia nur Widerstand.

Gerleigner ging auch augenblicklich in Opposition und fauchte die Polizeihauptmeisterin so an, dass ihr der Bleistift aus dem hochgesteckten Haar rutschte und dünne Strähnen unordentlich auf ihre Schultern fielen. Erstaunt stellte Sandra fest, dass Lydia die Hochfrisur tatsächlich besser stand.

»Natürlich kann ich mich erinnern. Ich habe schließlich nur eine Patientin von dieser Sorte. Und ich sage Ihnen, diese eine reicht mir auch!« Gerleigner verschränkte die Arme.

»Und was genau ist am Dienstagabend geschehen?« Sandra sah erst Gerleigner, dann Lydia an und nahm sich fest vor, der Polizeihauptmeisterin als Nächstes beizubringen, wie Schweigen und Stille erstens auszuhalten und zweitens herzustellen waren. Um Lydia davon zu überzeugen, würden mindestens fünf didaktische Einheiten notwendig sein. Bei manchen Menschen dauerte es halt länger.

Eigenartigerweise hielten nur die wenigsten Menschen Schweigen aus und durchbrachen bereits nach wenigen Sekunden die Stille. Das zu wissen und für sich zu nutzen war von großem Vorteil.

Gerhard Gerleigner seufzte in die Stille hinein. »Roswitha war wütend wie so häufig in letzter Zeit«, sagte er. »Sie wollte nicht mehr an die Maschine, wie sie das Laufband nannte. Wir hatten es angeschafft, um ihren Kreislauf zu stabilisieren, sie selbst aber ging davon aus, mithilfe dieser Apparatur irgendwann wieder selbstständig laufen zu können. Als sie begriff, dass sie nur noch auf ein Wunder oder auf eine medizinische Sensation warten konnte, aus eigener Kraft aber nichts bewirken konnte, fing sie an, zunächst das Laufband und dann mich zu hassen. Ihren Mann hasst sie ja sowieso. Wenn sie von dem sprach, bezeichnete sie ihn immer nur als Feigling – selbst der blöde Vogel kannte schon das Wort.«

Jetzt war es Lydia, die nickte und tatsächlich so was wie professionelles Verständnis ausstrahlte. Sandra fragte sich, von wem die junge Kollegin das gelernt haben mochte. Von ihrem Finanzamtsfreund? Dass dieses Verständnis aus ihr selbst kommen könnte, war unwahrscheinlich. Möglicherweise hatte sie es sich auch bei Benedikt abgeschaut.

Trotzdem hakte Lydia für Sandras Empfinden viel zu früh nach, als sie ihrem entgegenkommenden Nicken ein ungeduldiges »Und dann?« hinterherschob.

»Wir hatten einen Vertrag. Das Laufband war angeschafft worden, damit sie mindestens ein Jahr damit arbeitet. Doch schon nach zwei Monaten wollte sie aufgeben. Das ist viel zu früh. So sehen es übrigens auch ihre Ärzte.« Er suchte Sandras Blick. »Natürlich habe ich mit ihrem Mann darüber gesprochen, sie muss da durch. Es kann nicht immer alles nur nach ihrem Willen gehen.«

»Stattdessen sollte es wohl vor allem nach Ihrem Willen gehen, oder?« Sandra hatte keine Ahnung, woher ihr diese Frage kam, aber der Herr im weißen Kittel wurde fast so blass wie seine Arbeitskleidung.

»Ich sag jetzt gar nichts mehr.« Gerleigner verschränkte sogar seine Arme auf überaus sportliche Art, und seine Lippen wurden ganz schmal.

Die Pflegerin Alma meldete sich zu Wort: »Zu mir war sie in letzter Zeit besonders freundlich. Allerdings wollte sie auch immer über Gerhard reden.« Sie wies auf ihr Gegenüber. Gerhard Gerleigner zog seine Lippen noch weiter nach innen und schwieg.

Selma nickte. »Bei mir war es genauso.«

»Was hat sie denn gesagt?« Sandra horchte auf.

»Dass er ihr laufend etwas verspricht und dann nicht hält. Sie wollte wissen, ob er mit uns das gleiche Spiel treibt und wie wir ihn einschätzen«, kam Alma ihrer Kollegin zuvor und schüttelte den Kopf. »So ein Schmarrn aber auch! Natürlich reden wir nicht über unsere Kollegen!«

Lydia wandte sich mit inquisitorischer Schärfe an Gerhard Gerleigner. Die kompakte Bürodame ging gerade noch rechtzeitig in Deckung, um nicht ihren ausladenden Busen mit dem Unterarm der Polizeihauptmeisterin kollidieren zu lassen.

»Haben Sie ihr etwa versprochen, dass sie wieder laufen kann? Der Hersteller des Laufbands hat mir übrigens verraten, dass Sie eine Expertise über das Gerät schreiben, die auch ziemlich gut bezahlt wird, allerdings nur, wenn die Patientin durchhält! Es ging also nicht um Roswitha, es ging um Sie, Herr Gerleigner! Sie sehen, ich habe mich gut informiert.«

Gerleigner wurde blass und schoss zurück: »Und wer ist nun an dem Laufband interessiert? Wer hat mich gestern danach gefragt? Unsensibel wie ein Fleischerhund? Ich mein ja nur!«

Sandra lehnte sich zurück und atmete tief durch. Was war das denn? Entweder sie ließ nun alles aus dem Ruder laufen oder sie sprach ein Machtwort.

Es war bereits zwei Uhr mittags, und Benedikt hätte schon seit mindestens einer Stunde wieder auf der Wache zurück sein müssen, zumal die Kommissarin auf dem Weg nach Freising war. Aber irgendetwas hielt ihn auf dem Anwesen der Hirschfelds. War es die Frau, war es vielleicht sein Hund, der sich in diesem Durcheinander aus alten und neuen Gerätschaften außergewöhnlich wohlzufühlen schien und vorhin wie besessen den ganzen Lagerplatz abgeschnüffelt hatte? Gefunden jedoch hatte er noch nichts, nicht einmal eine graue Feldmaus.

Still und zufrieden und ganz in wichtige eigene Geschäfte vertieft steckte Burschi seine empfindliche Nase weiterhin in jedes Eck. Benedikt stand neben Franziska Hausmann und sah ihm zu.

Es war für ihn ein Leichtes gewesen, den genau zweiundvierzig Kilo schweren Plastiksack, der zudem auch noch rutschig war, aus dem Krankenbett zu hieven, mit ihm auf dem Rücken das Fenster zu öffnen – auch wenn Franziska nachdrücklich behauptete, dass das schon geöffnet gewesen sein musste, als der Entführer an das Bett der Kranken trat – und dann langsam mit dieser Last die wackelige Aluleiter hinabzusteigen. Während dieser Aktion hatte er sich von ihr beobachtet gefühlt und gewusst, dass er sein Bestes geben wollte und auch gab.

Um die Mittagszeit hatte sein Magen gegrummelt und pünktlich wie immer nach Nahrung verlangt. Er hatte es ignoriert. Die Kommissarin aß ja auch nichts. Und Gottfried Hirschfeld hatte vermutlich schon vor Jahren seine regelmäßige Nahrungsaufnahme durch Zigarettenqualm ersetzt.

Jetzt aber merkte Benedikt, dass es an der Zeit war, endlich wieder in die Inspektion zurückzukehren. Vermutlich hielten Max Deffner und seine Boxerhündin Cora dort allein die Stellung. Doch bevor er seinen Hund zu sich rufen konnte, meldete sich das Handy. Es war eine SMS von Sandra: *Bitte befrage zusammen mit Hirschfeld die Ärzte der Verschwundenen.*

Er reichte sein Handy kommentarlos an Franziska weiter. »Übernehmen Sie des?«

Theresa Wotzinger war mit Leib und Seele Studienrätin. Selbst nach mehr als dreißig Berufsjahren glaubte sie fest an die Zukunft derer, die sie unterrichtete. Sie hielt jedes einzelne ihrer »Kinder«, wie sie ihre Schülerinnen und Schüler nannte, für ein einzigartiges Genie, das nur noch entdeckt werden musste, und war davon überzeugt, an jedem einzelnen Kind *alles* wiedergutmachen zu können, was sie einmal falsch gemacht hatte.

An diesem Donnerstag war sie bei ihrer Arbeit unruhig und unkonzentriert und fragte sich, was denn nun anders war als sonst. Es dauerte eine Weile, bevor sie begriff, was es war: Roswitha hatte am Tag zuvor nicht angerufen. Normalerweise rief sie jeden Vormittag an, obwohl sie wusste, dass Theresa zu der Zeit unterrichtete. Sie jammerte dem Anrufbeantworter ihr Leid, wobei sie ihm gleichzeitig, quasi in Nebensätzen und schwer entzifferbaren Andeutungen, kryptische Informationen zu Arndt anvertraute. Nur deswegen hörte Theresa so konzentriert zu. Roswitha meldete sich dann noch einmal am Nachmittag zwischen drei und fünf. Jeden Tag. Bis auf gestern und vorgestern.

Theresa nahm die Gespräche in der Regel nicht an, sondern ließ Roswitha auf den Anrufbeantworter sprechen. Auf hinterhältige Art füllte sie ihn mit jenen Hinweisen, nach denen Theresa schon fast süchtig war und die sie immer noch nicht zu einem großen Ganzen zusammensetzen konnte. An Tagen, an denen es ihr gut ging, deutete sie die Situation als ein lebensbestimmendes Rätselspiel, das sie irgendwann lösen würde, und dann käme die Belohnung. Aber es ging ihr selten gut, und daher empfand sie immer häufiger diese ihr täglich hingeworfenen Informationshäppchen als einen andauernden Vorwurf, eine beharrliche Bestätigung ihrer Schuld. Es half nichts, die einstige Freundin und Kollegin direkt nach der Auflösung des großen Rätsels zu fragen. Theresa hatte es mehrmals versucht, doch anschließend waren die Informationen, auf die sie eigentlich wartete, umso spärlicher geflossen.

Daheim angekommen warf Theresa als Erstes einen Blick auf ihren Anrufbeantworter. Noch immer blinkte er nicht, und die Stille hatte etwas beinahe Gespenstisches. Wie hatte sie nur jemals glauben können, dass sie erleichtert sein würde, wenn endlich mal Ruhe herrschte? So also konnte man sich täuschen! Schon jetzt verlangte es sie nach den geheimnisvollen Hinweisen, die ihre Sehnsucht weiter schürten und vielleicht doch irgendwann zur Lösung ihres ganz persönlichen Dilemmas führen konnten. Vielleicht war ja auch das Telefon kaputt?

Roswitha Hirschfeld bestimmte seit Jahren Theresas Nachmittag. Ihr erster Blick beim Heimkommen galt dem Anrufbeantworter, der regelmäßig und zuverlässig blinkte. Sie hörte ihn ab, während sie ihren Mantel auf einen Bügel und in den Garderobenschrank hängte. Am späteren Nachmittag nahm sie das Telefon mit in die Küche, um mitzuverfolgen, wie ihre einstige Kollegin die zweite Nachricht des Tages auf den Anrufbeantworter sprach. Manchmal nahm Theresa bei frisch aufgegossenem Tee nebst einem Zwieback den Anruf sogar an. Doch auch im Gespräch gelang es ihr nicht, Roswithas Botschaften zu entschlüsseln. Es gab kaum Fortschritte. Und wenn, so entpuppten sie sich als Irrwege.

Nach mehr als dreißig Jahren fühlte Theresa sich immer noch in Roswithas Schuld, obwohl die Sache doch schon längst verjährt und sie nicht an Roswitha, sondern an jemand ganz anderem schuldig geworden war. Gefühle halten sich nun mal nicht an Fristen, und schon gar nicht an solche, die das Gesetz vorschreibt.

Gegen halb fünf klingelte es an der Haustür, und Theresa war sich sicher, dass das nur eine ihrer Nachbarinnen sein konnte, die sich mit ihr über das plötzliche Versagen der Telefone austauschen wollte. Doch die Frau, die nun vor der Tür stand, hatte sie noch nie gesehen.

»Sind sie Theresa Wotzinger?« Die Besucherin zog einen Ausweis hervor und gab sich als Polizeibeamtin aus Viechtach zu erkennen.

Theresa nickte.

»Kennen Sie Roswitha Hirschfeld?«

Theresa wurde blass. Jetzt würde alles herauskommen. Ihre ganze Schuld. Da konnte sie noch so gut zu ihren »Kindern« sein. Es half nichts. Sie schluckte und dachte über ein Geständnis nach. »Ja, wir waren mal Kolleginnen.«

Die andere schwieg, stand draußen auf der Türschwelle und sah sich um. Es waren keine Nachbarn zu sehen.

»Ist was mit ihr? Sie hat weder gestern noch heute bei

mir angerufen.« Theresa gab sich besorgt und versuchte, ihre Stimme so normal wie möglich klingen zu lassen. »Aber vielleicht ist ja auch mein Telefon kaputt.«

»Deswegen bin ich hier«, sagte die Kommissarin, die sich als Sandra Falk vorgestellt hatte. »Nicht wegen des Telefons, sondern wegen Frau Hirschfeld. Darf ich hereinkommen?«

Theresa schob die Tür ein wenig weiter auf. »Natürlich.«

»Wir haben den berechtigten Verdacht, dass Frau Hirschfeld entführt worden ist. Sie ist seit der Nacht von Dienstag auf Mittwoch verschwunden.«

»Aber wer tut denn so was?«

Die Polizeihauptmeisterin gab auf diese Frage keine Antwort, sondern zog einen Block aus ihrer Tasche. »Hatten Sie in letzter Zeit das Gefühl, dass Frau Hirschfeld vor etwas Angst hat, dass etwas anders war als sonst, hat sie irgendwas in dieser Richtung angedeutet?«

Theresa schüttelte den Kopf. Sie standen in der zugigen Diele des Reihenhauses, doch sie machte keine Anstalten, ihre Besucherin weiter hineinzubitten.

Sandra Falk schob ihre Brille zurecht und strich sich eine graue Strähne hinter das Ohr.

»Wir haben erfahren, dass Sie jeden Tag mit ihr telefoniert haben.« Sie sprach es völlig neutral aus, aber auf Theresa wirkte es wie ein Vorwurf.

»Das ist nicht ganz korrekt«, berichtigte sie die Kommissarin schnell. »Roswitha hat jeden Tag zweimal bei mir angerufen. Ich war aber nicht immer zu Hause und konnte deshalb nicht jedes Gespräch entgegennehmen.«

»Sie haben niemals zurückgerufen. Warum nicht?«

Nun klang es ganz eindeutig wie ein Vorwurf. Theresa zog die Stirn kraus. Warum nur hatte alles, was mit Roswitha zu tun hatte, den Beigeschmack von Schuld und Rechtfertigung? Am liebsten hätte sie die Kommissarin gemaßregelt und ihr gesagt, dass sie das ja nun gar nichts anging. Sollte sie ihr etwa gestehen, dass ihr vor diesen Gesprächen gegraut hatte und dass sie vor allem deshalb nicht zurückgerufen hatte, weil dann noch weniger Informationen geflossen wären? Sollte sie zugeben, dass sie seit Jahr und Tag insgeheim hoffte, dieses Spiel möge bald ein Ende haben?

Nun aber hatte Roswitha zwei Tage lang nicht angerufen, und schon stand eine Polizistin vor der Tür. Es gab kein Ende. So einfach war das. Das Unglück setzte sich nur mit anderen Mitteln fort.

»Wollen wir alles hier in der Diele abhandeln?« Sandra öffnete den obersten Knopf ihrer Jacke.

»Ich habe nicht viel Zeit«, log Theresa, die erst einmal die Nachricht von Roswithas Verschwinden verdauen musste. »Außerdem weiß ich nicht, was ich Ihnen dazu sagen könnte.«

Sandra Falk sah auf ihren Block. Theresa beobachtete sie und dachte, dass die Brille der Kommissarin ein wenig zu klein war für deren Gesicht. Als würde sie sich ständig darum bemühen, über den Rand der Gläser hinauszuschauen.

»Haben Sie während der Telefonate den Vogel gehört?«, erkundigte sich die Kommissarin.

»O ja, der hat immer Wörter gesagt wie ›Verdammt!‹ und ›Feigling‹. Ich glaube, sie hat ihm das Fluchen beibringen wollen.« Theresa zwang sich zu einem Lächeln. »Aber gefragt habe ich sie natürlich nie danach.«

»Der Sittich ist tot«, erklärte die Kommissarin. »Er lag mit gebrochenem Genick im Wäschekorb von Herrn Hirschfeld.«

Theresa wurde blass. Sollte das ein Zeichen sein? »Wer macht denn so was?«

»Das würden wir auch gern wissen. Dazu müssen wir uns ein Bild von Frau Hirschfeld machen. Können Sie uns etwas erzählen?«

»Da muss ich erst nachdenken.« Theresa sah demonstrativ auf ihre Uhr und fuhr fort: »Sie sind unangemeldet gekommen. Und ich habe noch Termine. Geben Sie mir doch Ihre Telefonnummer. Ich werde über Roswitha nachdenken und Sie dann anrufen.« Sie wusste genau, dass sie nicht anrufen würde, aber das brauchte diese Polizeibeamtin ja nicht zu wissen.

»Ja bitte, tun Sie das. Und wenn es geht, noch heute Abend oder morgen Vormittag.«

»Morgen Vormittag bin ich in der Schule.« Theresa sah auf das Kärtchen und beschloss, notfalls eine E-Mail zu schreiben. Dabei konnte man sich nicht verplappern. Aber das behielt sie besser für sich.

6. Kapitel

Arndt Danske hatte bereits mit sechs Jahren begriffen, dass es überlebenswichtig war, sich mit Zeichen auszukennen. Diese Erkenntnis prägte auch jetzt noch sein Leben und war, das gestand er sich in schwierigen Zeiten ein, der eigentliche Grund, warum er überhaupt noch lebte. Er war Programmierer geworden und brach alles in seinem Leben auf Nullen und Einsen herunter, in der noch unbestätigten Gewissheit, in diesem Verfahren so was wie Ruhe und Zufriedenheit zu finden. Das musste genügen, um einigermaßen durchs Leben zu kommen.

Bisher hatte es noch nicht richtig geklappt, da es einfach zu viele Klippen und Fallstricke gab. Aber vielleicht machte er auch alles falsch? Hätte Arndt mit sechs Jahren beispielsweise schon selbst lesen können, wäre sicher alles ganz anders gekommen – das glaubte er noch heute. Damals war er zum ersten Mal von seiner Mutter weggelaufen, die ihm jeden Tag versicherte, was für eine gute Mutter sie sei, und ihm zum Beweis allabendlich Märchen vorlas, in denen Frauen ihre Kinder verbrannten, verschenkten oder für ein bisschen mehr eigene Schönheit an den Teufel verkauften. Er war Nacht für Nacht voller Angst eingeschlafen. Viel später versuchte er, der Geschichte seiner ersten Flucht etwas Lustiges anzudichten und sie anderen gegenüber ins Absurde zu ziehen, dann tat es auch nicht mehr so weh. Alle, die ihm zuhörten, sollten laut lachen, wenn er erzählte, ihm sei es damals völlig egal gewesen, wo er landete – nur nicht wieder bei ihr, bei dieser angeblich so guten Mutter, der er nicht genügen konnte. Aber das war kein Scherz. Es entsprach der traurigen Wahrheit.

Die Polizei hatte ihn dann zur Mutter zurückgebracht, und keiner der Beamten hatte sich darüber gewundert, dass diese Frau ihn weder gesucht noch vermisst hatte. Ja, dass ihr nicht einmal aufgefallen war, dass ihre »kleine Dumpfbacke«, wie sie ihn nannte, nicht vom Hort direkt nach Hause gekommen war.

Das ganze Unternehmen dieser Flucht war gescheitert, weil in Arndts Rucksack ein Etikett mit seinem Namen und seiner Adresse eingenäht gewesen war. Dem entnahmen die Ordnungshüter, wo er hingehörte, und vor allem, zu wem, und sie trugen ihn dorthin, gleich einem sperrigen Paket. Denn er widersetzte sich dieser »Auslieferung« mit Händen und Füßen.

Damals hatte er beschlossen, so schnell wie möglich lesen und schreiben zu lernen, damit ihm so etwas nie wieder passierte. Wer die Zeichen verstand und richtig zu deuten wusste, hatte die Macht.

Seine zweite und lang geplante Flucht vor der Mutter fand im Herbst jenen Jahres statt, in dem er seinen achten Geburtstag gefeiert hatte und bereits die dritte Klasse besuchte. Im Lesen und Schreiben machte ihm da niemand mehr etwas vor.

Diesmal hatte er sich fast vier Tage lang durchschlagen können. Aber das ganze Unternehmen war auch besonders gut vorbereitet gewesen. So hatte er sich am Bahnhof eine Zugfahrkarte besorgt, indem er eine wildfremde Frau am Pulloverärmel gezupft und sie unter Aufbietung sämtlicher Potenziale kindlicher Unschuld und Schwäche um Hilfe gebeten hatte. Er hatte ihr sein Geld gezeigt und im

Brustton der Überzeugung gelogen: »Meine Mutter hat heute keine Zeit, ihr ist was dazwischengekommen, aber sie sagt, wenn irgendein Erwachsener neben mir steht, kriege ich die Fahrkarte bestimmt. Sie hat nämlich schon eine, und wir wollen doch zu zweit wegfahren. Deswegen brauche ich jetzt auch noch eine, wissen Sie, erst sollte ich nämlich zu meiner Oma, aber weil ich letzte Woche so eine gute Note in der Matheprobe hatte, nimmt Mama mich nun doch auf diese Reise mit. Und so ist es ja auch viel schöner.« Das dazugehörige Strahlen freudiger Erwartung hatte er lange vor dem Spiegel geübt, und die Fahrkartenbestellung hatte er auf eine jener museumsreifen Reiseschreibmaschinen getippt, die seine Mutter sammelte, und dazu ihre Unterschrift abgepaust. Einen ganzen Nachmittag lang. Bis sie perfekt aussah und weder Fehler noch Flecken aufwies.

Und so war es dann auch gekommen. Ehe er sich versah, hatte er ein Rundreiseticket in der Hand, mit dem er eine Woche lang quer durch Deutschland reisen und so oft umsteigen konnte, wie er wollte. Seinen ganz persönlichen Fahrschein in die Freiheit.

Wenn er später daran zurückdachte, war ihm klar, er hätte gleich ins Ausland flüchten sollen, aber dafür hatte es damals ein unüberwindbares Hindernis gegeben: Er sprach nur Deutsch.

Am entscheidenden Tag war er mit dem Bus zum Bahnhof gefahren und in den erstbesten Zug gestiegen. Er setzte sich auf einen Fensterplatz und fand im Lauf von drei langen Tagen heraus, wie groß und wie schön Deutschland im Oktober sein kann. Wenn er Hunger hatte, marschierte er in den Speisewagen, stellte sich an den Tisch älterer Ehepaare oder allein reisender Damen und sagte mit schwacher Stimme: »Ich würde jetzt auch zu gern etwas essen.«

»Wo ist denn deine Mama?«, wurde er dann gefragt, und je öfter er log, umso glaubwürdiger wurden seine Geschichten.

»Die holt mich heute Abend vom Zug ab.«

»Und die hat dir nichts zu essen mitgegeben?«

Arndt hatte schnell gelernt, dass er an dieser Stelle des Gesprächs verlegen zu Boden schauen und weiterlügen musste: »Meine Oma hat mir eine Tasche mit Broten und Äpfeln mitgegeben, aber die hat mir einer auf dem Bahnhof geklaut. Da ist auch mein ganzes Geld drin gewesen. Zum Glück hatte ich die Fahrkarte in der Hosentasche.«

Das funktionierte immer.

Er bekam ein gutes Gespür für die Menschen und sah auf Anhieb, wer ihm eine Cola und eine Bockwurst mit Brot spendieren und wer den Schaffner rufen würde. Diesen Menschen ging er wohlweislich aus dem Weg.

Sobald ein Schaffner ihn argwöhnisch musterte und mehr als einmal das Gespräch mit ihm suchte, stieg er am nächsten Bahnhof aus und fuhr in eine andere Richtung weiter. Dabei bekam er einen sehr guten Blick für Fernzüge mit Speisewagen. Er hätte monatelang so weiterreisen können, aber seine Fahrkarte galt nur für eine Woche, da er tatsächlich davon ausgegangen war, er könne innerhalb von einer Woche eine Lösung finden. Oder eine neue Heimat – vielleicht sogar eine bessere Mama, eine, die auch Märchen mit gutem Ausgang zu erzählen wusste. Er war eben noch ein Kind.

Es war eine Schaffnerin gewesen, die ihn aufmerksam im Blick behielt, ihn während seines Schlafens prüfend betrachtete und sich darüber wunderte, dass dieser Junge unbeaufsichtigt und bei Nacht und Nebel durch die Welt reiste.

Sie weckte ihn am Abend seines dritten Reisetages kurz vor Hannover, verwickelte ihn in ein Gespräch voller Widersprüche und lieferte ihn daraufhin rigoros bei der dortigen Bahnhofsmission ab.

Da hatte er dann gesessen und erst einmal geschwiegen. Im Schweigen war er großartig. Das bestätigte selbst die Mutter, allerdings nicht als Kompliment, sondern als Vorwurf. »Nun mach doch endlich mal deine Klappe auf! Wenn die Dumpfbacke mal was sagen soll, kriegt sie natürlich nie die Zähne auseinander. Zum Kotzen ist das!«

Er dachte, er könne einfach weiterreisen, wenn er weder seinen Namen noch seine Adresse preisgab. Er wusste wirklich noch sehr wenig von der Welt.

Stattdessen kam jemand und machte Polaroidfotos von ihm. Die wurden auf ein weißes Blatt Papier geheftet, kopiert und mit Angaben zu Größe und Haarfarbe des »Fundstücks« an alle Polizeistationen des Landes gefaxt. »Mit Terroristen wird ähnlich verfahren«, wusste ein Mitarbeiter der Bahnhofsmission und erntete für diese Bemerkung böse Blicke.

Es war nicht die Mutter, die ihn erkannte, sondern einer jener Polizisten, die ihn bereits als Sechsjährigen nach Hause begleitet hatten. Die Mutter hatte sich in diesen drei Tagen lediglich gefragt, bei welchem Freund ihre »Dumpfbacke« stecken mochte, ansonsten aber das Verschwinden des Kleinen als gutes Zeichen gedeutet. Der Junge nahm endlich mal Rücksicht. Arndts Mutter war damals frisch verliebt gewesen, und der Neue wusste noch nichts von dem Kind und sollte auch nichts davon erfahren. Solange

Arndt nicht vor der Tür stand oder gar »Mama« sagte, musste sie ihrem Partner ja nichts davon erzählen.

Also verschloss sie die Tür zum Kinderzimmer, als ihr Geliebter aus der Großstadt anreiste, und ließ sich mit allen Sinnen auf ihren persönlichen Gott des Friedens ein, so nämlich nannte sie den neuen Mann in ihrem Leben. Er hieß Gottfried und hatte ihr vor langer Zeit schon einmal Avancen gemacht. Damals hatte sie ihn aber fallen lassen und amüsiert festgestellt, dass er sich ausgerechnet von ihrer besten Freundin Theresa trösten ließ, die ihn von Anfang an gewollt hatte. Irgendwas musste zwischen den beiden schiefgelaufen sein. Sie beschloss, besser nicht zu fragen. Wer wusste schon, ob Theresa ihr die Wahrheit erzählen würde, und mit Gottfried wollte sie nicht über die Vergangenheit reden. Er würde ihre Zukunft sein, denn nun, um einiges älter und mit dem souveränen Auftreten eines Mannes von Welt, war er wieder interessant für sie. Sehr interessant sogar.

Die Polizei brachte Arndt in einem Streifenwagen zu ihr zurück. Leider ohne Blaulicht, was Arndt ein wenig bedauerte. Der Gott des Friedens war gerade zwei Stunden zuvor wieder abgereist, und die Erleichterung auf dem Gesicht der Mutter hatte nichts mit der Heimkehr des verlorenen Sohnes zu tun, sondern eher damit, dass er nicht früher bei ihr abgeliefert worden war. Alles eine Sache des Timings. Und dass es genauso gelaufen war, wertete sie als gutes Zeichen.

Noch am selben Abend nahm sie den erschöpften Achtjährigen ins Gebet: »Arndt, du bist nicht glücklich hier. Sonst wärst du nicht fortgelaufen. Und ehrlich gesagt, mir ginge es auch wesentlich besser, wenn ich mich nicht ständig um dich kümmern müsste. Daher habe ich über uns nachgedacht.«

Er rührte während ihres Vortrags in seinem viel zu süßen Kakao und nickte.

»Ich habe für dich ein Internat an der Nordsee gefunden. Dort habe ich dich angemeldet. Du könntest schon in zwei Wochen dorthin.«

Er nickte wieder.

»Da wird bestens für dich gesorgt, ich zahle alles. Das Essen ist gut, und du wirst gefördert. Du bist auf der besten aller Schulen, denn für dich ist mir nichts zu teuer.«

Er nickte. Widerspruch war zwecklos, und der Plan der Mutter gefiel ihm sogar. Nur weg von der Frau, die mit Mama angesprochen werden wollte und nur Geschichten von Hexen und bösen Zauberinnen wusste.

Viel später sollte er seinem besten Freund die ersten acht Jahre seines Lebens wie eine Isolationshaft schildern und mit schmerzlicher Genugtuung feststellen, dass nichts, was danach gekommen war, ihn noch hatte erschüttern können. Er war bereits durch die Hölle gegangen.

In den Tagen vor seiner Abreise war sie nett und freundlich und nannte ihn bei seinem Namen, anstatt ihn als Dumpfbacke zu bezeichnen. Sie gingen unendlich viel einkaufen, von neuer Unterwäsche bis zu Mänteln, Mützen und Handschuhen, als dürfe er nichts aus seinem alten Leben mitnehmen in die neue Zeit.

Das war anstrengend, denn sie bestand darauf, dass er alles anprobierte. »Das Kind muss einen Blick für die Dinge bekommen, die ihm stehen.« Eigentlich aber, und das begriff er erst viel später, verkleidete sie ihn als künftigen Fremden, als einen Jungen, mit dem sie nichts mehr zu tun haben wollte.

Sie versprach ihm, dass seine Fähigkeiten in diesem Internat gefördert würden, das Fatale jedoch war, dass er kaum über förderungswürdige Talente verfügte. Allein fürs Nachdenken und Schweigenkönnen hatte noch niemand einen Nobelpreis bekommen.

Er hatte nicht gewusst, dass sie so vermögend war. Wenn ein Verkäufer sagte: »Tausenddreihundert Mark und siebenundzwanzig Pfennig«, so zuckte sie nicht einmal mit der Wimper, sondern schob gelassen ihre Kreditkarte in das entsprechende Lesegerät.

»Sind wir eigentlich reich?«, fragte er zwei Tage vor seiner Abreise. Sie selbst würde ihn im Internat abliefern, denn sie wollte natürlich den Schulleiter und sämtliche Lehrer über seinen fabelhaften und förderungswürdigen Charakter unterrichten, bevor sie ihnen den Jungen überließ.

»Ja.«

»Und warum haben wir so viel Geld?«

»Ich habe so viel Geld«, korrigierte sie ihn, »weil mein Vater Erfinder war und das Patent nun auf meinen Namen läuft. Er hat die Welt verbessert, und die Welt wird nun in meinem Namen weiterhin zu einem lebenswerteren Ort.«

»Mein Opa? Wird er mich besuchen?« Zum ersten Mal hatte Arndt so etwas wie Neugierde auf seine Verwandtschaft verspürt.

»Nein, er ist nicht dein Opa, und er lebt auch nicht mehr.«

Mit diesem Satz unterdrückte sie die aufkeimende Nähe. Das konnte sie gut. Er hatte nie ihre Hand oder ihren Arm halten oder sich gar an sie anlehnen dürfen. Sie hatte ihn nicht einmal geküsst – oder er konnte sich nicht daran erinnern.

Arndt war mit dieser kryptischen Botschaft in sein schon fast leer geräumtes Kinderzimmer gegangen und hatte zu grübeln begonnen. War der Vater der eigenen Mutter nicht automatisch sein Opa? Bei den anderen Kindern im Kindergarten und in der Schule war es jedenfalls so. Die hatten alle Großväter und Großmütter und Tanten und Onkel und viele von ihnen sogar ältere Geschwister. Er fragte sich, ob er der einzige Mensch auf der ganzen Welt war, der nichts als eine Mutter hatte, und ausgerechnet dieser Mutter konnte er nicht genügen. Sie war enttäuscht von ihm. Es war gut, dass sie sich trennten.

Sie reisten in ihrem Cabrio mit heruntergelassenem Verdeck von Freising bis an die Nordsee. Während der ganzen Zeit dudelte das Radio, sodass sie nicht miteinander reden mussten. Es gab eine Zwischenstation in Kassel. Dort übernachteten sie im Hotel Kurfürst Wilhelm I., wo die Mutter eine Suite gebucht hatte. Er bekam sein eigenes Zimmer. »Es ist das letzte Mal, dass du allein schläfst. Ab morgen hast du einen Zimmerkameraden. Versprich mir, dass du dich gut benimmst. Und genieß die letzte Nacht.« Dann schloss sie die Verbindungstür.

Von anderen Jungen und Mädchen hatte er gehört, dass sie im gleichen Bett wie ihre Eltern schliefen oder zumindest morgens dort hineinkrabbeln durften. Das konnte nur ein Märchen sein. Als sie das Hotel in Kassel betraten, hatte er einen winzigen Moment lang geglaubt, sie würden tatsächlich gemeinsam in einem Bett schlafen und sich zum ersten Mal ein klein wenig näherkommen. Wie naiv war er bloß gewesen. Darüber konnte er heute noch den Kopf schütteln.

Auch hatte er gedacht, dass es vielen so ging wie ihm. Aber das stimmte nicht. Er war der Einsamste von allen.

In Lydias Augen war die Nachtschicht das Beste, was ihr passieren konnte.

Erstens redete ihr niemand dazwischen, und wenn, so waren es höchstens Max und dessen Boxerhündin Cora, aber die überhörte sie sowieso geflissentlich, und zweitens eröffnete ihr die Nachtschicht eine Möglichkeit, Ingo zur Brotzeit einzuladen. Der kam nämlich direkt auf seinem Heimweg von der Viechtacher Außenstelle des Finanzamtes Zwiesel an der Polizeiinspektion vorbei. Diese Straße war ihr Schicksal. Auf der hatten sie sich auch kennengelernt. Der verträumte Ingo war mit einer Aktentasche unter dem Arm aus der Tür des Finanzamtes getreten und dabei fast von Lydia überrannt worden. »Hoppla«, hatte diese gesagt, und er hatte die Augen hinter seinen großen Brillengläsern mehrmals zusammengekniffen und gesagt: »Allerdings.«

Sie hatten sich gegenübergestanden und beide nach den richtigen Worten gesucht. Währenddessen herrschte zwischen ihnen angespannte Stille, und irgendein fehlgeleiteter Pfeil Amors hatte ausgerechnet sie getroffen. Ingo brachte nur heraus: »Hallo, ich bin der Ingo«, und sie antwortete mit: »Lydia. Hallo.«

Daraufhin waren sie schweigend nebeneinanderher die Mönchshofstraße hinuntergegangen bis zum Marktplatz und dort rechts in die Bäckergasse abgebogen. Vor dem Café Venus – was für ein passender Name, hatte jeder für sich gedacht – wollte Ingo wissen, ob er sie zu einem Cappuccino einladen dürfe.

Sie hatte genickt und war sich mit allen zehn Fingern durch ihr dünnes Haar gefahren, um es ein wenig aufzuplustern.

Ingo war mindestens fünf Jahre älter als sie, also schon

fast dreißig. Er kam auch nicht aus Viechtach, sondern war irgendwo im Norden Deutschlands aufgewachsen. Die Art und Weise, wie er sprach, gefiel ihr. »Gediegen« war eines seiner Lieblingsworte. »Das ist hier ja wirklich gediegen«, sagte er beispielsweise, als sie das Café Venus betraten, an dessen Wänden Bilder hingen, die halb nackte Frauen auf hohen Stöckelschuhen zeigten, die durch fantastische Sternenwelten flogen und zu allem Überfluss auch noch gläserne Flügel besaßen, in denen sich das Licht brach.

Lydia waren diese Bilder peinlich gewesen. Sie hatte nicht gewusst, dass sie prüde war, aber solche Gemälde brachten Männer doch nur auf falsche Gedanken. Obwohl – ihr hätte ein falscher Gedanke schon gefallen, vor allem dann, wenn Ingo ihn auf sie bezog.

Es war schnell klar, dass Ingo eine harte Hand brauchte. Man musste ihm sagen, was Sache war, sonst kam der überhaupt nicht in die Gänge. Mit Zahlen kannte er sich ebenso gut aus wie mit sämtlichen Steuergesetzen, aber vom Zusammenleben mit einer Frau hatte er überhaupt keine Ahnung. Er kuschte gern, und sie befahl gern. Insofern passten sie bestens zusammen.

An diesem Donnerstag trat sie um siebzehn Uhr ihren Dienst an und griff als Erstes zum Telefon.

»Ingo, du kommst um sieben Uhr heute Abend bei mir in der Inspektion vorbei. Ich habe Bereitschaftsdienst. Daher gibt es die Brotzeit auf der Wache. Den Kollegen Deffner hab ich dann schon mit seinem Köter losgeschickt.«

Wie nicht anders zu erwarten, sagte er gehorsam: »Ja.«

Sie hatte gerade aufgelegt, als Benedikt mit seinem stinkenden Hund die Tür öffnete und sich erstaunt umsah. »Bist du etwa ganz alloa?«

»Traust du es mir allein nicht zu?«, giftete sie ihn an und knurrte zurück, als der Hund sie ankläffte. »Sandra ist doch nach Freising gefahren. Aber hier ist sowieso nichts los, sonst hätte ich dich schon angerufen«, beruhigte sie ihn. »Und wo kommst du jetzt her? Dein Dienst beginnt doch erst um zehn.«

»I mach ab jetzt Tagschicht«, sagte er. »Und überhaupts: Wenn jetzt was passiert, dann miassen mir alle sofort reagier'n. Des hob i der Schwester vom Hirschfeld in d' Hand versprochen, der Franziska.« Der Name klang so schön. Er hätte ihn immer wieder aussprechen wollen.

»Heißt das etwa, du bleibst heute Abend bis um acht?« Sie klang misstrauisch.

Er nickte. »Host wos dagegn?«

Sie druckste herum. »Um sieben kommt der Ingo vorbei. Ich habe ihn zur Brotzeit eingeladen. Sonst sitzt der ja ganz allein zu Hause rum.«

»Ingo, wer is jetzt des?«

Sie überlegte lange. Ging ihn das eigentlich was an? Eigentlich nicht. Andererseits: Sie hatte Ingo auf die Inspektion geladen, und die Wache war nun mal ein öffentlicher Ort. Außerdem hatte Ingo schon für sie alle recherchiert.

»Mein Freund«, sagte sie schnell.

»I glaub's ja ned.« Benedikt schüttelte den Kopf und sah sie an, als betrachte er sie zum ersten Mal. War vielleicht doch irgendetwas Liebenswertes an ihr? Wenn ja, dann hatte er es noch nicht entdecken können. Aber dafür war er nun neugierig geworden. Einen Mann, der mit Lydia klarkam, musste er kennenlernen. »Passt scho. Dann ko i glei mit eich essen. Soll i noch was einkaufen?«

Das hatte ihr gerade noch gefehlt. Kurz überlegte sie, ob sie Ingo ausladen sollte, beschloss dann aber, gemeinsam mit den beiden Männern zu speisen. Dann wusste Ingo künftig wenigstens, wen sie meinte, wenn sie mit ihm über Benedikt sprach.

Ingo Diederichsen war ungewöhnlich blass, und seine Stirn zeigte oberhalb der Nase zwei vertikale Falten, die sich nicht einmal dann entspannten, als er Lydia mit einem flüchtigen Kuss begrüßte. Sein hellblaues Hemd war bis oben zugeknöpft, und sein dunkles, kräftiges Haar sah aus, als habe er es sich heute mindestens schon hundertmal gerauft. Sein Mund war ein schmaler Strich, aber als er die Lippen öffnete, enthüllte er perfekte Zähne.

Benedikt, der an sein eigenes schief stehendes Gebiss dachte, fragte sich, warum in seiner Generation so wenig auf gute Zähne geachtet worden war. Bei den Leuten seines Alters wuchsen die Zähne so, wie sie wollten, und wer Pech hatte, dem fielen sie vorzeitig aus. Heutzutage jedoch wurde jedes Gebiss von Anfang an auf Form und Schönheit getrimmt, sodass es eine Freude war, den Leuten beim Lachen zuzusehen. Allerdings sah Ingo nicht so aus, als hätte er in Lydias Gegenwart viel zu lachen.

Resolut stellte sie Teller und Flaschen mit alkoholfreiem Bier auf den Konferenztisch, legte Besteck dazu, knallte drei Gläser in die Tischmitte und befahl ihrem Gast, sich erst die Hände ordentlich zu waschen und dann alles schön aufzudecken. Ingo gehorchte, ohne mit der Wimper zu zucken. Auf Benedikt wirkten die beiden wie ein eingespieltes Team. Es war definitiv nicht das erste Mal, dass sie gemeinsam zu Abend aßen.

»Sie san beim Finanzamt tätig?«, erkundigte sich Benedikt höflich. Irgendwie musste die Konversation ja begonnen werden.

Lydia warf ihm einen bösen Blick zu. »Ich wollte euch offiziell einander vorstellen. Da musst du nicht gleich mit deinen Fragen dazwischenschießen.«

Ingo zuckte zusammen, als hätte tatsächlich direkt über seinem Kopf ein Schusswechsel stattgefunden.

»Also«, fügte sie dann ein wenig versöhnlicher hinzu. »Das ist Polizeihauptmeister Benedikt Simbacher, mein Kollege. Er ist schon mehr als dreißig Jahre auf dieser Dienststelle, fast so lang, wie wir auf der Welt sind, hahaha.« Das sollte ein Scherz sein, aber es klang verdammt ernst, und niemand lachte. »Der Hund da heißt Burschi. Der ist natürlich noch nicht so lange hier. Die zwei gehen sehr oft nachts auf Streife und sind daher gerade nur außerplanmäßig hier.«

Ingo stand auf und reichte Benedikt die Hand. »Sehr angenehm. Und an welcher Sache sind Sie gerade dran?«

Lydia fuhr ihm über den Mund: »An keiner Sache, die für das Finanzamt interessant sein könnte, es sei denn, wir holen bei euch Informationen ein. Und jetzt guten Appetit!«

Benedikt strich süßen Senf auf seine Leberkässemmel, lehnte sich zurück und betrachtete das Paar. Glücklich wirkten beide nicht.

Ohne Lydia um Erlaubnis zu bitten, wandte er sich an Ingo: »Und wos genau machen S' beim Finanzamt?«

Der blasse junge Mann würgte gerade an einem Stück Brot und einem hart gekochten Ei, das er sich in den Mund geschoben hatte. Er schluckte schnell, doch bevor er antworten konnte, hatte Lydia bereits das Wort ergriffen. »Ingo hat in Passau Jura studiert und arbeitet nun als Regierungsrat beim Finanzamt. Gehaltsklasse A13.«

So genau wollte Benedikt es gar nicht wissen.

Ingo nickte und wurde rot.

Benedikt fragte sich, wie die beiden wohl im Bett miteinander umgingen. Befahl sie ihm, wann und wo er sie zu berühren hatte und wie? Gab es da so etwas wie eine Ampelregelung? Freie Fahrt und Stopp? Er schüttelte sich. Nein, darüber wollte er lieber nicht nachdenken. Stattdessen fragte er mit gespieltem Interesse nach: »Sie kemma aber ned vo hier?«

»Nein, ich bin in Norddeutschland aufgewachsen.«

»Und wo genau?«

Ingo sah Lydia an, als müsse er sie um Redeerlaubnis bitten.

Die war aber gerade damit beschäftigt, dem Hund böse Blicke zuzuwerfen.

»Als kleines Kind habe ich bei meinen Eltern in Gütersloh gelebt, aber mit acht bin ich dann auf ein Internat gekommen«, erklärte Ingo. »Und das lag direkt an der Nordsee. Zum Studium wiederum bin ich nach Passau gezogen. Die Jurafakultät hat einen guten Ruf. So kommt man eben rum.« Er verzog sein Gesicht.

Ein vornehmes Kerlchen also, dachte Benedikt. Da hatte Lydia ja einen richtig guten Griff getan. Das hätte er ihr gar nicht zugetraut. Beamter, gutes Gehalt und vermögende Familie im Hintergrund. Denn so ein Internatsleben bekam man ja auch nicht umsonst. Gütersloh! Dann waren die Eltern von dem vielleicht hohe Tiere bei dieser Stiftung, die sich mit ihren Studien oft ungefragt zu Angelegenheiten der Bildung, Kultur und Wirtschaft äußerte. Aus dem Sohn allerdings war ein verklemmtes Bürschchen geworden, das nun auch noch in Lydias Hände geraten war. Wo nur, um Himmels willen, trieb sich Ingos Schutzengel rum? Oder hatte der etwa keinen?

Franziska stand in Gottfried Hirschfelds Küche und rührte ein Pfannengemüse zusammen. Es hatte etwas Beruhigendes, am Herd zu stehen und zu kochen. Sie war am späten Nachmittag mit ihrem Wagen nach Viechtach zum Einkaufen gefahren und hatte dabei feststellen müssen, dass es zu Fuß um einiges einfacher gewesen wäre. Vor dem Supermarkt hatte Franziska Hausmann ihr Handy eingeschaltet. Keine Nachricht, von niemandem. Als wäre sie aus der Zeit gefallen. Sollte sie sich bei ihrem Mann melden? Nein! Lieber kaufte sie zwei zusätzliche Flaschen Wein.

Die Mohrrüben leuchteten orange in der Pfanne, und hinter ihr saß der verwaiste Ehemann am Küchentisch, hatte ein gefülltes Weißbierglas vor sich stehen und starrte schon seit mehr als einer Viertelstunde wie gebannt auf sein Smartphone. Dazu rauchte er, als bekäme er es bezahlt.

»Wenn ich Lori wiederkriege, werde ich sie hier bestatten«, verkündete er durch eine Dampfwolke hindurch in ihre Richtung.

»Wahrscheinlich musst du dazu einen Antrag stellen. Sonst geht der Vogel gleich in die Tierkörperverwertung«, antwortete sie. »Soll ich mich darum kümmern?«

»Ist das viel Papierkram?«

»Wahrscheinlich nicht.« Sie wendete mit einem Holzlöffel das Gemüse. Dann drehte sie sich nach ihm um und fragte: »Scharf oder besser nicht so scharf?«

»Was scharf?«

»Das Essen. Was denn sonst?« Es machte sie ganz nervös, dass er so untätig herumsaß. Andererseits: Was hätte er tun können? Kochen, so wie sie? Gemüse schneiden? Das würde dann mit Zigarettenasche in der Pfanne enden.

Im selben Moment gab Gottfried ein ungewohntes

Geräusch von sich. Das Bierglas fiel um und ergoss seinen Inhalt über den Tisch. Auf dem Fußboden bildete sich eine Pfütze.

»Da ist eine SMS gekommen, von ihrem Handy!« Kreidebleich hielt Gottfried ihr sein Smartphone entgegen.

Franziska drehte die Herdplatte aus und trat zu ihm an den Tisch. »Lass sehen.«

Such nicht nach mir. Ich melde mich!

Ohne großes Nachdenken griff Franziska zu ihrem Handy und rief Benedikt an: »Was ist mit den Verbindungsdaten von Roswithas Smartphone? Sind Sie da schon weitergekommen? Hier ist gerade eine SMS eingegangen. Versuchen Sie herauszukriegen, wo die hergekommen ist.«

»Des mach i sofort. Was genau steht in der Nachricht?«

Franziska las ihm den Text vor und stellte ihr Telefon auf laut. Beide hörten, wie der Polizeihauptmeister nach Luft schnappte und dann atemlos versprach: »I meld mi so schnell, wie's geht, versprochen!«

»Kann sie die selbst geschrieben haben?« Mit hochgezogenen Augenbrauen suchte Franziska Gottfrieds Blick.

»Wer denn sonst?«

»Der Entführer vielleicht. Meine Frage geht aber eher in folgende Richtung: Traust du ihr zu, dass sie dir eine solche Nachricht schickt?«

Er nickte. »Es ist nicht immer leicht mit ihr.«

Genau dieses Gefühl hatte Franziska, seit sie zum ersten Mal etwas über die Verschwundene gehört hatte. Sie setzte sich zu Gottfried an den Tisch und wischte mit Küchentüchern die Bierlache auf. Dabei wollte sie wie nebenbei wissen: »Wäre es in Ordnung, wenn ich mich auch bei ihren Ärzten als deine Schwester ausgebe und dann als Familienangehörige mit denen spreche?«

»Warum?« Er zündete sich mit zitternden Fingern die nächste Zigarette an.

»Weil ich mir ein Bild von ihr machen will.«

Er inhalierte tief. »Das hat sie am meisten gefürchtet.«

»Was meinst du damit?«

»Sie wollte nicht, dass man sie in eine Schublade steckt. Beispielsweise in die der Behinderten.«

Franziska ging auf diese Bemerkung nicht ein, sondern hakte nach: »Hat sie jemals so etwas wie eine Psychotherapie gemacht?«

Gottfried zog die Stirn kraus. »Ganz am Anfang kam eine Zeit lang eine Frau, die lange Gespräche mit ihr führte. Doch von einem Tag auf den anderen wollte Roswitha die nicht mehr sehen. Und zum Reden zwingen kann ich sie ja nicht.« Er hörte sich an, als müsse er sich rechtfertigen.

»Weißt du noch, wie die hieß?«

Er schüttelte den Kopf, aber sie sah ihm an, dass er log. »Ich meine, die ›Pflege vor Ort‹ hatten mir damals den Kontakt vermittelt. Dann ist das sicher alles in ihrem Pflegebericht dokumentiert. Der aktuelle liegt derzeit bei der Kommissarin auf der Wache. Aber die Besuche der Therapeutin liegen ja schon ein paar Jahre zurück.«

Sie sah ihn fragend an. »Wo werden denn die alten Pflegeberichte aufbewahrt? Da gibt es doch sicher auch Vorschriften und Fristen?« Insgeheim lobte sie nun die Bürokratie, über die sie sonst oft genug klagte.

Gottfried hob die Schultern. »Ich denke, bei der ›Pflege vor Ort‹, oder?«

»Das kläre ich gleich ab. Am besten rufe ich mal bei den Kollegen an.« Franziska griff zu ihrem Telefon.

Diesmal meldete sich eine junge Stimme. »Polizeihauptmeisterin Lydia Hobmaier, was kann ich für Sie tun?«

»Ich bin die Schwester von Gottfried Hirschfeld. Mein Bruder hat mir gerade gesagt, dass früher auch noch andere Pflegepersonen und Therapeuten mit meiner Schwägerin zu tun hatten. Wegen der aktuellen Lage bin ich natürlich an allen Kontakten interessiert, die Roswitha hier hatte. Daher bitte ich Sie, mir sämtliche Pflegeberichte von Frau Hirschfeld, die übrigens im Archiv der ›Pflege vor Ort‹ liegen müssten, zu besorgen. Geht das heute noch?«

»Der Ansatz ist gut«, bestätigte ihr die schnippische Stimme am anderen Ende. »Aber Sie verstehen sicher, dass das eher eine Sache der Polizei ist. Also, wir kümmern uns darum! Danke für den Hinweis.«

Das Gespräch war beendet.

Erst auf der Reise zum Internat hatte sie diesen verhängnisvollen Satz zu Arndt gesagt. Er hatte lediglich aus fünf Worten bestanden, aber die Art und Weise, wie sie sie aussprach, hatten ihn nicht nur für den Augenblick, sondern für immer heimatlos gemacht. »Du bist nicht mein Kind.« Und dann Stille.

Er brauchte ein paar Sekunden, um diese Bemerkung an sich heranzulassen. Alles in ihm war augenblicklich auf Widerspruch gebürstet. »Aber wir haben den gleichen Nachnamen«, brachte er zu seiner Verteidigung vor.

Sie lachte. »Ja, und? Ich hab dich adoptiert.«

»Von wem?« Seine Frage klang kleinlaut und ängstlich.

»Es ist besser, wenn du das nicht weißt«, sagte sie und fuhr schweigend weiter.

Sie lieferte ihn auf die gleiche Art und Weise im Internat ab, wie die Polizeibeamten ihn nur wenige Wochen zuvor bei ihr abgegeben hatten. Mit einem Klaps auf die

Schulter und einem zuversichtlichen: »Alles wird gut!« Aber was sollte jetzt noch gut werden können?

Arndt weinte ihr keine Träne nach, dachte nicht einmal mit einem Hauch von Wehmut an sie zurück. Diese Frau war ihm fremd. Der kleine Junge hingegen, mit dem er von diesem Tag an sein Zimmer teilte, konnte vor lauter Tränen und Heimweh in den ersten Tagen kaum sprechen. Arndt war froh, dass ihm das erspart blieb. Stattdessen begann er, sich zu verstecken und zu schweigen. Er versteckte sich, wenn die Post verteilt wurde, denn für ihn war sowieso niemals etwas dabei, und er trat in den Hintergrund, sobald Besuch angekündigt wurde. Sie schrieb nicht, sie telefonierte nicht, sie wollte ihn weder an Weihnachten noch an seinem offiziellen Geburtstag sehen. Sie zahlte dafür, dass er aus ihrem Leben verschwunden war. Das ließ sie sich richtig viel kosten.

Und dann, nach dreißig Jahren, hatte sie sich völlig unerwartet bei ihm gemeldet. Beim Klang ihrer Stimme war ihm kalt geworden, und noch kälter, als sie das Gespräch mit den Worten eröffnete: »Frag mich nicht nach deiner Mutter. Du wirst es nicht von mir erfahren.«

Sie wollte weder wissen, wie es ihm in all den Jahren ergangen war, noch wollte sie erfahren, was er dachte oder gar fühlte. Stattdessen überschüttete sie ihn mit Forderungen und Bedingungen. Einen ganzen Katalog von Wünschen hatte sie sich ausgedacht, die angeblich nur er erfüllen konnte.

Bald rief sie täglich bei ihm an. Er hörte ihr nach den ersten Telefonaten gar nicht mehr zu. Manchmal ließ er es klingeln und betrachtete die angezeigte Nummer auf dem Display. Er bildete Quersummen aus Vorwahl und Anschluss und multiplizierte diese mit der Summe all jener bedrückenden Weihnachtsfeste, an denen wechselnde Mitschüler ihn halbherzig zu sich eingeladen hatten und er wie bestellt und nicht abgeholt zwischen lärmenden Kindern gesessen, geschwiegen und sich einsamer gefühlt hatte als je zuvor.

Gelegentlich hob er ab, allerdings immer mit dem Satz: »Wir kennen uns nicht.«

Sie widersprach. Aber sie entschuldigte sich nicht.

Ihm war klar, dass diese Frau in der Lage sein würde, ihn zu vernichten. Zum zweiten Mal. Das durfte nicht geschehen.

7. Kapitel

Die Herren von der Kriminaltechnik ließen sich unglaublich viel Zeit. Dabei hatte Benedikt die Angelegenheit so dringend wie möglich gemacht. »Ihr müsst bitt' schön sofort die Koordinaten vo dem Handy orten. Vor zwoa Minuten hod die Entführte a SMS g'schickt. Sobald mir wissen, über welche Handymasten die g'schickt worden is, kenna mir gezielt suchen.« Seine Stimme hatte wie ein Befehl geklungen. Das war mindestens eine halbe Stunde her.

Während er mit Ingo und Lydia vor der abendlichen Brotzeit auf der Wache saß, stellte er sich vor, dass Franziska Hausmann gerade jetzt neben Gottfried Hirschfeld stand und ungeduldig auf eine Nachricht von ihm, dem Polizeihauptmeister, hoffte. Wenn er nicht bald etwas lieferte, würde sie enttäuscht sein oder ihn gar für unfähig halten. Letzteres kam einer Katastrophe gleich.

Erneut ging er nun mit seinem Handy in den Besprechungsraum und kontaktierte die Kollegen von der Technik. »Das kann noch dauern. Die haben das Ding direkt nach dem Verschicken der Meldung wieder ausgeschaltet«, sagte man ihm. »Wir rufen Sie dann auf Ihrem Handy zurück, aber das braucht Zeit. Leichter wird die Sache nämlich nicht.«

Benedikt verstand. Als wäre schon jemals etwas in seinem Leben leicht gewesen.

Also ging er zurück ins Großraumbüro. Dort wandte sich Lydia gerade wichtigtuerisch an ihren Ingo: »Unglaublich! Jetzt mischt sich schon die Verwandtschaft der Entführten in unsere Ermittlungen ein.«

Benedikt horchte auf. »Wos moanst du damit?«

»Die Schwester vom Hirschfeld schafft mir an, was ich zu tun habe.«

Benedikt erstarrte. »Zu der warst du grad so g'schert?« Er hatte die letzten Sätze des Gesprächs mitbekommen.

»Wir dürfen uns doch nicht alles bieten lassen«, belehrte Lydia ihn.

Ingo saß währenddessen mit verschränkten Armen am Besprechungs- und Brotzeittisch und machte einen äußerst abwesenden Eindruck. Benedikt hatte das Gefühl, dass der Finanzbeamte immer dann, wenn er spürte, dass er jetzt besser nicht auffiel, innerlich Zahlenkolonnen addierte oder multiplizierte oder gar verzwickte Rechenaufgaben löste und damit einen Puffer zwischen sich und Lydia schuf. Sicher war er auch ein leidenschaftlicher Sudoku-Spieler.

»Des is a höfliche und freundliche Dame, und es is absolut in Ordnung, wenn sie beim Gottfried a bisserl nach dem Rechten schaut, dass der koan Blödsinn macht. Mit der konnst ned so umspringen wia mit deinesgleichen«, meinte Benedikt und schaffte es gerade noch, Franziskas wahre Identität zu verschweigen.

»Was soll das denn? Ich bin auch eine vornehme Dame, oder?« Sie stupste Ingo an. Der nickte automatisch und verschwand wieder in seinen Gedanken.

»Was wollt die Franziska, also dem Gottfried sei Schwester, vo dir?« Benedikt bemühte sich um Sachlichkeit.

»Oh, wir nennen sie nur noch bei ihrem Vornamen!« Lydia hob die Augenbrauen.

Benedikt beugte sich unter den Tisch. Er streichelte seinen Hund und atmete dreimal tief durch. »Oiso, wos hod sie dir ang'schafft?« Langsam kam er wieder hoch.

»Ich soll alle Pflegeberichte der letzten Jahre aus dem Archiv der ›Pflege vor Ort‹ holen. Sie will die Kontakte überprüfen, die ihre Schwägerin hatte, zumindest die medizinischen.«

Benedikt bemühte sich, so freundlich wie möglich zu bleiben. »Du moanst oiso, jemand sollt die Bücher aus dem hoffentlich existierenden Archiv in der Jahnstraße holen und zum Hirschfeld bringen, damit die Schwester sie dort gemeinsam mit dem Ehemann der Entführten und im Beisein der Polizei durchschaun ko?«

Lydia tippte sich an die Stirn. »Ja, aber ich bin doch nicht deren Dienstmädchen?«

Auf Ingos Gesicht zeigte sich ein breites Lächeln. Ob das etwas mit einem gelösten Zahlenrätsel oder gar mit Hochachtung vor seiner Freundin zu tun hatte, blieb offen.

»I übernehm des«, sagte Benedikt schnell, und sofort saß sein Hund in Habachtstellung an seiner Seite. »Es is vernünftiger, wenn i beim Durchschaun dabei bin, weil i fast alle hier im Ort kenn.«

»Jetzt?« Lydia starrte ihn an. »Sag bloß nicht, dass du ihr jetzt gleich die Bücher rüberschleppst. Du bist doch nicht deren Hund!« Sie suchte Ingos Blick und fügte allwissend hinzu: »Also, das ist ja so was von unprofessionell, die schnippt mit den Fingern, und der rennt!«

»Professionell oder ned – des is mir momentan wurscht. Es geht drum, a Lebn zu retten, und da frag i ned nach Zuständigkeiten, da mach ich des, was notwendig is.« Benedikt überlegte kurz, ob er hinzufügen sollte, dass sie mal von ihrem Zuständigkeitsthron herabsteigen und sich dem wirklichen Leben stellen solle, hielt dann aber den Mund.

»Wie du meinst. Aber dann bleibt der Ingo noch ein bisschen hier. Oder willst du mich ganz allein hier herumsitzen lassen?« Immer musste sie das letzte Wort haben. »Hast du eigentlich eine Ahnung, wann Sandra wiederkommt?«

Benedikt legte sich den Wollschal um den Hals. »Ihre Handynummer is eingespeichert. Ruf sie halt an.« Er bemerkte den Blick, den Lydia ihrem Ingo zuwarf und in dem mit Großbuchstaben geschrieben stand: Da siehst du es mal wieder, alles muss ich selber machen. Ingo schien kurz jene Zahlenkolonnen zu stoppen, die vor seinem inneren Auge abliefen. Er nickte, wie er offensichtlich schon seit Monaten zustimmend zu nicken pflegte, wenn Lydia das von ihm erwartete. Dream-Team, dachte Benedikt, winkte den beiden zu und trat auf die Mönchshofstraße hinaus. Es begann zu regnen.

Während Margot, die kompakte und offensichtlich auch kompetente Bürodame der »Pflege vor Ort«, nach einer großen Tüte für Roswitha Hirschfelds Pflegeberichte suchte, blätterte sich Benedikt im Schnellgang durch die Seiten.

Es waren elf großformatige Bände. Je ein Doppelblatt entsprach einer Woche und war in acht Spalten aufgeteilt: für sieben Wochentage mit jeweils vierundzwanzig Stunden und eine Extraspalte, die mit »Besondere Bemerkungen« überschrieben war.

Die ersten und damit die ältesten Bücher waren noch relativ gründlich ausgefüllt worden. Unterschiedliche Handschriften und Schreibgeräte erweckten den Eindruck von Lebendigkeit und Aktivität. Das alles hatte im Laufe der Zeit nachgelassen, und auf Benedikt wirkte es so, als hätten erst die Schreibenden und dann deren Stifte resigniert das Feld geräumt.

In dem jüngsten Buch, das aus dem vergangenen Jahr, hatten nur noch vier unterschiedliche Personen die Kästchen mit Informationen gefüllt. Gerhard Gerleigner pflegte als Einziger mit grüner Tinte zu schreiben, weshalb seine Einträge auf Anhieb zu erkennen waren. Die drei Pflegerinnen benutzten Kugelschreiber und öfter mal einen Bleistift. Benedikt fragte sich, ob diese Bleistiftnotizen überhaupt kriminaltechnisch verwertbar waren. Jeder hätte sie im Nachhinein fälschen können.

In diesem Moment kam Margot mit einer Papiertüte zurück, die sie Benedikt reichte. Dann verlangte sie eine Quittung für die Pflegebücher. »Ordnung muss sein.«

Er griff nach einem Notizzettel und bestätigte die Herausgabe der elf Bände mit einem Bleistift und in fahriger Schrift. Sie protestierte nicht.

An der Tür drehte er sich noch einmal um. Wichtige Fragen wurden in Fernsehkrimis immer mit genau dieser Choreografie gestellt. »Ham Sie die Roswitha Hirschfeld aa manchmal b'sucht?«

Margot nickte und verbesserte ihn routiniert: »Ich habe sie früher versorgt, aber in den letzten Jahren waren immer unsere drei jungen Pflegerinnen dort – und natürlich der Gerhard zum Trainieren.«

Nachdenklich blickte Benedikt sie an. »Wos moana Sie, wer könnt die Roswitha Hirschfeld entführt ham?«

»Die hat sich keiner geholt, um sie bei sich zu haben«, antwortete Margot unbedacht. »Wissen Sie, wenn ich es richtig verstanden habe, dann muss die Hirschfeld von Jahr zu Jahr unerträglicher geworden sein, auch wenn man sich da kaum eine Steigerung vorstellen kann.«

»Sie hod's ja aa ned leicht g'habt«, entgegnete Benedikt, schulterte die Tasche mit den Büchern und erklärte: »I hob s' leider nie kenneng'lernt. Obwohl i ab und zu beim Gottfried g'wesen bin und ihm wos abgekauft hob.«

»Seien Sie froh!« Margot nahm erneut die Quittung zur Hand und trug mit Kugelschreiber das Datum nach.

Die *ZEIT* lag ungelesen auf einem der vier Küchenstühle; heimatlos und wie ein stiller Vorwurf. Benedikt wunderte sich über diesen Gedanken, der vermutlich nur deshalb in ihm hochgekommen war, weil das ganze Anwesen eine Aura von Verlassenheit ausstrahlte.

Mit der großen Papiertüte in der linken Hand und dem Hund an seiner rechten Seite war er die dreizehn Stufen zum Wohntrakt hochgestiegen und sah nun Franziska Hausmann und Gottfried Hirschfeld blass und besorgt nebeneinander am Küchentisch sitzen. Vor ihnen stand eine Kanne mit heißem Tee.

»Setzen Sie sich«, sagte Gottfried und wies auf den einzigen noch freien Stuhl. »Haben Sie etwa schon die Bücher dabei?«

Benedikt bejahte und stapelte einen Band nach dem anderen auf die noch unberührte Zeitung.

»Wenigstens das.« Gottfried griff nach einer Zigarette.

»Nach wos suchen mir denn?«

Jetzt war es Franziska, die antwortete. Sie tat immer noch so, als wäre Gottfried ihr Bruder. »Wir haben über den Krankheitsverlauf gesprochen, und er«, die damit verbundene Kopfbewegung galt dem Ehemann der Entführten, »hat mir dann erzählt, dass Roswitha bis vor wenigen Jahren von einer Psychotherapeutin betreut wurde.«

»Da muss ich dich berichtigen, nur während unserer

ersten zwei Jahre in Viechtach. Danach nicht mehr.« Gottfried beugte sich vor und bot Benedikt eine Zigarette an. Es machte den Eindruck, als suche er nach einem Verbündeten beim Rauchen.

»Ihm ist der Name der Psychotherapeutin nicht mehr eingefallen«, erklärte Franziska. »Vielleicht hat sie ja im Pflegebericht ein paar Stichworte notiert, die uns weiterbringen.« Sie lächelte, und Benedikt hüllte sich in dieses Lächeln ein.

Voller Elan bot er an: »Wenn die Therapeutin aus Viechtach kimmt, müsste i sie eigentlich kenna. Bei uns gibt's sowieso nur oane Psychologin, die Frau Dr. Zinnöcker in der Spitalgasse.«

Gottfried lehnte sich zurück. »Möglicherweise war die das. Der Name kommt mir irgendwie bekannt vor.« Franziska hatte erneut den Eindruck, dass er nicht die ganze Wahrheit sagte, aber warum?

»Kann ich mal die zwei Bände der ersten Pflegejahre haben?« Franziska streckte bittend die Arme aus. Benedikt kam kurz in Versuchung, sie direkt bei den Händen zu fassen. Sie hatte kurz geschnittene und unlackierte Fingernägel. Er errötete, beugte sich über den Stuhl und zog die zwei ältesten Pflegeberichte hervor.

»Als gute Therapeutin wird sie zusätzliche Aufzeichnungen gemacht und diese archiviert haben«, murmelte Franziska und blätterte sich durch die beschriebenen Seiten. »Genau, da steht der Name. Lioba Zinnöcker.« Sie hob die Augenbrauen und suchte Benedikts Blick.

Der nickte. »Die is des. Genau.«

»Dann werde ich mich morgen mal mit ihr in Verbindung setzen.« Franziska suchte im Internet die Nummer heraus und notierte sie sich.

»Was wird uns die schon sagen können?« Gottfried sah zweifelnd in die Runde. »Meine Roswitha hat keinem was von sich erzählt. Mir nicht und der Psychologin garantiert auch nicht. An meiner Frau haben sich alle die Zähne ausgebissen!« Er klang fast ein wenig stolz.

»Du dir auch?« Franziska suchte seinen Blick.

Er nickte und zeigte dann demonstrativ seine Reihe gelber Zähne. »Und wie!«

Sie sah irritiert zur Seite und fragte sich, was es mit dieser doppeldeutigen Botschaft auf sich haben könnte. Sollte das etwa ein schlechter Scherz sein? Und wieso war ihm überhaupt nach Scherzen zumute? Sie in seiner Situation wäre nicht so gelassen.

Franziska seufzte. »Wir haben noch eine Option: die Wahrsagerin, die Tarotkarten legt. Die könnte all die Dinge ›gesehen‹ haben, die Roswitha uns bewusst verschwieg.« Franziska fragte sich, warum sie diesen Satz wie selbstverständlich aussprach. Glaubte sie etwa selbst an die Hellsichtigkeit von Kartenlegerinnen? »Von der habe ich aber nur eine Handynummer«, fügte sie hinzu.

»Soll i des amoi rausfind'n lassen, wo die wohnt?« In seiner Aufregung darüber, etwas für Franziska tun zu können, vergaß Benedikt ganz, dass sie ja selbst Kriminalkommissarin war und sicher wusste, was machbar war und was nicht. Vielleicht hatte sie auch schon längst selbst recherchiert und ließ ihn darüber im Unklaren, weil er nur ein kleines Licht war.

Zum zweiten Mal an diesem Tag wunderte er sich über sich selbst. Seit wann war es ihm wichtig, dass jemand nur Gutes von ihm dachte und ihn für absolut kompetent hielt? Oder hatte sein Angebot etwas mit seinem schlechten Gewissen zu tun? Seine Kollegen hätten mit der

Handyortung schon viel weiter sein müssen. Hoffentlich dachte Frau Hausmann nicht, dass er nicht ernst genommen wurde und sich daher niemand um Benedikts Auftrag gekümmert hatte.

Seine Gefühle verwirrten ihn, und er griff fast dankbar nach der von Gottfried in die Runde gehaltenen Zigarettenschachtel, hustete aber bereits nach dem ersten Zug. Die Dinger schmeckten scheußlich.

Franziska wehrte sein Angebot der Handyortung mit beiden Händen ab. »Nein, das muss gar nicht sein. Ich dachte, dass ich mich morgen mal als neue Kundin bei dieser Melusine ausgebe. Vielleicht hat sie mir ja auch etwas zu sagen.«

Tatsächlich aber dachte Franziska an ihren Mann und an diese Angelika. Ob Christian gerade jetzt mit der in einem Hotelbett lag? Und wo war die Katze? Wieso hatte sie eigentlich noch nicht bei der Katzenpension angerufen? Wenn sie wüsste, dass es Bella gut ginge, hätte sie zumindest eine Sorge weniger. Franziska lächelte unbewusst. Wenn die Kartenlegerin wirklich etwas von ihrem Handwerk verstand, so würde sie Bella in ihrer jetzigen Umgebung zusammen mit zwei oder drei anderen Katzen sehen – aber auch Christian. Andererseits: Würde sie, Franziska, als rationaler Mensch und gestandene Kommissarin den Worten dieser Glaskugelfee namens Melusine Glauben schenken? Vermutlich nur, wenn die ihr versicherte, dass alles wieder gut würde, dass ihre Ehe nicht in Gefahr sei und dass sie gemeinsam mit ihrem Mann alt werden würde. Wenn sie also genau das erfahren durfte, was sie sich wünschte. Sie stützte beide Ellenbogen auf den Tisch und legte das Kinn auf ihre gefalteten Hände.

Erneut dachte Benedikt, dass allein das Lächeln dieser

Frau die Welt weicher und schöner, auf eine eigenartige Weise aber auch ein bisschen trauriger werden ließ.

Unter dem Tisch regte sich der Hund, und fast im selben Moment klingelte Benedikts Telefon. Auf dem Display erkannte er den Kollegen von der Kriminaltechnik. Endlich! Eigentlich hätte er ihn anblaffen und mit fordernder Stimme Ergebnisse abfragen wollen, aber die Gegenwart von Franziska Hausmann machte das unmöglich. So erkundigte er sich sanft und verbindlich: »Ihr habt oiso wos rausg'funden? Wos gibt's denn Neues?«

Dann hörte er lange zu und hob zwischenzeitlich siegesgewiss den Daumen.

»Kaum zum glaub'n! Seid ihr euch sicher? Des is fei echt a Hammer!«

Energisch drückte er das Gespräch weg und wandte sich an seine Zuhörer: »Der Roswitha ihr Handy is zuletzt bei der Arberland-Klinik in der Karl-Gareis-Straße hier in Viechtach eing'loggt g'wesn.«

Gottfried wurde blass. »Sie liegt in der Klinik? Heißt das, ihr ist etwas passiert?«

»Ihr Handy ist in der Klinik, mehr wissen wir nicht«, stellte Franziska klar und sprang auf. »Ich fahre gleich hin.« Sie schrieb sich die Adresse auf.

Benedikt sprang ebenfalls auf: »Soll i mitkemma?«

Franziska enttäuschte ihn: »Danke, ich hab ein Navi.« Und weg war sie.

»Lassen Sie sie machen«, murmelte Gottfried. »Die weiß schon, was sie tut.« Vertraulich beugte er sich vor: »Sie ist nämlich eigentlich gar nicht meine Schwester, in Wirklichkeit ist sie eine Kriminalhauptkommissarin, die hier verdeckt ermittelt. Damit alles schneller geht.«

»I glaub's ned!« Benedikt tat überrascht. Er streichelte

seinen Hund und hob dann lauernd den Kopf. »Wos wissen S' von ihr?«

»Nichts weiß ich von der, außer dass sie bisher jeden Fall gelöst haben soll. Die ist richtig gut. Der Oberstaatsanwalt hat das alles so in die Wege geleitet. Der will mir wirklich helfen.« Sein letzter Satz klang so, als sei die Viechtacher Polizei nicht daran interessiert, Gottfrieds Frau zu finden.

Benedikt ging nicht darauf ein, sondern fuhr stattdessen fort: »Hod sie a Familie, Kinder?«

Gottfried schnappte nach Luft. »Ist mir doch wurscht.«

Mir aber nicht, dachte Benedikt und hoffte, dass wenigstens Sandra ein bisschen mehr wusste, immerhin war die vom Staatsanwalt eingeweiht worden.

Während Franziska sich von dem Navi in nordwestlicher Richtung durch die Stadt manövrieren ließ, wunderte sie sich erneut über Gottfrieds befremdliche Reaktionen. Anstatt sich darüber zu freuen, dass seine Frau nun vermutlich in einem Krankenhaus lag und dort bestens versorgt wurde, hatte sich ganz kurz so etwas wie Entsetzen und Panik in seinen Zügen gespiegelt. Sollte er die ganze Entführung etwa arrangiert haben, um an Roswithas Geld zu kommen? Sie hielt ihn wohl reichlich knapp und hatte das, was einmal so vertrauensvoll als Liebe begonnen hatte, in eine gegenseitige Abhängigkeit verwandelt.

Allein, dass die Kranke in all den vergangenen Jahren darauf bestanden hatte, bei jeder Entscheidung mitzureden und vor allen Dingen jede finanzielle Transaktion abzusegnen, war in Franziskas Augen ungeheuerlich. Als Gottfried ihr das gestern Abend erzählt hatte, klang es so, als wäre es für ihn das Normalste der Welt.

Wäre das Ganze der Plot eines Kriminalromans, den sie

zu schreiben hätte, so würde sie dies Motiv sofort verwerfen: Ehemann will an das Geld seiner Gattin. Viel zu fantasielos und nichtssagend. Andererseits bestand die Wirklichkeit oft aus derart einfachen Geschichten.

Die Kommissarin parkte vor dem Klinikum und überlegte ganz kurz, ob sie ihre Polizeimarke zum Einsatz bringen sollte, entschied sich dann aber dagegen. Klüger war es, noch eine Zeit lang die Schwester von Gottfried Hirschfeld zu bleiben.

Der Pförtner des Krankenhauses sah sie müde an und fragte fast ein wenig vorwurfsvoll: »Was wollen Sie denn um diese Zeit?«

»In welchem Zimmer liegt Frau Hirschfeld?«

Er gab den Namen in seinen Computer ein. »Vorname?«

»Roswitha.«

»Das tut mir leid. Aber wir haben hier weder eine Roswitha noch einen anderen Patienten namens Hirschfeld.«

Franziska schüttelte den Kopf. »Das kann nicht sein. Vielleicht haben Sie sich vertippt.« So müde, wie der wirkte, wäre das kein Wunder.

Der Rezeptionist schüttelte den Kopf und fragte nach: »Wer hat Ihnen denn gesagt, dass die bei uns ist?«

Es ging ihn nichts an, und Franziska ärgerte sich über sich selbst, als sie sich unbedacht antworten hörte: »Sie hat sich vor etwa zwei Stunden mit ihrem Handy hier im Klinikum eingeloggt.«

Er horchte nicht einmal auf, oder er hatte nicht richtig hingehört. »Alle hier loggen sich über den Hotspot des Klinikums ein, nicht nur die in der Klinik, sondern auch die, die hier wohnen. Das hat nichts zu bedeuten. Gehen Sie lieber erst mal in die umliegenden Häuser. Sicher ist sie dort irgendwo zu Besuch. Oder rufen Sie sie einfach zurück.« Dazu grinste er und meinte nur: »Kleiner Tipp von mir.«

Falls der letzte Satz ein Scherz sein sollte: Franziska konnte nicht darüber lachen. Ärgerlich trat sie vor die Tür und zückte ihr Handy.

Arndt Danske wusste, dass er anders war. Wenn er sich mit seinen Mitschülern verglich, ahnte er, dass ihm etwas fehlte. Doch er vermisste nichts. Wie sollte man auch schlimme Dinge wie Heimweh, Sehnsucht und Einsamkeit vermissen, unter denen sein Bettnachbar litt? Er kannte sie einfach nicht.

Wie so oft, wenn er am Fenster stand und auf die raue Nordsee hinaussah, fiel ihm auf, dass die Wolken hier im Norden größer waren als im fernen Freising, wo nun jene Frau lebte, die ihn verleugnete und die sich von ihm freigekauft hatte. Aber er war auch von ihr befreit.

Fast zwanzig Jahre später erinnerte sich Arndt an die ersten Monate in der »Erziehungsanstalt«, wie die anderen das von hohen Mauern umgebene Internat abfällig nannten. Der festgelegte Tages-, Wochen-, Monats- und Jahresablauf hatte ihm Halt gegeben. Im Gegensatz zu seinen Mitschülerinnen und Mitschülern war er nicht einmal auf die Idee gekommen, dagegen zu rebellieren.

Auch als Erwachsener war er in einen festen Rhythmus aus Arbeit und Fitnessstudio eingebunden. Er hatte es zu einem passablen Auskommen in der Computerbranche geschafft, war in ein Apartment im Arabellahaus in München gezogen und hatte sich mit einem Leben arrangiert, in dem alles logisch, berechenbar und anhand von Zahlen erklärbar war. Genau wie die Computerprogramme. Seine Cola trinkenden und Chips essenden Mitprogrammierer mochten Nerds sein – er empfand sich erst recht als ein Sonderling, ein geschlossenes System. In ihn drang nichts ein, und er ließ auch nichts aus sich heraus.

Angesichts der mühsam erkämpften Stabilität ärgerte es ihn, dass die Frau, die sich von ihm losgesagt und freigekauft hatte, sich nun wieder regelmäßig bei ihm meldete.

»Was willst du von mir?«, hatte er sie gefragt.

»Du bist mir noch was schuldig«, war ihre kryptische Antwort gewesen.

»Ich wüsste nicht, was.«

»Natürlich weißt du es.«

»Wir haben nichts miteinander zu tun«, hatte er gesagt und hätte am liebsten die Escape-Taste gedrückt, um die letzten Schritte rückgängig zu machen.

»Wenn du wüsstest.«

Was ihn wirklich wunderte, war, dass sie ihn nach zwanzig Jahren mit einer Selbstverständlichkeit duzte, als hätte sie einen Anspruch auf ihn. Er gehörte niemandem. Er war unangreifbar. Sein System war gesichert und glich einer Festung. Doch sie meldete sich jeden Tag.

Wenn er nach solchen sinnlosen Diskussionen das Gespräch weggedrückt hatte – manchmal schon, wenn er nur ihre Nummer auf dem Display sah –, stürzte er in den Fitnessraum des Hotels und programmierte das Laufband auf Marathon. Seit ihrem ersten Anruf hatte er sicher schon einmal die ganze Welt umrundet.

Als er an diesem Donnerstagabend auf seinen Anrufbeantworter schaute, war er eher verwundert als erleichtert gewesen. Sie hatte sich seit zwei Tagen nicht mehr gemeldet. Hatte sie ihn etwa aufgegeben? Sie war die Einzige gewesen, die ihn jemals auf seinem Festnetz angerufen hatte. Für die wenigen anderen, die ihn kannten, war er mobil erreichbar.

An diesem 7. November lief er nur drei Kilometer auf dem Laufband und schwamm anschließend einen halben Kilometer im wohltemperierten Schwimmbadbecken des Hotels.

In seinen beiden Zimmern belegte er sich eine Scheibe Brot mit Käse und Essiggurken, brühte sich einen Tee auf und fuhr den Computer hoch.

In dem Moment klingelte sein Festnetztelefon. Auf dem Display erschien eine Nummer mit der gleichen Vorwahl wie die der bösen Mutter. Aber es war ein anderer Anschluss.

Ingo spülte das Geschirr unter Lydias strenger Aufsicht. Ja, das ging schon ganz ordentlich. Nicht dass die Hausarbeit dann später allein an ihr hängen bliebe. Sie scrollte sich durch den Bericht zum Fall Roswitha Hirschfeld und setzte ein wichtigtuerisches Gesicht auf.

In Lydias Abwesenheit hatte Sandra die Zusammenfassung um die neuesten Erkenntnisse ergänzt. Lediglich drei regelmäßige Kontakte hatte die Verschleppte, wie Lydia das Entführungsopfer insgeheim nannte, in den letzten Monaten gehabt. Die Kartenlegerin hatte vermutlich jetzt Feierabend, bei der Studienrätin war Sandra bereits an diesem Nachmittag gewesen, da blieb für sie eigentlich nur noch Arndt Danske. Mit Männern kam sie sowieso besser klar.

Die Polizeihauptmeisterin sah auf die Uhr. Es war schon fast neun Uhr abends. Wenn man jemanden privat erwischen wollte, dann ja wohl am besten um diese Zeit. Sie zog die Stirn kraus. Was hatte sie eigentlich während ihrer Ausbildung über Zeugenbefragungen per Telefon gelernt? Es fiel ihr nicht mehr ein.

»Wenn du mit dem Spülen fertig bist, kannst du gehen«, rief sie Ingo zu. »Ich sehe gerade, dass ich noch ein wichtiges Gespräch führen muss. Da will ich nicht abgelenkt werden.«

Ingo stapelte drei ordentlich abgetrocknete Teller auf der Arbeitsplatte und legte Messer, Gabeln und Löffel in Dreiergruppen daneben. »Und wer soll dich beschützen?«, fragte er und ging zu ihrem Schreibtisch.

»Ich komme schon klar. Bin ja bis jetzt auch gut durchs Leben gekommen.« Sie schmiegte sich an ihn. »Wir sehen uns dann morgen in alter Frische!«

»Hallo, hier ist Lydia Hobmaier. Spreche ich mit Arndt Danske?«

»Wer will das wissen?«, konterte Arndt.

»Polizeihauptmeisterin Lydia Hobmaier von der Polizeiinspektion Viechtach.«

»Und warum?«

»Es geht um eine Ermittlung.«

Arndt schwieg.

»Kennen Sie Roswitha Hirschfeld?«

Er öffnete ein Computerspiel, gab seinen Spielernamen ein und verschob auf dem Display ein paar Karten.

»Wieso?«

»Kennen Sie Roswitha Hirschfeld? Oder meinetwegen auch nur eine Roswitha?«

»Ja.«

»Und die kommt aus Viechtach, oder?« Die Stimme am anderen Ende der Leitung klang siegesgewiss.

Er ließ sich Zeit, gewann das erste Kartenspiel und fragte: »Wie kommen Sie an meine Nummer?«

»Sie war auf dem Festnetz von Frau Hirschfeld gespeichert.«

»Na bitte, dann wissen Sie ja, dass wir telefoniert haben.« Arndt gewann das Reizen gegen seine virtuellen Spielpartner und heimste die zwei Skatkarten von der bildschirmgrünen Tischmitte ein. Er pfiff überrascht. Herzass und Kreuzbube. Den Pikbuben hatte er bereits auf der Hand. Schnell entschied er sich für ein hochwertiges Spiel, drückte seine beiden Karokarten in den Skat und tippte als Ansage »Grand« in den Rechner.

»Und worüber haben Sie miteinander gesprochen?«

Arndt entschloss sich dazu, die Buben von oben zu ziehen und danach erst mit Königen und dann mit Zehnern und Assen weiterzumachen.

»Über dies und das«, antwortete er.

»Geht es auch ein bisschen genauer?« Die Stimme der Anruferin klang ebenso schnippisch wie ungeduldig.

»Ich muss Ihnen nichts sagen.« Arndt gewann das Spiel und seufzte zufrieden. Grand mit zwei, Schneider und schwarz. Das ergab einhundertzwanzig Punkte. Das sollte ihm mal einer nachmachen.

»Heißt das, Sie glauben nicht, dass ich eine Polizeibeamtin bin?«

»Exakt.« Arndt eröffnete ein neues Spiel.

»Sie gehen jetzt sofort ins Internet, geben Polizeiinspektion Viechtach ein und rufen dann auf der Nummer, die dort erscheint, zurück. Dann haben Sie mich wieder am Apparat. Und dann reden wir Klartext miteinander!« Die Beamtin klang streng und unnachgiebig. Eine schreckliche Person!

»So machen wir das.« Arndt legte auf und betrachtete seine Karten. Wenn er damit ein Spiel gewinnen wollte, müsste er sich ziemlich anstrengen. Aber es könnte sich lohnen.

Natürlich würde er nicht zurückrufen. Wozu auch? Keine Ahnung, was diese Frau von ihm wollte. Und überhaupt, um diese Zeit hatte er Feierabend. Und zwar einen redlich verdienten.

Die beiden Männer saßen sich am Tisch gegenüber. Unter der Tischplatte schnarchte der Hund. »Burschi, geht's a bisserl leiser?« Benedikt stupste seinen besten Freund mit der Schuhspitze.

Gottfried Hirschfeld rauchte und hustete. Der Polizeihauptmeister sah ihm dabei zu und wühlte in seinem Gedächtnis nach passenden Worten. Roswitha Hirschfeld war nun schon seit mehr als achtundvierzig Stunden verschwunden. Nie zuvor hatte er sich die Fragen gestellt, die ihn nun beschäftigten: Wer wechselte die Inkontinenzprodukte, wer reichte ihr die Medizin und versorgte sie mit Essen und Trinken, vor allen Dingen mit Flüssigkeit, und wer achtete darauf, dass sie nicht fror? Sie konnte reden und mit ihrer rechten Hand einige wenige Bewegungen ausführen. Aber das reichte nicht zum Überleben in schwierigen Situationen.

»Warum haben S' uns Ihre Frau ned vorg'stellt?«, wollte er nun von Gottfried Hirschfeld wissen. »Koaner in Viechtach hod g'wusst, dass Sie verheiratet san und dass Ihre Frau aa in dem Haus wohnt. Ned amoi die Krankenschwestern ham im Ort drüber g'redt.«

»Sie wollte es nicht.« Hirschfeld scharrte mit den Füßen. Der Hund hob den Kopf. »Ich glaube, sie schämte sich.«

»Weil sie krank g'wesn is?«

Hirschfeld nickte. »Sie war nicht mehr perfekt.«

»So a Schmarrn.« Das kam aus tiefster Seele.

Bevor Hirschfeld darauf reagieren konnte, klingelte Benedikts Telefon.

»Ja, Frau Hausmann?« Die Stimme des Polizeihauptmeisters klang so erleichtert, als wäre Franziska verschollen gewesen und nun wiederaufgetaucht. »Freilich kümmer i mi drum. Aber vorher red i no mit der Sandra Falk, wenn's recht ist. Damit a jeder woaß, wos der andere tut.« Er hörte ihr andächtig zu. »Da ham S' g'wiss recht. Dort in der Klinik gibt's mindestens hundertsechzig Betten – und dann no des ganze Personal. Wenn d' Sandra und i da in jedes oanzelne Zimmer einischaun, dann hamma bis morgen in der Früh zu tun.«

Hirschfeld beugte sich interessiert vor und blies dem Polizeihauptmeister dabei versehentlich Zigarettenrauch ins Gesicht.

Benedikt hustete und wandte sich ab. »Ja, des is a guade Idee, bestens«, verkündete er nach einer Weile. »Mir schnappen uns den Verwaltungsdirektor, und der soll seine Mitarbeiter rufen. Wenn der denen die Dringlichkeit der Lage schildert, dann erfahrn mir sofort, ob in den letzten zwoa Tagen a g'lähmte Frau eing'liefert worden is – vielleicht sogar unter falschem Namen – oder ob denen sonst wos Ungewöhnliches aufg'falln is.«

Er dachte kurz nach und sagte dann: »Die Sandra kennt den sogar. Die Sandra kennt quasi alle am Ort. Soll die sich dann drum kümmern?« Wieder lauschte er ihr hingebungsvoll. »Ja freilich werd i dazukemma. Die Lydia hod heit Nachtdienst und wird in der Früh vom Max abg'löst. Und die Sandra schick ich direkt zu Ihnen. Momentan sitzt sie no im Auto, weil s' aus Freising kimmt. Ach, Sie kenna sich nur vom Telefon? Dann mach i mi glei auf den Weg. Ned dass Sie aneinander vorbeilaufen.« Er legte auf.

Zu Gottfried Hirschfeld sagte er: »Endlich geht es a bisserl voran.« Er griff nach der Hundeleine. »I geh amoi Richtung Klinik.« Als er die Türklinke schon in der Hand hielt, wandte er sich noch einmal um. »Kommen S' alloa zurecht? Oder soll i Eahna jemanden vorbeischickn?«

Gottfried nickte. »Geht schon. Ich bleib bei meinem Handy hocken. Sobald irgendwas eingeht, melde ich mich bei Ihnen.«

»So machen mir des.« Benedikt und der Hund sprangen fast die dreizehn Treppenstufen hinunter.

Er behandelte sie wie ein Kind, stellte Franziska verärgert fest. Wieso musste dieser Benedikt Simbacher erst bei Sandra anrufen, damit die dann Franziska zurückrief? Seit zwei Tagen war sie nun schon in Viechtach, hatte sich bereits von Sandra Falk telefonisch aufklären lassen, man wusste also bereits, wer wer war, und dennoch tat dieser Benedikt Simbacher so, als müsse er eine vorsichtige Annäherung in die Wege leiten und dabei sein, wenn die zwei sich zum ersten Mal begegneten. Sie waren doch keine Raubkatzen, die aufeinander losgelassen wurden.

Glücklicherweise hatte sie die Handynummer der Kommissarin Falk bereits in ihrem Handy gespeichert.

»Warten Sie«, meldete sich Sandra Falk wenige Sekunden später am anderen Ende. »Ich fahr mal schnell an den Straßenrand. Da lässt es sich besser reden.« Sie hörte sich gehetzt an. »Gibt's was Neues?«

Franziska informierte sie über die Handyortung nach Eingang der kryptischen SMS-Botschaft sowie über ihren

Besuch im Klinikum. »Ich wollte mich nicht gleich als Kommissarin zu erkennen geben und habe daher wie eine normale Besucherin nach Frau Hirschfeld gefragt. Es war allerdings schon fast neun Uhr abends, und der Pförtner schien mir nicht gerade einer von der hellsten Sorte zu sein.«

Sandra lachte. »Ach, den kenn ich. Der macht immer den Nachtdienst von acht Uhr abends bis acht Uhr in der Früh.«

»Polizeihauptmeister Simbacher meinte, wir sollten den Verwaltungsdirektor der Klinik bitten, seine Mitarbeiter nach Frau Hirschfeld und nach eventuellen Unregelmäßigkeiten im Klinikablauf der vergangenen zwei Tage zu befragen. Mir leuchtet dieses Vorgehen ein.«

»Ich kenne den Verwaltungsdirektor«, sagte Sandra rasch. »Soll ich mich mal darum kümmern? Vielleicht haben wir Glück und er ist noch im Hause. Manchmal macht er Überstunden.«

»Ja, das wäre gut.« Franziska drehte sich um und betrachtete das lang gezogene Gebäude. »Ich warte dann im Foyer der Klinik auf Sie. Wenn ich es richtig verstanden habe, kommt Benedikt Simbacher auch dorthin.«

»Das glaube ich sofort!« Wieder dieses warme Lachen. »Der ist nämlich überall lieber als bei Lydia Hobmaier auf der Wache.«

Franziska fragte sich, ob es diese Lydia gewesen war, die sie vor wenigen Stunden am Telefon so unhöflich abgefertigt hatte. Wenn ja, so verstand sie den Kollegen sehr gut. »Wie war es eigentlich in Freising? Sind Sie weitergekommen?«

»Wie man es nimmt. Je länger ich darüber nachdenke, umso mehr habe ich den Eindruck, dass ich der armen

Frau ein Gespenst aus der Vergangenheit ins Haus getragen habe. Die hatte regelrecht Angst. Aber natürlich hat sie mir nicht gesagt, warum und wovor. Ich habe ihr aufgetragen, sich spätestens morgen Vormittag bei uns zu melden. Vielleicht verrät sie uns dann mehr.«

»Sie haben sie von Freising nach Viechtach beordert?« Franziska staunte. So weit war sie bei einer Zeugenbefragung noch nie gegangen. Was für ein Aufwand und dann der Formularkrieg mit den Reisekostenabrechnungen! Wenn das alles an dieser Lydia hängen blieb, war deren schlechte Laune nachvollziehbar.

»Nein, natürlich nicht«, stellte Sandra klar. »Sie soll mich morgen anrufen. Vielleicht schickt sie ja auch eine Mail. So, ich fahre dann mal weiter. Wenn ich mein Navi richtig verstehe, bin ich in einer guten halben Stunde bei Ihnen.«

Franziska beendete das Gespräch und überlegte dann, ob sie in die Klinik zurückgehen sollte. Dort war es wenigstens warm.

Dann fiel ihr ein, dass sie sich ja nach ihrer Katze erkundigen wollte.

Die Besitzerin des »Katzenlandes am See« meldete sich sofort. »Bella? Ja, Ihr Mann hat sie vor zwei Tagen vorbeigebracht und will sie spätestens Montag wieder nach Hause holen. Aber Sie können den kleinen Plüschpopo natürlich auch früher haben. Rufen Sie einfach vorher kurz durch. Hier ist eigentlich immer jemand.«

Plüschpopo. Das hatte Franziska noch nie gehört. Aber es passte zu Bella mit ihrem weichen Fell. Franziska lächelte zum ersten Mal an diesem Tag.

Theresa Wotzinger schenkte sich mit zitternden Händen eine Tasse Tee ein. Hatte sie alles richtig gemacht? War sie sachlich und neutral geblieben? Der Besuch dieser Kommissarin war fast genauso schlimm gewesen wie Roswithas regelmäßige Anrufe. Nein, schlimmer. Wenn Roswitha anrief, hatte Theresa entweder den Anrufbeantworter laufen lassen oder sich, mit dem Telefon am Ohr und Interesse vortäuschend, einhändig um ihre Zimmerpflanzen gekümmert, die Fransen der Teppiche gekämmt oder Pullover und T-Shirts ordentlich gefaltet. In Roswithas Pausen hatte Theresa gelegentlich ein »ach ja«, »soso« oder »nein, so was« einfließen lassen.

Es waren ja im Grunde nur Monologe, die ihr vorgetragen wurden. Die Anruferin wollte nichts von Theresa hören, sondern sich in deren fernmündlicher Gegenwart eine Welt im Konjunktiv erschaffen, die dann mit einem Fingerschnipsen Wirklichkeit werden sollte. Doch sooft sie auch Wörter wie hätte, würde, könnte oder sollte benutzte – dieser eine Klick, der alles zurückdrehte und beiden Frauen einen Neuanfang ermöglicht hätte, fand nie statt.

8. Kapitel

Die Panik kam plötzlich und mit unvorhersehbarer Wucht. Gerade erst hatte diese fremde Frau in der Einfahrt zu ihrem Haus gestanden, und nun war Christian tatsächlich mit ihr verreist. Warum sonst sollte er die Katze in die Pension geben und sich, quasi auf Probe, auf ein anderes Leben einlassen?

Die Vorstellung, dass er gerade jetzt mit dieser Angelika in einem Hotelbett lag und mit ihr Prosecco trank, er, der doch ein bekennender Rotweintrinker war, kam wie ein Schuss aus dem Hinterhalt, sodass sie ganz weiche Knie bekam. Franziska ließ sich auf einen der Besucherstühle des Klinikums fallen und schnappte nach Luft. Sollte sie ihn anrufen und ihn mit ihren Vorwürfen so erschrecken, dass ihm der Schaumwein aus dem Glas schwappte und es im gemeinsamen Bett augenblicklich feucht und ungemütlich wurde? Wieso hatte er eigentlich noch nicht bei ihr angerufen? Es war doch an ihm, sich zu entschuldigen! Vermutlich dachte er, die Zeit würde alles heilen oder zumindest richten und – auf jeden Fall für ihn – in Ordnung bringen. Manchmal erledigten sich die Dinge tatsächlich auf diese Art und Weise. Franziska befürchtete, dass er es sich wohl genau so einfach machen wollte. Aber nicht mit ihr! Diesmal würde er sich anstrengen müssen, wenn sie ihm verzeihen sollte.

Sie zögerte und hielt inne. Wollte er das denn überhaupt? Möglicherweise ging es ihm so gut wie nie zuvor mit der Jüngeren. Ihr wurde schummrig vor Augen. Sie stellte die Füße auf den Boden, presste die Knie gegeneinander und beugte sich vor.

In genau dieser Stellung fand Benedikt sie vor und rannte mit dem besorgten Aufschrei: »Frau Hausmann, geht's Eahna ned guad?« auf sie zu.

Franziska fuhr sich mit der Hand über die Stirn und kniff kurz die Augen zusammen. »Ach, Sie sind es, Benedikt. Danke, es geht schon wieder. Ist derzeit wohl doch alles ein bisschen viel für mich.«

Unmittelbar darauf trat Sandra Falk an seine Seite und reichte Franziska die Hand. »Das hat nun doch länger gedauert als geplant. Lauter Baustellen! Aber während ich an den roten Ampeln warten musste, habe ich schon mal mit dem Verwaltungsdirektor des Klinikums telefoniert und ihn über unser Vorhaben informiert. Er ruft die Mitarbeiter, die gerade abkömmlich sind, zu einer Besprechung zusammen.«

Die beiden Frauen sahen sich an. »Wie schön, dass wir uns endlich persönlich kennenlernen«, meinte Franziska und betrachtete ihr Gegenüber. Die Kollegin war auch nicht mehr die Jüngste.

Sandra Falk blies sich eine ihrer graubraunen Haarsträhnen aus der Stirn. »Wollen wir dann mal? Der einzige Versammlungsraum, der dem Chef spontan eingefallen ist, war die Krankenhauskapelle. Der große Besprechungssaal wird nämlich gerade renoviert.«

»I hob übrigens a Foto von Roswitha Hirschfeld dabei«, verkündete Benedikt stolz. »Es ist zwar oans, wos vor ihrem Unfall g'macht worden is, aber Hauptsach, ma erkennt ihr G'sicht.«

»Ob uns das weiterhilft?« Franziska hob zweifelnd die Augenbrauen. »Roswitha Hirschfeld wiegt derzeit nur noch zweiundvierzig Kilo, wie ihr Mann mir sagte. Auf dem Foto, das er Ihnen gegeben hat, hatte sie die Kleidergröße zweiundvierzig, wog also etwa doppelt so viel.«

Benedikt schwieg enttäuscht. Offensichtlich hatte er ein Lob erwartet. Fürsorglich berührte Sandra ihn am Oberarm und kam ihm zu Hilfe: »Selbst wenn, ein altes Foto ist besser als gar nichts. Wenn jemand sie in den letzten zwei Tagen gesehen hat, so wird er sie auch noch dann auf einem Bild erkennen, das sie rund und lebendig zeigt. Typische Gesichtsmerkmale, wie beispielsweise der Mund und die Augenstellung, verändern sich kaum.«

Rund und lebendig – wie sich das anhörte! Als wäre Roswitha jetzt nicht nur dürr, sondern auch schon tot. Franziska folgte den beiden Kollegen durch einen langen Flur. Es roch nach Desinfektionsmittel.

Der Verwaltungsdirektor kam mit wehendem weißem Arztkittel über den Flur auf sie zugelaufen. Er trug glänzende Lackschuhe, die auf dem Linoleum klickten, als wären sie speziell für einen Stepptanz angefertigt worden. Sandra hatte erzählt, dass sie ihn auf seinem Handy in der Pause einer Benefizveranstaltung im Blaibacher Konzerthaus erwischt hatte. »In zwanzig Minuten bin ich vor Ort«, war seine Ansage gewesen.

Seine Gattin habe er dort zurücklassen müssen, erzählte er jetzt. »Aber die findet schon jemanden, der sie mit nach Viechtach nimmt.«

Als Franziska den Namen Blaibach hörte, musste sie erneut an Christian denken. Kurz nach der Auszeichnung des Konzerthauses mit einem Architekturpreis hatte sie es mit ihrem Mann besucht. Wie ein abgestürzter Meteorit steckte das kastenförmige Gebäude inmitten des kleinen bayerischen Ortes halb in der Erde und halb in der

Luft – ein Ding aus einer anderen Welt und einer anderen Zeit.

Eine offene Treppe führte in den Konzertsaal mit seinen zweihundert Schalensitzen. Christian, der immer alles wusste, dozierte so lehrmeisterlich, dass auch andere Besucher auf ihn hörten, die gekippte Form des Gebäudes sowie seine vielfach geschlitzten Wände seien den Anforderungen der unerbittlichen Akustikdesigner geschuldet und sorgten für die ausgezeichnete Klangqualität. Sie hatten sich damals die *Deutsche Messe* von Franz Schubert angehört, und auf Franziska hatte es so gewirkt, als gingen Raum und Klang eine unerwartet innige Verbindung miteinander ein und machten sie selbst zu einem Teil dieser vollkommenen Harmonie.

Damals, zu einer Zeit, als Franziskas Welt noch halbwegs in Ordnung gewesen war. Vor einer Ewigkeit also.

Die Krankenhauskapelle war bei ihrer Ankunft schon voll besetzt. Sie brauchte einen Moment, um sich zurechtzufinden, und setzte sich neben Benedikt auf eine der Kirchenbänke.

»Inzwischen müssten alle Mitarbeiter, die gerade abkömmlich sind, hier versammelt sein«, verkündete der Direktor vom Hochaltar aus. Sein Aftershave ging mit dem vorherrschenden Weihrauchduft eine ungute Verbindung ein.

»Das ist ja eine furchtbare Geschichte«, fuhr er fort und eilte Richtung Kanzel. Von dort aus wandte er sich an Kommissarin Sandra Falk: »Ich habe gleich meine Sekretärin angerufen. Die Patientin, von der Sie sprechen, ist nie in unserer Klinik behandelt worden. Sie kann gar nicht hier sein.« Er wandte sich an seine Mitarbeiter: »Kennt einer von Ihnen Frau Hirschfeld?«

Niemand hob die Hand.

»Na bitte, viel Lärm um nichts! Sehen Sie!« Triumphierend suchte er Sandras Blick.

Die reagierte schnell. »Kann ich jetzt bitte mit Ihren Mitarbeitern sprechen?«

Er nickte. »Ja klar, dass Sie die Kommissarin sind, weiß ja inzwischen wohl jeder.«

Franziska hatte der Anruf in der Katzenpension doch mehr durcheinandergebracht, als sie gedacht hatte. Wild gewordenen Vögelchen gleich flatterten ihr die Gedanken durch den Kopf – von dem Schmerz, den Christian ihr zufügte, zu der Entführten. Sie fragte sich, was Gottfried Hirschfeld mit seiner Sexualität machte. Lebte er tatsächlich seit gut zwölf Jahren enthaltsam? Ein Mann in den besten Jahren, dessen Wirken sich zwischen häuslicher Pflege und Schrotthandel erschöpfte. Hatte er niemals nach einem Ausweg gesucht?

Sie stellte sich vor, dass er vom gemeinsamen Altwerden ein anderes Bild gehabt hatte. Aktiver, lebendiger, freudvoller und freier – ohne permanente Überwachung. Wenn Roswitha sogar heraushören konnte, ob er große oder kleine Buchstaben tippte, dann war das ja wohl der beste Beweis dafür, dass sie ihn geradezu leidenschaftlich kontrollierte. Sie hätte es sofort bemerkt, wenn er eine Freundin gehabt hätte. An seinen Blicken, seinen Worten, seinem Geruch, seiner Art, sich zu bewegen.

Freiheit gab es für ihn vermutlich nur auf seinem Schrottplatz zwischen all den Dingen, die schon durch so viele Hände gegangen waren, während er von keiner Hand mehr berührt wurde. Hatte er sich etwa an eine der mobilen Krankenschwestern herangemacht? Oder sublimierte er seine Sexualität, indem er eine Zigarette nach der anderen rauchte und Bier trank?

Franziska zwang sich zurück in die Realität. Hier in der Krankenhauskapelle zu sitzen und Sandra zuzuhören, wie sie mit wohlgesetzten Worten Roswitha Hirschfeld beschrieb, deren rasch eingescanntes Foto mit einem Beamer auf eine mobile Leinwand vor dem Altar geworfen worden war, hatte etwas von Abschied. Die ganze Stimmung entsprach einer herzlosen und hektischen Trauerfeier.

Benedikt flüsterte ihr zu: »Die SMS is aber vo diesem Funkmast kemma. Vielleicht is sie doch in oanem der Häuser in der Umgebung. Solln mir da auch noch hin?«

Franziska fragte sich, wo Benedikt seinen Hund gelassen haben mochte. Später sollte sie erfahren, dass Burschi auf Befehl seines Herrchens unter Gottfried Hirschfelds Tisch liegen geblieben war und dort hingebungsvoll an einem Spielknochen kaute.

Sandra Falk kam zum Schluss ihrer Ansprache. »Falls Ihnen noch irgendetwas einfallen sollte, und sei's auch nur eine Kleinigkeit, die vom üblichen Tagesablauf abweicht, so melden Sie sich bitte bei uns.«

Franziska sah dem Klinikdirektor an, dass er sich jetzt mit all seinen Sinnen darauf freute, daheim die vermutlich viel zu engen Lackschuhe auszuziehen, die Füße hochzulegen und in aller Ruhe ein Glas Wein zu trinken. Immerhin war er aus dem Schneider. In seinen Räumen befand sich die Entführte definitiv nicht.

Schweigend und im Gänsemarsch liefen die drei Ermittler durch die langen Krankenhausgänge zurück zur Rezeption und traten durch die Drehtür auf den Vorplatz des Klinikums. Hier standen im Windschutz vier sandgefüllte Ascheschalen, und es roch nach kaltem Rauch. Erneut dachte Franziska an Gottfried Hirschfeld, dachte an ihn wie an einen Bruder, den sie nie gehabt hatte. Betrachtete man die Ehe des Schrotthändlers, so müsste Gottfried eigentlich erleichtert sein, wenn seine Frau nicht zurückkäme. Er wäre wieder ein freier Mann und hätte gewiss Geld genug. Vermutlich war es vor allem die Ungewissheit, die ihn gerade so fertigmachte. Er brauchte klare Fakten. Genau wie Franziska. Ihr wurde bewusst, dass nichts so schlimm war wie dieser Zustand des Nicht-Wissens. Wäre es beispielsweise klar, dass Christian nicht zurückkommen würde, weil er darauf bestand, seinen Lebensabend bei und mit dieser geschmacklosen Angelika in einer ebenso geschmacklosen Wohnung zu verbringen, so könnte sie aktiv werden.

Aktiv! Innerlich schüttelte Franziska über sich selbst den Kopf. Machte sie sich da nicht etwas vor? Wie sähen denn dann ihre Aktionen aus? Vermutlich würde sie alle Schränke durchgehen und selbst die kleinsten Dinge, die sie an Christian erinnerten, aus ihrem Haus verbannen, oder sie würde ihre Freundin Marie anrufen und sich bei der ausheulen. Aber Marie war noch krank und durfte nicht belastet werden.

Sandra Falk riss sie aus ihren Gedanken. »Ich bin so was von müde. Und ich glaube auch nicht, dass es noch irgendetwas bringt, wenn wir jetzt alle Anwohner erschrecken und deren Wohnungen durchleuchten. Sicher ist es besser, wenn wir morgen gleich mit Hausdurchsuchungsbeschlüssen kommen. Die muss ich mir aber erst ausstellen lassen.« Sie stöhnte.

»Morgen san die alle auf der Arbeit. Dann erwischst du koanen dahoam. Und die wirklichen Entführer san bis dahin so vorbereitet, dass man sie für unschuldig hält. Die verwischen ratzfatz alle Spuren. Acht Stunden, des is vui Zeit. Da ko wer woaß was passiern!«

Sandra tippte sich gegen die Stirn. »Du glaubst also, wenn wir jetzt anklingeln, dann machen sie freundlich die Tür auf und sagen: ›Guten Abend, na klar, hier ist die Gesuchte! Nehmen Sie sie bitte wieder mit!‹ So einfach ist das aber nicht!«

Sandra Falk warf Franziska einen fragenden Blick zu: »Was meinen Sie?«

Franziska zögerte. »Wenn die uns nicht reinlassen wollen, können wir sowieso nichts machen. Mit einem richterlichen Beschluss wären wir auf jeden Fall auf der sicheren Seite. Wir wissen ja nicht einmal, ob Gefahr im Verzug ist. Wenn die Entführte tatsächlich selbst die SMS verschickt hat und uns alle darüber informiert, dass man nicht nach ihr suchen soll, dann sollten wir das respektieren.«

Benedikt schüttelte den Kopf. »Warum schreibt s' dann ned ihrem Mann, dass es ihr guad geht?«

»Würde der das glauben?« Sandra sah ihn fragend an. »Wie würde der auf eine Botschaft reagieren, in der steht: ›Gottfried, such nicht nach mir. Es geht mir bestens. Und dir wünsche ich ein angenehmes Restleben!‹ Der ginge doch davon aus, dass das reinster Zynismus ist. Und wir sähen das im Übrigen ebenso.«

Franziska stimmte ihr zu. »Wir haben tatsächlich nichts in der Hand. Ich könnte mir sogar vorstellen, dass Roswitha selbst ihre Entführung irgendwie arrangiert hat. Nur wie, das wüsste ich gern, und vor allem auch, warum.« Erneut schoss ihr durch den Kopf, dass es ja Roswitha war, die das Geld besaß. Gottfried hatte gestern erzählt, dass seine Frau etwa neun Millionen von ihrem Vater geerbt hatte und dass irgendwelche Tantiemen auch weiterhin flossen. Er hatte zudem erwähnt, dass sie Unsummen dafür gezahlt hätte, um wieder gesund zu werden. Noch gab es keine Chance, aber die Medizin arbeitete daran, und Roswitha investierte in alle einschlägigen Forschungsprojekte. Wenn sie wirklich wegwollte von ihrem Mann, dann hätte sie sich bedenkenlos freikaufen können. Durch ihr Verschwinden quälte sie ihn. Je länger Franziska darüber nachdachte, umso mehr kam sie zu der Überzeugung, dass Roswitha nicht allein das Opfer, sondern auch zum Teil Täterin war. Die Verschwundene wurde ihr immer unsympathischer. Sofort verbot sie sich, so zu denken. Derartige Gefühle waren in dieser Sache absolut fehl am Platz.

»Und wenn Gottfried Hirschfeld selbst seine Frau versteckt hält? Auch das wäre doch möglich.« Sandra Falk sah fragend in die Runde. »Frau Hausmann, was meinen Sie, wie schätzen Sie das ein?«

»Ich glaube nicht, dass er sie entführt hat. Wenn er tatsächlich wüsste, wo sie steckt, wäre er nicht so nervös und angespannt. Er kommt mit der Ungewissheit nicht klar. Ich denke, er macht sich wirklich Sorgen.«

Sandra Falk ließ diesen Gedanken auf sich wirken. »Das kann ich nachvollziehen.« Sie wandte sich an Benedikt: »Dann machen wir morgen weiter. Ich werde mich jetzt noch um die Durchsuchungsbeschlüsse kümmern. Der Staatsanwalt und der Richter werden sich freuen. Um diese Zeit.« Sie zückte ihr Handy und bat Lydia, alle Namen der Hausbewohner in den drei Straßen rund ums Klinikum herauszusuchen, die sich schon mal in diesen Hotspot eingeloggt hatten. »Wir brauchen jeweils Vorname, Nachname und die exakte Anschrift, und bereite die Adressdaten dann bitte so auf, dass ich sie als Tabelle weiterleiten kann. Damit du weißt, worum es geht: Wir brauchen einen richterlichen Durchsuchungsbeschluss für jeden einzelnen dieser Haushalte. Und ich will gleich um sechs in der Früh mit der Durchsuchung beginnen. Setz dich bitte auch noch mit dem Polizeipräsidium in Straubing in Verbindung, damit uns genug Kollegen zur Seite gestellt werden.«

Aus Sandras Handy erklang ein hektischer Wortschwall. Sie nahm das Telefon vom Ohr und entließ die Klagelitanei in den feuchten Spätherbstnebel. Nach etwa einer Minute wandte sie sich mit einem sanften »Stopp« wieder an die Jammernde: »Halt durch, ich komme gleich noch mal vorbei. Bis dann.«

Benedikt seufzte genervt. »Diese junge Kollegin woaß alles besser, hod vo nix a Ahnung und macht nichts ois Stress. Nur theoretisches Wissen. Aber davon mehr ois g'nua! Und immer fährt sie uns übern Mund.«

Franziska erinnerte sich. An solchen Kollegen hatte auch sie sich schon oft genug die Zähne ausgebissen.

»Ich muass no mei Hundi abholn«, erklärte Benedikt und wandte sich an Franziska: »Da kann i Sie doch glei zum Bahnlager bringa. Mei Burschi bewacht nämlich Ihren Herrn Hirschfeld.«

Franziska sah ihn von der Seite an. »Sie haben also Angst, dass ich mich verlaufe. Geben Sie es ruhig zu.«

»Ganz so schlimm is es ned«, murmelte er, atmete tief durch und stapfte zufrieden neben ihr her. Als sie von der Bäckergasse in die Spitalstiege abbogen, blieb Benedikt unvermittelt stehen. »Was i mi scho die ganze Zeit frag: Wie soll ma oane entführ'n, von der ma gor ned woaß, dass es sie gibt? Sie ham die Roswitha ned g'sehn, und i hab s' ned g'sehn. Bloß die vom Pflegedienst waren mit ihr in Kontakt. Und vielleicht hod er sich die Aussagen von dene gekauft?« Fragend blickte er zu Franziska.

Das fand diese zwar zu weit hergeholt, aber sie nickte. »Ich ruf mal kurz daheim an.«

Sie wählte die Nummer am Dachsberg bei Passau. Der Anrufbeantworter schaltete sich ein. Christian verkündete mit sonorer Stimme, dass man augenblicklich nicht da sei, sich aber so schnell wie möglich melden würde. Franziska spürte, wie sich ihr Magen verkrampfte. Er war noch nicht zurückgekehrt.

»Frau Hausmann, is wos?« Besorgt griff Benedikt nach ihrem Arm. »Gibt's etwa scho wieder eine Nachricht von der Roswitha? Is wos passiert?«

Franziska rieb sich die Augen. Sie fühlte sich wie im falschen Film und hätte für den Bruchteil einer Sekunde nicht sagen können, wer und wo sie war. »Nein, nein, alles klar«, log sie. »Wenn etwas Wichtiges passiert wäre, hätte Gottfried sich doch wie abgesprochen bei uns gemeldet. Einer von beiden hätte auf jeden Fall Laut gegeben. Entweder mein Bruder oder Ihr Hund.«

Benedikt lachte erleichtert. »Jetzt macha Sie scho wieder Witze. Aber ehrlich, Sie san auf amoi total blass g'wesn. I hob mir fei scho Sorgn g'macht.«

Sie schloss die Haustür auf und stellte sich auf die erste Stufe der Treppe. »Ich werde mich nun erst einmal ein bisschen hinlegen.«

»Des is recht. Mir sehn uns ja morgen wieder.« Es klang, als freute er sich auf ein Rendezvous.

Er reichte erst ihr die Hand und pfiff dann resolut nach seinem Hund. In Windeseile kam Burschi die Treppe heruntergeschossen und bellte vor Glück.

»Ich werde Sie nicht auf der Inspektion besuchen, sagen Sie das bitte auch der Kollegin Falk. Als Schwester und Schwägerin bin ich glaubwürdiger, wenn ich hierbleibe.

Außerdem habe ich mich für morgen mit Frau Zinnöcker verabredet.«

»Sie ham scho mit der Psychologin telefoniert? Respekt. Bei Eahna geht ois schneller als bei die anderen.« Benedikts Hund Burschi sah zu Franziska auf, als bete er sie im Namen seines Herrchens an.

Schon auf der Treppe hörte sie aus der Küche Geschirr klappern. Gottfried stand an der Spüle und leerte einen bis an den Rand gefüllten Aschenbecher in den Mülleimer. »Ich hab dir ein Weißbier hingestellt«, sagte er. »Das ist gut zum Einschlafen.« Ängstlich erkundigte er sich: »Seid ihr weitergekommen?«

Franziska schüttelte den Kopf. »Im Krankenhaus war sie nicht. Das wirklich Fatale ist, dass wir nicht einmal wissen, ob Gefahr im Verzug ist. Obwohl ich persönlich das glaube.« Hilflos hob sie beide Hände. »Wir sollten uns noch einmal auf genau die Leute konzentrieren, die von ihrer Existenz wussten. Das waren ja nicht so viele.«

»Und was macht die Polizei, tut die überhaupt irgendwas?« Er klang gleichermaßen ungeduldig wie ärgerlich.

»Die durchsuchen morgen alle Haushalte, deren Handys sich über den Hotspot am Krankenhaus einloggen können. Der hat eine Reichweite bis höchstens hundertfünfzig Meter.«

»Und wieso erst morgen?«

»Weil der richterliche Beschluss, den wir dazu brauchen, erst heute Nacht ausgestellt wird.«

Theresa Wotzinger würde morgen keinesfalls dort anrufen! Wenn sie eines wusste, dann, wie schnell ihr ein unbedachtes Wort entschlüpfte, vor allem in Situationen, in denen sie unter Druck stand. Damals hatte sie sich verplappert, hatte Zuflucht in Unwahrheiten gesucht, und noch bevor sie sich über die Konsequenzen dieser Lügen im Klaren war, hatte bereits alles seinen Gang genommen. Einen Verlauf übrigens, der ihr nicht behagte und an dem sie sich immer noch schuldig fühlte. Sie hatte sich damals überrumpeln lassen. Genau wie heute Mittag, als die Polizistin vor der Tür gestanden hatte.

Jetzt drohte erneut Gefahr: Diese auf den ersten Blick so sanft wirkende Kriminalkommissarin Sandra Falk würde in einem Telefonat noch vor Schulbeginn alles aus ihr herausziehen. Als sei die Wahrheit nichts als ein Faden, der sich an der Spindel verheddert hatte, die sich nach einem zögerlichen Anfangsruck dann schneller und schneller drehen würde. So schnell schließlich, dass sie vom Spindelkarussell heruntergeschleudert wurde und jeglichen Halt verlor.

Genau dieser Gefahr musste ein Riegel vorgeschoben werden. Theresa Wotzinger setzte sich an ihren Schreibtisch, klappte den Laptop auf und öffnete ihr E-Mail-Programm. Aktuelle Nachrichten waren nicht eingegangen. Nicht einmal Werbung. Sie öffnete ein neues E-Mail-Formular, gab in die Adresszeile aber vorsichtshalber noch nichts ein. Es war ihr schon mehrfach passiert, dass sie eine Nachricht versehentlich zu früh abgeschickt hatte. Blieb die Adresszeile leer, landete ihr Text da, wo er auch hingehörte: im Ordner mit den Entwürfen. Entwürfe waren noch nichts Endgültiges. Entwürfe gaben einem die Chance, alles zu überdenken und mindestens einmal darüber zu schlafen. Wenn das schon im wirklichen Leben nicht ging, dann doch zumindest hier.

Die Computeruhr zeigte halb elf abends. Donnerstag. Morgen würde sie von zu Hause arbeiten, und dann lagen achtundvierzig lange Wochenendstunden vor ihr, vor denen sie sich jetzt schon fürchtete. Diese Sandra Falk hatte mit ihren Fragen alte Wunden aufgerissen. Sicher war die Kommissarin nun schon daheim und schlief den Schlaf der Gerechten. Theresa dagegen konnte nicht schlafen.

Wie immer war sie auch heute um halb zehn zu Bett gegangen, doch ihr waren zu viele Gedanken durch den Kopf geschossen. Sie wusste, dass sie etwas unternehmen musste. Um ein Telefonat noch vor dem Frühstück zu vermeiden, musste sie jetzt diese Mail schreiben, deren eigentliche Herausforderung darin bestand, wenig preiszugeben und nichts zu verraten und den Anschein von Normalität aufrechtzuerhalten.

Erst dann durfte sie wieder in ihr warmes Bett.

Im Grunde genommen ging es jetzt vor allem darum, dieser Polizistin den Wind aus den Segeln zu nehmen. Mit vor Kälte klappernden Zähnen wickelte Theresa Wotzinger sich enger in ihren Morgenrock und zog die Wollsocken ein wenig höher.

Was ihr wirklich zu schaffen machte, war die Angst. Dabei hatte sie doch gar nichts Verbotenes getan. Dennoch fühlte sie sich schuldig. Doch wohl nicht für jene Geschichte, die dreißig Jahre zurücklag? An der war doch überhaupt nichts Kriminelles gewesen – höchstens etwas Verzweifeltes und Unüberlegtes.

Sie legte sich eine Decke auf den Schoß und schrieb:

Anbei meine Informationen zu Roswitha Hirschfeld. Wir haben gemeinsam Pädagogik studiert und in Freising das Referendariat gemacht. Daher kennen wir uns.

Theresa hielt inne und dachte zurück. Wenn sie ihre heutigen Schülerinnen und deren Freundschaften so betrachtete, so war es eigentlich immer noch das Gleiche, wenn auch nicht mehr ganz so ausgeprägt wie damals: Die schönen Mädchen suchten sich weniger schöne zur Freundin – ein naturgegebener Vorgang, mit dem sie ihren eigenen Glanz unterstrichen. Die weniger schönen fühlten sich von den schönen aufgewertet und fanden Erfüllung darin, deren abgewiesene Liebhaber zu trösten und aufzubauen. So musste es seit Beginn der Schöpfung gewesen sein. Diese Dynamik drehte die Welt. Nur: Wer war glücklicher? Die Tröstenden oder die Verletzenden?

Roswitha hatte ein ganzes Heer trostbedürftiger Männer in ihrem Schlepptau gehabt, und Theresa hatte sich ihrer voller Glück angenommen und sie getröstet. Ja, das war eine schöne Zeit gewesen. Damals war Theresa gebraucht worden. Sie war die engste Vertraute der reichen, strahlenden und unabhängigen Roswitha mit dem blonden Engelshaar gewesen, die sich alles erlauben konnte.

Für Roswitha nämlich war der ganze Schul- und Studienbetrieb lediglich ein einziges großes Experimentierfeld, auf dem sie täglich ausprobierte, wie weit sie gehen konnte. Und sie ging oft zu weit. Roswitha war nicht angewiesen auf einen Beruf, der ihr das Auskommen sicherte. Sie hatte schon ein Einkommen, wie sie immer wieder selbstbewusst betonte. Sie war unverwundbar und konnte sich alles erlauben, und sie nahm auf nichts und niemanden Rücksicht. Auch nicht auf Theresa Wotzinger, die sie, Roswitha, in ihrer Bewunderung umkreiste wie ein Planet die Sonne und die in ihrer Durchschnittlichkeit gern von anderen übersehen wurde. Theresa musste sich ihr Studium mit Nebenjobs finanzieren, also nahm sie Roswitha lästige Arbeiten ab, wusch, kochte und bügelte für sie und ließ sich dafür bezahlen. Sie waren ein sehr ungleiches Paar gewesen. Gegensätze ziehen sich ja bekanntlich an.

Nur, wen interessierte das jetzt noch? Die Kommissarin bestimmt nicht.

Nach dem Referendariat, schrieb Theresa nun, *machte ich mein Staatsexamen und arbeitete von da an am Oskar-Maria-Graf-Gymnasium in Freising. Zu der Zeit verlor ich Roswitha für einige Jahre aus den Augen.*

Wenn sie daran dachte, wie und wo sie sich voneinander verabschiedet hatten, so bekam sie erneut eine Gänsehaut. »Schätzchen, ich verschwinde dann mal«, hatte Roswitha gesagt. »So ist es für uns beide am besten. Es wird Zeit, dass ich dir auch mal einen Gefallen tue. In einem Jahr komme ich zurück, und wir freuen uns gemeinsam über das Wunder.«

Sie war acht Jahre lang nicht zurückgekehrt und tauchte dann ohne Wunder wieder auf. Aber das ging die Kriminalkommissarin nichts an. Das war privat.

Etwa acht oder neun Jahre später kam sie nach Freising zurück. Sie unterrichtete am hiesigen Domgymnasium Sport und Geografie. Wir waren uns nicht mehr so nah wie einst – dennoch lud sie mich zu ihrer Hochzeit mit Herrn Hirschfeld ein.

Das reichte doch eigentlich, dachte Theresa. Es hörte sich neutral und alltäglich an. Um das Ganze zu vollenden, fügte sie hinzu: *Etwa zehn Jahre später hatte Frau Hirschfeld diesen Reitunfall im Bayerischen Wald, und ich habe mich in den Wochen danach ein wenig um sie gekümmert, sie ab und zu im Krankenhaus besucht, während sie im künstlichen Koma lag. Später zogen sie und ihr Mann von Freising fort – in ein größeres Haus, mit mehr Platz, wie es hieß. Dieses Haus habe ich niemals gesehen.* Sie spürte, wie wichtig ihr es war, genau das zu betonen. *Vor etwa drei Jahren hat Roswitha wieder telefonisch Kontakt zu mir aufgenommen, und wir haben gelegentlich miteinander gesprochen. Nur über Alltäglichkeiten.*

Auf diesen letzten Satz war sie besonders stolz.

Alltäglichkeiten – wie sich das las. So harmlos. Dabei waren die Anrufe aus Viechtach der reinste Psychoterror gewesen. »Du verlierst deinen Job. Ich brauche nur ein Wort zu sagen, dann kommt alles raus, und es ist um deine weiße Religionslehrerinnenweste geschehen. Es sei denn, du machst, was ich will.«

Ich habe doch nichts Böses getan, dachte Theresa erneut. Ihre Finger waren wie Eis, und die Kälte griff, von den Füßen nach oben steigend, schon direkt an ihr Herz.

Sie drückte auf Senden, und die angefangene Mail landete im Ordner »Entwürfe«. Da sollte sie eine Nacht vor sich hin brüten.

Steif ging Theresa zu ihrem einzigen Erbstück, einem Gründerzeitvertiko, und schenkte sich einen doppelten Cognac ein. Das hatte sie zuletzt am Abend vor Roswithas Hochzeit getan. Damals musste sie sich ein wenig Mut antrinken. Ebenso wie jetzt.

Sie hatte weder auf Roswithas Hochzeit noch in all den Jahren an diesen einen falschen Schritt gedacht. Roswitha in ihrem strahlend weißen Kleid neben dem Mann, mit dem Theresa sich eine Zukunft ausgemalt hatte und der sie bei der Feier nicht einmal mehr erkannt hatte. Dabei waren sie sich einst so nah gewesen.

Es kam vor, dass sie morgens erwachte und ihre Entscheidung bereute. Wer weiß, wie ihr Leben verlaufen wäre ohne die Begegnung mit Roswitha und ohne das kurze Glück mit Gottfried? Hätte es eine andere, eine bessere Option gegeben? Dabei wusste sie genau, dass es müßig war, sich solchen Überlegungen hinzugeben.

»Die Sonne bringt es an den Tag«, so hatte ein Gedicht von Adelbert von Chamisso geheißen, von dem sie in ihrer Kindheit sehr beeindruckt gewesen war und dessen Botschaft darin bestand, dass auf die Dauer nichts, aber auch gar nichts verborgen blieb.

Es war nur ein Gedicht, und es musste nicht stimmen. Denn Theresas Geheimnis war bereits seit dreißig Jahren unentdeckt geblieben, und die Sonne hatte noch nichts davon an den Tag gebracht. Gar nichts! Während Theresa frierend in ihrem Bett lag und sich in Embryonalstellung zusammenrollte, dachte sie zum ersten Mal jenen Gedanken, der Befreiung bringen könnte, und flüsterte leise vor sich hin: »Das Beste für alle Beteiligten ist es doch, wenn Roswitha endlich aus meinem Leben verschwindet. Und auch aus seinem.«

Über der Frage, ob sie dann den verwaisten Ehemann Gottfried Hirschfeld erneut trösten müsse, denn im Trösten war sie gut, schlief sie ein.

9. Kapitel

Noch tiefer als die leicht alkoholisierte Theresa Wotzinger schliefen in dieser Nacht Benedikt Simbacher und Lydia Hobmaier, Letztere auf der Plastikliege im Ruheraum der Polizeiinspektion der Mönchshofstraße, Ersterer in seinem eigenen Bett. Der Hund schnarchte direkt neben ihm auf dem Holzfußboden und hatte alle viere von sich gestreckt. Gelegentlich seufzte er tief im Traum. Benedikt sah gar nicht ein, dass ein Spürhund nur deshalb ein besserer Fährtensucher sein sollte, weil er nachts draußen im Käfig schlief. Im Sommer ging das ja noch, aber jetzt, im November …

Im fest gemauerten Haus und beschützt von seinem Herrchen konnte Burschi so auf jede Achtsamkeit verzichten und entspannt und ruhig schlafen. Der an Nachtdienst gewohnte Benedikt konnte sich kaum erinnern, wann er zuletzt im Dunkeln in seinem eigenen Bett geschlafen hatte. Es tat einfach nur gut.

So war es nicht verwunderlich, dass Benedikt und sein vierbeiniger Begleiter an diesem Montag überaus ausgeruht ihren morgendlichen Gang antraten.

Kriminalkommissarin Sandra Falk dagegen hatte sich die ganze Nacht von einer Seite zur anderen gewälzt. Sie begriff das alles nicht und sie fürchtete, dieser Fall sei eine Nummer zu groß für sie und Benedikt, die an Lydia und Max nur bedingt Hilfe hatten. Und dazu diese Franziska Hausmann – wer wusste schon, ob die ihnen eine Hilfe sein würde. Die wirkte ja selbst ein bisschen angespannt und eigenartig traurig. Wie sollte von so einer Trost kommen? Wo überhaupt sollte man in diesen Zeiten Trost finden? Froh, dass ihr Wecker um fünf Uhr an diesem Morgen klingelte, rollte die Kommissarin sich aus dem Bett, schlurfte ins Bad und unter die Dusche und bemühte sich darum, dem Tag ein wenig zuversichtlicher entgegenzusehen, als sie sich fühlte. Leicht war das nicht. Mit jeder Stunde, die verging, wurde das Leben der Verschwundenen gefährdeter. Sie brauchten konkrete Ergebnisse, und zwar so schnell wie möglich.

Während sie den ersten und viel zu heißen Kaffee des Tages trank, dachte sie an Benedikts gestrige Bemerkung: »Vielleicht existiert die Frau ja gar nicht.« Verrückt, auf was für Ideen man kam, wenn man übermüdet war. Wäre es wirklich so, so hätte Gottfried Hirschfeld ziemlich viele Leute bestechen müssen – sogar diese Theresa Wotzinger – und wozu das alles? Nein, diese Roswitha gab es. Und es würde ihre Aufgabe sein, sie so schnell wie möglich zu finden. Das hatte heute höchste Priorität.

Es war sechs Uhr morgens, und vor der Polizeistation in der Mönchshofstraße standen bereits vier Einsatzwagen. Zum Glück ohne Blaulicht und ohne Sirene, dachte Sandra, als sie um die Ecke bog. Noch war es dunkel, die Sonne würde erst in einer guten Stunde aufgehen. Hinter allen Fenstern der Inspektion leuchtete Licht.

Aufgekratzt bediente Lydia Hobmaier die acht Kollegen mit frisch aufgebrühtem Kaffee und informierte sie über den aktuellen Stand der Ermittlungen, an dem sich in den vergangenen zwölf Stunden nichts geändert hatte. Dennoch klang es so, als seien alle bisherigen Aktionen und Überlegungen von der Polizeihauptmeisterin allein ausgegangen. Verkaufen kann die sich gut, dachte Sandra, während sie ihren Mantel an die Garderobe hängte. »Und ihr seid jetzt da, um die Hausdurchsuchungen zu übernehmen«, verkündete Lydia gerade. »Das wird auch, ehrlich gesagt, etwas zu viel für uns, wir sind seit Mittwoch rund um die Uhr im Einsatz und wir sind grad nur zu viert hier auf dieser Dienststelle, und die vom Wach- und Wechseldienst haben mit ihren eigenen Sachen genug zu tun.«

»Nun mach mal halblang«, unterbrach Sandra die Selbstdarstellung der Kollegin und wandte sich an die acht jungen Männer. »Haben Sie die Durchsuchungsbeschlüsse mitgebracht?«

»Die stecken sicher hier in diesem Umschlag«, krähte Lydia dazwischen. »Herr Haber war so freundlich, ihn mir gleich zu überreichen.«

»Dann gib mal her.« Sandra griff danach. »Und du solltest jetzt heimgehen – nach der anstrengenden Nachtschicht.«

»Genau, ich hol mir eine Mütze wohlverdienten Schlaf.« Lydia warf den anwesenden Beamten einladende Blicke zu. Einige grinsten verlegen.

Die Viechtacher Kriminalkommissarin räusperte sich. »So, ich sag Ihnen mal, welche der Häuser in der Karl-Gareis-, der Dekan-Häusler- und der Kreuzstraße sich über den Hotspot der Klinik einloggen können. Aus einem von denen könnte die SMS der vermutlich Entführten gesendet worden sein. Gesucht wird übrigens nach dieser Frau.« Sie hielt das Foto von Roswitha Hirschfeld hoch. »Wir haben Glück, dass der Hotspot lediglich das Areal in einem Umkreis von hundertfünfzig Metern bedient.« Sie kreiste auf dem Stadtplan das Gelände um das Klinikum mit einem roten Textmarker ein.

»Das ist ja ein Ding. Ihr sucht nach der Roswitha Hirschfeld? Die kenne ich doch.«

Sandra sah hoch und begegnete dem Blick des Straubinger Kollegen. »Ach was! Dann lassen Sie mal hören.«

»Das war vielleicht eine Nacht!« Lydia saß an ihrem Küchentisch, schlürfte laut hörbar einen Milchkaffee und jammerte ihrem Ingo etwas vor. »Du kannst von Glück sagen, dass du keine Schichtdienste hast. Auf die Dauer geht das an die Substanz.«

»Du Arme, dann legst du dich jetzt am besten hin«, entgegnete Ingo gähnend. Es war halb sieben, und sie hatte ihn durch ihren Anruf eben erst geweckt.

»Ich habe Bereitschaft«, log sie. »Und wenn es draußen hell ist, kann man nicht so gut schlafen. Da ist das Unbewusste wachsam, wenn du verstehst, was ich meine.«

»Du hast dir ja auch einen wirklich schwierigen Beruf ausgesucht«, entgegnete er. »Schichtdienste, und nie weiß man, wann Feierabend ist. Vielleicht solltest du umsatteln.«

»Um dann wie du von morgens bis abends Zahlenspiele zu treiben? Nein, da recherchiere ich doch lieber!«

»Schatz, ruh dich erst mal aus. Sehen wir uns heute Abend?«

»Was weiß ich! Möglicherweise muss ich wieder in die Ermittlungsarbeit einsteigen oder erneut Nachtdienst machen. Du weißt ja, bei uns ist alles unberechenbar. Und gerade jetzt. Da muss das Privatleben eben mal hintanstehen.«

Klickte es jetzt bei ihm? Sie hatte die zwei Silben von *privat* besonders betont.

Offensichtlich nicht. Ingo räusperte sich. »Du, gerade

läuft dein Kollege Max an meinem Fenster vorbei. Der macht wohl mit seinem Hund einen Morgenspaziergang.«

»Also, der hat das Arbeiten wirklich nicht erfunden«, klagte Lydia. »Aber egal, ich leg mich jetzt hin und melde mich dann gegen Abend bei dir. Und ruf bloß nicht bei mir an, nicht dass du mich noch weckst.«

Dabei war sie viel zu ausgeruht, um schlafen zu können. Und sie hatte das Gefühl, als wären ihr zwölf Stunden geschenkt worden. Zeit für sich. Sie konnte sie nutzen, um ein Buch zu lesen oder um während des vormittäglichen Fernsehprogramms die Trachtenjacke für Ingo fertig zu stricken, die er dann zu Weihnachten bekommen würde. Aber die Zeit nur für sich zu nutzen wäre zu egoistisch gewesen. Je mehr Ermittlungsarbeit sie leistete, umso schneller würde der Fall mit ihrer Hilfe gelöst werden können. Daher würde sie gleich von ihrem Privattelefon aus inkognito bei jener Melusine anrufen, die offenbar fast täglich für Roswitha das Tarot gelegt hatte.

Natürlich würde sie sich nicht als Polizistin zu erkennen geben. Die Frau mit dem Zukunftsblick sollte auf keinen Fall Verdacht schöpfen und sich dann, aus falsch verstandener Solidarität, in Halbwahrheiten flüchten.

»Oh, so früh am Morgen, da kann jemand wohl nicht schlafen?« Melusines Stimme, die sich bereits nach dem zweiten Klingeln meldete, klang dunkel und weich.

»Doch, doch«, sagte Lydia schnell und schluckte. »Natürlich kann ich schlafen. Ich bin sogar sehr ausgeschlafen. Aber es gibt da einen Mann in meinem Leben.«

»So fängt es immer an.« Die dunkle Stimme lachte leise. »Und Sie wollen nun wissen, wie es weitergeht?«

Lydia schluckte. »Ja.« Ihr wurde klar, dass sie trotz allem

Angst vor der Antwort hatte, auch wenn dieses Telefonat nur gespielt war, sie quasi »alternative Fakten« auf den Tisch legte.

»Zuvor etwas Geschäftliches, worauf ich Sie aufmerksam machen muss«, sagte Melusine in einem ganz anderen Ton. »Rufen Sie vom Festnetz an? Dann kostet Sie unser Gespräch neunundsechzig Cent pro Minute.«

»Wenn es um so wichtige Dinge wie meine Zukunft geht, spielt Geld doch keine Rolle«, verkündete Lydia selbstbewusst und überlegte im gleichen Augenblick, ob sie die Gesprächskosten als Spesen oder als Rechercheaufwand erstattet bekommen könnte. Versuchen würde sie es auf jeden Fall.

»Was soll ich für Sie legen? Das keltische Kreuz oder den Blinden Fleck?«

Lydia hatte weder von dem einen noch von dem anderen je etwas gehört. »Am besten beides«, behauptete sie nun forsch.

»Gut, dann formulieren Sie bitte Ihr Anliegen. Und versuchen Sie, es so klar wie möglich zu benennen.«

»Soll ich es etwa laut aussprechen?« Lydia errötete.

»Natürlich. Ich muss es doch hören.«

Ganz kurz überlegte Lydia, ob sie sich jetzt outen und nach der verschwundenen oder entführten Roswitha erkundigen sollte, beispielsweise mit der Formulierung: Wissen Sie, ich arbeite bei der Polizei und möchte wissen, wo meine Freundin steckt. Doch sie entschied sich dagegen. Das, was sie wirklich interessierte und was ihr auf dem Herzen brannte, klang schüchtern und angespannt, als sie es aussprach: »Wird aus Ingo und mir ein glückliches Paar?« Fast beschämt lauschte sie ihrer zitternden Stimme.

»Interessant«, kommentierte Melusine. »Dann wollen wir mal. Ich mische nun die Karten, Sie sagen stopp, und zwar so oft, bis alle zehn Blätter verdeckt vor mir auf dem Tisch liegen.«

Damit schindet sie echt Zeit, dachte Lydia, ließ sich aber auf das Spiel ein. Tatsächlich wartete sie auf das Gefühl für den richtigen Moment und schrie dann fast ein »Stopp« ins Telefon hinein.

»Ich decke nun die erste der Karten auf«, sagte Melusine, nachdem etwa zehn kostspielige Minuten später das Deck in der richtigen Anordnung vor ihr lag. »Und da haben wir schon den Herrscher.« Sie zögerte einen Moment. »Sie wollen also Ordnung und Sicherheit? Sehe ich das richtig?«

»Genau so ist es.« Lydia nickte selbstbewusst. »Das will ja wohl jeder.«

»Bestätigt wird dieser Wunsch vom Ritter der Münzen, der an zweiter Stelle liegt und für Dauer und Zuverlässigkeit steht. Das passt dann ja. Alles wird gut.«

Lydia jubilierte innerlich. Ordnung und Sicherheit bis zum Ende ihres Lebens, paradiesisch. Das klang ja alles wunderbar. Sie stellte sich vor, wie Ingo ihr gemeinsames großes Haus in Ordnung hielt, während sie sich irgendeiner kreativen Tätigkeit widmete, vielleicht auch ihrem Kind.

»Und an dritter Stelle liegt hier dann auch noch der König der Münzen. Das ist wirklich hochinteressant. So ein Blatt ist selten und kann auf zweierlei Art gedeutet werden.«

»Wieso?«

»Es könnte bedeuten, dass Ihre Beziehung zu diesem Mann von Leidenschaft und Aufregung geprägt sein wird.«

Lydia verzog den Mund. Leidenschaft? Davon hatte sie bisher noch nichts gemerkt. Aber es wäre nicht schlecht.

»Andererseits …« Melusine klang mit einem Mal besorgt. »Es sind Ihre Karten, und die Aufregung könnte vor allem Sie betreffen, wenn der König der Münzen das Leben zu sehr genießen will und aus dem Vollen schöpft. Spielsucht, Alkohol, möglicherweise auch andere Drogen … Was wissen wir schon von denen, die wir lieben?«

»Das gilt für meinen Ingo nicht«, behauptete Lydia und dachte, dass sie so etwas bereits in den Anfängen ersticken würde. Ingo als Lebemann, irgendwie unvorstellbar.

»Ich decke nur die Karten auf«, stellte Melusine klar. »Es ist Ihr Schicksal, ich übersetze nur. Seien Sie sich dessen bewusst. Jetzt öffne ich die vierte Stelle – denn die steht für Ihr eigenes Gefühl in Bezug auf diesen Mann oder auf Ihre Frage.«

Was mit seinen Gefühlen ist, wüsste ich auch gern, dachte Lydia und schwieg weiter angespannt.

»Da haben wir die Sechs der Schwerter«, verkündete die weiche Stimme. »Ein klares Zeichen für Anfangsschwierigkeiten.«

Lydia nickte. Das war ja mal ins Schwarze getroffen. »Wenn Sie wüssten, wie sehr das stimmt. Also, mein Lebensgefährte scheint echt Schwierigkeiten zu haben, die richtigen Worte zu finden. Er hat mir nämlich immer noch keinen Antrag gemacht.«

Melusines Stimme klang eigenartig streng, als sie wissen wollte: »Und Sie, welche Anfangsschwierigkeiten haben Sie mit ihm?«

»Ich? Keine natürlich.« Lydia war empört.

Die Kartenlegerin seufzte verhalten. »Die fünfte Karte

könnte ein wenig Klarheit darüber bringen. Soll ich sie aufdecken?«

»Natürlich!« Lydia sah auf ihre Uhr. Es war schon fast eine halbe Stunde vergangen. Ob die Kartenlegerin ihr diese Zwischenfragen stellte, um Zeit zu schinden? Sie traute es ihr zu. »Also, was ist es?« Sie unterlegte ihre Frage mit einem ungeduldigen Ton. Die Fremde sollte merken, dass sie deren Geschäftsmodell des Zeitschindens durchblickte.

»Unglaublich! Hier haben wir die Herrscherin. Sie sind die Herrscherin in Ihrer Verbindung.«

Lydia schüttelte den Kopf. Was, um Himmels willen, war denn daran erstaunlich?

»Vermutlich fühlt er sich von Ihnen unterdrückt«, spekulierte die Weissagerin.

»Das kann nicht sein!« Lydia widersprach vehement. Okay, sie sagte dem Ingo manchmal, was er machen sollte, weil er ja selbst nicht in die Gänge kam. Aber unterdrücken? Nein, das ging zu weit! Sie war doch keine Sklavenhalterin.

Melusine schien zu ihrer Professionalität zurückzufinden. »Ich decke nun die sechste Karte auf. Oh, da haben wir ja den Magier. Das gibt mir zu denken. Immerhin steht der Magier für schöpferische Kraft und Geschicklichkeit.«

Lydia verdrehte die Augen. »Und was heißt das nun im konkreten Fall?«

»Da gibt es mehrere Deutungen.« Melusine dachte anscheinend einen Moment nach. »Ich mache Ihnen mal ein paar Angebote. Wie wäre es, wenn Sie Ihre Weiblichkeit mehr in den Vordergrund spielen? Zeigen Sie ihm Ihre sanften Seiten, Ihre Schwächen.«

»Dann bin ich ja auf dem richtigen Weg.« Lydia erinnerte sich daran, dass sie heute Morgen am Telefon für Ingo eine erschöpfte, aber auch toughe Frau gespielt hatte, die sich bereitwillig den Unbilden des Lebens stellte. Sie war fast ein wenig stolz auf sich. Er war tatsächlich sehr besorgt gewesen.

»Mal sehen …« Melusine seufzte demonstrativ. »Die siebte Karte gibt etwas über die Fragestellerin preis, also über Sie persönlich.«

Nichts als Zeitschinden, dachte Lydia, aber ihr zustimmendes Lachen klang weniger selbstbewusst als vorgesehen. Hatte sie etwa Angst vor der Antwort? Betont munter forderte sie ihre Gesprächspartnerin auf: »Dann mal los!«

»Da haben wir die Vier der Kelche.«

»Und?«

»Die könnte darauf hinweisen, dass Sie derzeit zutiefst frustriert sind und Ihre schlechte Stimmung ausgerechnet an denen auslassen, die Sie lieben.«

Lydia biss sich auf die Lippen. Das ging zu weit. Was fiel der ein, sich so in ihr Leben einzumischen? Wütend fauchte sie zurück: »In meinem Job mag mich eh keiner!«

»Dann sollten Sie lernen, sich liebenswerter zu geben. Genau das ist die Aufforderung, die in dieser Karte steckt.«

Erneut schwappte eine Welle von Ärger über der Polizeihauptmeisterin zusammen. Das Letzte, was sie brauchte, waren Moralpredigten oder gar Verhaltensregeln. Und schon gar nicht von so einer! Die hatte sicher noch nie auch nur eine Stunde einen richtigen Job erledigt. Die wusste nichts vom wirklichen Leben! »Wie viele von den Karten gibt es denn noch?«

»Drei. Die achte, die ich nun aufdecke, zeigt an, wie Sie auf andere wirken.«

»Das will ich gar nicht wissen«, sagte Lydia schnell. »Die haben ja alle keine Ahnung, wie ich bin.«

»Sie gehört aber dazu.« Melusine zog ihr keltisches Kreuz gnadenlos durch. »Schauen Sie mal, da haben wir die Gerechtigkeit.«

»Das passt, ich sorge ja auch für Ordnung und Recht!« Fast hätte Lydia ihren Beruf verraten.

»Diese Karte an genau diesem Platz fordert Sie zudem dazu auf, mit Ihren Mitmenschen fair und ausgewogen umzugehen. Können Sie etwas damit anfangen?«

Lydia schwieg.

Melusine zögerte. »Gelegentlich steht diese Karte auch für eine innere Reform.«

»Ich soll mich ändern?« Lydia zog die Stirn kraus. Was war denn das für eine Kartenlegerin, die so unangenehme Dinge sagte? Ob sie zu Roswitha auch so fies gewesen war? Bestimmt nicht. Die hatte gejammert und erst einmal einen Mitleidsbonus bekommen.

»Jetzt verrate ich Ihnen noch, wovor Sie Angst haben.« Melusines Stimme war wie in Watte gepackt.

Lydia war kurz davor hinauszuposaunen: »Wir von der Bereitschaftspolizei kennen keine Angst.« Stattdessen erwiderte sie betont locker: »Na klar, zeigen Sie mir meine Ängste.« Diese telefonische Weissagerin war einfach nicht ernst zu nehmen. Sie hätte es sich gleich denken können.

»Es ist die Fünf der Münzen.«

»Genau, die macht mir Angst. Fünf Münzen, schwer liegen sie in meiner Tasche!« Sie hatte keine Ahnung, wovon sie sprach.

»Sie fürchten nichts so sehr wie Unsicherheit. Sie wollen immer und überall Klarheit. Sie wollen unbedingt wissen, woran Sie sind, und Ihnen ist nichts so wichtig wie Kontrolle.«

»Wollen Sie etwa damit sagen, dass mein Ingo mir keine Sicherheit gibt? Dass er es ist, der sich vor der Klarheit fürchtet? Vorhin klang das doch noch ganz anders!«

»Das würde ich nicht so sehen.«

Langes Schweigen auf beiden Seiten. Lydia dachte nach.

»Schauen Sie vor allem bei sich selbst«, mahnte Melusine.

Ich habe eine Kartenlegerin angerufen, keine Therapeutin, dachte Lydia und sah auf die Uhr. »Wie lange geht das noch mit diesem Gespräch?«

»Wir haben nur noch eine Karte. Die zeigt den Weg, den Sie gehen werden.«

»Gut, dann decken Sie die halt auch noch auf.« Lydia wurde ungeduldig. »Was haben wir denn da?«

Melusine schwieg. Dann räusperte sie sich und verkündete leise: »Es ist der Tod.«

Die Polizeihauptmeisterin sah, dass ihre Hände ganz weiß wurden. »Was heißt das? Stirbt jemand?«

»Nicht immer. Aber es ist eine Karte des Abschieds. Sie könnten beispielsweise Abschied nehmen von Ihren schlechten Gewohnheiten.«

Doch Lydia hörte schon nicht mehr zu. Tod, dachte sie. Der Tod. Das also war das Zeichen.

Dieses letzte Bild konnte sich doch nur auf Roswithas Zustand beziehen. Warum gab die mystische Melusine das nicht zu? Als Hellseherin hatte die sicher schon längst geblickt, was Lydia eigentlich zu ihr geführt hatte. Etwas Eindeutigeres gab es ja wohl nicht auf die gar nicht gestellte Frage nach der Entführten. Aber Melusine plante offensichtlich weiterhin, die Zeit in die Länge zu ziehen, und hielt nun auch noch eine unglaubliche Predigt über das Loslassen und das Abschiednehmen.

»Warum sagen Sie nicht den einen Satz?« Lydias Stimme klang rau.

»Welchen Satz?«

»Ist schon gut. Vielleicht liegt der ja noch im blinden Fleck.« Die Polizeihauptmeisterin schüttelte über sich selbst den Kopf und gestand: »Wissen Sie, das ist alles gerade ein bisschen viel. Das muss sich erst mal alles setzen.«

»Ja, setzen Sie sich und ruhen Sie sich aus. Lassen Sie alles auf sich wirken.«

»Vielleicht melde ich mich morgen noch mal«, meinte Lydia, obwohl sie wusste, dass das eine Lüge war. Sie drückte das Gespräch weg.

Ihr Telefon zeigte, dass sie genau 116 Minuten lang telefoniert hatte, das würde achtzig Euro kosten. Und was hatte sie eigentlich erfahren? Nichts als Allgemeinplätze. Und dazu noch diese an den Haaren herbeigezogene Behauptung, Ingo könnte ein Alkoholiker werden. Sie würde sich schon darum kümmern, dass so etwas nicht geschah. Nicht mit ihr.

Aber Melusine hatte auch gesagt, dass der Tod im Raum stand. Sie stellte ihn sich als einen schwarz gekleideten Mann mit blanker Sichel vor, der nachts in ihr Zimmer geschlichen kam. Rasch schüttelte sie den Gedanken ab und wählte stattdessen die Nummer ihrer Vorgesetzten. »Hallo, Sandra, wir müssen nicht mehr suchen«, versicherte sie. »Die Entführte lebt nicht mehr.«

Die Chefin schien sich an die Stirn zu tippen. »Was soll das? Wen meinst du? Hast du schlecht geträumt?«

»Ich weiß es einfach.«

»Woher? Von wem?«

»Ich weiß es eben.«

Sandra Falk stöhnte laut und offenbar auch vor versammelter Mannschaft. Mit gereizter Stimme sagte sie dann lauter als sonst: »Tu mir den einen Gefallen und leg dich wieder hin. Wir brauchen dich möglicherweise auch heute für den Nachtdienst. Und träum diesmal was Schöneres!«

Was war bloß los mit den Leuten? Alle wollten, dass sie sich hinlegte. Dabei hatte sie sich selten so wach gefühlt. Lydia griff nach ihrem Strickkorb und ließ sich von einem Fernsehkoch den Mund wässrig machen. Das Leben war hart: Bis ihr Ingo die Perfektion dieses ständig gut gelaunten Superkochs erreicht haben würde, gingen sicher noch einige Jahre ins Land.

»Sie bleiben bitte hier.« Sandra packte den Beamten, der vorhin so überrascht auf Roswithas Namen reagiert hatte, am Oberarm. »Wir unterhalten uns jetzt erst einmal.«

»Aber ich bin doch zur Hausdurchsuchung abkommandiert.«

»Das schaffen die Kollegen auch ohne Sie!« Sandra wandte sich an ihren Kollegen: »Gehst du bitte mit, Benedikt, wenn die Wohnungen abgeklappert werden? Du kennst ja die Leute, die dort wohnen, und achte bitte auch darauf, ob irgendjemand ungewöhnlich reagiert. Dein Burschi kann solange hierbleiben.«

»Alles klar.«

Nach der Hektik des frühen Morgens war es nun still in der Polizeiinspektion. Nur der Hund unter dem Tisch schnarchte laut. Sandra schob dem Kollegen aus Straubing eine Tasse über den Tisch, schenkte ihm Kaffee ein und sah auf die Uhr. Sechs Uhr fünfundvierzig. Vor halb neun würden die anderen nicht zurückkommen. Sie konnte sich Zeit lassen. Was für ein Luxus. Zeit für ein langes Gespräch. Richtig viel Zeit. Allerdings zweifelte sie daran, dafür den richtigen Gesprächspartner zu haben.

»So, Herr Loibl, Sie kennen die Entführte also. Woher?«

Der Mann vor ihr zuckte zusammen, als hätte er ein schlechtes Gewissen. Er war höchstens Ende zwanzig, hatte eine beneidenswert glatte Haut und unschuldige graugrüne Augen. Die richtete er nun direkt auf sie. »Was heißt schon kennen … Ich hab meine Schwester mal zur Frau Hirschfeld gefahren und dann die Sachen hochgeschleppt. Die Dame residiert ja dort im ersten Stock. Sorry, wohnte.« Er wurde rot.

»Sie wohnt immer noch dort, sie ist nur gerade nicht da«, stellte Sandra klar. »Was für Sachen haben Sie denn hochschleppen müssen?«

»Meine Schwester ist Fußpflegerin hier in Viechtach. Einmal im Monat hat sie die Frau Hirschfeld besucht. Ich wohne ja eigentlich in Straubing, aber da war ich zufällig mal daheim und habe ihr geholfen, das Zeug hochzutragen. Das war vor etwa drei Wochen. Die Fußwanne, die Handtücher und das Pediküreset. Was halt so dazugehört.«

»Und wieso weiß ich nichts davon?«

»Diese Frage kann ich Ihnen nicht beantworten, Frau Falk. Ich bin zur Hausdurchsuchung abkommandiert. Zu nichts anderem.«

»Dürfte ich bitte die Telefonnummer Ihrer Schwester haben?«

Fritz Loibl zauberte aus seiner Uniformjacke wie selbstverständlich ein Visitenkärtchen hervor. »Die Liesl ist aber jetzt nicht daheim. Die geht freitags immer schon um sieben Uhr in der Früh ins Elisabethenheim.« Er hatte tatsächlich sogar deren Termine im Kopf. Das schien ja eine enge Bindung zu sein.

Unbeeindruckt davon wählte Sandra Liesl Loibls Handynummer. Die meldete sich sofort.

»Ja, gegen zehn kann ich bei Ihnen sein. Andernfalls muss ich alle Termine hier im Seniorenheim canceln. Meinen Sie, das passt noch? Bin ja eh schon grad um die Ecke, und wenn ich über die Wiese lauf, bin ich in zwei Minuten dort. Gell, das schaffen wir doch, Herr Haberl? Was meinen Sie?« Sandra vernahm ein heiseres »Ja« und dann ein anfallartiges Husten. Der Patient, den Liesl gerade behandelte, schien ihr zuzustimmen.

»Dann erwarte ich Sie gegen zehn hier auf der Dienststelle!«

»Worum geht es denn genau?«

Sandra fragte sich, ob Liesl Loibl tatsächlich noch nichts von der Entführung ihrer Klientin wusste oder ob sie sich absichtlich dumm stellte. Sie hätte darauf wetten können, dass inzwischen jeder in Viechtach von Frau Hirschfelds Verschwinden wusste.

»Es geht um eine Zeugenbefragung. Den entscheidenden Tipp dazu habe ich von Ihrem Bruder Fritz bekommen, der übrigens gerade bei mir ist.«

»Kann ich den Fritz mal kurz sprechen?«

»Nein.« Sandra legte auf.

Fritz Loibl saß ihr gegenüber und betrachtete seine Hände. Ungewöhnlich gepflegt waren die und glänzten seidig. Die Fingernägel waren rund geschnitten und offensichtlich auch gefeilt, die Nagelhaut über dem Nagelmond zurückgeschoben. Sandra stellte sich vor, dass die fußpflegende Schwester sich mit all ihren Cremes, Ölen und Tinkturen auch um die Hände ihres Bruders kümmerte.

Tatsächlich hätte der junge Mann sich mit diesen Händen für Werbefotos anbieten können. Offenbar war er noch unverheiratet. Zumindest trug er keinen Ring.

Sie seufzte. Woher kamen ihr nur immer solche dummen Gedanken! Manfred, ihr früherer Liebhaber, verheirateter Familienvater und Erzeuger von Zwillingen, hatte auch schöne Hände gehabt.

Sandra riss sich zusammen. »Wie hat Frau Hirschfeld auf Sie gewirkt? Beschreiben Sie doch einfach mal die Begegnung, welche Gefühle hatten Sie, als Sie die Kranke sahen? Was empfanden Sie dabei?«

»Die hat meine Schwester angeschnauzt, daran erinnere ich mich noch. Nur weil Liesl an dem Tag fünf Minuten zu spät dran war.« Seine Stimme kippte vor Empörung. »Eine, die alle Zeit der Welt hat, darf doch nicht so radikal über die Zeit der anderen verfügen.« Dieser Satz hörte sich an, als habe er ihn schon des Öfteren ausgesprochen.

»Ihre Schwester kam also zu spät«, stellte Sandra fest.

»Ja, und die da in ihrem Krankenbett tobte rum, als seien gleich mehrere Katastrophen zugleich geschehen.«

»Wie sah sie aus? Frau Hirschfeld?«

»Nicht so wie auf dem Foto, das Sie uns gezeigt haben.« Fritz Loibl seufzte nachdenklich. »Fotos lügen.«

Sandra, die keine Lust hatte, über die Glaubwürdigkeit von Fotos zu diskutieren, hakte nach: »Was war anders?«

»Na ja, dürr war sie wie ein Knochengerüst. Und das Gesicht war vor Wut verzerrt. Und ganz viele Falten hat die gehabt. Wenn sie nicht bettlägerig gewesen wäre, hätte sie meine Schwester vielleicht sogar verprügelt.«

»Nur wegen fünf Minuten?«

»Eben, das ist ja das Komische.«

Sie sahen sich an. In genau diesem Moment klingelte das Telefon.

»Hier ist Max.«

»Was ist?« Sandra klang unwillig.

»Die Cora hat was gefunden.«

Sandra verdrehte die Augen. »Und was?«

»Schaut aus wie eine Handyabdeckung. Es könnte zum Telefon der Vermissten gehören.«

»Ich hoffe, du hast eine Plastiktüte dabei, um nicht alle Spuren zu verwischen. Am besten bringst du das Ding gleich in die Kriminaltechnik.«

»Mach ich. Und danach komm ich bei dir vorbei. Hier bei den Hausdurchsuchungen ist für mich eh nichts mehr zu tun.«

»Und die Kollegen? Haben die was entdeckt?«

»Bis jetzt noch nichts, und die sind schon so gut wie durch. Wir haben alles im Griff, bloß gefunden haben wir nichts.«

»Okay, dann komm her.«

»Wenn so eine Abdeckung verloren geht, macht das nichts«, behauptete Fritz Loibl. Offensichtlich hatte Polizeimeister Deffner so laut gesprochen, dass Sandras Besucher jedes Wort mithören konnte. »Das Handy wird trotzdem weiter funktionieren.«

»Wenn sie sich nur endlich mit dem Ding irgendwo einloggen würde – dann könnten wir es orten und Frau Hirschfeld hoffentlich auch.«

»Wir werden halt immer abhängiger von der Technik.«

Sie sah ihn lange an. Was für ein langweiliger Besserwisser mit alltäglichen Erkenntnissen. Und zu sagen hatte er ihr auch nichts. Ausgerechnet jetzt, wo sie Zeit gehabt hätte.

»Die kommen dort drüben auch gut ohne Sie klar«, behauptete Sandra nun und bemerkte mit klammheimlicher Freude, dass sie Fritz Loibl damit kränkte. »Wollen Sie hier auf Ihre Kollegen warten? Ich überprüfe inzwischen meinen Posteingang.«

»Ich warte hier auf meine Schwester«, stellte er klar und fuhr sich mit seinen Vorzeigefingern durch das dunkelblonde Haar.

»Wie Sie meinen.« Sandra hatte das Interesse an diesem Schönling verloren. Der wusste tatsächlich nichts, der hatte noch nicht gelernt, richtig hinzuschauen.

Sie trat an ihren Schreibtisch und checkte ihre Mails. Theresa Wotzinger hatte heute früh um 6:57 Uhr eine Nachricht auf den Weg gebracht. Also noch eine, die schlecht geschlafen hat, dachte Sandra und fühlte sich nicht mehr ganz so allein.

Die Freisinger Studienrätin hatte ein paar Informationen zu Roswitha Hirschfeld zusammengetragen, aber insgesamt eigentlich eher Nichtssagendes. Sandra beschloss, trotzdem an der Wotzinger dranzubleiben.

Währenddessen betrachtete der Kollege auf dem Besucherstuhl seine perfekten Hände. Vermutlich standen die im Mittelpunkt seines Interesses. Sandra schalt sich für diesen abfälligen Gedanken.

Gottfried hatte ihr eine SMS geschickt: *Frühstücken wir zusammen?* Die Nachricht war inzwischen schon eine halbe Stunde alt. Es hatte etwas Frivoles, diese Botschaft jetzt und in dieser Situation zu lesen. Als wären sie ein Paar, das seine Beziehung vor Dritten verstecken musste. Franziska schüttelte sich. Ob ihr Mann Christian zu Zeiten, als er im gleichen Hotel wie seine Geliebte Angelika abgestiegen war, auch solche Notizen verschickt hatte? Na ja, das hatten die beiden jetzt ja wohl nicht mehr nötig.

Um sich wenigstens ein bisschen besser zu fühlen, dachte sie sich ihren Mann in ein bieder eingerichtetes Zimmer und vor eine Tapete, die ein orange-lilafarbenes Streifenmuster trug. Ihm gegenüber setzte sie diese geschmacklose Angelika, in einem mit rosa Röschen übersäten knielangen Morgenmantel, glänzende Fettcreme auf Wangen und Stirn und mit Lockenwicklern im Haar. Sie ließ kein Klischee aus, verpasste der Rivalin noch einige entzündete Pickel auf Nase und Kinn, schminkte sich selbst dagegen dezent und verließ die Ferienwohnung, um bei Gottfried Hirschfeld anzuklopfen.

Im Flur roch es nach frisch aufgebrühtem Kaffee und dem obligatorischen Zigarettenrauch. Er hatte vermutlich schon eine halbe Schachtel weggequalmt. Zum ersten Mal nach ihrem Einzug vor zwei Tagen war die Tür zum Krankenzimmer geschlossen. Und irgendwie hatte das für Franziska etwas Endgültiges, als sei Roswitha tatsächlich für immer gegangen, als würde sie nun nicht mehr erwartet, zumindest nicht hier, nicht an diesem Ort. Sie war sich im Klaren darüber, dass dies ein Gefühl und keine rationale Überlegung war. Dennoch irritierend.

Gab es schlechte Nachrichten?

Er öffnete ihr mit einer Zigarette im Mundwinkel. »Ich wollte dich nicht wecken. Schön, dass du jetzt da bist.« Einladend wies er auf den gedeckten Tisch.

Es war neun Uhr morgens. Sie sah ihn an. Er wirkte entspannter als gestern, ausgeruhter.

»Gibt es schon was Neues?«

»Nein. Kaffee, Tee, heiße Milch, Kakao?«

Als säßen sie wie ein ganz normales Paar an einem

ganz normalen Tag an einem ganz normalen Frühstückstisch.

»Kaffee bitte«, sagte sie.

»Heute früh wollten die doch in alle Häuser gehen, aus denen die SMS an mich geschickt worden sein könnte. Meinst du, die sind schon unterwegs?«

Franziska hob die Augenbrauen. »Die haben spätestens um sieben Uhr angefangen. Vermutlich sind sie sogar schon zurück.«

»Dann werden wir sicher gleich erfahren, wo sie steckt.« Er klang hoffnungsfroh.

»Es gibt genau zwei Möglichkeiten.« Die als fürsorgliche Schwester auftretende Kommissarin suchte seinen Blick. »Entweder war sie dort und man hat sie bereits gefunden und ins Krankenhaus gebracht oder sie ist niemals dort gewesen.«

»Wenn der Simbacher seinen Hund mitnimmt, dann riecht der doch, ob sie da war, und vor allen Dingen, wo. Vielleicht findet der sie sogar.« Gottfried schien von dem Hund große Stücke zu halten.

Franziska schnitt eine Semmel auf und bestrich beide Hälften mit Butter. Sie unterhielten sich mit einer so vertrauten Selbstverständlichkeit über die verschwundene Roswitha, als ginge es nicht um Angst und Sorge oder gar Leben und Tod, sondern lediglich darum, ob sie heute einen Pullover oder eine Jacke tragen sollte. Irgendetwas stimmte nicht.

Dennoch ließ sie sich von seinem angenehmen Plauderton einwickeln und fühlte sich wie eine Lügnerin, als sie zu bedenken gab: »Möglicherweise war auch nur das Handy in einem dieser Häuser. Dann wird Burschi keine Witterung aufnehmen können. Wenn er überhaupt dabei ist.«

Gottfried schwieg, schenkte sich und ihr Kaffee ein und leerte seinen Aschenbecher. »Aber irgendwie muss es doch weitergehen. Das ist doch kein Zustand!«, sagte er. »Und wenn sie nun schon gestorben ist?« Das klang eher nach einer Feststellung, weniger wie eine Klage.

Franziska dachte an die verschlossene Tür des Krankenzimmers. Wusste Gottfried mehr, als er ihr sagte? Sie kniff die Augen zusammen und beobachtete ihn sehr genau. »Erzähl mir von ihr. Wie habt ihr euch kennengelernt? Wie war sie vor diesem Unfall?«

Er schnaufte. »Das tut doch nichts zur Sache.«

»Und wenn es jemand aus ihrer Vergangenheit ist, der nun plötzlich auftaucht, um sie zu entführen?«

»Ja klar, sie hatte ihre Freunde. Damals.« Er drückte seine Zigarette aus. »Aber sie ist nicht mehr die, die sie mal war. Schon lange nicht mehr.«

»Und wie war sie?«

»Anders.«

»Damit kann ich wenig anfangen.«

»Ich will nicht darüber reden.« Er klang plötzlich hart.

»Wie du meinst.« Sie packte Käse und Wurst in gläserne Frischhaltedosen und schob alles in den Kühlschrank. Währenddessen stand er hinter ihr. Sie spürte seinen Blick in ihrem Rücken und registrierte ein beunruhigendes Frösteln. Was war nur los? Sah sie etwa Gespenster, weil sie zu lange über Christian und seine Geliebte nachgedacht hatte, oder war tatsächlich in den letzten paar Minuten etwas Ungutes zwischen sie und Gottfried getreten?

Es ärgerte sie, dass er nicht mehr so verzweifelt war wie am Vortag. Hatte er sich hinter ihrem Rücken und an der Polizei vorbei mit Roswithas Entführern geeinigt, hatte er möglicherweise dabei unbewusst oder gar wissentlich den

Tod seiner Frau in Kauf genommen? Er erschien ihr an diesem Freitagmorgen ein bisschen zu entspannt und zugleich überheblich.

Während sie noch darüber nachdachte und nach einer unverfänglichen Formulierung einer Fangfrage suchte, klingelte es.

Gottfried trat ans Fenster. »Der Suchhund ist da.«

»Allein oder mit seinem Herrchen?«

»Benedikt Simbacher ist auch dabei.«

Der Schrotthändler drückte auf den Türöffner, beugte sich über das Treppengeländer und rief: »Habt ihr sie gefunden?«

»Naa, immer no ned. Is Ihre Schwester da?«

10. Kapitel

Er sah ausgeruhter aus als gestern. Oder bildete sie sich das nur ein? Zumindest waren die Schatten unter seinen Augen nicht mehr ganz so dunkel.

»Grüß Gott, Frau Hausmann«, begrüßte er sie förmlich und reichte ihr die Hand.

Sein Hund umrundete sie beide, als müsse er einen magischen Kreis um sie ziehen.

»Ihr habt also nichts gefunden?«, stellte Gottfried fest.

Benedikt nickte und suchte im gleichen Augenblick nach Trost: »In dene Wohnungen, wo i war, hamma koane Spuren g'funden, ned amoi den kloansten Hinweis. Und i bin mit dem Burschi durch jede oanzelne Wohnung ganga. Die Kollegen kämmen dennoch zusätzlich Zimmer für Zimmer durch. Und die machen des wirklich gründlich. Jetzt san s' grad beim letzten Haus. Wenn sie mit dem durch san, hamma in alle Räume, vo wo aus ma sich wie auch immer über den Hotspot der Klinik ins Netz loggen kann, einig'schaut. Technisch kenn ich mi da ned so guad aus. Mit den Bewohnern übrigens hob i scho g'sprochn. Die san total empört, weil man sie verdächtigt. Oaner war mir fast an die Gurgel ganga, Bluatssakra. Mei G'fühl und aa mei g'sunder Menschenverstand sogn mir, dass die alle vo nix wissen. Weder von Ihrer Frau noch von oaner Straftat. Aber ma woaß ja nie ned. Kannt ja sei, dass a Fremder was bei dene im Keller varsteckt hod, ohne dass die Hausbesitzer davo was g'merkt ham.« Er holte nach dieser langen Rede erst einmal tief Luft.

Zweifelnd betrachtete Gottfried den Hund. »Der hat auch nichts gefunden?«

»Wir haben ihn in jedes Haus geschickt und Witterung aufnehmen lassen. Nichts. Ich hob extra des Nachthemd vo Ihrer Frau mitg'nommen, was Sie mir geb'n hobn, und der Burschi ist wirklich guad beim Spurenverfolgen, mir trainiern des ja allerweil.« Uff, schon wieder so eine lange Rede.

»Kann der Hund sich auch mal irren?« Gottfrieds Stimme klang so, als wünsche er sich nichts sehnlicher als ein Ja.

Benedikt Simbacher schüttelte den Kopf. »Naa. Nia ned!«

Franziska sah von einem zum anderen. »Diese Spur war also keine. Wir müssen wohl einen neuen Ansatz finden.«

»Aber welchen?« Benedikt Simbacher hob die Schultern.

Franziska wandte sich an Gottfried: »War heute was in der Post?«

»Elektronisch nicht.«

»Und haptisch, also zum Anfassen?«

»Ich geh mal zum Briefkasten.«

»Warte.« Sie zog ein Paar Latexhandschuhe aus ihrer Jackentasche. »So vermeiden wir Fingerabdrücke.«

»Wenn überhaupt was da ist.« Er klang nicht gerade zuversichtlich, und während er die Treppe hinunterschlich, sahen Franziska, Benedikt und auch Burschi ihm aufmerksam nach.

»Wie lange kennen Sie ihn eigentlich schon?«, fragte Franziska.

Benedikt zog die Stirn kraus und dachte nach. »Der is vor zwölf Jahren hergezogen, und i bin oaner vo seine ersten Kunden g'wesn.« Als müsse er sich rechtfertigen, schob er ein: »Man braucht ja wirklich nicht immer wos Neues. Des Oide muss aa weiter, und oft is des no pfenningguad.«

»Und er hat von Anfang an mit Gebrauchtwaren gehandelt?«

»Ja, nach diesem Grundstück hier hod er übrigens recht lang g'suacht. Des hod er amoi g'sagt. Er wollt oans mit einem großen Lagerplatz und am besten am Fluss. I hob alte Pflastersteine von eahm gekauft und die vor meiner Garagenzufahrt verlegt. Das Muster dazu hab ich mir selber ausgedacht.« Es klang, als plane er, die Kommissarin zur Besichtigung dieses Kunstwerks einzuladen.

»Wissen Sie, was Gottfried davor gemacht hat?«

»Vor wos?«

»Bevor er hierherzog und diesen Laden eröffnete.«

Benedikt schüttelte den Kopf. »Naa. I hob koa Ahnung ned.«

Franziska beugte sich ihm zu und flüsterte: »Wissen Sie, wenn ich mit ihm über die Vergangenheit reden will, weicht er mir aus. Da stimmt was nicht. Ich habe da ein komisches Gefühl.«

Da Burschi mit dem Schwanz wedelte und Benedikt der Intuition seines Hundes voll vertraute, nickte er bestätigend und flüsterte zurück: »Is des der neue Ansatz?«

»Exakt.«

Gemeinsam beobachteten sie vom Flurfenster des ersten Stockwerks aus, wie Gottfried den Briefkasten öffnete und wieder schloss. Er war leer. Auf der Fensterbank im Korridor waren Brandflecken. Wie viele Zigaretten mochte Gottfried hier ausgedrückt haben?

Mit hängenden Schultern und demonstrativ ausgebreiteten Händen lief der Schrotthändler über seinen Hof und stieg dann Stufe um Stufe die Treppe herauf. »Das war's dann wohl.«

»Ma derf die Hoffnung nia aufgebn!« Benedikt legte ihm tröstend eine Hand auf die Schulter. Gottfried schüttelte ihn ab, schluckte und suchte in der Hemdtasche unter seinem Pullover nach Zigaretten. Nachdem er einen tiefen Zug genommen hatte, räusperte er sich und verkündete mit dünner Stimme: »Ich glaube nicht mehr dran, dass sie zurückkommt. Ich gebe auf. Ich kann nicht mehr warten.«

»Solang wie mir nix Genaues wissen, is no ois möglich«, verkündete Benedikt im Ton eines Predigers.

Franziska wandte sich ab, ging in die Küche und räumte die Spülmaschine ein. Sie verhielt sich wie eine Hausfrau und fürsorgliche Schwester – in was für eine Rolle war sie da geschlüpft?

»Ich habe gleich einen Termin bei Frau Zinnöcker«, sagte sie zu den beiden Männern und wandte sich dann an Benedikt: »Hätten Sie Lust, mich dorthin zu begleiten? Sie kennen doch den Weg.«

Fragend wandte der sich an Gottfried Hirschfeld: »Konn i Sie alloa lassn?«

Der verwaiste Ehemann blies dem Polizeihauptmeister eine dicke Rauchwolke ins Gesicht. »Klar, im Alleinsein kenne ich mich aus. Wenigstens darin!«

»Natürlich kenne ich den Weg, so groß ist Viechtach ja nun auch nicht«, gestand Franziska, als Benedikt und der Hund sie begleiteten. »Mein Vorschlag ist, dass wir uns genau anschauen, was da zwischen den Hirschfelds in den letzten Jahrzehnten passiert ist. Insbesondere vor dem Unfall. Reden Sie bitte auch mit Sandra darüber?«

»Ja, wenn mir überhaupts weiterkemma woll'n, dann so. Der Hirschfeld sollt ned so schnell aufgeb'n. Mir finden die doch, oder?«

»Bestimmt finden wir die.« Aber ganz sicher war Franziska sich nun nicht mehr.

Lioba Zinnöcker erwies sich als eine überaus patente Frau, die mit beiden Beinen fest im Leben stand. Franziska schätzte sie auf Mitte vierzig, an der rechten Hand trug die Psychologin einen breiten Ehering sowie einen Vorsteckring mit einem Brillanten von mindestens einem Karat. Entweder hatte sie einen gut verdienenden Mann oder ihre Praxis lief bestens. Oder es war gar kein Brillant. Die zwei Buben, die im Garten der Psychotherapeutin spielten, waren schätzungsweise zehn oder elf Jahre alt und vermutlich Zwillinge, auch wenn sie sich nicht ähnlich sahen. Heile Welt!, dachte Franziska voller Neid.

»Korbinian, Maximilian, ihr müsst jetzt in die Schule!« Lioba Zinnöcker lächelte Franziska an. »Es ist immer das Gleiche. Sie wollen einfach geschickt werden. Na ja, solange es nur das ist. Heute sind die ersten zwei Stunden ausgefallen – auch Lehrer werden mal krank.« Sie wandte sich an ihre Söhne: »Also, holt eure Schulranzen und verschwindet. Es ist schon halb zehn.« Sie reichte Franziska die Hand, wandte sich auf dem Absatz um und rief: »Ich bin sofort für Sie da.«

»Ist schon gut.« Die Kommissarin sah Benedikt Simbacher und dessen Hund nach, die in erhabener Eintracht die Straße hinuntertrotteten.

Aus dem Haus hörte Franziska fürsorgliche Fragen nach Brotzeit, Wasserflaschen und gewaschenen Äpfeln.

Als sie, Franziska, zur Schule ging, hatte sich niemand nach solchen Nebensächlichkeiten erkundigt. Nur wenn sie aus der Schule kam, hatten die Eltern wissen wollen, ob eine Arbeit geschrieben oder Noten verteilt worden waren. Franziska wunderte sich, dass gerade jetzt diese Erinnerungen hochkamen und sie traurig machten. Lag es daran, dass auch sie gern von einer Mutter wie Lioba Zinnöcker versorgt worden wäre? Oder zumindest später von einem Mann, der sich fürsorglich um sie kümmerte?

Doch weder Benno, ihre erste große Liebe, noch ihr jetzt verschwundener Ehemann Christian waren auch nur ansatzweise dieser Rolle gerecht geworden. Vermutlich wirkte sie nicht wirklich bedürftig. Ob Christian sich nun liebevoll um seine Freundin kümmerte? Die nämlich sah so aus, als habe sie es bitter nötig!

Franziska stellte fest, dass sie den beiden schwarz verbrannte Toastscheiben, angekokelte Spiegeleier und einen viel zu dünnen Kaffee wünschte, dazu Messer, die nicht schnitten, und Teller, die zerbarsten. Richtig schlecht sollten die zwei es miteinander haben. Diese bösen Gedanken taten ihr gut. Sie seufzte.

»So, da bin ich wieder.« Lioba Zinnöcker hatte ihre beiden Buben auf den Weg gebracht und bat Franziska nun in ihr Sprechzimmer. »Sie wollen mit mir über Frau Hirschfeld sprechen? Warum?«

Franziska legte ihre Polizeimarke und den Ausweis auf den Tisch. »Ich ermittle sozusagen undercover, offiziell bin ich die Schwester des Herrn Hirschfeld. So kann ich ganz in seiner Nähe sein und jederzeit reagieren.«

»Der arme Gottfried.«

»Ja, er macht sich große Sorgen.«

»Haben Sie schon irgendwas herausgefunden, oder gibt es bereits irgendeinen konkreten Hinweis, wo Roswitha Hirschfeld sein könnte?«

Franziska schüttelte den Kopf.

Lioba nickte nachdenklich. »Wer entführt denn eine schwerbehinderte Frau? Das kann doch nur ein Verrückter sein!«

»Oder jemand, dem es egal ist, ob sie das überlebt oder nicht. Weil es ihm oder ihr nur um das Geld geht, von dem Roswitha wohl mehr als genug hat.« Franziska sah sie nachdenklich an.

Lioba Zinnöcker räusperte sich. »Aber wie kann ich in diesem Fall konkret helfen? Wollen Sie etwa, dass ich mich als Profilerin betätige?«

»Sie haben Frau Hirschfeld mal behandelt. Sie kennen sie«, stellte Franziska fest.

»Ach je, das ist lange her, und es war ein Desaster.« Lioba Zinnöcker schien sich nicht gern an diese alte Sache erinnern zu wollen. »Ich bin gescheitert. Wissen Sie, man kann jemanden nur dann heilen, wenn er auch geheilt werden will. Und man kann nur dann mit jemandem reden, wenn sie oder er sich darauf einlässt. Beides war mit Roswitha Hirschfeld nicht möglich. Wir haben die Therapie abgebrochen. Sie hat mich zu viel Kraft gekostet und niemandem was gebracht. Außerdem war ich da gerade schwanger und daher dünnhäutiger und verletzbarer als sonst.«

»Das kann ich gut nachvollziehen. Wenn sich gar nichts weiterentwickelt und man das Gefühl hat, auf der Stelle zu treten, gibt man irgendwann auf. Wissen Sie, ich wohne ja jetzt schon seit zwei Tagen bei Herrn Hirschfeld – und unter uns, mir geht es genauso. Nichts passiert, nichts geht voran, keine neuen Erkenntnisse, und ich habe immer mehr den Eindruck, dass mir und auch meinen Kollegen von der Polizei einiges vorenthalten wird. Etwas, das schon sehr, sehr lange zurückliegt.«

»Da könnte was dran sein. Mir ist auch aufgefallen, dass Frau Hirschfeld nie von früher erzählen wollte. Nur von ihrer leidvollen Gegenwart. Sie hatte im Übrigen auch keine Vorstellungen, wie ihre Zukunft aussehen könnte. Sie breitete ihr Elend vor mir aus, und ich durfte es betrachten und begutachten und – das klingt nun zynisch – auch bewundern. Was ich nicht durfte, war, ihr Wege aufzuzeigen, damit es ihr besser ging.«

»Soll das heißen, dass sie sich als Kranke wohlgefühlt hat?«

Die Psychotherapeutin hob die Schultern. »Nein, das nicht, aber sie hat sich mit ihrer Situation arrangiert und gar nicht erst versucht, neue Perspektiven zu entwickeln.«

»Wie erklären Sie sich das?«

»Sie hatte sich aufgegeben. Sie definierte sich selbst ja vor allem über ihre Klagen, und damit hatte sie ihren Mann ziemlich gut im Griff. Der lief immer rum wie ein geprügelter Hund. Als trage er die Schuld an allem. Die beiden sind ein perfekt funktionierendes System. Wie geht es Gottfried Hirschfeld eigentlich jetzt? Kommt er mit der Situation klar?«

»Schwer zu sagen. Vielleicht braucht er sogar psychologische Hilfe.«

»Nicht von mir!«, sagte Lioba Zinnöcker ein bisschen zu schnell und blickte zur Seite.

»Und mir zwei recherchiern jetzt den Hirschfelds ihre Vergangenheit. Oaner muss des ja macha!«, murmelte Benedikt seinem Burschi zu, während er auf dem Weg zur Polizeiinspektion war. Ganz wohl fühlte er sich dabei nicht. Immerhin war der Gebrauchtwarenhändler Gottfried Hirschfeld ein guter Bekannter von ihm, der ihm als Erstes seine Schnäppchen anbot. So war Benedikt zu einem Aufsitzrasenmäher, einem Hochdruckreiniger und einem Gartenhäcksler gekommen – alles Dinge, die er eigentlich nicht brauchte, aber dennoch in seinem – sehr überschaubaren – Garten benutzte. Nun beschwichtigte er sein schlechtes Gewissen mit dem Gedanken, dass es ja vor allem Roswithas Vergangenheit war, um die es ging. Sie war der dunkle Fleck, den es aufzuhellen galt.

»Woaßt, Burschi«, wandte er sich wieder an seinen vierbeinigen Begleiter. »Mir wer'n heit Innendienst machn und recherchiern. Wir recherchiern und kombiniern.« Benedikt war fasziniert von Worten, die auf »ieren« endeten. Die hörten sich kompetent und bedeutsam an. Und jene Aufgabe, die Franziska Hausmann ihm übertragen hatte, war außerordentlich bedeutsam.

Zu gern hätte er mit Sandra darüber gesprochen, aber die saß immer noch im Nebenraum und redete mit einem jener Burschen, die für die Hausdurchsuchung aus Straubing angefordert worden waren. Die Glastür zu diesem Zimmer war fest verschlossen. Es schien sich um ein ernstes Gespräch zu handeln, denn beide saßen sich mit konzentrierter Miene gegenüber.

Benedikt klopfte gegen die Scheibe und gab der aufblickenden Sandra mit einem Handzeichen zu verstehen, dass er wieder da sei und vorerst im Dienstraum bleiben werde.

Es war zehn Uhr vormittags. Er fuhr seinen Computer hoch und fragte sich, ob Franziska Hausmann bei der Psychologin weiterkommen würde. Vielleicht fischte sie sogar Informationen aus der Vergangenheit hervor, die würde er dann mit seinen Fakten kombinieren. Dabei stellte er sich die beiden Frauen vor einem trüben Tümpel vor, jede mit einem Kescher in der Hand, die sich über die schlammverkrusteten Teile austauschten, die sie da an Land gezogen hatten und die nur schwer zu deuten waren. Relikte aus Roswithas Vergangenheit.

Je länger er darüber nachdachte, umso klarer wurde ihm, dass Gottfried Hirschfelds Frau, die von so gut wie niemandem in Viechtach je gesehen worden war, nicht umsonst hier lebte. Die hatte sich hier versteckt. Mein lieber Schwan, da waren sie ja an etwas ganz Großem dran.

Er öffnete das Polizeiarchiv und loggte sich mit dem Dienststellenpasswort in die Bayerische Kriminalstatistik ein. Angesichts der Datenmenge erschrak er fast ein wenig vor der Aufgabe, die nun vor ihm lag: Allein im vergangenen Jahr waren annähernd vierhunderttausend Straftaten erfasst und bearbeitet worden. Und zwar nur in Bayern! Wie weit sollte er zurückgehen? Der Hirschfeld und seine Frau waren direkt nach ihrem Unfall vor zwölf Jahren nach Viechtach gezogen. Sollte Roswitha wegen irgendeiner Sache ermittlungstechnisch erfasst worden sein, dann sicher vor ihrem Unfall und dem anschließenden Umzug. Bestimmt waren die Ermittlungen an ihrem damaligen Wohnort eingeleitet worden.

So gesehen müsste Benedikt, vom Zeitpunkt des Umzugs der beiden nach Viechtach aus gesehen, zehn Jahre zurückgehen – oder doch lieber zwanzig?

Ihm trat der Schweiß auf die Stirn. Dieses Recherchieren könnte Monate dauern, und zudem arbeitete er dabei gegen die Zeit. Stöhnend beugte er sich zu seinem Burschi, der friedlich unter dem Schreibtisch lag. »Da is wieder a Nachtschicht fällig. Rechne mit dem Schlimmsten! A eignes Bett gibt's die nächsten vierundzwanzig Stunden ned. Auf koan Fall für mi!«

»Ja, muss ich denn alles allein machen?« Max Deffner stampfte mitten in der Dienststelle mit seinen Schnürstiefeln auf und wies auf Sandra, die sich hinter der Glastür mit einem Kollegen unterhielt. »Ich koordiniere die Hausdurchsuchungen und sorg dafür, dass alles nach Plan läuft, und ihr hockt gemütlich in der Stube und trinkt einen Kaffee miteinander, und du spielst wahrscheinlich auch noch ein Computerspiel! Das ist doch nicht zu fassen! Als hätten wir nichts zu tun!«

Benedikt, der im Gegensatz zu Max Deffner niemals am Computer spielte, verdrehte die Augen und fragte, obwohl er es ganz genau wusste: »Wo kimmst eigentlich jetzt her?«

»Was für eine Frage! Von den Häusern natürlich, die wir durchsucht haben.«

»Ihr habts akkurat bis jetzt g'sucht? Habts denn wenigstens irgendoan Anhaltspunkt g'fundn?« Das war eine überflüssige Frage, aber Benedikt wollte Zeit gewinnen.

»Nein, natürlich nicht! Ich hätte es dir schon gesagt. Aber warum bist du eigentlich so schnell verschwunden? Da waren wir doch noch gar nicht durch mit allen Häusern.«

»Mir san da z' vui Leit rumg'standn, die verwischn die Spuren mehr, als dass sie welche finden«, behauptete Benedikt, und das entsprach sogar der Wahrheit. »Wo san denn jetzt die anderen?«

»Die sitzen draußen im Bus und warten auf einen, der noch fehlt und der offenbar auch gar nicht bei der Durchsuchung dabei gewesen ist. Der kriegt sicher Ärger, wenn er wieder auftaucht. Sobald er da ist, fahren sie alle zusammen nach Straubing zurück.« Max stutzte und wies auf die Glastür: »Ist das vielleicht der Kollege, auf den die warten?«

Benedikt hob die Schultern. Er kannte den Fremden

nicht. Aber da der Mann eine Uniform trug, lag diese Vermutung auf der Hand.

»Weißt was?« Benedikt beschloss, den jungen Kollegen in seine Überlegungen mit einzubeziehen. »Mir glauben, dass mit der Hirschfeld was ned g'stimmt hod. Die hod sich damals vielleicht do in Viechtach vasteckt.«

Max starrte ihn an. »Echt? Ich glaub's ja nicht.«

»Wenn i 's dir sog!«

»Und wer is ›wir‹?«

»Die Frau Hausmann und ich.«

»Die Schwester von dem Hirschfeld? Jetzt sag ich dir mal was. Die hat die Frau von ihrem Bruder garantiert nicht gemocht. Das kenn ich aus unserer Verwandtschaft. Spinnefeind. Total über Kreuz sind die Frauen miteinander. Die Hausmann behauptet das nur, damit sie Zeit gewinnt. Mich würde es gar nicht wundern, wenn die selber ihre Schwägerin hätte verschwinden lassen!«

Benedikt hätte seinen Kollegen wegen dieser Unterstellung gerne zurechtgewiesen. So sprach man nicht über Hauptkommissarinnen – aber Max wusste ja nicht, dass Franziska inkognito ermittelte. Und wenn er es sich so recht überlegte, war das auch gut so. Vor allem unter diesen Umständen und bei diesen Vorurteilen.

Bevor er zu einer angemessenen Antwort ausholen konnte, klopfte es an die Tür.

»Wer ist jetzt das? Da geht's ja heute zu wie in einem Taubenschlag!« Max Deffner legte auf die gleiche Art und Weise seine Stirn in Falten, wie es auch seine Boxerhündin Cora zu tun pflegte. Da Cora jetzt nicht bellte, konnte nur jemand anderer als Lydia vor der Tür stehen, die grundsätzlich nicht klopfte und schließlich auch einen Schlüssel gehabt hätte.

»Mir san a öffentliche Behörde«, sagte Benedikt, der noch auf irgendeine Art und Weise etwas Belehrendes an seinen jungen Kollegen loswerden musste. »A jeder, der uns was zum sag'n hod, derf und sollt zu uns kemma.«

Max Deffner nickte und rief lauthals: »Herein!«

Und dann geschah das Wunder.

Die Frau, die um kurz nach zehn die Polizeiinspektion betrat, hätte eine Ärztin sein können. Weiße Schuhe, weiße Jeans, ein weißer Kittel und darunter ein weißer Rollkragenpullover.

»Frau Falk hat mich herbestellt«, erklärte sie. Dann winkte sie durch die offene Tür des Besprechungszimmers. »Da ist ja auch mein Bruder!«

»Liesl, du bist aber schnell!« Der junge Kollege aus Straubing sprang beim Anblick seiner Schwester auf und kam in das Großraumbüro.

»Hast du was ausgefressen?« Sie klang besorgt, und es hatte den Anschein, als fühle sie sich immer noch für ihren Bruder verantwortlich.

»Natürlich nicht! Ich bin doch selbst bei der Polizei.«

Während Max Deffner mit offenem Mund dasaß, ging Sandra auf die junge Frau zu. »Ihr Bruder hat mir verraten, dass Sie Frau Hirschfeld kennen. Sie gehörte auch zu Ihren Kundinnen. Wie oft haben Sie sie besucht?«

»Einmal im Monat. Nägel schneiden und Fußreflexzonenmassage.«

»Wann zuletzt?«

»Vor etwa drei Wochen. Stimmt es, dass sie entführt wurde? Es wird ja so viel geredet.«

Sandra nickte. »Haben Sie mit jemandem aus Viechtach über Ihre Kundin gesprochen?«

»Nein, mit niemandem. Erstens spreche ich grundsätzlich nicht über meine Kundschaft, und zweitens gab es über Frau Hirschfeld nichts zu sagen.«

»Jetzt kommen Sie erst mal herein.« Sandra bat die junge Frau ins Besprechungszimmer und schloss die Glastür hinter sich und den Geschwistern Loibl.

Für den Polizeimeister Max Deffner hatte es bisher genau zwei Arten von Frauen gegeben. Solche, mit denen man auskam und an deren Seite man eher schlecht als recht durchs Leben ging, und die anderen. Zur ersten Kategorie gehörten seine Mutter, seine Freundin Sabine, die einmal in der Woche zu ihm kam, mit ihm stritt und dennoch mit ihm das Bett teilte, sowie Sandra Falk. Zur zweiten Art gehörten Frauen vom Kaliber Lydia Hobmaier und andere unerträgliche Drachen.

Beim Anblick der weiß gekleideten jungen Frau hatte sein Herz wie wild zu schlagen begonnen, und er musste feststellen, dass es noch eine dritte Sorte Frauen gab, nämlich solche, die Männern wie ihm den Atem raubten und denen es offensichtlich gelang, eine Herzenstür zu öffnen. Herzenstür, ein Wort, über das er niemals wieder lästern würde. Diese Frau hatte sie auf Anhieb gesprengt. Er hatte nichts von dem begriffen, was sie sagte, sie nur angestarrt und ihre Präsenz bewundert.

»Ist einer von denen krank?«, fragte er seinen Kollegen und versuchte weiterhin, sein klopfendes Herz in den Griff zu bekommen.

»Wie kimmst jetzt da drauf?«

»Weil eine Ärztin kommen muss.«

Polizeihauptmeister Simbacher tippte sich mit dem Zeigefinger gegen die Stirn. »Des ist doch koa Ärztin ned. Des is die Liesl. Die Loibl Liesl. Die is Fußpflegerin.«

Max schlich, gefolgt von seinem Hund, ganz nah an die Glastür und versuchte zu lauschen. Er hatte nie zuvor darüber nachgedacht, dass die Tür schallgeschützt sein könnte. »Verdammt!«, murmelte er.

»Wos willst denn?«

»Ich würde gern wissen, worüber die reden.«

Benedikt wandte sich seinen Datenlisten zu und stöhnte demonstrativ. »Des werden mir scho no erfahrn.«

»Ich könnte der Liesl Loibl Polizeischutz anbieten, wenn sie heimwill. Die Cora und ich würden die sicher heimbringen«, schlug Max selbstlos vor.

Benedikt tippte sich erneut an die Stirn. »Ja, spinnst jetzt total? Die woaß doch selba, wo s' wohnt. Polizeischutz am helllichten Dog! Als hättn mir nix Bessers zum doa! Besser, du hockst di hi und fangst scho mit dem Bericht an.«

»Nein. Weißt du, ich hab den Kollegen aus Straubing gesagt, dass sie für den Bericht zuständig sind.«

Wenn Max in einem gut war, dann darin, Aufgaben, die ihm nicht gefielen, zu delegieren.

Benedikt sah ihn streng an: »Dann machst halt bitt' schön den Bericht für uns intern. I wui wissen, wie die Anwohner bei der Durchsuchung reagiert ham, a jeder oanzelne vo dene. Hod sich jemand auffällig verhalten? Du kennst die Leit und kannst des einschätzen.«

»Wenn's sein muss!« Max bemühte sich, seinen Monitor und den Schreibtischstuhl so zu verschieben, dass er auf jeden Fall die Glastür im Blick behielt.

»Ihr Bruder hat mir erzählt, dass Frau Hirschfeld bei Ihrem letzten Besuch sehr gereizt war«, eröffnete Sandra das Gespräch, als alle drei Platz genommen hatten.

Liesl Loibl nickte. »Ich muss irgendwas gesagt haben,

was sie total auf die Palme gebracht hat. Dabei hab ich mich gerade bei dieser Kundin immer darum bemüht, besonders sachlich zu sein und kein heikles Thema anzusprechen.«

Sandra beugte sich vor. »Haben Sie irgendeine Idee oder vielleicht auch Sie?« Dabei sah sie Fritz Loibl an, der beide Ellenbogen auf den Tisch gestützt und seine gepflegten Fingerspitzen aneinandergelegt hatte.

»Nein.« Er schüttelte den Kopf. »Ich hab ja nur das Zeug hochgetragen. Danach bin ich gleich wieder weg. Die war ja so was von geladen, nur wegen der fünf Minuten Verspätung. Da hab ich die Liesl nicht drum beneidet. Ich war froh, als ich aus deren Haus wieder draußen war.«

»Kann es sein, dass Sie in irgendeiner früheren Behandlung irgendwas gesagt haben, in das Frau Hirschfeld sich dann hineingesteigert hat? Bitte denken Sie darüber nach.«

Durch die Glastür sah Sandra Falk, dass Max Deffner und dessen Hündin Cora wie hypnotisiert in den Besprechungsraum starrten. Sie stand auf und trat vor die Tür. »Max, ist irgendetwas Wichtiges passiert, was du mir sofort sagen musst, oder warum schaust du so?«

Der Polizeihauptmeister schüttelte den Kopf. »Nein, bloß dass wir nichts gefunden haben.«

Der Max wurde auch immer komischer, fand Sandra. Vielleicht sollte Benedikt mal ein ernstes Wort mit ihm reden.

»Mir ist halt was Seltsames aufgefallen«, sagte Liesl Loibl, nachdem Sandra Falk die Tür wieder hinter sich geschlossen hatte. »Nämlich, dass sich an den Fersen der Hirschfeld Hornhaut bildet.«

»Bei Frau Hirschfeld? Wie erklären Sie sich das?«

»Ich hab ihr nur gesagt, dass mich das erstaunt. Da hat sie mich so was von angeschnauzt, weil mich das ja wohl nichts angehen würde. Dabei bin ich doch für der ihre Füße zuständig.«

»War das schon immer so mit der Hornhaut?«

Die weiß gekleidete Frau dachte nach. »Nein.«

Fritz sprang seiner Schwester zur Seite: »Du hast die Kranke wie einen normalen Menschen behandelt, anstatt ihr aus lauter Rücksicht nur Honig ums Maul zu schmieren. Die ist ja auch nicht gerade zimperlich mit dir umgegangen.«

»Der Kunde ist König«, sagte Liesl und suchte Sandras Blick, als erwarte sie von der eine Bestätigung.

Kurz darauf verließen die Geschwister Loibl in stiller Eintracht das Besprechungszimmer. Fritz Loibl winkte Max Deffner zu: »Ich muss wieder nach Straubing.«

»Dann schick dich!« Polizeimeister Deffner gab sich kompetent und selbstbewusst. »Deine Kollegen warten schon im Bus. Allesamt!«

Die weiß gekleidete Schwester des Straubinger Polizeibeamten sah ihn prüfend an. Max' Knie wurden weich. Er hielt sich an der Schreibtischkante fest. »Und ich muss jetzt zu meinen Terminen«, sagte sie. Ihre Stimme war weich, fast einschmeichelnd. Er blickte ihr lange und verträumt nach.

»Wos is denn mit dir auf amoi los?« Benedikt schüttelte den Kopf. »Bist du zu früh aufg'standen?«

»Nix ist, was soll schon sein?« Max stolzierte ins Besprechungszimmer und beugte sich vertraulich zu Sandra hinab, die gerade ihre Unterlagen zusammenpackte: »Hast du die Adresse von der Loibl aufgeschrieben?«

»Ja, warum?«

»Weil ich dringend zur Fußpflege muss.«

Sandra sah ihn lange an. »Ja, so ein Schmarrn«, sagte sie schließlich. »Das machst du aber frühestens dann, wenn der Fall gelöst ist.«

Dann ging sie zurück ins Großraumbüro und wandte sich dort an Benedikt: »Mit der Entführten stimmt was nicht.«

»Das hod die Hausmann aa g'meint. I bin scho dran.«

»Wo dran?«

»An der ihrer Vergangenheit.«

»Wieso?«

»Weil i glaub«, sagte Benedikt und suchte den Blick seiner Vorgesetzten, »dass die sich hier quasi versteckt hod. Es hod ja außer dem Pflegedienst koaner wos g'wusst von der. Grad mal im Einwohnermeldeamt taucht ihr Name auf, vermutlich wegen der Steuer und damit ois sei Ordnung hod. Die hod sich hier in Viechtach sicher gefühlt. Freilich ist die krank, aber die hod aa no was ausg'fressn.«

Sandra dachte einen Augenblick nach und schwieg.

»Glaub mir«, meinte Benedikt erneut. »Mir miassen an neuen Ansatz finden.«

»Und was meinst du damit?«

»Franziska, also die Frau Hausmann, moant, die Erklärung kannt in der Vergangenheit der Entführten liegen.«

»Vergangenheit...« Sandra schüttelte nachdenklich den Kopf. »Die ist zur Schule gegangen, dann hat sie studiert, und danach war sie Lehrerin. Alles völlig normal.«

»Genau, die war Lehrerin. I besorg eine Verfügung, damit i beim Kultusministerium recherchiern ko. Wenn da was g'wesen is, dann steht des in den Akten.«

»Sag mal, wenn du schon in den Datenbanken des

KuMi recherchieren darfst, kannst du dann auch gleich die Wotzinger durchchecken?« Sie ging zu ihrem Schreibtisch und reichte dem Kollegen die ausgedruckte E-Mail von Roswithas einstiger Kollegin. »Lies mal! Wie findest du das?«

Benedikt las. »Wennst mi fragst, die hod bewusst auf Nummer sicher gehn wolln. A jeds Wort is durchdacht. Koane Lügen, aber über die tatsächliche Wahrheit sagt s' aa nix. A jeder Satz is konschtruiert.« Er wünschte sich, Franziska Hausmann hätte diese kluge Diagnose gehört.

Sandra nickte. »So seh ich das auch.«

»Was machen mir jetzt?«

Sie sahen sich an und schauten zu Max Deffner hinüber, der sich doch sonst in alles einmischte. Der besprach gerade mit gestelzten Worten einen Anrufbeantworter: »... so würde ich mich sehr freuen, liebe Frau Loibl, wenn Sie schon in Kürze einen Termin für mich haben könnten. Ich habe das Empfinden, dass es durchaus dringend sein könnte.«

»Seit wann hat der denn was an den Füßen?«, murmelte Sandra.

Benedikt hätte am liebsten geantwortet: »I glaub, der hod eher wos am Herzen.« Seit er Franziska Hausmann kannte, ahnte er, wie der junge Kollege sich seit etwa zwanzig Minuten fühlte.

»Was meinst du? Soll ich da noch mal hinfahren und sie mit diesem Gewäsch hier konfrontieren?« Sandra wedelte demonstrativ mit der ausgedruckten E-Mail durch die Luft.

»Schlecht wär's ned. Die Wotzinger woaß mehr, als sie uns wissen lässt. Sonst hätt sie doch anrufn kenna. Sie hod's aufg'schrieben, um es besser vertuschen zu können.

Glaub mir, die hod an jeden Satz dreimal hin- und hergedreht.«

Manchmal staunte Sandra über ihren Kollegen. Vielleicht hätten sie doch zusammenbleiben sollen, damals, als der Zwillingsvater das Feld räumte, um Platz für Kinder und Karriere zu haben. Dann wären weder sie noch Benedikt einsam, und in Vernunftehen ging es bestimmt ruhig zu. Ruhig, aber auch langweilig, ermahnte sie sich selbst.

Sie griff zum Telefon. »Ich ruf da mal an.«

Ihre Fernsprechanlage – Theresa liebte dieses Wort, weil es Gespräche aus abenteuerlicher Ferne andeutete – war so modern, dass sie auf dem Display die Nummer des Anrufers erkennen konnte. Es war eine aus Viechtach. Schließlich hatte sie diese Vorwahl in den vergangenen Monaten oft genug gesehen, manchmal zwei- bis dreimal am Tag. Jetzt schwieg Roswitha schon seit mehr als zweiundsiebzig Stunden, und Theresa Wotzinger vermisste nicht einen einzigen ihrer grimmigen Sätze.

Es konnte nur Frau Falk sein. Sie hatte keine Lust, mit der Kommissarin zu sprechen, die sollte die E-Mail lesen und Ruhe geben. Und falls man sie aus Viechtach darüber informieren wollte, dass Roswitha wieder aufgetaucht war – Theresa würde es früh genug erfahren. Sie stand vor dem klingelnden Telefon und rührte sich nicht.

»Du, da meldet sich niemand.« Sandra sah ihre beiden Kollegen an. »Ich hab da ein komisches Gefühl. Ich fahr noch mal nach Freising. Nicht, dass der was passiert ist.«

»Mir wär's lieb, wenn der Max mi beim Recherchiern unterstützen kannt. Diese Polizeistatistik ist a oanzige Datenflut«, beschwerte sich Benedikt. »Oder host wos anders für ihn?«

»Erst der Bericht – dann soll er dich unterstützen. Im Moment können wir eh nur abwarten. Rufst du dann später noch mal bei den Hirschfelds an? Ach ja, und die Lydia kannst du dann ja später auch noch an die Datenrecherche setzen.«

Sandra wollte eigentlich gehen, besann sich dann aber eines Besseren. »Benedikt, kann ich dich ganz kurz sprechen?«

Max Deffner sah von seinem Bericht auf. »Die Hirschfeld und ihre Vergangenheit? Was soll man da schon finden?« Er tippte sich an die Stirn. »Aber wenn's sein muss.«

»Unter vier Augen, bitte.« Sandra dirigierte Benedikt hinter jene Glastür, von der Max Deffner erst seit heute wusste, dass sie schallgeschützt war.

»Hör mal, dieser Streit zwischen dir und Lydia. Kannst du den jetzt bitte schön hintanstellen? Wir müssen als Team zusammenarbeiten, und wer weiß, was Frau Hausmann nach oben rückmeldet, wenn sie herausfindet, dass in unserer Dienststelle ein so lächerlicher Grabenkampf herrscht?«

»So lang, wia d' Lydia Nachtschicht macht und i am Dog do bin, sollt nix passiern.« Benedikt lächelte. »Des war a Spaß. I reiß mi zusammen, versprochn. Der Klügere gibt nach.«

Hoffentlich, dachte Sandra und stieg in ihr Auto. Sie sah auf die Uhr. Es war kurz vor elf. Sollte sie die Wotzinger erreichen, so würde sie eine Plauderstunde bei einem gemeinsamen Mittagessen vorschlagen. Vielleicht verplapperte die sich dann. Allerdings hatte Sandra Falk noch keinen genauen Begriff von dem, was sie eigentlich erfahren wollte.

Franziska fand ihren Pseudobruder im ebenerdigen Büro. Er saß hinter seinem Schreibtisch, lochte Papiere und ordnete sie in einen Vorablageordner ein. Vielleicht ist es ja am besten, in solchen Situationen Routinearbeiten zu erledigen, dachte sie. Dadurch schlich sich wieder so etwas wie Normalität in den Alltag. Sie klopfte energisch gegen die Tür, und er blickte auf.

»Na, wie war es in der Seelenklempnerei?«

»Leider nicht besonders aufschlussreich. Und hier? Ist endlich eine Lösegeldforderung eingegangen? Dann würde die Fangschaltung greifen oder wir könnten mit einer Handyortung arbeiten. Auf jeden Fall hätten wir was in der Hand.«

Gottfried schüttelte den Kopf. »Nichts. Als wäre sie vom Erdboden verschwunden – und vielleicht ist sie das ja auch.«

»Was willst du damit sagen?« Franziska fror unter ihrem warmen Pullover.

Er hob die Schultern und sagte sehr nachdenklich: »Ich weiß gar nicht, ob es hier in der Gegend auch ein Moor gibt.«

Fassungslos starrte Franziska ihn an. »Das ist doch wohl nicht dein Ernst!«

»Nein, aber es entspricht der schlimmsten meiner Vorstellungen.« Er war sehr blass. »Sie selbst hat immer gesagt, dass sie vom Erdboden verschluckt werden will – oder ins Moor versenkt. Wie die bösen Frauen in den Märchen.«

Was sollte man dazu sagen?

»Gegen halb eins mache ich uns ein kleines Mittagessen«, kündigte sie nach einer kurzen Pause an. »Wäre das für dich in Ordnung?«

Er nickte.

Kochen gehörte auch zu den Routinearbeiten, mit denen man sich durch den Tag retten konnte. Das war eine Weisheit, die sie von Marie übernommen hatte. Wer wusste schon, ob und wie oft die sich mit dem Kochen durch den Tag, ja, durch ganze Jahre gerettet hatte. Ob es ihr jetzt schon ein wenig besser ging? Franziska wurde bewusst, wie sehr sie die Gespräche mit ihrer Freundin vermisste. Doch sie rief nicht in Passau an, sondern wählte die Nummer von Benedikt Simbacher.

»Ich hob scho recherchiert«, begann er das Gespräch. »Im Polizeiarchiv bin i drin, und der Zugriff auf die Daten vom Kultusministerium is beantragt.«

»Danke.« Franziska schwieg einen Moment.

»Und wie war's bei Eahna?«

»Von der Psychologin habe ich so gut wie nichts erfahren. Roswitha sprach wohl nicht gern über das, was früher war.«

»Das ist doch eigentlich seltsam. Ich kenne nur Leute, die sich gern erinnern.«

»Weil die Erinnerungen an früher oft schön sind«, hielt Franziska dagegen und dachte an die Szene vom Mittwoch. Die Erinnerung an die geschmacklose Angelika hätte sie am liebsten aus ihrem Kopf gelöscht.

»Da ham S' aa wieder recht.«

»Nun noch was ganz anderes.« Franziska riss sich zusammen. »Gibt es hier in der Gegend eigentlich auch so etwas wie eine Moorlandschaft?«

»Ja freilich, des Arracher Moor. Der Burschi und i gehn da manchmal spaziern. Wollen S' amoi mitkemma?«

»Gern. Morgen Vormittag?«

Sein Ja hörte sich fast wie ein kleiner Jubelschrei an.

Jetzt stand sie am Herd in Gottfried Hirschfelds Wohnung und machte Bratkartoffeln. Das war etwas Handfestes. Warum verriet auch er nichts Substanzielles über seine Frau? Wie sie war, was sie mochte, worüber sie gemeinsam gelacht hatten?

Wenn sie es recht überlegte, so sprach er weder über sie noch über sich selbst, und es war fast auffällig, wie wenig er von Franziska wissen wollte. War er schon immer so gewesen, oder waren dies die Auswirkungen eines Schocks? Auch dazu würde sie Benedikt morgen befragen.

11. Kapitel

Zu den Bratkartoffeln öffnete Gottfried Hirschfeld sich eine Flasche Weißbier. Überhaupt standen in seinem Kühlschrank vor allem alkoholische Getränke. Sollte sie ihn darauf ansprechen? Franziska entschied sich dagegen. Er war nicht ihr wirklicher Bruder, und das ging sie auch nichts an.

Sie war hier, um das Rätsel seiner verschwundenen Frau zu lösen. Und sobald das gelöst war, stand die bislang verdrängte Frage um ihren eigenen entschwundenen Mann an. Der hatte sich immer noch nicht bei ihr gemeldet. Sie verbot es sich, an ihn zu denken. Und wenn er trotzdem in ihren Gedanken auftauchte – was etwa stündlich geschah, denn die Kränkung war einfach zu groß –, redete sie sich ein, dass sie auch ohne ihn leben könne.

»Willst du auch?« Gottfried Hirschfeld griff nach einem Glas.

Franziska schüttelte den Kopf. »Ich bleibe bei meinem Wasser.«

Sie sah ihm an, dass ihm diese einfache Mahlzeit schmeckte, und dachte, dass er sicher Stammgast in Maries einstigem Restaurant gewesen wäre, hätte er davon gewusst. Menschen, die gutes Essen schätzten, waren ihr von Haus aus sympathisch.

Er aß mit Heißhunger. Nicht wie einer, dem die Sorgen den Appetit verdorben hatten.

»Es ist so schön, bekocht zu werden.« Dankbar hob er sein Glas.

»Warum habt ihr euch keine Haushälterin genommen?«

»Roswitha wollte das nicht.«

»Weil es ihr zu teuer war?«

»Nein, sie wollte nicht, dass man über sie spricht. Eine Haushälterin, die ständig mit uns zusammen ist und die mit uns hier lebt und alles hautnah mitbekommt, hätte doch da draußen über uns geredet.«

»Was wäre daran so schlimm gewesen?«

Er griff nach seinen Zigaretten. »Nichts. Aber Roswitha wollte das nun mal nicht.«

»Und ihr Wille geschah, wie im Himmel so auf Erden.« Franziska konnte sich diesen Satz nicht verkneifen. Diese Roswitha war ganz offenbar weder mit sich selbst noch mit anderen gut umgegangen.

»Genau, meine Frau hat immer und überall das letzte Wort, aber glücklich hat sie das nicht gemacht.« Gottfried legte die unangezündete Zigarette zur Seite und griff erneut nach der Gabel.

Franziska konnte sich gut vorstellen, wie in Viechtach über dieses Paar geredet worden wäre – eine Kranke, die in allen Dingen das Sagen hatte und die von ihrem Pflegebett aus über alles bestimmte, auch über ihren Ehemann, der das klaglos schluckte. Warum? Hatte er etwa Schuld auf sich geladen?

»Wie habt ihr euch eure Zukunft gedacht?«, fragte sie nun, da er ja allen Gesprächen über die Vergangenheit ausgewichen war.

Er stopfte sich eine Gabel voller Bratkartoffeln in den Mund und stellte sich arglos. »Was meinst du damit?«

»Wenn ich es richtig verstehe, ist Roswitha so reich, dass du eigentlich diesen Laden gar nicht bräuchtest.«

»Und stattdessen sollte ich mich ganz ihrer Pflege widmen?« Seine Augen wurden schmal. »Nein. Dann hätte sie mich ja vollends in der Hand. So gehören wenigstens meine Geschäfte und meine Geschäftskontakte mir allein. Jeder braucht sein eigenes Reich.«

»Hat sie eins?«

Er hob die Schultern, schob den Teller von sich und griff nun doch nach der Zigarette und dem Feuerzeug. »Ich hab sie nie gefragt, mit wem sie telefoniert und worüber sie mit den Leuten spricht. So gesehen ist das ihr Reich. Sie dagegen hat anfangs mit aller Macht versucht, sich in meine Geschäfte einzumischen.«

»Und?«

»Das habe ich nicht zugelassen. Irgendwann muss man ja auch mal stopp sagen. Ich habe eh viel zu spät damit begonnen.«

Sie sah ihn lange an. »Was wird später aus dem Laden? Habt ihr Kinder?« Natürlich wusste sie schon längst, dass es in dieser Ehe keine Kinder gab, und stellte daher nun fast provozierend fest: »Warum sonst sollte man sich die ganze Schufterei antun?«

»Ich weiß ja nicht, wie es bei dir ist.« Er ging offenbar zum Gegenangriff über. »Aber mir gibt meine Arbeit Sinn. Und wer will schon ein sinnentleertes Leben führen?«

Franziska schwieg. Sie ertappte sich dabei, dass auch sie am liebsten jetzt nach einer Zigarette gegriffen hätte. Stattdessen kam sie auf ihren Vormittagstermin zurück und fragte betont nebenbei: »Kennst du Lioba Zinnöcker näher?«

»Ach ja, bei der warst du ja heute früh. Klar kenne ich die.«

Trotz Frau Zinnöckers eindeutiger Reaktion auf Gottfried Hirschfeld schlug Franziska vor: »Vielleicht kann die dir jetzt mit ihrem Wissen beistehen, in dieser schwierigen Zeit«, und noch während sie es aussprach, wurde ihr bewusst, dass sie Gottfrieds Reaktion auf die Psychologin testen wollte.

Der ging tatsächlich in die Falle und antwortete umgehend: »Nein, nein, die kann mir nicht helfen. Die schon gar nicht.«

»Und warum nicht?«

»Das ist eine andere Baustelle.«

»Bei euch gibt es aber ganz schön viele Baustellen!«, bemerkte Franziska lächelnd.

Und er grinste fast ein wenig verlegen zurück. »Ist es nicht in jeder Ehe so?«

Meine ist grad keine Baustelle, dachte Franziska, sondern ein tiefer und unzugänglicher Krater nach einer entsetzlichen Explosion. Sie ließ es zu, von Selbstmitleid übermannt zu werden, und räumte Teller und Gläser beiseite. Am liebsten hätte sie laut geflucht.

»Einmal hab ich sie bei einem Telefonat belauscht«, murmelte Gottfried leise. »Das hätte ich nicht tun sollen. Danach war nichts mehr so wie davor.«

Sie horchte auf und wandte sich zu ihm um. »Um was ging es da?«

»Ich kann und will nicht darüber sprechen.« Er schluckte. »Und außerdem muss ich jetzt wieder nach unten.«

Sie sah ihm lange nach. Vor wem oder was flüchtete er?

Sandra kam mit dem Auto gut durch nach Freising. Theresa Wotzinger öffnete ihr sofort, doch ihr Blick verriet, dass sie jemand anderen erwartet hatte.

»Ich habe Ihnen doch alles gemailt«, sagte Frau Wotzinger. »Was wollen Sie noch? Warum sind Sie schon wieder hier?«

»Vielen Dank für Ihre Mail, Frau Wotzinger. Die hat uns sehr weitergeholfen. Momentan bin ich wegen einer ganz anderen Sache hier in Freising, und da habe ich spontan gedacht, dass Sie vielleicht Lust hätten, mit mir zusammen mittagzuessen. Bevor ich wieder zurückfahre. Wissen Sie, ich kenne hier ja sonst niemanden. Und überhaupt: Allein essen ist nicht so schön.«

»Ja, warum eigentlich nicht?« Frau Wotzinger hatte kurz gezögert, gab dann aber sichtlich erfreut nach.

Sandra ahnte, dass die Studienrätin niemanden hatte, mit dem sie mal spontan ins Kino oder zum Essen ging. Sie verspürte einen Anflug von schlechtem Gewissen wegen ihrer Lüge. Aber hätte sie ihr die Wahrheit erklärt, nämlich dass sie den Eindruck habe, dass Frau Wotzinger ihr eine Menge Wissen absichtlich vorenthalte, dann hätte diese ihr die Tür vor der Nase zugeknallt, und aus der Verabredung wäre nichts geworden. Dafür insgesamt vier Stunden Fahrtzeit in den Sand zu setzen, wäre schon dem Steuerzahler gegenüber unverantwortlich gewesen.

Außerdem spielte ja auch die Studienrätin mit falschen Karten. Warum sonst hatte sie alles darangesetzt, mit vielen Worten so gut wie nichts zu schreiben, und sich damit dem vereinbarten Telefonat zu entziehen?

»Warten Sie bitte einen Moment, ich ziehe mir nur noch andere Schuhe an und einen Mantel über.«

»Ich habe Zeit«, log Sandra. »Und dann erzählen Sie mir von Ihrem Beruf. Es muss ja wunderbar sein, immer mit Kindern zusammen zu sein, die noch in den Startlöchern des Lebens stecken und denen noch alle Türen offen stehen.«

Sie fragte sich, woher sie diesen Satz haben mochte, denn er klang wie aus einem Groschenroman. Aber Theresa Wotzinger strahlte und schien sich verstanden zu fühlen. »Ganz so leicht ist es nicht.«

Offenbar hatte Sandra die richtigen Worte gefunden.

Etwa eine halbe Stunde später saßen sie bei *Tony* in der Wippenauer Straße und aßen jede ein Risotto mit Kürbis und Salsiccia. Sandra hatte für ihr Gegenüber ein Glas Weißwein bestellt, und Theresa Wotzinger hatte nicht gewagt, zu widersprechen. Ein Punkt für mich, dachte Sandra und übte sich weiter in Geduld.

»Eigentlich ist es immer das Gleiche«, erklärte Theresa Wotzinger. »Immer die gleichen Jahrgänge, immer der gleiche Lehrstoff, und die Kinder machen eigentlich auch immer die gleichen Fehler.«

»Und das ist nicht langweilig?«

»Jedes Kind ist anders, ein Wunder für sich«, behauptete die Studienrätin und nahm einen zweiten Schluck Wein.

»Das ist wirklich der beste Ansatz, den man in Ihrem Beruf haben kann.« Sandras Staunen war nicht gespielt.

»Anders geht es nicht«, bestätigte Theresa. »Man muss sie lieben, auch wenn es einem nicht immer leichtfällt.«

Das Wort lieben kam eigenartig spröde über die schmalen Lippen der Lehrerin, und Sandra fragte sich, ob Theresa Wotzinger überhaupt wusste, was Liebe war.

»Leicht fällt es einem vermutlich nur bei den eigenen Kindern. Denen verzeiht man wohl alles. Also, mir würde es so gehen, wenn ich Kinder hätte …«, dachte Sandra laut.

Theresa schwieg und sah nachdenklich an die Wand. »Fast hätte ich …«, murmelte sie, und als Sandra weiter schwieg und sich interessiert vorbeugte, vollendete sie ihren Satz: »Fast hätte ich auch ein Kind gehabt.« Sie nahm einen großen Schluck aus ihrem Glas. Sandra spürte, dass ihr Gegenüber diesen Satz schon seit Jahren mit sich trug und heute zum ersten Mal ausgesprochen hatte.

Die Kommissarin suchte den Blick des Kellners und bestellte noch ein Glas Weißwein.

»Das tut mir leid.« Sandra legte ihre Hand auf den Unterarm der Lehrerin. »In welchem Monat haben Sie es verloren?«

»Ich habe es nicht verloren. Sie hat es mir weggenommen.«

»Roswitha?«, probierte es Sandra ins Blaue hinein.

Theresa Wotzinger zuckte zusammen. Mit ihrer Gabel schaufelte sie das Risotto auf ihrem Teller in zwei kleine Häuflein. Sandra musste unwillkürlich an das sprichwörtliche Häuflein Elend denken. Theresa hatte nun schon ein Doppelpack davon vor sich liegen.

Sandra hätte am liebsten sofort Benedikt angerufen und ihm diese Neuigkeit mitgeteilt. Das war ja wirklich ein Ding! Wenn Benedikt die vermeintliche Schwester des Herrn Hirschfeld informierte, würden sie vielleicht einen Schritt weiterkommen. Ob das inzwischen sicher schon erwachsene Kind seine falsche Mutter entführt hatte? Und das alles hinter Gottfrieds Rücken?

Der Kellner stellte ein gefülltes Weißweinglas zu Theresas Gedeck. Die starrte immer noch auf ihren Teller mit den beiden Reishäuflein. Sandra griff nach dem leer getrunkenen Glas, reichte es dem Ober und beschloss, in Gedanken bis einhundert zu zählen, anders war die Stille zwischen ihr und Theresa Wotzinger nicht auszuhalten.

»Ich möchte mal wissen, wie die Italiener ihre Würste würzen«, wechselte die Studienrätin nun krampfhaft das

Thema und verzog den Mund zu einem schiefen Lächeln. »Da ist irgendwas drin, was die bei uns nicht kennen. Vielleicht Fenchel, was meinen Sie?«

»Mag sein. Es freut mich, dass es Ihnen schmeckt.«

»Ich gehe eigentlich nie aus zum Essen«, gestand die Studienrätin.

Eben, dachte Sandra. Das ist meine Chance. »Zum Wohle«, sagte sie und hob ihr Wasserglas. Theresa Wotzinger nahm erneut einen kräftigen Schluck Weißwein.

Nach dem Grappa, der ihnen auf Kosten des Hauses spendiert wurde, erzählte sie dann alles. Sandra sah ihr an, wie gut es ihr tat, sich diese Dinge nach nun fast schon dreißig Jahren vom Herzen zu reden. Die Investition in ein Mittagessen und zwei Glas Wein hatte sich definitiv gelohnt – das würde der Steuerzahler gewiss ebenso sehen. Die Frage war nur, ob die neuen Erkenntnisse zur Lösung des Entführungsfalls beitragen würden.

Nachdem Sandra die schwankende Theresa Wotzinger vor deren Haus abgesetzt hatte, wählte sie Benedikts Handynummer und bat ihn, ins Besprechungszimmer zu gehen und die Tür fest hinter sich zu schließen. »Es soll zunächst noch unter uns bleiben«, erklärte sie. Erst dann erzählte sie ihm ihre Neuigkeiten.

Benedikt verspürte ein Kribbeln. »Die Hausmann woaß des no ned? Oder host du die scho ang'rufn?«

»Nein, ich dachte, der Kontakt läuft hauptsächlich über dich.«

Benedikt stimmte zu. So war es ihm recht. Sehr recht sogar. Dass er Franziska zu einem Spaziergang ins Moor eingeladen hatte, war seine Privatsache und ging Sandra nichts an, die inzwischen auch schon wieder das Thema gewechselt hatte. »Ich mache mich jetzt mal auf den Weg und bin dann spätestens gegen siebzehn Uhr wieder bei euch. Dieser Ausflug hat sich wirklich gelohnt.«

»Wart amoi«, hakte er nach. »Woaß Frau Wotzinger, wos aus dem Kind g'wordn ist? Hat die etwa Kontakt mit eahm?«

Er hörte förmlich, wie Sandra die Schultern zuckte. »Keine Ahnung. Sie sagt Nein, und ich neige dazu, ihr zu glauben. Ich denke aber auch, dass ihre Telefonate mit Roswitha mit genau dieser Sache zu tun haben. Wer weiß, was Frau Hirschfeld der einsamen Lehrerin alles versprochen hat.«

»Versprochn oder vorg'logn?« Benedikt hatte im Laufe seiner Dienstjahre auch so seine Erfahrungen mit den Menschen gemacht.

Franziska räumte das Geschirr in die Spülmaschine. Was machte sie eigentlich hier? Spielte sie jetzt genau die Haushälterin für Gottfried Hirschfeld, die Roswitha niemals erlaubt hatte? Was konnte sie eigentlich aus dieser Position heraus bewirken? Für gründliche Ermittlungen waren ihr die Hände gebunden, sie war ja inkognito unterwegs.

Am besten wäre es, sie würde abreisen und das alles Sandra Falk und dem Kollegen Benedikt überlassen. Doch im selben Moment sah sie ihr leeres Haus vor sich, dachte an ihre Katze Bella, die sie frühestens am kommenden Montag aus dem Tierheim zurückholen konnte – und schon wusste sie, dass sie vorerst hier in Viechtach bleiben würde. Zu Hause am Dachsberg wäre alles noch schlimmer. Dort würde sie vierundzwanzig Stunden täglich auf Christians Anruf warten – und dann, falls er anrufen sollte, nicht ans Telefon gehen. Trotzig davorstehen und möglicherweise sogar weinen. Sie kannte sich.

Die, die wir lieben, sind uns nur geborgt. Wieso erinnerte sie sich ausgerechnet jetzt an jenen Satz, den sie mal auf einer Trauerfeier gehört hatte? Ja, vom Himmel geborgt oder von Gott oder von wem auch immer – aber nicht von einer irdischen Macht. Daher konnte auch kein irdisches Wesen das Geborgte einfach für sich reklamieren, und das galt erst recht für eine dahergelaufene Geliebte.

Es war nun fünfzehn Uhr, und seit drei Tagen war – bis auf diese kryptische SMS – keine Nachricht von der Entführten eingegangen. Noch immer war keine Geldforderung aufgetaucht, und die Gewissheit, dass Roswitha Hirschfeld nicht mehr lebte, festigte sich in ihr von Stunde zu Stunde. Auch Gottfried schien nicht mehr an ein Wunder zu glauben.

Franziska stand neben der Zigarettenschachtel, die ihr Bruder auf Zeit auf dem Küchentisch hatte liegen lassen. Sie griff danach, doch nach kurzem Zögern steckte sie die Zigarette wieder zurück und rannte die Treppe so schnell hinunter, als müsse sie vor sich selbst fliehen.

Gottfried stand in seiner Werkstatt und nahm konzentriert einen Motor auseinander. Auf dem Tisch vor ihm lagen säuberlich sortiert Zapfen, Kugellager, Zahnräder, Gewinde und Schrauben.

Sie stellte sich neben ihn. »Sag mal, als ihr vor etwa zwölf Jahren hierher nach Viechtach gezogen seid, da hat Roswitha doch sicher auch persönliche Dinge mitgenommen.«

Er sah sie an. »Warum willst du das wissen?«

»Ich muss sie besser kennenlernen«, entgegnete Franziska und hob resigniert die Hände. »Vielleicht gibt es

Briefe, Fotos, persönliche Notizen, Terminkalender, was weiß ich. Die Zeit läuft uns davon, Gottfried! Wir müssen was tun. Egal was, wir können nicht einfach untätig herumsitzen und warten.«

Er legte fünf Gewindestifte nebeneinander auf den Tisch. »Weißt du was«, gestand er dann mit brüchiger Stimme, »sie lebt nicht mehr.«

Auch wenn die Kommissarin das Gleiche dachte, nahm sie ihn nun an den Schultern und schüttelte ihn. »Sag nicht so was. Das kannst du nicht wissen.«

»Ich fühle es.«

»Jetzt reiß dich mal zusammen. Also, wo ist Roswithas Privatkram?«

Er kniff die Augen zusammen. »Es waren etwa zehn Kisten. Aber wo die jetzt sind? Keine Ahnung! Vielleicht hat sie sie wegwerfen lassen, oder jemand hat sie auf ihr Geheiß in den Keller oder auf den Dachboden geschleppt. Wen interessiert das denn schon!«

»Mich, und ich geh sie jetzt suchen.«

»Viel Glück!«

Mochte er in aller Ruhe seine Schrauben sortieren, sie brauchte etwas, das sie ablenkte. Im Keller war nichts. Nur alte, nicht mehr funktionstüchtige Fahrräder, die Gottfried vermutlich als Ersatzteillager benutzte, und leere, verstaubte Einmachgläser. Die dazugehörigen Gummiringe waren spröde und rissig geworden. Alles sah aus, als sei es vor zwölf Jahren hierher gestellt und nie wieder angefasst worden.

Auf dem Dachboden dagegen, der nur von zwei winzigen Giebelfenstern erhellt wurde, entdeckte sie im fahlen Novemberlicht drei Umzugskisten mit den Initialen »RP«, was sie nach dem Blick in die erste Kiste als »Roswithas Privatsachen« deutete. Bingo.

In zwei Stunden würde es dunkel werden, und so schleppte sie Kiste um Kiste vom Dachboden hinunter in ihre Ferienwohnung. Die Kartons rochen moderig.

Warum eigentlich packte man Sachen zusammen, die man nie wieder anrühren würde? Warum warf man all das nicht gleich weg? Jetzt war es ein Glücksfall, aber Franziska nahm sich fest vor, ihr eigenes Zuhause leer zu räumen, möglicherweise sogar alles wegzuwerfen, was sie an Christian erinnern könnte. Damit würde sie sich die nächsten Wochen beschäftigen – und so war dann wenigstens in dieser Zeit dafür gesorgt, dass ihr die Decke nicht auf den Kopf fiel.

Die Umzugskisten waren undatiert. In der ersten entdeckte sie neben uralten Reiseschreibmaschinen Schulbücher und Studienunterlagen aus einer längst vergangenen Zeit. Dazwischen hatte jemand ausrangierte Kleidungsstücke gestopft, vermutlich, damit die Kisten nicht zu schwer wurden. Markenklamotten, wie Franziska gleich bemerkte. Aber die waren nun auch nichts mehr wert. In einem silbergrauen Armani-Anzug, den Roswitha einst getragen haben mochte, steckte ein verlassenes Wespennest.

Das Zeug war so alt, dass Gottfried es nicht einmal mehr über seinen Schrotthandel an die Leute hätte bringen können. Sie schloss den ersten Karton und klebte ein Post-it mit Stichworten zum Inhalt an die Frontseite.

Der zweite Karton enthielt neben Fotoalben und einigen Briefen genau vierundachtzig Floppy Disks mit einer Kapazität von je 720 KB. Franziska erinnerte sich an ihre Anfänge bei der Polizei. Damals war man mit diesen 5,25 Zoll großen Datenträgern über die Flure gelaufen und hatte das Gefühl gehabt, Unmengen an Informationen mit sich herumzutragen. Um die Fotoalben und Briefe würde sie sich später kümmern. Sie stapelte die Disketten, die durchnummeriert waren, auf einem Sessel. Wozu nur hatte Roswitha die aufgehoben? Die konnte doch heutzutage kein Mensch mehr lesen! Obwohl ... in manchen kriminaltechnischen Labors gab es noch diese alten Computer, und vielleicht hatte sie ja Glück. Sonst käme für so was wohl nur der Kurator eines Technikmuseums infrage. Wieder dachte sie an Christian. Der hätte ihr sofort einen Kontakt vermitteln können.

Der dritte Karton war angefüllt mit Babyspielzeug, Rasseln, Mobiles und einem Zoo voller Plüschtiere aus den Sechzigerjahren. Einige davon sahen aus, als wären sie sehr geliebt oder gar aus lauter Liebe fast aufgegessen worden. Ihnen fehlten Ohren, Nasen, Schwänzlein und sogar Pfoten. Franziska fragte sich, was das bedeuten mochte. Hatte Roswitha als Baby damit gespielt und sie dann für ihr eigenes Kind aufgehoben? Ob Gottfried davon wusste? Sie zog ein einohriges Plüschschaf aus diesem stillen und vergessenen Zoo und beschloss, ihn danach zu fragen. Wenn er von dem Spielzeug gewusst hatte, so würde sie es an seinen Augen erkennen. Da konnte er ihr erzählen, was er wollte.

Im Wohnzimmer ihrer Ferienwohnung wurde es dunkler. Draußen zogen dichte Wolken vorbei – keine Schäfchenwolken. Sie legte das Schmuseschaf wieder zurück in den Karton und klappte ihn zu. Dann betätigte sie den Lichtschalter. In diesem Augenblick läutete ihr Handy. Es war Benedikt.

»Ham S' scho was wegen der andern Entführung raus-g'funden?«

Sie hatte keine Ahnung, wovon er sprach. »Was für eine andere Entführung denn?«

»Die von dem Kind vor etwa dreiß'g Johr?«

Franziska ging mit dem Handy am Ohr durch den Raum und trat ans Fenster. Draußen begann es zu regnen. »Ich verstehe Sie nicht. Ich weiß von keinem entführten Kind und überhaupt, was soll das eine mit dem anderen zu tun haben? Noch suchen wir nach Roswitha Hirschfeld.« Sie lehnte ihren Kopf gegen die kalte Scheibe. »Sehen Sie, dass es nun schon wieder draußen regnet? Man kann nur beten, dass sie in einem warmen Zimmer liegt.«

Er ging nicht darauf ein und verkündete fast triumphierend: »Sandra hod mi grad informiert, dass die Wotzinger aus Freising a Baby g'habt hod, des ihr von der Hirschfeld wegg'nomma wordn is. Vor etwa dreiß'g Johr!«

Franziska trat an die Kiste mit dem Spielzeug und spürte, wie ihre Knie nachgaben. Sie ließ sich in den Sessel fallen. Dabei schepperten die von eins bis vierundachtzig nummerierten Disketten zu Boden.

»Gibt es Zeitungsmeldungen zu dieser Kindesentführung? Rufen Sie alle Standesämter an, irgendwo muss das Kind ja registriert sein. Wie ging die Geschichte aus? Kennen Sie den Geburtstermin?«

»I setz d' Lydia dran, sobald dass die do is«, versprach er. »Momentan bin i im Polizeiarchiv unterwegs und such nach Verfehlungen – hab aber noch nix g'funden.«

»Wie hat die Hirschfeld eigentlich vor ihrer Eheschließung geheißen? Oder war sie vielleicht schon verheiratet, als sie der anderen das Kind wegnahm?«

»Sie san doch beim Hirschfeld dahoam.« Es klang, als würde er den Kopf schütteln.

»Das stimmt, ich werde ihn danach fragen.«

Sie hörte, wie der Polizeihauptmeister sich räusperte und dann vorsichtig fragte: »Bleibt's bei unserm Spaziergang morgen im Arracher Moor?«

»Das eine hat doch mit dem anderen nichts zu tun! Falls ich irgendetwas Neues erfahre, melde ich mich bei Ihnen.« Sie beendete das Gespräch und öffnete erneut den ersten Karton. Es war der mit den Schulbüchern. Wenn sie Glück hatte, dann hatte das Kind seinen Namen hineingeschrieben. Das entführte Kind oder das Kind Roswitha? Eins von beiden.

Roswitha Maria Danske stand in wackligen Buchstaben ganz vorne in fast allen Büchern.

Franziska stutzte. Mit Arndt Danske hatte Roswitha zweimal pro Woche lange Gespräche geführt, während Franziska bisher nur immer dessen Anrufbeantworter mit einer elektronischen Stimme erreicht hatte. Sie hätte beharrlicher sein sollen, dachte sie und ärgerte sich.

Nachdenklich ging sie ins Erdgeschoss hinunter und suchte Gottfried. Der stand immer noch an seiner Werkbank. Der von ihm zusammengebastelte Motor schnurrte. Gottfried selbst hielt eine Schraube in der Hand, schüttelte verwirrt den Kopf und murmelte: »Die gehört eigentlich auch dazu. Ich hab's irgendwie beim Einbau vergessen. Und trotzdem funktioniert das Teil. Wie findest du das?«

Sie nahm den Ball auf und kam gleich zur Sache: »Ich habe auch ein Detail gefunden und möchte, dass du mir beim Einbauen hilfst.«

Er wiegte müde den Kopf. »Ach was.«

»Wie hieß Roswitha mit Mädchennamen?«

Er hob die Schultern. »Hab ich vergessen.«

»Dann muss ich deine Heiratsurkunde sehen. Wo ist die?«

Er schwieg.

»Sie hieß Roswitha Maria Danske. Warum sagst du mir das nicht?« Franziska ging zum Angriff über.

Er steckte sich hastig eine Zigarette an. »Sie will nicht, dass ich darüber rede.«

»Gottfried! Sie ist seit drei Tagen verschwunden! In einer solchen Situation gelten keine Verbote. Was ist mit Arndt Danske? Ich hab dich schon mal gefragt, da bist du mir ausgewichen und hast von einer langen Geschichte gesprochen. Und genau diese Geschichte erzählst du mir jetzt in Kurzform!«

Er schüttelte den Kopf. »Sie will das nicht!«

Franziska tippte sich an die Stirn. »Bist du wahnsinnig?«

»Ich weiß auch nichts Genaues«, murmelte er und sah zur Seite.

»Ich gehe davon aus, dass Arndt Danske Roswithas Sohn ist«, erklärte Franziska wider besseres Wissen.

»Das kann nicht sein«, widersprach er vehement.

»Wieso nicht?«

»Sie konnte nicht schwanger werden. Bei ihr wurde das PCO-Syndrom diagnostiziert.«

»PCO?« Franziska sah ihn fragend an. »Das habe ich ja noch nie gehört.«

»Das polyzystische Ovarialsyndrom. Eine Stoffwechselstörung, ausgelöst durch Untergewicht. Sie war als Kind magersüchtig. Wir hatten uns damit abgefunden.« Er klang sachlich.

»Und wer bitte ist dann Arndt Danske? Ihr Neffe oder vielleicht ihr kleiner Bruder? So klein ist der übrigens nicht mehr, immerhin hat er eine eigene Wohnung und einen eigenen Anrufbeantworter.« Franziska ließ nicht locker.

»Das Ganze ist passiert, bevor wir uns kennenlernten.« Er sah zu Boden.

»Und was bedeutet das?«

»Wir waren nicht mehr ganz jung, als wir vor zwanzig Jahren heirateten. Da hatte jeder schon sein eigenes Leben gelebt, und wir wollten nicht, dass die Vergangenheit bis in die Gegenwart unserer Ehe hineinwirkt.« Dieser Satz klang so, als habe er ihn vorsorglich auswendig gelernt, um genau diese Frage schlüssig beantworten zu können.

»Da gab es dann also eine Menge an Fallgruben, über die ihr den Mantel des Schweigens gelegt habt. Eine ziemlich fragile Konstruktion.« Franziska hätte sich für dieses schiefe Bild ohrfeigen können.

Er blickte auf und hob hilflos die Schultern. »Exakt. Aber sie wollte es so.«

»Und was wolltest du?«

»Meine Ruhe.«

Die Kommissarin wurde wütend. »Die hast du ja jetzt!« Sie schluckte und riss sich zusammen. »Was ist mit Arndt, was weißt du über ihn?«

Er drückte die Zigarette auf dem immer noch laufenden Motor aus. Auf dem silbrigen Metallgehäuse entstand ein hässlicher dunkler Fleck. »Sie wollte ihn adoptieren, aber dann ist ihr das alles über den Kopf gewachsen. Also hat sie ihn in ein Internat gesteckt. In ein gutes Internat«, fügte Gottfried Hirschfeld so schnell hinzu, als müsse er sich stellvertretend für seine Frau rechtfertigen. »Es hat ihm an nichts gemangelt. Das hat sie immer behauptet. Aber als er dann nach München kam, um zu studieren, war er es, der sie nicht sehen wollte. Dabei hätte sie ihm sogar ein Auto gekauft. Mehr weiß ich nicht, und mehr will ich auch gar nicht wissen.«

»Du weißt nicht, wer seine wirklichen Eltern sind?«

»Was tut das schon zur Sache!«

»Ich könnte mir vorstellen, dass er es wissen will.«

»Das ist sein Problem. Er hätte sie ja fragen können. Die haben ja wohl oft genug telefoniert in letzter Zeit. Vielleicht auch darüber.« Gottfried stellte den Motor ab.

»Hast du sie bei einem ihrer Gespräche belauscht? War danach alles anders?«

Er nickte.

»Warum?« Franziska ließ ihn nicht aus den Augen.

Er zögerte kurz. »Sie hat wortwörtlich gesagt: ›Ich habe mein Leben lang alles für dich getan, und jetzt bist du dran!‹«

Franziska schüttelte den Kopf. »Ich dachte, der Junge war im Internat?«

»War er auch. Sie hat den Aufenthalt dort gezahlt. Nur das kann sie gemeint haben, als sie sagte, sie hätte alles für ihn getan.«

Franziska sah ihr Gegenüber und auch dessen Ehe plötzlich in einem anderen Licht. »Möglicherweise konnte sie nichts anderes geben?«

Er nickte traurig. »Das kann schon sein.«

»Was machst du denn jetzt schon hier? Deine Schicht beginnt doch erst viel später.«

Max Deffner sah Lydia Hobmaier missbilligend an. Die hatte ihm gerade noch gefehlt.

»Kaum engagiert man sich ein wenig, schon kriegt man eins auf den Deckel.« Lydia sah sich um. »Wo ist denn Sandra?«

»Unterwegs. Die recherchiert in Freising. Wir sind schließlich am Arbeiten.« Er wies auf sich und Benedikt und schloss mit dieser Handbewegung auch die Hunde mit ein, was Cora mit einem Knurren bestätigte.

Benedikt winkte Lydia zu sich heran. »Du muasst dringend wos recherchiern für mi.«

Feindlich wie gewohnt fauchte sie zurück: »Seit wann schaffst du mir was an?«

Er ignorierte die Kampfansage und fuhr fort: »Find bitt' schön raus, ob und wo eine Frau Wotzinger vor sechsundzwanzig bis dreißig Jahren entbunden hat und welchen Namen das Kind hatte.«

»Super, noch was? Bayernweit, europaweit oder weltweit?« Lydia stemmte beide Hände in die Hüften und blitzte ihn herausfordernd an. »Weißt du eigentlich, wie viele Standesämter es gibt?«

»Fang amoi mit guad fuchzig Kilometern im Umkreis vo Freising an«, antwortete er gelassen und stellte sich dabei vor, Franziska Hausmann säße mit im Raum und würde seine Souveränität und sein Organisationstalent bewundern. »Du sagst doch allerweil, dass du di technisch so guad auskennst. Dann schick halt amoi a Mail an alle Stadtverwaltungen.«

Breitbeinig baute sie sich vor ihm auf. »Einen derart depperten Vorschlag hab ich ja noch nie gehört. Du glaubst doch wohl nicht im Ernst, dass die auf einen Serienbrief antworten? Du selbst schmeißt ja auch jeden Serienbrief weg. Gerade in einem solchen Fall muss man schon sehr individuell und sensibel vorgehen. Insofern ist es natürlich richtig, dass du mir die Aufgabe überlässt.« Nach dieser kleinen Belehrung stolzierte sie zu ihrem Schreibtisch und fuhr den Computer hoch, während sie mit bitterem Unterton bemerkte: »Wenn ihr mich nicht hättet!«

Einen Tisch weiter läutete Max Deffners Handy. Der

telefonierte kurz, legte auf und erklärte strahlend: »Stellt euch vor, Montag hab ich einen Termin. Das ist doch ein gutes Zeichen. Montag, direkt nach dem Wochenende!«

»Ein Termin für was denn?« Lydia blickte hoch.

»Für die Fußpflege.«

Lydia verschlug es vor Staunen die Sprache.

Ihr allererster Satz hatte gelautet: »Erinnerst du dich noch an mich?« Jetzt wusste er, dass er damals ein bisschen zu lange gezögert hatte, möglicherweise vor allem deshalb, weil die Stimme ihm einen Schauder über den Rücken gejagt hatte. Klar erinnerte er sich noch an sie. Es war ja ein bekanntes Phänomen, dass gerade die Dinge, die man vergessen wollte, ständig präsent waren.

Seine Reaktion war daher auch schroff und abweisend gewesen: »Was willst du?«

»Geht es dir gut?« Sie hatte noch nie eine Frage direkt beantwortet, sondern immer als Erstes eine Gegenfrage gestellt, wie hatte er ausgerechnet das vergessen können!

»Ich überlebe«, sagte er kurz und fragte sich, warum er Angst hatte.

»Oh, heute sind wir aber sehr pessimistisch. Dabei geht es dir sicher um einiges besser als mir.«

Schon wieder diese Anklage. Erneut reagierte er wie ein dressierter Hund und stellte ohne nachzudenken fest: »Du willst Hilfe?«

»Wenn du mir helfen kannst!« Dieser Satz war ihm aus seiner Kindheit vertraut. Da hatte er es nicht ein einziges Mal geschafft, ihr zu helfen, weil alle Aufgaben viel zu groß für ihn waren oder von Haus aus unlösbar. Aber das hatte ihm niemand verraten, sie schon gar nicht. Er hatte tatsächlich geglaubt, es läge an ihm und es stünde in seiner Macht, sie glücklich zu machen, sie strahlen zu sehen oder ihr jenes Etwas vor die Füße zu legen, das ihr Leben erfüllte. Gleichzeitig ahnte er aber auch, dass er selbst genau jene Last war, über die sie täglich jammerte und die sie nicht länger tragen wollte.

Vielleicht war sie ja glücklich in jenen Zeiten, in denen sie ihn fortschickte und ihn, weil er von ihrem grandiosen Glück nicht übermannt werden sollte, für Wochen, manchmal sogar Monate, in ein Kinderheim steckte. »Bei Tante Beck« hieß das, und es war ein Platz, an dem er Ordnung und Gehorsam lernte und auch begriff, dass es entweder Haferbrei gab oder gar nichts. Jeden Abend musste man um sechs ins Bett, egal, ob man zwei Jahre oder schon sieben war. Es war ein Horrorheim. Auch das fiel ihm beim Klang ihrer Stimme wieder ein, und er war erleichtert, dass sie ihn nie wieder dort hineinstecken konnte. Jetzt war er erwachsen.

Jetzt hatte er sein eigenes Heim, ein möbliertes Apartment im Arabellahaus in München.

»Woher hast du meine Nummer?« Noch während er die Frage stellte, wusste er, dass es völlig falsch war, überhaupt mit ihr zu reden. Gerade jetzt, wo er einigermaßen stabil war. Sie tat ihm nicht gut. Immer wenn sie sich gemeldet hatte, und das war selten genug gewesen, lief etwas in seinem Leben aus dem Ruder. Warum also legte er nicht auf?

Natürlich gab sie ihm keine Antwort, sondern hatte gleich die nächsten vorwurfsvollen Sätze parat: »Ich habe mein Leben lang alles für dich getan, und jetzt bist du dran. Du musst was für mich tun.«

Er sagte Ja, obwohl er Nein sagen wollte.

Er hatte nichts dazugelernt.

Arndts einziger Freund Ingo, sein Zimmernachbar aus dem Internat, hatte einmal während zweier langer Osterferienwochen mit ihm das Neinsagen geübt. Damals gehörten sie zu dem Häuflein jener fünf bis neun Zurückgelassenen, die kein Nest hatten, die nicht zu den Eltern heimfahren durften, weil die Reise zu aufwendig gewesen wäre oder weil sie, wie es jene Frau gesagt hatte, die Arndt für seine Mutter hielt, jetzt endlich lernen mussten, auf eigenen Füßen zu stehen.

Wenigstens das hatte er geschafft!

Dennoch gelang es ihr nach all den Jahren, ihn in die alte Hilflosigkeit zurückzuwerfen und ihm ein Ja zu entlocken, obwohl er Nein sagen wollte.

»Gut, dann hol mich hier raus.«

»Bist du eingesperrt?« Er wünschte es ihr, er wünschte sie sich in einen kleinen Käfig hinter Gitterstäben, an denen sie mit beiden Armen rüttelte.

»Nein, aber ich kann nicht weg.«

An der Telefonnummer sah er, dass sie aus Deutschland anrief. Es war die gleiche Vorwahl wie die seines Freundes Ingo.

Und immer noch legte er nicht auf, sondern fragte, als führten sie tatsächlich ein richtiges Gespräch: »Und warum nicht?«

Sie schwieg ungewöhnlich lange, und er stand da, das Telefon in der Hand und im Kopf kein Wort, das er zu ihr hätte sagen wollen oder können.

»Ich melde mich wieder«, kündigte sie schließlich an. »Denk über meinen Vorschlag nach. Du musst es nicht umsonst tun.«

»Ich brauche dein Geld nicht«, sagte er, aber da hatte sie schon aufgelegt.

An diesem Abend verlor er jedes Skatspiel mit seinen virtuellen Partnern und gab ihnen aus Ärger darüber besonders hässliche neue Namen: Adolf und Tusnelda. Diese computergesteuerten Mitspieler hatten ihm ein Spiel nach dem anderen versemmelt.

Von da an rief sie ihn jeden Tag an. Und er war so gut wie immer zu Hause, weil er weder bei ihr noch später im Internat gelernt hatte, sich einen Freundeskreis aufzubauen. Der Einzige, zu dem er hätte gehen können und der begriffen hätte, was da ablief, war Ingo. Aber der hatte sich nach Viechtach versetzen lassen. Das war zu weit weg von München, um mal kurz für ein Gespräch rüberzufahren und damit der Stimme dieser Frau zu entkommen.

Sie klopfte ihn weich. Nach nicht einmal zwei Monaten wartete er bereits auf ihre Anrufe. Allerdings rief er sie nie zurück. Das hatte er bereits als kleines Kind gelernt: Wenn er etwas von ihr wollte, ließ sie ihn hilflos zappeln. Der Impuls zu einem Gespräch musste von ihr ausgehen. Sie schien viel Zeit zu haben. Und sie erzählte wirres Zeug. Vielleicht war sie verrückt geworden. Es hätte ihn nicht gewundert. Sie köderte ihn immer wieder mit ein und demselben Satz: »Ich verrate dir auch, wer deine wirkliche Mutter ist.«

Er wollte es gar nicht mehr wissen. Diese Frau hatte nicht nach ihm gesucht, sie würde ihn enttäuschen, es gab keine guten Mütter.

»Sie hat immer nach dir gefragt.« Mit solchen Informationen hatte Frau Danske, die sich nun Roswitha Hirschfeld nannte, sämtliche Telefonate beendet und ihn damit in die Schlaflosigkeit getrieben. Er hasste sie. Aber er kam auch nicht von ihr los.

Nur deshalb war er am ersten Novemberwochenende über Plattling und Gotteszell zu seinem einzigen Freund nach Viechtach gefahren. Die Anruferin wohnte, von Ingos Wohnung aus gesehen, nur fünfhundert Meter Luftlinie entfernt, aber das wusste er nicht. Hätte er es gewusst, wäre er dennoch an ihrem Haus vorbeigelaufen, ohne sich zu melden. Erschöpft von der fast dreistündigen Zugfahrt aß er mit seinem Freund in dessen Küche Spaghetti mit Tomatensoße.

Ingo hatte sich verliebt, war sich seiner Sache aber nicht ganz sicher. »Weißt du, Lydia ist so oft unzufrieden mit mir. Ich habe Angst, dass ich ihr niemals etwas recht machen werde. Sie stellt hohe Ansprüche, und sie will hoch hinaus.«

Wie gut ich das kenne, dachte Arndt, verzichtete aber darauf, den Freund zu warnen. Glich nicht jede Beziehung einem Ringkampf, auch die unter Freunden?

»Ich habe ihr gesagt, dass ich heute keine Zeit habe, weil du mich besuchst.«

»Und?«

Ingo hob seine schmalen Schultern. »Sie ist sauer.«

»Wir hätten doch auch zu dritt etwas machen können«, hatte Arndt vorgeschlagen, aber Ingo hatte den Kopf geschüttelt. »Lydia neigt dazu, die gesamte Moderation an sich zu reißen, wenn du verstehst, was ich meine. Ich habe ihr gesagt, sie soll halt mal eine Sonderschicht einlegen, dann haben wir am kommenden Wochenende mehr Zeit für uns.«

»Sonderschicht?«, hatte Arndt gefragt.

»Ja, sie ist Polizistin, sie arbeitet hier bei der Kriminalpolizei.«

»Unter einer Beamtin tust du es wohl nicht, Herr Regierungsrat?«

»Und du, immer noch Solist? Nein, lass mich raten. Sicher bist du zu mir gekommen, weil du Liebeskummer hast. Es hat dich erwischt. Herzlichen Glückwunsch!« Ingo strahlte.

Arndt hatte den Kopf geschüttelt. »Nicht das. Aber es geht tatsächlich um eine Frau.«

»Dann lass mal hören.«

Sehr viel später, nachdem die erste Flasche Wein schon so gut wie ausgetrunken war, seufzte Ingo voller Verständnis und murmelte: »Das hätte ich mir ja gleich denken können. So eine wie die gibt keine Ruhe. Niemals!«

Arndt starrte auf seine Hände. »Sie sagt, sie sei gelähmt. Nur damit ich Mitleid kriege. Das kann doch gar nicht sein. Die war doch noch nie krank. Ich will sie nicht sehen – kannst du das für mich rauskriegen?«

»Wieso denn ich?« Ingo war aufgestanden und öffnete eine weitere Flasche Wein.

»Weil sie hier wohnt. Sie zahlt bestimmt auch hier in Viechtach ihre Steuern.«

»Damit kommst du jetzt erst raus? Warum hast du nicht einfach mal angerufen?«

»Bist du dir ganz sicher, dass dein Telefon nicht abgehört wird?«

»Ja, und wenn schon? Du kannst dich doch nach einer Frau aus diesem Ort erkundigen.«

»Glaub mir, es ist besser so.«

12. Kapitel

Das mit dem Standesamt war reine Schikane. Als würden die so ohne Weiteres Daten herausrücken. Was hatte sich Benedikt nur dabei gedacht? Im Grunde genommen bräuchte sie für jede einzelne Befragung eine eigene Verfügung und müsste dann auch noch persönlich dort auftauchen, dabei demonstrativ ihre Polizeimarke und damit ihre Ermittlungsberechtigung hochhalten.

Lydia Hobmaier hatte inzwischen eine Liste über siebenundzwanzig Standesämter erstellt – von Mainburg über Landshut, Vilsbiburg, Dachau, Schrobenhausen und Manching, einschließlich aller dazwischenliegenden Marktflecken. Wenn sie jedes einzelne von denen persönlich besuchte und an jedem Tag zwei oder drei Personenstandsbücher durchackerte, so wäre sie anderthalb bis zwei Wochen unterwegs. Und selbst wenn die Aussicht auf den guten Dienstwagen durchaus verlockend war, so trat sie nun dennoch an Benedikts Schreibtisch und machte ihm schulmeisterlich klar, wie hirnrissig seine Anweisung war. »Wenn alle Daten für alle Bundesländer oder auch nur für Bayern digitalisiert wären, dann kämen wir da schnell ran. Aber so? Niemals! Das ist also – unter uns gesagt – eine absolute Deppenarbeit, und wer kriegt die wieder mal aufgedrückt?« Sie gab sich selbst die Antwort. »Ich!«

Er brauste gar nicht auf – wofür sie sich innerlich schon gewappnet hatte –, sondern sah sie nur an und gab ihr recht. »Des kannt scho sei. Wos host für eine Alternative?«

So hatte sie ihn noch nie erlebt. Unsicher überlegte sie laut: »Ist denn diese Frau Wotzinger, also die mögliche Mutter des Kindes, ist die vielleicht nicht mehr am Leben oder inzwischen so verwirrt, dass man aus der nix mehr rauskriegt? Die zu fragen wäre doch der einfachste Weg.«

»Die is absolut klar im Kopf. Sandra is grad mit ihr in der Wirtschaft g'wesn.«

»Da hätte sie die doch einfach nur fragen müssen!« Lydia verstand die Welt nicht mehr.

»Wos moanst, was d' Sandra g'macht hod? Aber die Wotzinger hod bei dem Thema eisern geschwiegen. Die mauert. Über ihre Gespräche mit der Hirschfeld. Da stimmt doch wos ned. Oder wos moanst du?«

Beide staunten darüber, dass sie sich wie normale Kollegen unterhielten und nicht jedes Wort gleich einen Konflikt auslöste. Lydia schluckte. »Okay, ich hab hier die Liste aller Standesämter, die infrage kommen. Kennst du jemanden, der uns schnell und für jedes einzelne eine richterliche Verfügung ausstellt?«

Er nickte. »I kümmer mi drum«, erklärte er und wusste genau, dass er Franziska Hausmann danach fragen wollte. Morgen, wenn er mit ihr einen Spaziergang machte.

Und was das Tollste war, er hatte nun auch noch einen wichtigen und plausiblen Grund, sie anzurufen. Die hatte ja einen Oberstaatsanwalt in der Hinterhand.

»Kann ich denn inzwischen schon was anderes machen?« Lydia zeigte ungewöhnlich viel Engagement.

»D' Sandra hod g'sagt, mir sollen noch a andere Sach klären. Wenn du scho amoi damit anfangst? Nachad helf i dir.«

»Klar, mach ich!« Sie sah auf ihre Uhr. Irgendwie müsste sie spätestens um acht Uhr alle Kollegen draußen haben, denn dann wollte Ingo zum Abendessen kommen. Was gab es Schöneres als ein Abendessen zu zweit, und dann auch noch in der Dienstzeit, also sozusagen bezahlt? Außerdem würde er die Zutaten zur Brotzeit einkaufen, und da ließ er sich erfahrungsgemäß nicht lumpen.

Dieser Sportjunkie meldete sich sofort und wie immer außer Atem, damit auch jeder mitbekam, was für ein fitter Mann er war, der in jeder seiner spärlichen freien Minuten trainierte. Lydia brauchte nur an ihn zu denken, und schon bekam sie Muskelkater. Reflexhaft massierte sie sich die Oberarme. Gut, dass ihr Ingo nicht so war. Der kleidete sich nur anlässlich von Fußballübertragungen im Fernsehen in einen Jogginganzug, um sich wie der Bundestrainer persönlich zu fühlen, und gab dann auch entsprechende Kommentare, hatte aber ansonsten mit Sport nicht viel am Hut.

»Hallo, Herr Gerleigner«, meldete sie sich forsch. »Wir müssten Sie noch einmal zu einer Befragung auf die Inspektion bitten.«

»Nächste Woche?«

»Nein, jetzt. Sofort!« Ihre Stimme klang so scharf, dass beide Kollegen erschrocken von ihrer Recherchearbeit in den Polizeiarchiven hochblickten.

»Das geht nicht. Ich bin grad auf dem Weg zu einer Behandlung.«

»Natürlich geht das«, widersprach sie scharf. »Wir erwarten Sie in der nächsten halben Stunde.«

Abrupt beendete sie das Gespräch. »Der kommt gleich«, verkündete sie siegesgewiss und fuhr fort: »Wonach sucht ihr da eigentlich in euren Rechnern? Wollt ihr mich nicht endlich mal über eure Vorgehensweise und eure Pläne informieren? Ich weiß ja gar nicht, was Sache ist.« Sie dachte an die Kartenlegerin Melusine. Die hatte den Tod gesehen. Angesichts dieses Bildes waren eh alle Bemühungen umsonst.

Benedikt sah sie so lange an, als schien er tatsächlich darüber nachzudenken, ob er es ihr sagen sollte oder nicht. »Der Max und i san in diversen elektronischen Polizeiarchiven unterwegs. Vielleicht hod der Fall scho a Vorg'schicht, a ganz lange. Mir vergessen vui zu oft, in der Vergangenheit der Betroffenen zu recherchiern. Do wird oft der Grundstein für ois g'legt.«

»Und wonach genau sucht ihr?«

Benedikt wies mit dem Kopf auf Max: »Er suacht nach mindestens zwanzig bis dreißig Johr oiden Eintragungen über Roswitha Hirschfeld, und i suach nach solchen über Roswitha Maria Danske. Vielleicht san die ja irgendwann amoi aktenkundig g'wordn, die oane oder die andre, aa wenn es im Grund die Gleiche is.«

»Das hätten wir auch früher checken können, dass die Hirschfeld mit Mädchennamen Danske hieß. Gut, dass dem seine Schwester sich wenigstens daran erinnerte.« Lydia seufzte. Und wandte sich an Benedikt: »Ich hab übrigens gestern Abend den Arndt Danske angerufen. Der wollte sich noch mal bei mir melden. Hat er aber nicht gemacht.« Sie zwirbelte sich ihr Haar mithilfe des Bleistiftes zu einem festen Strang und kratzte sich am Ohr. »Das muss so gegen halb zehn gewesen sein.«

»Wieso wissma mir nix davo? Host des etwa ned protokolliert?« Benedikt brauste nun doch auf, aber nicht besonders stark.

»Kam ja nix bei rum, bei dem Gespräch!«

»Des is wurscht. Mir miassen uns absprechn! Der oane

muass wissen, was die andern machn. Die Sandra ruft mi aa allerweil ausm Auto o, grad hob i mit ihr g'sprocha.«

Genervt verdrehte seine Kollegin die Augen und ging in Richtung Besprechungszimmer, um den Tisch ein wenig frei zu räumen.

Kurz darauf quietschten vor dem Haus zwei Fahrradreifen, und wenige Sekunden später trat Gerhard Gerleigner ein.

»Das ging aber schnell!« Lydia reichte ihm mit professioneller Distanz die Hand.

»Zehn Minuten habe ich für Sie freigeschlagen«, sagte der Physiotherapeut, »mehr geht aber wirklich nicht. Sonst läuft mir mein Tagesplan aus dem Ruder.«

»Wann wir fertig sind, bestimme ja wohl ich. Kommen Sie!«

Lydia dirigierte ihn Richtung Glastür, und noch bevor er sich überhaupt setzen konnte, wollte sie schon von ihm wissen: »Wie oft und wie viel hat Frau Hirschfeld auf dem Laufband trainiert?«

Er stützte sich im Stehen mit flachen Händen auf der Tischplatte auf. »Das gibt's ja wohl nicht! Sie bestellen mich tatsächlich jetzt hierher, um mir das Laufband von der Hirschfeld Roswitha abzuschwatzen? Sie wollen wissen, wie sehr es schon abgenutzt ist? Das ist ja wohl die Höhe! Das übrigens hat mich bei unserem ersten Gespräch schon gewundert. Es ist ungeheuerlich. Pietätlos, rücksichtslos und bar jeden Respekts. Das werde ich der Polizeidirektion melden.«

Lydia staunte ob dieser eleganten Formulierungen, blieb aber betont sachlich. »Sie läuft anscheinend sehr viel darauf. Roswitha Hirschfeld hat Hornhaut an den Fußsohlen. Oder wie erklären Sie sich das sonst?«

»Ja, und? Wir haben jeden Tag eine halbe Stunde geübt, manchmal sogar doppelt so viel, wenn ich abends noch Zeit hatte, um vorbeizukommen. Es gab eine Phase, da wollte sie unbedingt wieder auf die Beine kommen.«

»Und wozu?«

Mit dieser Frage brachte sie Gerhard Gerleigner gründlich aus dem Konzept. Der schien tatsächlich darüber nachzudenken und bemerkte dann kopfschüttelnd: »Wollen wir das nicht alle, irgendwie wieder auf die Beine kommen?«

Inzwischen war auch Benedikt hinzugetreten.

Gerleigner sah von ihm zu Lydia und bemerkte: »Falls Sie glauben sollten, dass die Roswitha von selbst weggelaufen ist, sind Sie auf dem Holzweg. Das kann sie gar nicht.«

»Niemals?«, hakte Lydia nach.

»Außer es passiert ein Wunder oder in der Medizintechnik gibt es einen Quantensprung.«

»Und sie hat trotzdem so viel geübt?« Lydia schüttelte verständnislos den Kopf. »Das würd ich ja nicht machen.«

»Die Hoffnung stirbt zuletzt. Das weiß doch jeder. Allerdings hatte sie die vor einigen Wochen wieder aufgegeben, ihre Hoffnung. Sie war oft verdammt schlecht gelaunt.« Gerleigner sah auf seine Armbanduhr, die ihm nicht nur die Zeit ansagte, sondern auch in regelmäßigen Abständen Pulsfrequenz und Blutdruck maß.

»Sie ham der Hirschfeld oiso Hoffnungen g'macht?« Es war nicht ganz klar, ob Benedikt diese Möglichkeit guthieß oder verabscheute.

»Alles, was wir uns vorstellen können, ist möglich. Sie hat es sich vorgestellt. Es hat ihr Kraft gegeben. Da mische ich mich doch nicht ein!«

»Na, so was, Sie betätigen sich also auch noch als

Psychologe. Dabei wissen Sie genau, dass sie tot ist.« Lydia konnte nicht mehr an sich halten.

»Was?« Die beiden Männer starrten die Polizeihauptmeisterin an. Die zwirbelte verlegen eine weitere Haarsträhne. »Ich weiß es von einer Wahrsagerin. Die hat die Tarotkarten gelegt und darin den Tod gesehen.«

»Für wen hod s' die Karten denn gelegt?« Benedikt zeigte sich interessiert.

»Für mich natürlich.«

»Dann ist es auch Ihr Tod«, verkündete Gerhard Gerleigner ohne erkennbares Bedauern. »So, ich muss los. Sie haben ja meine Nummer.« Er eilte im Stechschritt durch die Amtsstube und schwang sich auf sein Rennrad.

Lydia sah ihm ungewöhnlich lange nach.

»Solche Wahrsagerinnen erzähln vui, wenn der Tag lang is«, kommentierte Benedikt. »Nimm des bloß ned ernst.« Er versuchte tatsächlich, sie zu trösten.

»Die einzigen Ansätze, mit denen wir weiterkommen, sind Gelassenheit und genaue Analysen«, hatte Franziska Hausmann vorhin am Telefon zu ihm gesagt. »Panik und Übersprunghandlungen helfen weder uns noch ihr.« Dabei hatte sie von Roswitha Hirschfeld so gesprochen, als seien die zwei schon seit Ewigkeiten sehr vertraut miteinander. Und sie hatte ihm bestätigt, dass die Standesamtrecherche ein sehr guter Ansatz war. Und wie vertraulich und verheißungsvoll ihre Stimme geklungen hatte, als sie von ihm wissen wollte: »Was meinen Sie, was ich entdeckt habe? Hier in ein paar alten Umzugskartons?«

Er hatte geschluckt. »Verraten Sie's mir?«

»Natürlich. Eine Kiste voller Spielzeug und alten Reiseschreibmaschinen, offensichtlich hat sie die mal gesammelt, und dann noch einen Karton mit lauter Floppy Disks. Erinnern Sie sich noch an diese Datenträger, auf denen wir früher was gespeichert haben?« Sie lachte ungläubig und schien den Kopf zu schütteln. »Vermutlich passte auf diese Riesendinger gerade mal eine Seite Text. Aber wir fühlten uns damit so was von fortschrittlich. Meine Güte, wie die Zeit vergeht! Jetzt sind die schon museumsreif.«

»Bei uns gibt's fei no des passende Diskettenlaufwerk dazu. Die Kolleg'n von der KTU ham's vor Kurzem ausmustern wolln, aber i hob protestiert.«

»Das war sehr klug von Ihnen.«

Sein Herz hüpfte. »Wenn S' wollen, kommen S' doch vorbei. Dann könnten mir die Dinger do glei einischiebn.«

»Ich sollte nicht in Ihrer Dienststelle auftauchen, das gehört zu unserem Plan. Aber falls Sie heute noch mal zum Fluss spazieren, gebe ich Ihnen die Disketten gerne mit. Es sind insgesamt gut achtzig Stück. Vermutlich ist nichts Wichtiges darauf gespeichert, aber prüfen sollten wir es unbedingt. Möglicherweise ist es ja Roswithas Magisterarbeit. Was waren diese Dinger teuer damals! So viel Geld für so wenig Speicherplatz!« Sie dachte an ihren Mann Christian, der ein Vermögen für Sicherungsdisketten ausgegeben hatte, riss sich aber sofort zusammen und konzentrierte sich wieder auf ihren Gesprächspartner. »Ich frage mich, warum ausgerechnet beim hiesigen Standesamt nicht vermerkt ist, dass Frau Hirschfeld mit Mädchennamen Danske heißt.«

»Da ham die wohl a bisserl g'schlampt«, seufzte Benedikt, obwohl er sich das eigentlich nicht vorstellen konnte.

»Mit Absicht?«

»Oder weil sie die dafür g'zahlt hod. Geld hat sie schließlich g'nug g'habt.«

Franziska stimmte ihm zu. »Roswitha Hirschfeld, geborene Danske. Und unter uns: Spätestens bei diesem Namen fällt doch zumindest bei uns beiden der Groschen!«

»Exakt.« *Unter uns* – Benedikt badete in diesen zwei Worten und verriet der Kommissarin aufgeregt: »D' Lydia hod fei gestern Abend scho mit dem g'sprocha.«

»Und?«

»Nix.« Er wartete kurz und kam dann zu seinem eigentlichen Anliegen. »Inzwischen hod sie aber dafür siebenundzwanz'g Standesämter g'funden, die im Umkreis von fuchzig Kilometer um Freising in Betracht kemma. Wenn s' die alle b'sucht und dort nach Geburten von einer Frau Wotzinger oder Hirschfeld recherchiert, dann braucht sie für a jedes a richterliche Verfügung.«

»Ich kümmere mich darum. Das kann doch der Staatsanwalt in die Wege leiten, der mich hierher geschickt hat. Ich rufe gleich mal in Passau an.«

Benedikt widersprach: »Aber für uns is Straubing zuständig!«

»Die kennen sich. Die sind garantiert im gleichen Club. Dr. Holdenrieder informiert seinen Straubinger Kollegen, und schon geht alles seinen Gang. Und zwar auf dem kleinen Dienstweg, wenn Sie verstehen, was ich meine.«

Sie hörte, wie er durch den Raum rief: »Lydia, mail mir bitt' schön sofort die Adressen von den Standesämtern. I woaß jetz, wo i die hinschicken muass, dass mia die Verfügungen kriagn.«

»Das muss doch nicht erst über Ihren Schreibtisch, die kann es doch auch direkt an mich schicken.« Franziska schüttelte den Kopf.

»Moment mal.« Sie hörte, wie Benedikt Simbacher mitsamt seinem Handy den Dienstraum verließ und in einem anderen Zimmer ins Telefon flüsterte: »Frau Hausmann, die Lydia glaubt doch allerweil no, dass Sie die Schwester vom Hirschfeld san, und so sollt's aa bleibn.«

»Ach ja, natürlich. Übrigens, ich will nichts Voreiliges behaupten, aber die Vermutung, das entführte Kind könne der Sohn von Frau Wotzinger sein, der unter dem Namen Danske standesamtlich gemeldet wurde, scheint mir gar nicht so abwegig.« Sie hielt inne. »Ich stelle mir Folgendes vor: Die zwei Damen waren miteinander befreundet. Roswitha wollte unbedingt ein Kind, denn sie wusste von ihrem genetischen Defekt – und was wäre dann einfacher, als der besten Freundin das Baby abzukaufen und ihr zugleich zu versprechen, dass sie es natürlich immer sehen kann. Dass das Kind quasi zwei Mütter haben wird. Dieses Versprechen wurde offensichtlich nicht eingelöst. Später dann, als Roswitha Maria Danske den Gottfried Hirschfeld heiratete und dessen Namen annahm, war ihr das Kind im Weg, und sie hat es in ein Internat abgeschoben und vergessen.«

»So was derfen S' ned sog'n. Der Gottfried Hirschfeld is a guader Mensch. Der hätt den Buam sofort ang'nommn.«

»Und wenn er gar nichts davon wusste?«

»Was wär denn das für eine Ehe!« Er seufzte vernehmlich. »Wissen S' was, i kimm später no bei Eahna vorbei und hol die Disketten. Vielleicht kriag'n Sie bis dahin wos aus eahm raus.«

Sie beendeten das Telefonat, und Franziska dachte an das Gespräch mit Gottfried vorhin. Natürlich hatte der von dem Sohn gewusst, immerhin hatte er zugegeben, dass Roswitha ihn eigentlich adoptieren wollte, er ihr dann aber über den Kopf gewachsen war. Da war ein gutes Internat die ideale Lösung. Aber hatte Gottfried dieses

Kind jemals persönlich kennengelernt? Es hatte nicht so geklungen.

Wäre ihr Mann Christian ihr mit solchen Plänen gekommen, hätte sie zumindest darauf bestanden, den Sohn kennenzulernen. Und sie hätte sich durchgesetzt! Warum gab Gottfried ständig klein bei? Womit, um Himmels willen, hatte Roswitha ihn so in der Hand?

Franziska blickte von ihrem Gästezimmer aus in den novemberdunklen Hof und ahnte, dass er ihr darauf keine Antwort geben würde.

Auf ihrem Laptop lief die Mail mit den Standesamtsadressen ein. Jetzt hieß es also, Benno Holdenrieder in Passau anzurufen. Wenn sie Glück hatte, wäre Marie wach und zu einem Gespräch bereit, würde sich vielleicht sogar Franziskas derzeitige Schwierigkeiten mit Christian Hausmann anhören wollen – aber ändern würde das auch nichts. Franziska schämte sich mit einem Mal für ihr Selbstmitleid, denn was war schon das Auftauchen einer anderen Frau – verglichen mit Maries Angst vor einer neuen Raumforderung im Kopf? Sie sollte sich nicht so wichtig nehmen.

Er meldete sich so schnell, als säße er schon den ganzen Tag direkt neben dem Telefon. »Franziska! Wie schön, dass du anrufst!«

»Wenn du so sehr darauf wartest und so dringend an Ergebnissen interessiert bist, hättest du dich ja auch mal melden können.« Das war ein schlechter Auftakt. Sie riss sich zusammen. »Entschuldigung, Benno, das war nicht so gemeint. Es wird nur gerade alles ein bisschen viel. Wie läuft es denn bei euch?«

»Bestens.« Benno klang zufrieden. »Marie macht Fortschritte. In unserem Bungalow bewegt sie sich jetzt mithilfe des Rollators. Was für ein Glück, dass wir in ein barrierefreies Haus gezogen sind.«

Als hättest du's geahnt, dachte Franziska und erinnerte sich an das Drama um die Villa in Passau. Aber das war jetzt kein Thema. Sie kam gleich zur Sache: »Du, ich brauch was von dir.«

»Lass hören.«

»Ich maile dir gerade eine Liste mit siebenundzwanzig Standesämtern. Dort soll meine Kollegin aus Viechtach Einsicht in die Geburtenregister erhalten. Frau Hirschfeld hat vor etwa dreißig Jahren ein Kind adoptiert. Ich will wissen, wer die Mutter ist.«

»Echt? Davon hat Gottfried mir nie etwas erzählt.«

Wenn du wüsstest, wie wenig der dir erzählt hat, dachte Franziska und nickte zufrieden, als Benno ihr verkündete, die Datei sei gerade auf seinem Rechner angekommen.

»Bis wann brauchst du die Verfügung?«, wollte er wissen.

»Spätestens Montag früh. Jetzt am Freitagnachmittag kommen wir da sowieso nicht weiter.«

»Super. Mein Kollege aus Straubing macht das dann übers Wochenende. Wir gehen zweimal im Monat miteinander golfen, da wäscht eine Hand schon mal gerne die andere. Ach, ich seh grad, Marie gibt mir ein Zeichen. Hast du noch Zeit, um mit ihr zu sprechen?«

»Natürlich, immer.«

Franziska dachte an die bunten Baumwollmützchen, die ihre Freundin sich gehäkelt hatte. Welche Farben mochte sie heute tragen? Sie hatte mal behauptet, diese Mützchen seien ihre Stimmungsbarometer. Vielleicht waren ihre Haare aber auch schon wieder so lang, dass sie ohne

Mütze gehen konnte. Wie schnell wuchsen Haare eigentlich in drei bis vier Wochen? Warum lernte man in der Schule nicht so etwas?

»Ich höre, du kannst schon wieder laufen. Das ist wunderbar«, begann Franziska das Gespräch und zuckte zusammen, als Marie ohne große Umschweife flüsternd feststellte: »Ja, ich fange wieder an zu laufen, aber wie ich höre, ist dir dein Christian gerade weggelaufen.«

»Woher weißt du das?«

Maries Stimmbänder waren bei der Intubation für die Narkose vor ihrer Schädeloperation verletzt worden, und sie hauchte heiser: »Er hat hier angerufen. Gestern.«

»Er will euch also diese Angelika vorstellen?« Franziska merkte, wie ihr die Knie schwach wurden. Das hatte ihr gerade noch gefehlt.

Marie klang erstaunt: »Angelika, wer ist das denn?«

»Du wirst es nicht glauben. Sie sieht total geschmacklos aus, und mein doch so auf Ästhetik achtender Mann hat vermutlich schon seit Jahren ein Verhältnis mit ihr.« Es tat so gut, die Dinge mal klipp und klar zu benennen. Sie hatte diesen Satz geübt. Er sollte verächtlich klingen und Anteilnahme einfordern.

Doch von Marie kam kein Mitleid. Heiser raunte sie: »Bist du deshalb von daheim abgehauen und versteckst dich nun in Viechtach?«

»Nein, natürlich nicht. Wer behauptet denn so was! Dein Mann hat mich um Ermittlungshilfe gebeten. Du kennst mich doch. Ich laufe nicht weg. Hat Benno dir etwa nichts davon erzählt?«

»Nein, aber du kennst ihn ja, wahrscheinlich hielt er es für eine unwichtige Information. Er hat mit Christian telefoniert, und für mich klang es so, als seist du plötzlich verschwunden gewesen, sodass dein Mann sich der ungebetenen Besucherin annehmen musste. Angeblich war die so durch den Wind, dass er für ein paar Tage mit ihr verreisen musste. Was, um Himmels willen, hast du der armen Frau denn angetan?« Es klang eher amüsiert als nach Vorwurf.

Franziska schluckte. »Ich fass es nicht!« Ein und dieselbe Sache – und zwei Menschen sprachen völlig anders darüber. Das war ja wie bei ihren Zeugenvernehmungen. »Weißt du, wo er momentan steckt? Er ruft mich nicht an.« Sie hatte Angst, diese Frage zu stellen. Aber es musste sein.

»Er sagte was von Österreich. Vielleicht in Linz?« Maries Flüsterstimme klang unvermittelt sehr fürsorglich. »Sag mal, Liebes, magst du herkommen?«

»Kannst du denn schon Besuch empfangen?«

»Du bist doch kein Besuch. Du gehörst zu meiner Familie.«

»Oje, apropos Familie. Wenn du wüsstest«, Franziska seufzte demonstrativ, »was ich für Probleme mit meiner aktuellen ›Familie‹ habe!«

»Kann Benno dir da nicht helfen?«

»Nein, der hat mir das ja alles eingebrockt. Die Frau meines Bruders auf Zeit ist verschwunden.«

»Wie sagst du sonst immer? Ein Mensch kann nicht einfach von der Bildfläche verschwinden. Die ist sicher bald wieder da, und dann kommst du zu mir, versprochen?«

Es nützte nichts, der Freundin, die selbst gerade erst sehr mühevoll wieder zu laufen begann, zu erklären, dass die Verschwundene weder aus eigener Kraft gehen noch gar zurückkehren konnte. »Ja, versprochen«, sagte Franziska.

»Dann sehen wir uns bald«, verkündete die inzwischen

wieder sehr zuversichtlich klingende Marie. Franziska hätte gern ein Quäntchen von deren guter Laune abbekommen.

Nach diesem Gespräch stand sie eigenartig hilflos vor den drei Kartons mit jenen Dingen, die einst in Roswitha Hirschfelds Leben wichtig gewesen waren. Plüschtiere mit hoffentlich nur abgeliebten Gliedmaßen. Dass die mutwillig zerstört worden sein könnten, wollte sie sich erst gar nicht vorstellen. Und dazu dieser Berg von Disketten. Würde man die alle auf einen ganz normalen Stick spielen, so wäre der vermutlich gerade mal zu einem Prozent belegt.

Unvermittelt sah sie darin ein Zeichen. Alles, was ihr einmal groß erschienen war, wurde nun klein. Dazu gehörte auch das, was einst zwischen ihr und Christian gewesen war. Es tat weh, das zuzugeben. Aber sie hatte ihm allem Anschein nach nicht genügt. Angelika konnte ihm offenbar etwas geben, was sie nicht hatte. Dass nun alles den Bach hinunterging, lag aber nicht nur an Franziska. Er musste auch versagt haben.

Wie schaffte Marie es nur, Benno an sich zu binden? Ein paar Jahre lang hatten die zwei an vielen Wochenenden nebeneinander unter Traktoren oder Mähdreschern gelegen. Vielleicht war dadurch eine Art Keilriemen um sie geschlungen worden, ein Band, das so fest war, dass es auch in den schwierigen Zeiten von Maries Krankheit hielt.

Christian und sie hatten es offenbar nicht einmal geschafft, miteinander ein seidenes Verbindungsfädchen zu spinnen, um sich gegenseitig zu retten.

Draußen bellte ein Hund und riss sie aus ihren Gedanken. Sie sah Benedikt Simbacher mit Burschi über den Platz laufen. Wenig später stand er vor ihr in der Ferienwohnung.

»Kollegin, Sie ham wichtiges Material g'fundn? I nehm's glei mit. Des wird uns g'wiss weiterbringn.«

»Hoffentlich!«

Sie hörten eine Tür schlagen. Gottfried kam auf sie zugelaufen. »Habt ihr was? Wisst ihr was?« Er klang verzweifelt.

Benedikt schüttelte den Kopf. »Aber wos is mit Eahna? Is wos passiert?«

»Ich weiß nicht so recht. Schaut mal.« Gottfried Hirschfeld holte sein Smartphone hervor und reichte es ihnen. »Das kam grad rein. Was, um Himmels willen, soll das?« Mit zitternden Händen zündete er sich eine Zigarette an. Er war sehr blass.

Benedikt war mit Burschi losgegangen, und auch Sandra war noch unterwegs. Jetzt ging es nur noch darum, Max loszuwerden, und dann würde sie schnell telefonieren.

»Dein Köter sieht aus, als müsse der mal. Nicht, dass der uns hier auch noch einen Haufen in die Dienststelle setzt.«

»Was soll des denn? Die Cora is sauber!« Max Deffner blickte ungewöhnlich gelassen von seiner Arbeit hoch. Unter normalen Umständen wären sie jetzt schon mitten in einem heftigen Streit.

Lydia lehnte sich verwirrt in ihrem Stuhl zurück. Seit dem Telefonat mit dieser Melusine war irgendwie alles anders. Nicht nur vage Details, nein, jede Einzelheit für sich hatte einen neuen Platz eingenommen. Als hätte die Kartenlegerin mit ihrer Telefonstimme alles Vertraute ein bisschen verrückt. Nur um Millimeterbruchteile. Eigentlich fiel es gar nicht auf. Es war nur spürbar.

Verrückt. Lydia schüttelte über sich selbst den Kopf. Das Wort hatte tatsächlich zwei Bedeutungen.

»Aber du hast recht.« Max' Stimme klang ungewohnt sanft. »Ich dreh mal eine Runde. Das tut uns beiden gut. Cora, komm!«

Sie sah, wie er sich Plastiktüten für den Hundekot in die Jackentasche stopfte. Schließlich musste er als Polizeimeister mit gutem Vorbild vorangehen.

Kaum waren Kollege und Hund um die Ecke gebogen, rief Lydia Ingo in seiner Behörde an. Behörde und Dienststelle kommunizierten miteinander – das klang nach zwei wichtigen Säulen der Gesellschaft.

»Ich hab wieder Nachtschicht. Aber wenn es dir recht ist, können wir auf der Wache Brotzeit machen. Ich muss ja vor allem in Bereitschaft sein.«

Ingo schien sich zu freuen. »Gibt es schon was Neues?«

»Nein, und wenn, würde ich es dir eh nicht sagen, weil es ja verboten ist. Wann kommst du?« Ihre Stimme klang eher fordernd als sehnsuchtsvoll, und sie spürte, dass er ein wenig zögerte.

»Ich wollte noch bis sieben ein paar Akten durchackern, danach kann ich vorbeischauen«, erklärte er. »Soll ich uns was einkaufen?«

Auf genau diese Frage hatte sie gewartet. »Ja, das wäre schön, ich lass mich dann überraschen.«

Sie hoffte, dass er in die Linprunstraße zum italienischen Feinkostladen Vinolandia ginge. Grau überschattet wurde diese Vorfreude allerdings von Melusines Warnungen. Konnte es wirklich sein, dass Ingo zu sehr aus dem Vollen schöpfte und leichtfertig mit Geld und Gut und möglicherweise sogar mit ihrer Zuneigung umging? Eigentlich passte das gar nicht zu ihm. Aber wer wusste schon, wie andere Menschen tief in ihrem Herzen tickten? Und was wusste sie überhaupt von ihm?

Die Vorabrecherche in all diesen Geburten- und Sterberegistern hatte sie nachdenklich gemacht. Hier war eine Menge an Leben in langen Listen abgebildet. Nur noch Namen und Zahlen. So viele Menschen waren gekommen und hatten wieder gehen müssen. Und jeder einzelne hatte den Anspruch auf ein eigenes und selbstbestimmtes Leben gehabt. War es da nicht vermessen von ihr, nur für sich allein das ganze Programm zu erwarten – nicht nur Reichtum, sondern auch Glück und Erfüllung? Sie spürte, dass ihr solche Gedanken nicht guttaten, also machte sie sich stattdessen an die verhasste Arbeit des Protokollschreibens. Hätte sie bloß nicht ihren Anruf bei Arndt Danske erwähnt! Jetzt musste sie den, obwohl definitiv nichts gesagt worden war, aktenkundig festhalten. Immer dieser Papierkram!

Und als wäre das nicht schon schlimm genug: Sandra wollte auch noch eine Transkription des Gesprächs mit Gerhard Gerleigner. »Und zwar Wort für Wort«, hatte sie erklärt. Lydia seufzte demonstrativ und fragte sich insgeheim, warum sich der Physiotherapeut wegen dieses Laufbandes so aufgeführt hatte und ihr unterstellte, sie wolle ihm das Laufband von der Hirschfeld abschwatzen. Es war ihr peinlich, das nun wortwörtlich abzutippen.

Sollte sportliche Betätigung tatsächlich zu ihrem Lebensprogramm gehören, dann hätte die Kartenlegerin das doch sicher auch gesehen. Aber die hatte dieses Thema nicht einmal erwähnt.

Doch der Physiotherapeut hatte die ganze Geschichte

um das Fitnessgerät zu einem Riesenkonflikt aufgebauscht. Wahrscheinlich, weil er selber auf dem Ding rumrennen wollte. Sein Sportrad genügte ihm wohl nicht. Je länger Lydia der Stimme von Gerhard Gerleigner lauschte, umso mehr widerte er sie an. Es fiel ihr verdammt schwer, neutral und sachlich zu bleiben. Insofern war es schon gut, dass sie die Zeugenbefragung eins zu eins festhielt. Bei einer Zusammenfassung hätte sie mit Freuden all das, was ihr an seinen Aussagen missfiel, besonders stark herausgearbeitet.

Einmal hatte er sie mit schmalen Augen angeblitzt, lauernd und gefährlich, als vermute er, dass hinter ihren oberflächlichen Fragen nach Ort und Zeit und Therapieansätzen ganz andere Fallen versteckt waren. Aber wann genau war das gewesen? In welchem Moment?

Nun vernahm sie auf dem Band Benedikts Stimme, der hatte sich ja auch noch in das Gespräch eingemischt. Als traue er ihr gar nichts zu. Anstatt sich zurückzuhalten, hatte er mit einem Mal wie ein Oberlehrer hinter ihr gestanden und dadurch die Zeugenbefragung in eine unangenehme Prüfungssituation verwandelt. Und zwar genau in dem Moment, als Lydia das Gefühl hatte, direkt vor einem Ermittlungserfolg zu stehen. Das war wirklich ärgerlich!

Als sie ihrem Ingo später ihr Leid klagte, war ihr Ärger immer noch nicht ganz verflogen. Der Groll über die mangelnde Würdigung ihrer Fähigkeiten hatte sich in ihr Herz gebohrt und sich dort festgesetzt. Bei jedem Wort, bei jedem Satz, der zum Fall Hirschfeld von ihren Kollegen geäußert wurde, kam er erneut hoch.

Mehrfach war Ingo an diesem Freitag in der Abenddämmerung aufgekreuzt, das erste Mal mit einer Pappschale in der Hand, auf der tatsächlich die köstlichsten Spezialitäten des italienischen Feinkostladens lagen. Sandra hatte ihn weggeschickt, aber Lydia hatte vorher noch rasch die Schale im Kühlschrank verstaut und den Kollegen erklärt: »Wir wollten nur kurz gemeinsam zu Abend essen.«

»Könnt ihr gern, aber nicht gerade jetzt!« Die Kommissarin hatte sich an Ingo gewandt: »Können Sie später kommen? Wir haben gerade eine wichtige Dienstbesprechung.« Auch sie klang wie eine Oberlehrerin und zudem so vorwurfsvoll, als sei Lydia ein ungezogenes Kind und könne das nicht selbst mit ihrem Freund aushandeln. Lydia war mit Ingo vor die Tür gegangen und hatte sich mit zitternder Stimme für den rauen Ton der Kollegin entschuldigt. »Unsere Nerven liegen blank.«

»Das sehe ich.« Er war wieder gegangen und dann nach einer Stunde erneut aufgetaucht. Da hatte Benedikt ihn fortgeschickt. Ingo war doch ein beharrlicher Mann, hatte Lydia anerkennend gedacht.

Um halb elf hatte er zum dritten und letzten Mal an die Tür der Inspektion geklopft, und endlich wurde ihm Einlass gewährt.

»Jetzt sind wir unter uns!«, hatte Lydia erklärt und ihn umarmt.

Bis dahin war der Abend ein einziges Durcheinander gewesen. Wie ja aus Lydias Sicht schon der ganze Tag aus den Fugen geraten war. Sandra hatte nach ihrer Rückkehr vom Gespräch mit Theresa Wotzinger berichtet, und Benedikt war auf die vierundachtzig Disketten zurückgekommen, die er bei den Hirschfelds abgeholt hatte.

»Könnt ned die Lydia die auswerten? Die hat doch d' ganze Nacht Zeit.«

Was für ein Vorschlag!

Sandra hatte die Augenbrauen gehoben und sie angesehen. »Geht das, hast du Zeit dafür?«

»Ich hab aber gar kein Laufwerk für so was«, hatte Lydia schnell geantwortet und gehofft, damit aus dem Rennen zu sein. Aber Benedikt wusste natürlich, wo ein passendes Diskettenlaufwerk stand, da er es ja gerade erst vor dem Sperrmüll gerettet hatte, was er allen stolz verkündete. Er versprach, es herbeizuschaffen. Wenn etwas schiefging, dann ging auch gleich alles schief.

Jetzt stand das Diskettenlaufwerk also vor ihr, daneben stapelten sich die Floppy Disks.

»Wenn es da so etwas wie eine Suchfunktion gibt, dann such bitte nach Arndt – Arndt mit Dora und Theodor am Ende«, hatte Sandra vorgeschlagen. »Die Münchner Kollegen hab ich übrigens auch schon auf ihn angesetzt. Wenn der kein lückenloses Alibi hat, könnte es ziemlich eng für ihn werden.«

»G'wiss hod der auch diese SMS g'schrieben«, vermutete Benedikt und hielt seinen Kollegen das Foto von einem Handy hin, auf dessen Display eine Nachricht zu sehen war. »Das hier is vorhin beim Gottfried einganga.«

Kopfschüttelnd vertraute Lydia ihrem Ingo später an, dass der Polizeihauptmeister in einem Rausch der Beweissicherung tatsächlich das Display vom Hirschfeld'schen Handy abfotografiert hatte, anstatt die SMS gleich an die Polizeistation weiterzuleiten. »Da siehst du mal, wie wenig meine Kollegen mitdenken.«

»Na ja, vielleicht gar nicht so schlecht«, gab Ingo zu bedenken. »Man weiß ja nie, wer alles mitliest und alles mithört.«

»So ein Schmarrn! Wenn sich jemand in Benedikts

Handy einloggt, kann der sich natürlich auch alle Fotos anschauen.«

»Und was stand in der SMS?« Er spießte für sie eine Salamischeibe auf und reichte sie ihr.

Spielerisch schnappte sie danach. »Kann ich auch ein Stück Brot haben?«

»Das stand in der SMS?« Er lachte verblüfft.

»Nein, natürlich nicht. Die Nachricht lautete: *Arndt hat nichts damit zu tun!*«

»Ach so, und deswegen sollst du nach Arndt suchen.«

Sie nickte.

»Und wer ist das, dieser Arndt?«

»Darf ich nicht sagen.«

Als sie kurz darauf aufstand, um einen Espresso aufzusetzen, fragte Ingo sich, warum er ihr nie von seinem besten und quasi einzigen Freund Arndt erzählt hatte, warum er ihr grundsätzlich bisher noch kein Wort von seiner Internatszeit und seiner Freundschaft mit diesem so schwer zugänglichen Mann berichtet hatte. Weil es sie nicht interessierte. Aber jetzt lag der Fall natürlich ganz anders. Er biss sich auf die Unterlippe, schwieg und fragte sich tatsächlich, ob sein Freund diese Frau aus dem Krankenbett geklaut haben konnte. Das konnte doch nicht sein! Er hatte sie ja nicht mal sehen wollen. Selbst wenn Arndt manchmal Fehler machte: So blöd, dass er mit dem Handy der Entführten Botschaften in die Welt schickte und sich darin als Unschuldslamm bezeichnete, nein, so blöd war der nicht. Also konnte nur Roswitha selbst gesimst haben, und das hieß, dass sie lebte.

»Ich glaube, Frau Hirschfeld lebt noch«, sagte er. »Wer sonst sollte so eine Botschaft schreiben, wenn nicht Arndts Mutter?«

Abrupt drehte Lydia sich zu ihm um. »Wie kommst du darauf, dass Arndt der Sohn von Roswitha ist?«

Er wehrte ab. »Es sind nur Vermutungen, ich habe laut gedacht.«

»Das Denken solltest du uns von der Polizei überlassen.« Sie klang schon wieder so wunderbar unnachgiebig und streng und erinnerte ihn damit an seine Kindheit. Er lächelte ihr zu.

»Weißt du was? Du trinkst jetzt deinen Kaffee und legst eine Nachtschicht ein, und ich geh heim und leg mich ins Bett«, sagte er.

Lydia linste zu dem noch zu einem Viertel gefüllten Teller mit Bruschette, Oliven und gefüllten kleinen Paprika. »So machen wir das«, entgegnete sie und nickte.

»Sehen wir uns morgen?«

»Schaun wir mal.«

13. Kapitel

Längst war Benedikt Simbacher mitsamt seinem Burschi und den vierundachtzig Disketten wieder abgezogen, doch noch immer stand Gottfried Hirschfeld vor dem Haus und starrte aufs Display seines Handys, als rechne er damit, dass alle Buchstaben der soeben eingegangenen SMS auseinanderfielen und sich zu einer neuen Botschaft zusammensetzten. Und zwar zu einer, mit der er etwas anfangen konnte und die ihm einen Weg weisen würde. Doch kein einziges der Schriftzeichen tat ihm diesen Gefallen.

»Gottfried, rede mit mir!«, sagte Franziska.

Er drehte sein Handy in ihre Richtung. »Was soll das?« Der Wind wehte die Asche von der Zigarettenspitze. Eine dünne graue Fahne.

»Kennst du diesen Arndt?« Sie flüsterte es fast.

Gottfried hob die Schultern und schüttelte den Kopf. »Ich habe ihn niemals gesehen.«

»Wir beide werden ihn vermutlich schon sehr bald vor uns haben.« Franziska ärgerte sich. Hatte sie nicht schon von Anfang an ein seltsames Gefühl bei dem einzigen Männernamen auf Roswithas Telefonliste gehabt? Gut, dass sie wenigstens jetzt gleich reagiert und Benedikt und Sandra gebeten hatte, die Münchner Kollegen auf Arndt Danske anzusetzen.

»Der war das nicht«, erwiderte Gottfried. »Der wollte nichts mehr von ihr. Der wollte ihr weder was Gutes noch was Böses. Der wollte sie einfach nur vergessen.« Er sah mit gefurchter Stirn in den dunklen Himmel. »Wie kalt mag ihr jetzt wohl sein?«

Genau diesen Gedanken hatte Franziska sich bisher nicht zu denken getraut. Gottfried hatte sicher von früh bis spät alle nur erdenklichen schrecklichen Szenarien vor Augen und war fast verrückt vor Sorge. Er kannte Roswitha, er wusste, wie sie sich fühlen mochte. Sie waren seit Jahren miteinander vertraut. Er steckte fast in ihrer Haut.

»Glaub mir, sie liegt in einem geheizten Haus in einem warmen Zimmer und in einem sauberen Bett. Sie wird versorgt, und es geht ihr gut. Sie hat dir diese Botschaft geschrieben, damit du dir keine Sorgen machst«, log sie, obwohl sie selbst nicht daran glaubte.

Gottfried ließ die Zigarette zu Boden fallen und trat sie mit dem rechten Fuß aus. »Du kannst mir viel erzählen.«

Sie folgte ihm ins Haus.

»Früher hat wenigstens immer der Vogel sein ›Feigling!‹ gekrächzt, wenn ich hier die Tür öffnete.« Müde ging er die Treppe hoch. »Jetzt ist es nur noch still. Auch Lori lebt nicht mehr.«

Dieses »Auch« hatte den Beigeschmack von Dunkelheit und Schwärze.

Selbst Franziska empfand nun die gespenstische Ruhe wie eine ungeahnte und schwere Last. Hatte nicht gestern noch das Wasser des Schwarzen Regen gerauscht, waren nicht gestern noch Lastwagen laut scheppernd über die Bahnhofstraße gefahren, sodass alle Fensterscheiben klirrten? Jetzt, in diesem Moment, schien die Welt den Atem anzuhalten.

Mit einem unguten Gefühl folgte die Kommissarin dem verwaisten Ehemann in den ersten Stock des Hauses. »Darf ich dir was zeigen?«

»Du hast also was gefunden?«, fragte er, doch seine Stimme klang gleichgültig. Mit hängenden Schultern drehte er sich zu ihr um. »Dann lass mal sehen.«

Sie bat ihn in ihre Ferienwohnung. Auf dem schwarzweißen Teppich standen drei braune Umzugskartons. Er rümpfte die Nase. »Es muffelt.«

»Das kommt von den Kisten.« Wieso rechtfertigte sie sich eigentlich? In seiner Wohnung stank es nach kaltem Rauch, und das war ja wohl eindeutig schlimmer.

Breitbeinig stand er da, beide Hände in die Hüften gestemmt. Er seufzte. »Und?«

Sie schlug die Papplasche der ersten Kiste beiseite. »In der waren Unterlagen aus der Schulzeit und vom Studium und jede Menge alte Kleider. Unter uns: Die kannst du nicht mal mehr dem Secondhandladen anbieten. Die alten Schreibmaschinen dagegen schon.« Sie zeigte auf den zweiten Umzugskarton. »Darin lagen vierundachtzig Disketten – fein durchnummeriert. Die habe ich Benedikt schon zum Auswerten mitgegeben. Hast du eine Idee, was da drauf sein könnte?«

Er schüttelte den Kopf. »Ich hab Roswitha nie mit Disketten rummachen sehen. Sie hasste ihren Computer. Das ist möglicherweise noch altes Zeug von ihrem Studium.«

»Vermutlich wissen wir morgen mehr. Benedikt hat eine Expertin gefunden, die in ihrer Nachtschicht reinschaut. Außer den Disketten waren in diesem Karton Fotoalben und Briefe, aber die habe ich mir noch nicht genauer angeschaut. Ich wollte dich fragen, ob wir das vielleicht zusammen machen?« Franziska sah ihn aufmunternd an. Es wäre gut, wenn er abgelenkt würde.

Er schüttelte den Kopf. »Ich will gar nicht wissen, wer

und was alles vor mir war.« Nun schob er sich doch eine Zigarette zwischen die Lippen.

»Und wenn wir die Kiste in deine Wohnung bringen? Dann schaue ich den Inhalt durch und stell zwischendrin ein paar Fragen. Das ein oder andere wirst du mir sicher erklären können.«

»Das glaube ich nicht.« Er wandte sich zur Tür.

Sie trat auf ihn zu und griff nach seiner Hand. »Schau mal, das musst du dir noch anschauen. Bitte.« Schwungvoll öffnete sie die Kiste mit den Plüschtieren und holte das einohrige Schaf hervor. »Das hat mich total angerührt. Sieh mal, diese Kuscheltiere wurden ja richtig kaputt geliebt. Ich stelle mir vor, dass sie vor langer Zeit für ein Kind sein Ein und Alles waren. Was meinst du? Vielleicht waren es ja sogar Arndts?«

Gottfried schluckte. Plötzlich schossen große Tränen aus seinen Augen.

»Was ist denn los?« Sie hätte ihn gerne umarmt oder auch nur berührt, aber alles an ihm war auf Abwehr eingestellt. »Du weißt also, was das für Tiere sind?« Rücksichtsvoll trat sie einen Schritt zurück.

Er sah zu Boden. »Die haben mir gehört. Und sie hat gesagt, dass sie sie weggeworfen hat. Okay, ich war schon erwachsen, aber ich bin trotzdem wütend geworden. Sie hatte nicht das Recht dazu.«

Franziska schwieg.

»Als das Haus meiner Eltern verkauft und abgerissen wurde, haben wir sie wiedergefunden.« Er griff nach dem einohrigen Schaf. »Das ist Martha«, murmelte er, drückte es an sich und trat auf den Flur. »Kommst du später noch mal rüber? Aber ohne Fotos!«

Franziska sah auf die Uhr. Eine Stunde Zeit würde sie

ihm geben. »Gerne, wenn du uns was beim Chinesen bestellst. Mir ist heute nach was Würzigem.« Ihre Erfahrung hatte ihr gezeigt, dass man mit Essen wieder Boden unter den Füßen gewann.

Er nickte, und sie sah, dass er sich bereits im Flur die Zigarette anzündete.

Der Diskettenstapel maß etwa dreißig Zentimeter in der Höhe. Lydia fotografierte ihn mit dem Handy. So viel Arbeit lag vor ihr, und das in der Nacht von Freitag auf Samstag, für die es hoffentlich nicht nur einen Nacht-, sondern auch einen Wochenendzuschlag gab.

Sie betrachtete die Platte mit den restlichen Antipasti und dachte, dass sie es gar nicht so schlecht getroffen hatte. Der Techniker, der das Diskettenlaufwerk installiert hatte, war nach einer außergewöhnlich langweiligen Einführung endlich wieder gegangen. Jetzt konnte sie es sich gemütlich machen.

Sie schob sich selbst eine Olive in den Mund und eine Diskette ins Laufwerk. In dem schwarzen Kasten begann es zu knacken und zu scheppern.

»Kann ich mir das auch ausdrucken?«, hatte sie gefragt und ein Stirnrunzeln des IT-Kollegen geerntet.

»Würd ich nicht machen. Es ist sicher viel Schmarrn dabei. Am besten ist es, die Dateien erst mal auf dem PC abzuspeichern. Man muss ja auch an die Umwelt denken. Es wird viel zu viel Papier bedruckt.«

»Wenn es darum geht, dass entweder Frau Hirschfeld gerettet wird oder ein Baum stirbt, dann lass ich doch lieber einen Baum sterben«, hatte sie erwidert und ihm dann ein schönes Wochenende gewünscht. Er hatte ihr einen eigenartigen Blick zugeworfen und war dann gegangen.

Lydia verstand sich als Macherin, und wie alle wirklich herausragenden Menschen konnte sie am besten alleine arbeiten. Es gab Teamworker und Solisten. Lydia zählte sich zur letztgenannten Kategorie. Hatte sie nicht alles Wesentliche bisher ganz allein herausgefunden? War sie nicht die Einzige ihrer ganzen Truppe, die mit Arndt telefoniert hatte, und hatte sie nicht als Einzige die Wahrsagerin kontaktiert, wenn auch nicht ganz uneigennützig?

Entschlossen griff sie nach einem Würfel. Einer musste ihr ja die Entscheidung abnehmen. Sie würfelte eine Vier. Das war ihr eigenartigerweise ganz recht. Ingo hätte systematisch begonnen, doch sie ging Probleme nun mal anders an als er. Eher intuitiv.

Also begann sie mit der Diskette Nummer vier.

Ingo Diederichsen öffnete die Tür zu seiner großzügigen Vierzimmerwohnung mit Blick auf den Stadtplatz. Lydia war erst ein Mal bei ihm gewesen und hatte bemängelt, dass alles so unpersönlich wirkte. »Daran merkt man, dass du allein lebst. Es sieht aus wie in einem Einrichtungskatalog, aber nicht wie im richtigen Leben. Was jetzt noch fehlt, sind Plastikpflanzen.« Eine Woche später hatte sie ihm einen Strauß rosafarbener Seidenröschen für seine Diele geschenkt. Damit er beim Heimkommen an sie dachte.

Während er sich die Schuhe abstreifte, fiel ihm endlich eine passende Antwort auf ihre Kritik ein. Er hätte sagen sollen: »Ich richte mich ja auch noch ein, nicht nur in dieser Wohnung, sondern auch in diesem Leben.« Leider fielen ihm so treffende Sätze immer erst Tage später ein. Vor allem dann, wenn er Lydia gerne eine schlagfertige Antwort gegeben hätte

Ordentlich stellte er beide Schuhe nebeneinander zum

Austrocknen auf ein Stück Zeitungspapier und schlüpfte in seine Hausschuhe.

Seit mehr als einem Jahr wohnte er schon hier, und noch immer schien ihm die Wohnung unerlaubt groß. Zu groß für einen einzelnen Menschen und vor allem viel zu großzügig für ihn.

Arndt, der kürzlich zu Besuch gewesen war, hatte es vermutlich genauso gesehen, es aber nicht laut ausgesprochen. Ingo hatte es in seinen Augen lesen können.

»Ich weiß«, hatte er sich zu rechtfertigen versucht, »früher sind wir zu zweit in einem Zimmer miteinander klargekommen, und es hat uns an nichts gemangelt.« In Arndts Gegenwart neigte er dazu, etwas gestelzt zu sprechen, was sicher auch damit zu tun hatte, dass Arndt so gut wie gar nichts sagte.

»Ich brauche einfach nicht mehr«, war Arndts Antwort gewesen. »Da, wo ich jetzt bin, ist auch wenig Platz.«

»Weißt du eigentlich, dass du damals meine Rettung warst, Arndt? Ohne dich wäre ich untergegangen.«

Ingo dachte daran zurück, wie sie sich damals zum ersten Mal begegnet waren. Der hochbegabte Stipendiat Ingo Diederichsen und das achtjährige Anhängsel einer reichen Frau, die ihn loswerden wollte, weil er nicht mehr in ihren Lebensplan passte. Draußen waren dunkle Wolken über das bis zum Horizont reichende Meer gezogen. Eine perfekte Kulisse für ein dramatisches Zweipersonenstück mit ungewissem Ausgang.

»Logo. Aber du warst auch meine Rettung«, hatte Arndt gesagt und sich auf Ingos roten Designersessel gesetzt.

»Es war schon Schicksal, dass wir uns da begegnet sind«, hatte Ingo gemeint. »Wer weiß, wie es mir ohne dich ergangen wäre. Ich hatte ja nie Taschengeld. Du hast mich gelegentlich durchgefüttert und an den Wochenenden ins Kino oder in die Disko eingeladen. Ich war so klamm, dass ich nicht mal heimfahren konnte – und auch du bist im Internat geblieben.«

»Ich hatte ja kein Zuhause.« Arndt war immer noch kein Mann der vielen Worte. »Und ich hab mich vor dem Alleinsein gefürchtet«, fügte er dann leise hinzu.

Ingo hatte rasch das Thema gewechselt. »Hier gibt's halt kaum Einzimmerwohnungen«, sagte er, um seine Großfamilienunterkunft zu rechtfertigen. Dann hatte er seinen Freund ins Gästezimmer geschoben. »Schau mal, das da ist für dich.«

Zufrieden hatte Arndt genickt. »Genauso groß wie meine Wohnung.«

Vielleicht braucht Arndt ja die Wände ganz eng um sich herum, dachte Ingo jetzt und sah versonnen aus dem Panoramafenster im Wohnzimmer. Wände waren ja auch was zum Anlehnen und gaben Halt. Er blickte auf die Uhr. Es war fast Mitternacht. Wenn er Arndt heute noch anrufen wollte, dann sollte er das gleich tun.

»Hallo, Ingo, was gibt's?«, meldete sich Arndt.

Ingo konterte mit einer Gegenfrage: »Warst du das?«

»Was?«

»Sie ist weg!«

»Wer?«

»Roswitha Hirschfeld.«

»Woher weißt du das?«

»Ganz Viechtach steht kopf, und meine Lydia ist schwer in die Ermittlungen eingebunden. Hast du was damit zu tun? Ich verrate dich auch nicht.« Ingo wartete ab.

»Nein, wirklich nicht.«

In diesem Augenblick donnerte es so laut gegen Arndts

Wohnungstür, dass Ingo in Viechtach reflexartig sein Telefon vom Ohr nahm.

»Moment mal, da ist jemand«, erklärte Arndt. Ingo hörte, wie sein Freund die Wohnungstür öffnete.

»Wir kommen von der Polizei und haben einige Fragen an Sie«, sagte eine Männerstimme so laut, dass sogar Ingo in Viechtach verstand, worum es ging.

»Hör mal, Ingo, ich rufe dich später zurück«, erklärte Arndt gelassen. »Hier sind grad ein paar Leute gekommen.«

Ingo wartete die halbe Nacht, aber natürlich rief sein Freund nicht zurück. Alles andere hätte ihn auch gewundert.

Dennoch machte er sich Sorgen. Ob Lydia wusste, was da in München los war? Hatten die vielleicht schon rausgekriegt, dass es eine Verbindung zwischen Arndt und Roswitha gab, und dann eine Polizeistreife ins Arabellahaus geschickt? Er wählte Lydias Büronummer.

»Du, ich kann nicht schlafen, und du darfst es ja nicht«, begann er das Gespräch und erkundigte sich, ob sie gut vorankam. Es war drei Uhr morgens.

Sie stöhnte demonstrativ. »Ich musste mich erst in die Sache reinfuchsen. Da haben sie wieder einmal eine Deppenarbeit für mich gefunden! Es ist nicht zu fassen!«

»Du Arme, ich dachte ja, dass du jetzt wenigstens fremde Briefe oder Tagebücher lesen könntest und eine total wichtige Spur finden würdest.«

»Das nicht, aber dafür habe ich eine Fahndung in München eingeleitet«, verkündete sie.

»Du hast eine Fahndung eingeleitet? Echt?« Er legte all seine Bewunderung in diese Bemerkung.

»Ist doch nichts dabei«, kokettierte sie.

»Und warum?«

»Na ja, morgen steht es ja eh in der Zeitung, dann kann ich es dir ja auch gleich sagen.«

Er schwieg abwartend.

Sie räusperte sich. »Die Hirschfeld hat einen Sohn, der in München lebt. Jetzt geht es darum, dass unsere Kollegen vor Ort ihn befragen. Der muss jetzt Schritt für Schritt nachweisen, wo er in den letzten Tagen war. Angefangen beim Dienstag. Und dann werden wir sehen!«

»Und was war auf den Disketten drauf?«

»Ach, nichts als Schmarrn. Märchen aus aller Herren Länder. Wir sind doch nicht beim Sandmännchen oder in der Kinderstunde.«

Eher in der Geisterstunde, dachte Ingo und sah auf die Uhr. »Und wovon handeln die Märchen?«

»So weit bin ich noch nicht.«

»Darf ich dich später noch mal anrufen, falls ich immer noch nicht schlafen kann?«

»Natürlich. Ich muss ja schließlich die ganze Nacht wach bleiben!«

Er sagte genau das, was sie hören wollte: »Du Arme!«, und verabschiedete sich.

Gegen fünf Uhr morgens klingelte Ingo erneut bei Arndt durch. Was für ein Glück, dass Samstag war. Dann könnte er tagsüber eine Runde Schlaf einlegen, vielleicht sogar neben Lydia. Die roch so gut.

»Na, Alter? Immer noch wach?« Arndt klang wie immer.

»Du wolltest mich doch zurückrufen.«

»Ach ja. Sorry.«

»Was war denn los?«

»Die wollten nur wissen, was ich in den letzten Tagen gemacht habe und wo ich war.«

»Und?«

»Ja, nix! Ich war hier und in der Firma. Hier im Haus konnte das mit dem Strom- und Wasserzähler nachgewiesen werden, das wird ja pro Wohnung einzeln erfasst – und in der Firma hab ich ihnen mein Aktivitätsprotokoll ausgedruckt.«

So viele Worte hatte Arndt lange nicht mehr hintereinander gesprochen. Ingo ahnte, dass ihn der Überfall ziemlich aufgeregt haben musste. Alles andere hätte ihn auch verwundert.

»Weißt du, warum?«

»Wegen Roswitha. Sie ist weg.«

»Ist das nicht komisch?«, gab Ingo zu bedenken. »Zwölf Jahre lang hat niemand von ihrer Existenz gewusst, und jetzt, da sie weg ist, reden alle über sie.«

»Sie hat es mir nicht gesagt«, murmelte Arndt.

»Dass sie wegwill?«

»Nein, das andere.« Und mit diesem Satz legte Arndt auf, was mal wieder typisch für ihn war.

Ingo versuchte zu schlafen, doch es ging nicht. Das andere – was hatte Arndt nur damit gemeint?

Auf jeder Diskette befand sich ein Märchen oder die Zusammenfassung eines Märchens. Das hatte Lydia inzwischen herausgefunden. Aber was sollte das? Hatte Roswitha über Märchen geforscht? Waren die vielleicht Thema ihrer Magisterarbeit gewesen?

Die erfahrene Polizistin hatte alle Texte gesichert und auf einen Stick gezogen. Nun fragte sie sich, was diese Geschichten miteinander verbinden mochte. Sie mussten doch etwas Gemeinsames haben. Allein Märchen zu sammeln reichte ja wohl nicht aus für eine Magisterarbeit –

die wollten dann ja auch nach bestimmten Gesichtspunkten ausgewertet und untersucht werden.

Einige der Geschichten wie *Schneewittchen, Hänsel und Gretel* oder *Aschenputtel* und *Frau Holle* waren ihr vertraut. Von dem Märchen *Frau Trude* allerdings hatte Lydia noch nicht gehört. Sie überflog den Inhalt. Es ging um ein viel zu neugieriges Kind, das zur Strafe für sein ständiges Hinterfragen von einer hexenhaften Frau in ein Stück Holz verwandelt und dann ins Feuer geworfen wurde. Überhaupt ging es in vielen Geschichten um eigensinnige Kinder, die auf grausame Art zu Tode kamen. In der Erzählung vom *Liebsten Roland* hackt eine Mutter versehentlich ihrer eigenen Tochter den Kopf ab, weil sie deren buntes Schürzlein will. Lydia schüttelte sich. Jetzt war es wirklich Zeit, sich ein Stündchen aufs Ohr zu legen. Sie gähnte und reckte sich.

Franziska sah zum ungefähr zwanzigsten Mal in dieser Nacht auf ihr Handydisplay. Eine Suchmaschine hatte ihr verraten, dass die Sonne heute in Viechtach um sieben Uhr dreizehn aufgehen würde. Also in etwa zwei Stunden. Aber im Hause Hirschfeld bliebe es vermutlich dunkel. Der gestrige Abend hatte die Verzweiflung in Gottfried hochgespült. »Warum tut sie mir das an?«

»Wer sagt denn, dass sie dir was antut? Ist es nicht vielmehr so, dass ihr etwas widerfahren ist?«

»Wenn, dann hat sie es arrangiert.« Er klang verbittert.

Auf dem Wohnzimmersofa hatte er seine Plüschtiere ausgebreitet. Eine Galerie der zerstörerischen Liebe. Jedes einzelne sah aus, als hätte ein kleiner Junge sich mit aller Macht daran geklammert, aber keinen Halt gefunden. Ungeachtet seiner grauen Haare war Gottfried Hirschfeld vor Franziskas Augen wieder zu einem Kind geworden, dem Leid angetan worden war. Was früher seine Bärchen, Schäfchen und rosafarbenen Schweinchen nicht wiedergutmachen konnten, sollten jetzt die Zigaretten ins Lot bringen – aber auch das reichte nicht aus. Eine Wunde aus der Vergangenheit, die in der Gegenwart durch nichts geheilt werden konnte.

Er hatte kaum etwas gegessen und von Franziska immer wieder wissen wollen, wann denn die Ergebnisse der Funkzellenauswertung vorliegen würden. »Wenn das Handy sich jetzt woanders befindet als vor zwei Tagen, dann kann man vielleicht ihren Standort bestimmen.« Eine absurde Hoffnung.

»Nur den Standort des Handys«, hatte Franziska immer wieder geantwortet und war sich dabei grausam vorgekommen.

Tatsächlich hatte ein Mitarbeiter der Kriminaltechnik gegen Mitternacht bei Benedikt Simbacher angerufen, der der Kommissarin dann vertraulich mitteilte, dass die SMS verschickt worden war, als sich das Handy für einen kurzen Moment in eine Funkzelle auf dem Schlossberg von Runding eingeloggt hatte.

»Das ist ein Zeichen. Das hat sie absichtlich so arrangiert«, hatte Gottfried gesagt, als Franziska diese Information an ihn weitergegeben hatte. Fast ein wenig theatralisch ließ er sich so auf das Sofa fallen, dass die Plüschtierpyramide über ihm zusammenfiel und ihn fast unter sich begrub.

Wäre es nicht so traurig gewesen, hätte man über dieses Bild lachen können.

»Was meinst du mit Zeichen?«

Er hatte Franziska so angesehen, als fragte er sich, was

sie von ihm wollte, und dann langsam den Kopf geschüttelt. »Nichts meine ich damit. War nur so dahingesagt.« Dann war er aufgestanden und wortlos im Bad verschwunden.

Sie hatte noch eine Zeit lang auf ihn gewartet und genau gewusst, dass er sich so lange zum Zähneputzen oder was auch immer einschließen würde, bis er die Tür zu ihrem Apartment hörte. Da war es ungefähr zwei Uhr morgens gewesen.

Runding war nicht einmal dreißig Kilometer entfernt. Vielleicht sollte sie morgen dort mit Benedikt und dessen Hund spazieren gehen, anstatt mit den beiden durchs Moor zu streifen, dachte Franziska. Andererseits: Welche Auskunft konnte schon so eine Funkzelle geben? Und bestimmt saß Roswitha nicht in einem Rollstuhl mitten auf dem Schlossberg.

Sie wurde immer wieder wach und fragte sich, was auf den Disketten sein mochte. Aber als offiziell eingeführte Schwägerin der Entführten hatte sie nicht das Recht, um Viertel nach fünf morgens in der Polizeiinspektion anzurufen und sich bei der Kollegin zu erkundigen, die gerade mit der Auswertung beschäftigt war. Diese Lydia hätte ihr was erzählt! Das war wirklich ein Besen. Aber Benedikt und Sandra würden sie sich schon zurechtbiegen – hoffentlich.

Wenn sie Glück hatten, gab es auf mindestens einer der Floppy Disks Hinweise auf Arndt. Ob der als Kind auch von so vielen Plüschtieren umgeben gewesen war? Sie hätte Gottfried nach dem Namen des Internats fragen sollen.

Nachdenklich fuhr sie ihren Laptop hoch. Es wäre weitaus vernünftiger, ins Bett zu gehen. Insgeheim glaubte sie nicht mehr daran, dass sie Roswitha lebend auffinden würden.

Der gute Benedikt Simbacher hatte ihr gegen elf Uhr nachts noch eine E-Mail geschickt, die sie erst jetzt zur Kenntnis nehmen konnte. Der hängte sich wirklich rein in den Fall.

»Gemeinsames Studium von Theresa Wotzinger und Roswitha Danske«, las Franziska in der Mail, die Benedikt Simbacher von seinem privaten Account aus versendet hatte. »Ich habe in beide Akten Einsicht verlangt. Frau Wotzinger war für ein halbes Jahr verschwunden, in den Papieren steht ›Auslandsaufenthalt‹, und sie hat dann erst sechs Monate nach der Danske ihr Staatsexamen abgelegt. Als Roswitha Danske im Herbst 1989 ihren Dienst antrat, wurde als Familienstand ›alleinerziehend, ein Kind‹ angegeben. Zudem steht in den Personalakten, dass die Wotzinger sich direkt nach der Wende in die neuen Bundesländer versetzen lassen wollte. Daraus ist aber nichts geworden. Beide Damen sind in Freising geblieben. 1997 heiratete Roswitha Danske und hieß fortan Roswitha Hirschfeld.«

Franziska atmete auf. Jetzt hatte sie wenigstens schon zwei Jahreszahlen. Aber half ihr das wirklich weiter?

Vermutlich hatte Theresa Wotzinger das Kind bekommen, und Roswitha hatte es ihr abgenommen. Ging so was noch als Freundschaftsdienst durch? Welche Fächer unterrichtete die Wotzinger? Franziska sah in ihren Notizen nach. Und dort stand es: Deutsch und Religion.

Sie legte sich den Zeigefinger an die Stirn und dachte nach. Hätte Ende der Achtzigerjahre eine ledige Mutter an einem Freisinger Gymnasium, noch dazu an einem katholischen, Religionsunterricht erteilen dürfen? Vielleicht, aber ganz sicher war sich Franziska keineswegs. Die Wotzinger hatte hart für ihr Studium gearbeitet und wollte auf Nummer sicher gehen, während die ledige Lehrerin Roswitha Danske von Anfang an finanziell so abgesichert war, dass es für sie keine Katastrophe gewesen wäre, hätte sie die Stelle nicht bekommen. So waren aus zwei Freundinnen zwei Mütter geworden – die eine gebar das Kind, und die andere zog es groß. Das klang wie ein Märchen. Aber irgendetwas war schiefgelaufen, und das Märchen hatte ein böses Ende genommen. Was mochte passiert sein? Und wer war überhaupt Arndts Vater?

Vielleicht brachte die Standesamtsrecherche sie da weiter.

Polizeihauptmeister Benedikt Simbacher nahm am Samstag um sechs Uhr morgens ein Wannenbad mit Zusätzen. Das ganze Haus roch nach Fichtennadeln und Rosmarin. Er konnte sich nicht daran erinnern, wann er das letzte Mal so ausgiebig in heißem Wasser geschwelgt hatte, aber es war angenehm, es tat ihm gut, und am liebsten hätte er auch noch seinen Hund mit in die Wanne geholt, aber der hatte rechtzeitig Reißaus genommen.

Um neun Uhr waren Herr und Hund mit Franziska Hausmann verabredet, und er beschloss, zuvor noch mal in der Mönchshofstraße nach dem Rechten zu sehen. Dabei stellte er sich vor, dass auf den von Lydia ausgewerteten Floppy Disks entscheidende Erkenntnisse gespeichert waren, die Lydia bereits in mundgerechte Bissen für ihn und Franziska Hausmann aufbereitet hatte. Ihm war klar, dass das ein Traum war, aber seit wann war es verboten, zu träumen?

In genau diesem Traum nämlich würde Franziska ihm

die Hand reichen, ihn loben und ihm sagen, dass sie gar nicht wüsste, was sie ohne ihn machen sollte. Sie würde ihm gestehen, dass er eine unschätzbare Hilfe für sie sei. Und dann würde er ihr seine Begleitung anbieten – nicht nur für den heutigen Spaziergang im Moor, nein, für ein ganzes Leben. So ein schöner Traum! Er seufzte.

Lydia dagegen träumte in diesen frühen Morgenstunden von einer Hexe, die sie in die Luft hob und dabei durchschüttelte, als wäre sie ein Putzlumpen. Sie schrie wie am Spieß. Aber das Schütteln hörte nicht auf, nicht einmal, als sie von ihren eigenen Schreien erwachte und die Augen öffnete. Vor ihr stand Polizeihauptmeister Benedikt Simbacher und hatte sie an den Schultern gepackt.

»Des is mir a schöne Nachtwache!«, schimpfte er. »Host überhaupt irgendwos g'leistet?«

Sie setzte sich auf und fauchte ihn an: »Was soll das denn hier? Steh ich etwa unter Beobachtung?« Bei der Bereitschaftspolizei hatte sie gelernt, dass Angriff grundsätzlich die beste Verteidigung war.

Benedikt sagte nichts, aber Burschi knurrte bedrohlich.

Lydia warf die Wolldecke von sich und setzte sich auf. Sie sah auf die Uhr. Es war noch nicht einmal acht. »Was willst du überhaupt hier? Dein Dienst beginnt doch erst heute Nachmittag!«

Statt zu antworten, fragte er: »Was host du raus-g'fundn?« und wies dabei mit dem Kopf auf den Diskettenstapel, den sie fein säuberlich zwischen zwei leere Wasserflaschen drapiert hatte. So wirkte die Menge doppelt so groß. »Oder host etwa noch gor ned einig'schaut?«

Kurz überlegte sie, ihm einfach nicht zu antworten, ihn gnadenlos links liegen zu lassen. Er hatte jetzt keinen

Dienst, also ging ihn auch das, was sie in ihrer Nachtarbeit erreicht hatte, nichts an. Aber der Stolz über die geleistete Arbeit gewann die Oberhand. »Ich hab bis eben gerade alles durchgeschaut. Dann hab ich die ganzen Einzeldateien in eine einzige große Datei geschoben und eine Kopie auf einem Stick gesichert. Willst du ihn haben?«

Er kniff die Augen zusammen. »Und ob i wui. Aber sog, wos is denn da drauf auf dene Disketten?«

Sie hob die Schultern. »Ich glaube, die wollte ein Märchenbuch schreiben oder zusammenstellen, und auf den Disketten sind die gesammelten Geschichten. Das ist meine Meinung, wenn du mich schon fragst. Für unseren Fall hilft uns das nix, gar nix.« Sie gähnte demonstrativ. »Und als ich mit der ganzen Auswertung durch war, hab ich mich mal für einen kleinen Moment hingelegt. Was meinst du, wie sehr so eine Arbeit auf die Augen geht! Und dann kommst du rein und musst mich so erschrecken!«

Er entschuldigte sich nicht und zeigte auch keinerlei Bedauern. »Und wos hod die Auswertung 'bracht?«

»Ich weiß es nicht.«

Er stöhnte. »Des hätt i mir ja denka kenna!« Sein Hund Burschi knurrte aus reiner Solidarität.

Lydia fragte sich, ob ihr Ingo angesichts einer solchen Szene auch angriffslustig geworden wäre. Sie hoffte es.

»Und wo is jetzt die Kopie?« Benedikt Simbacher zeigte sich ungeduldig. Er sah auf die Uhr.

»Was willst du jetzt damit? Dein Dienst beginnt erst um siebzehn Uhr.«

»Wann i vorher Zeit hob, schau i gern amoi eini«, antwortete er, nahm ihr den Datenstick ab und steckte ihn unbesehen in die Tasche seiner Cordhose. Er war nicht im Dienst und durfte Zivil tragen. »Bis später. Komm, Burschi, auf geht's.«

Sie sah so müde aus, dass er sie am liebsten gleich wieder ins Bett geschickt hätte, aber dann wäre der Spaziergang ausgefallen. »Frau Hausmann, a bisserl frische Luft tuat Eahna g'wiss guad«, sagte er daher und bemühte sich darum, besonders munter zu klingen, als sie ihm von der Treppe ihrer Ferienwohnung hinab zuwinkte.

»Wollen Sie kurz hochkommen? Es ist noch Kaffee da.«

Er befahl seinem Hund: »Platz« und stürmte ungestüm die Treppe hoch.

Auch wenn ihm klar war, dass sie sich in erster Linie für den neuesten Stand der Ermittlungen interessierte, enttäuschte es ihn, dass sie nicht so reagierte wie in seinem Badewannentraum. Sie sagte nicht: »Was wäre ich ohne Sie?«, sondern griff wie selbstverständlich nach dem hingehaltenen Stick und schob ihn in ihren Rechner. »Da war die Kollegin aber fleißig.«

Schweigend scrollte sie in der Datei herum und druckte am Ende etwas aus.

»Ich habe die Überschriften markiert und aufgelistet. Dann können wir uns die Titel anschauen, während wir spazieren gehen«, erklärte sie.

War es das, was er sich gewünscht hatte?

14. Kapitel

Das Arracher Moor lag südlich des Weißen Regen und erstreckte sich über ein Areal von etwa zwölf Hektar. Benedikt war schon oft hier gewesen. Er parkte seinen Wagen direkt am Startpunkt des ausgewiesenen Wanderweges, reichte Franziska Hausmann etwas hölzern die Hand zum Ausstieg und pfiff nach seinem Hund. Der sprang geschwind von der Rückbank nach draußen. »Warum wollten S' unbedingt in des Moor gehn?«

»Deshalb«, sagte die Kommissarin, nahm einen zusammengeknüllten Seidenschal aus einer Plastiktüte und reichte ihn an Benedikt weiter. »Wir suchen immer noch nach Roswitha. Kann man Ihren Hund auch an dem hier schnüffeln lassen?«

»Ja, freilich!«

Der Hund stob davon. Sie sahen ihm beide nach, und Benedikt hatte das Gefühl, als betrachteten sie gemeinsam die Fortschritte eines Kindes, oder besser noch – seines Kindes. Nie zuvor war er auf solche Gedanken gekommen, und das verwirrte ihn dermaßen, dass er ins Straucheln geriet.

Franziska Hausmann griff nach seinem Arm. »Hoppla, nicht dass Sie mir noch fallen!«

Sollte er ihr jetzt gestehen, dass er ihr bereits verfallen war? Er schämte sich. Er hätte sich ohrfeigen können. Er fand sich lächerlich und albern.

Benedikt Simbacher holte tief Luft und ging hocherhobenen Hauptes neben ihr her. Möglicherweise war er schon zu alt, und vielleicht war es auch schon zu spät für alles, aber in dieser Sekunde genoss er das Gefühl der absoluten Vollkommenheit.

Burschi war nicht mehr zu sehen. »Findet er zurück?« Franziska Hausmann zweifelte offenbar am Orientierungssinn des Hundes.

»Natürlich. I muass bloß pfeifen nach eahm.«

»Und wenn er was findet?«

»Dann gibt er Laut.«

Der Himmel über ihnen zog sich zu. »Am Nachmittag wird's wieder regnen«, prophezeite Benedikt. »Dann sollten mir im Café d' Hoamat einkehren.« Er verriet ihr nicht, dass er dort schon mal einen Tisch reserviert hatte. Man konnte ja nie wissen.

Sie stapfte neben ihm und zählte irgendetwas an ihren Fingern ab. »Jetzt ist sie schon seit drei Nächten verschwunden.«

»Kenna Sie sich vorstell'n, dass sie hier, mitten im Hochmoor, irgendwo versteckt is?«

Franziska Hausmann schüttelte den Kopf. »Wenn sie lebt, ist sie irgendwo in Sicherheit. Andernfalls ...«

Er unterbrach sie: »Aber sie war doch gestern no in Runding. Die is g'wiss in Sicherheit!«

»Wir wissen nur, dass ihr Handy in Runding war.«

»Kennt sie da irgendwen? Wohnt sie da vielleicht bei dem?«

»Nein. Das habe ich mich gestern auch schon gefragt, aber Gottfried sagte, dass er von niemandem weiß. Er und seine Frau haben dort mal Urlaub gemacht. Eine andere Verbindung gibt es nicht. Roswitha ist ohne Geschwister aufgewachsen, und ihre Eltern sind bereits verstorben. Da ihr Vater ein Erfinder war, habe ich über das Europäische

Patentamt erst seine Erfindung, dann seinen Namen und schließlich das zuständige Nachlassgericht ausfindig gemacht. Letztendlich konnte ich sogar Einsicht in den Erbauseinandersetzungsvertrag nehmen. Benno Holdenrieder hat sich darum gekümmert.«

»Dieser Benno …« Benedikt stockte fast das Herz. »Ist des Ihr Freund?«

Sie blickte ihn kurz von der Seite an. »Er ist der Mann meiner besten Freundin«, stellte sie klar. »Er wird auch dafür sorgen, dass Ihre Kollegin ab Montag eine richterliche Verfügung für alle Standesämter hat.«

»Oje, do wird d' Lydia wieder jammern!«

»Roswitha ist definitiv die einzige Erbin«, vertraute Franziska Hausmann ihm nun an. »Es gibt keine weiteren Verwandten. Mir ist es immer wichtig, auch solche Informationen rechtzeitig zu bekommen.«

»Freilich, mir aa«, versicherte Benedikt und wich einer Pfütze aus. »Alles kommt irgendwoher – die Vorg'schichten san total wichtig. Dann is des wohl a Freund g'wesen.«

»Was gewesen?« Franziska sah ihn an.

»Der sie da rausg'holt hat. Verstehen S', i wui dem Gottfried Hirschfeld nix Schlechtes nachsogn. Er is a guader Mensch, selbst wenn sei Frau des ned so sehn ko. Denn wenn a Mensch so vui Zeit hod, denkt er natürlich aa vui über si selber nach. Und je mehr, dass er über sich nachdenkt, umso mehr hadert er mit sei'm Schicksal und macht genau des dann dene zum Vorwurf, die eahm besonders nahestehen.«

Franziska Hausmann stimmte ihm zu. »Wobei Roswithas Schicksal ja auch kein leichtes ist. Ich fürchte fast, dass sie nicht mehr unter uns weilt«, murmelte die Kommissarin.

Benedikt legte ihr die Hand auf die Schulter, um sie zu trösten. »Hoffentlich is es dann wenigstens schnell ganga.«

Vor ihnen huschte ein Eichhörnchen durch flirrende Schattenmuster. Es trug eine Walnuss in seinen Pfoten.

»Des baut sich g'wiss grad sei Nest«, kommentierte Benedikt. »Des woaß, wo's hing'hört.«

Resolut holte sie den Ausdruck mit den Märchenüberschriften aus ihrer Manteltasche. »Hier habe ich einen schönen Zeitvertreib für uns.«

Benedikt Simbacher erwies sich nicht gerade als begnadeter Märchenkenner. Daher erzählte Franziska ihm die wenigen Geschichten, die sie kannte, in Kurzform. Das waren zwar auch nicht gerade viele, aber ihnen allen gemein war eine böse Frau, entweder als Fee, als Mutter oder sogar als Stiefmutter.

Eigenartigerweise fiel genau diese Gemeinsamkeit dem Benedikt auf, und als er es zur Sprache brachte, sah Franziska ihn lange an. »Perfekt. Die böse Mutter als Leitmotiv. Das ist es!«

»Soll i d' Lydia anrufn? Die hod ja scho ois g'lesen. Die kannt uns des auf Anhieb bestätigen.«

»Die wird sich freuen, wenn Sie mit der Schwester des Herrn Hirschfeld während eines Samstagspaziergangs über Ermittlungsdetails reden, die nicht nach außen dringen sollten. Machen Sie sich da schon mal auf ein Donnerwetter gefasst.«

»O mei, des hob i ganz vergess'n«, meinte Benedikt sichtlich zerknirscht.

»Welchen Sinn hat eine schlechte Mutter, oder anders gefragt: Wozu ist eine schlechte Mutter gut?«, murmelte

Franziska und gab sich selbst die Antwort: »Eine herzlose Mutter macht die Kinder stark, weil sie sie nicht verwöhnt und verhätschelt. Sie rüstet sie fürs harte Leben.«

»Wenn's denn erst mal überleben!«, fügte Benedikt mit finsterer Miene hinzu und pfiff aus lauter Gewohnheit nach seinem Hund. Burschi kläffte aus der Ferne dreimal. Dann schwieg er kurz und schickte vier kurze Kläffer hinterher.

Franziska sah ihren Begleiter an.

»So bellt der nur, wenn er fündig g'wor'n is«, erklärte Benedikt.

»Aus welcher Richtung kam das?«

Benedikt kniff die Augen zusammen und pfiff erneut.

Die Antwort erreichte sie wie auf Bestellung.

»Nordost?«

Franziska nickte. »Schien mir auch so. Na, dann los.«

Sie kämpften sich durchs Unterholz. Es gab ausgewiesene Wanderwege und überall Schilder, auf denen darum gebeten wurde, das Naturschutzgebiet auch tatsächlich zu schützen und daher weder Abfälle zu hinterlassen noch vom rechten Weg abzukommen, aber Benedikt spurtete los, als ginge es darum, noch in letzter Sekunde ein Leben zu retten. Am Parkplatz hatten sie beide die Hinweistafel gelesen: »Verlassen Sie bitte nicht den Moorkörper und halten Sie Ihren Hund an der Leine!« Jetzt verstießen sie gegen alle Vorschriften.

Franziska wusste, dass sie auf jeden Fall zu spät kommen würden, falls der Hund tatsächlich Roswitha gefunden hatte. Sie fürchtete sich vor dem Bild, das sie erwartete. Aber sie fürchtete sich auch davor, Benedikt aus den Augen zu verlieren und sich im Moor zu verirren. Also hechtete sie ihm nach.

Burschi stand mit gerecktem Kopf vor einer Birkengruppe, hinter der sich ein kleiner Weiher öffnete. Wolken spiegelten sich auf der leicht gekräuselten Wasseroberfläche und schufen eine trügerische Illusion vom Himmel auf Erden. Er wedelte aufgeregt mit dem Schwanz.

»Brav, Burschi, brav!« Benedikt näherte sich seinem Gefährten und rief: »Aber da is nix!«

Franziska fragte sich, wie schnell wohl ein lebloser Körper im Moor versank. Möglicherweise hatte sich dieser Moorkörper den Leib von Roswitha Hirschfeld einverleibt, dachte sie und hatte den Eindruck, ungeschützt auf einem unberechenbaren Tier umherzuwandern, einem riesigen Tier, das sie beim ersten unbedachten Schritt verschlingen würde.

»Benedikt, wir sollten lieber gehen!«, rief sie ihm zu. »Hier muss die Spurensicherung aktiv werden. Wir sollten lieber gehen, bevor wir wichtige Spuren verwischen.«

»Aber i seh wirklich nix«, antwortete er. »Wieso seh i nix?«

Franziska atmete tief durch und zwang sich zur Ruhe. Was antwortete man auf eine solche Frage? Weil sie untergegangen ist? Weil das Moor sie verschluckt hat? Sie hob die Schultern und riss sich zusammen.

»Sicher hat Ihr Hund nur auf irgendetwas reagiert, was ihr gehörte, einen Schuh oder ein Halstuch.«

Benedikt hob hoffnungsvoll den Kopf. »Moana Sie des wirklich?«

Franziska nickte halbherzig.

»Burschi, aus!« Benedikt klang fast triumphierend. »Der hod a Stück Stoff in der Schnauzn.«

»Haben Sie was zum Sichern dabei?«

Offensichtlich ja, denn sie sah, wie der Kollege ein paar

Meter weiter etwas in eine Plastiktüte steckte. Franziska wollte nichts wie weg. Das Moor verschluckte Dinge und Menschen. Es war kein Sumpf, sondern ein lebendiges Wesen, auf dem sie sich verbotenerweise herumtrieben. Ein mystisches Tier, das Dinge und Kreaturen verschlingen und auch wieder ausspucken konnte. Sie mussten sich in Acht nehmen.

»Wir sollten wirklich gehen!«, rief sie erneut.

»I kimm scho.« Sehr sorgfältig stopfte er sich die Plastiktüte mit dem Beweismaterial in seine linke Jackentasche.

»Das hat gar nichts zu bedeuten«, sagte Franziska zu ihm, als er wieder neben ihr stand. »Vielleicht hat Gottfried sie im Sommer des Öfteren hier spazieren gefahren. Sie an einem Sonnentag in ihren Rollstuhl gesetzt und an die frische Luft gebracht. Schließlich gibt es ja einige befestigte Wege.«

Benedikt sah sie an, als zweifle er an ihrem Verstand. »Dann hätt doch irgendwer die beiden g'sehn. Aber koaner in Viechtach hod was g'wusst von der Frau.«

Wo er recht hatte, hatte er recht.

»Sie bringen mich jetzt bitte in meine Ferienwohnung, dort schau ich mir die Datei mit den gesammelten Märchen genauer an, und Sie in Ihrer Eigenschaft als Ermittler halten mich auf dem Laufenden. Dann wissen wir heute Abend vielleicht schon mehr.«

Benedikt griff zu seinem Handy und gab die Koordinaten an Sandra Falk weiter. »Das Stückerl Stoff hob i scho g'sichert«, berichtete er. »Aber genau dort, wo 's gelegen hod, hob i zuvor mit gelber Flüssigkreide an Kreis g'sprüht. Ihr machts eich allerweil lustig über mi, aber jetzt war's guad, dass i an Markierungsspray und an Kabelbinder an meinem Gürtel trag. Besser hundertmal umsonst als wia amoi z' wenig. Und heit hod 's uns g'nutzt.«

Sie machten sich auf den Rückweg.

»Dass Menschen tatsächlich im Moor versinken, ist übrigens ein Gerücht«, erklärte Franziska.

»Und wos is mit den Moorleichen?«

»Nun, die waren vorher schon tot. Das Moor selbst verschlingt keine lebenden Wesen, das liegt an der Physik des Auftriebs. Allerdings sind wohl manche Menschen im Moor stecken geblieben und letztendlich an Unterkühlung gestorben, weil sie sich aus eigener Kraft nicht befreien konnten. Einige Wissenschaftler gehen auch davon aus, dass in früheren Zeiten Leichen im Moor konserviert wurden, um sie dann später regulär zu bestatten. Vermutlich sind auch manche von ihnen an diesem vorläufigen Ort einfach vergessen worden.«

»Wos Sie alles wissen!« Er klang bewundernd.

»Machen Sie keine Fortbildungen?« Sie sah ihn von der Seite an. »Ehrlich gesagt nehme ich an allen Angeboten teil. Das mit der Technik geht so schnell, und fast von Woche zu Woche gibt es Neuerungen, über die man Bescheid wissen sollte.«

»Mir sprechn uns ab«, gestand Benedikt. »Oana muass ja die Stellung halten, und die Sandra is ja no ein bisserl jünger, deswegen macht sie mehr.«

Inzwischen waren sie am Auto angekommen. Benedikt hielt ihr die Wagentür auf.

»I ruf an, wenn's wos Neies gibt?«

»Unbedingt! Und wenn Ihr Hund wirklich Roswithas Spur gefunden haben sollte, dann wäre ich froh, wenn wir Gottfried Hirschfeld diese schreckliche Nachricht gemeinsam überbringen.«

»I werd Sie begleiten«, versprach er. Traurigkeit fiel wie ein Schatten über sein Gesicht. »I moan inzwischen aa, dass Roswitha nimmer am Leben is.«

»Aber wer sollte sie dort hingebracht haben, falls sie dort wirklich liegt? Etwa Gottfried?«

»Naa, nie und nimmer!«

Hinter ihnen hechelte der Hund.

»Ja, Burschi, glei gibt's a Belohnung«, versprach Benedikt und ließ Burschi in den Wagen springen.

»Das war aber ein kurzer Ausflug. Gefällt dir das Arracher Moor?« Gottfried kam ihnen aus seiner Werkstatt entgegen. Er hatte sich eine Schweißerbrille über seine Brille gestülpt, hinter der seine Augen übergroß wirkten, als betrachte man sie durch ein Brennglas.

Franziska wand sich. »Es war dann doch zu kalt und zu windig. November ist halt November. Außerdem wollte ich mich um die Disketten kümmern.«

»Ach was.« Gottfried schwieg abwartend.

Benedikt sprang ein. »Die Kollegin Hobmaier hod sie öffnen und lesen können. Sie hod mir a Kopie 'zogn, und die hab i ihr 'geben.« Dabei wies er mit dem Zeigefinger auf Franziska. Als Gottfried weiter schwieg, fügte er hinzu: »Auf jeder Diskette is a Märchen g'wesn. Achtzig Stück insgesamt.«

»Wenn ihr Verschwinden doch auch nur ein Märchen wäre!« Gottfried Hirschfeld zog an den Gummibändern der Schweißerbrille und schob sie sich auf die Stirn. Franziska musste an einen Taucher denken und fror.

»Vielleicht hat Roswitha ihre Magisterarbeit über Märchen geschrieben«, bot Franziska an. »Die Weisheit der Märchen wird ja oft unterschätzt.«

»Kann schon sein«, murmelte Gottfried. »Mir hat sie nie davon erzählt. Sie hat mir auch nie ein Märchen vorgelesen.«

Dieser letzte Satz klang so, als hätte er es sich sehnlichst gewünscht. Franziska musste an die kaputt geliebten Plüschtiere denken, die immer noch auf Gottfrieds Sofa saßen.

»Was für Geschichten sind es denn?«, erkundigte sich Gottfried und zündete sich eine Zigarette an.

»Aus der ganzn Welt«, sagte Benedikt schnell. »Vom Nordpol bis zum Südpol und von Ost bis West.«

Eine Windbö fuhr ihnen ins Gesicht und brachte erste Regentropfen. Franziska griff nach ihrem Hausschlüssel und sah die beiden Männer an. »Das ist doch ein ideales Wetter für so eine Märchenstunde«, meinte sie und hob die Hand. »Bis später dann, man sieht sich.«

»I muass aa«, erklärte Benedikt und stieg in sein Auto.

»Märchenstunde«, murmelte Franziska, während ihr Rechner hochfuhr und sich mit den üblichen Piepstönen meldete. Draußen auf dem Hof stand Gottfried inmitten seines Fuhrparks, rauchte verbissen und regte sich nicht. Er würde sich den Tod holen! Vielleicht wollte er das ja auch. Sie verstand ihn immer weniger.

Vielleicht hätten sie etwas sagen sollen, aber es war eindeutig noch zu früh, um ihn mit einem möglichen Fund zu konfrontieren. Vielleicht war da auch nichts, hoffentlich! Solange er hoffen konnte, war noch nicht alles verloren. Franziska kniff die Augen zusammen und beobachtete den regennassen Mann. Glaubte der tatsächlich noch an die Rückkehr seiner Frau? Ganz plötzlich war sie sich da gar nicht mehr so sicher.

In genau diesem Augenblick sah er zu ihrem Fenster hoch und schob sich die dicke Schweißerbrille übers Gesicht. Es sah aus, als ginge er auf Tauchstation.

Es war genau elf Uhr fünfundvierzig.

Sie würde sich nun eine Stunde lang mit den Märchen befassen und Gottfried dann einen Mittagsimbiss vorschlagen. Aber erst brauchte sie Abstand.

Auch wenn Benedikt seine Kollegin Lydia erkennbar nicht leiden konnte, von ihrem Fach schien sie was zu verstehen. Diese Arbeit hier hatte die Polizeihauptmeisterin jedenfalls gut gemacht. Sie hatte alle Dateien zu einem einzigen Text zusammengespielt, sodass es leicht war, nach Stichworten zu suchen. Und das tat Franziska nun.

Sie gab den Begriff »böse« ein. Einhundertsechzehn Nennungen blinkten auf. Bei dem Wort »Mutter« gab es zweihundertvierzehn Ergebnisse. Und bei einer Kombination aus »böse« und »Mutter« ergaben sich immerhin neunundachtzig Fundstellen. Offenbar hatte Roswitha Hirschfeld, geborene Danske, über die böse Mutter im Märchen geforscht.

Nur was hätte sie damit erreichen wollen? Wollte sie etwa beweisen, dass Leid, Not und eine schreckliche Kindheit besonders starke Menschen formten? Vertraute sie wirklich einer so rigiden Küchenpsychologie nach dem Motto: Was uns nicht umbringt, macht uns stärker?

In diesem Moment läutete das Haustelefon, dringend und aggressiv. Es war Gottfried, und sie rechnete mit dem Schlimmsten, doch seine Stimme klang völlig normal.

»Wie wär's mit einem kleinen Imbiss?«

»Bei mir oder bei dir?«

»Bei mir kann man rauchen. Außerdem habe ich uns schon eine Pizza in den Ofen geschoben.«

Eigentlich hatte sie ja kochen wollen.

In der Zubereitung von Fertiggerichten und der Anwendung winziger Kniffe, um sie zu etwas Besonderem zu machen, war Gottfried ein Meister. Franziska war froh, dass sie sich noch hatte durchsetzen und einen kleinen Salat machen können. Er hatte ihr dabei zugesehen und geraucht.

»Vier Tage«, sagte er. »Vier Tage, das schafft sie nicht allein.«

»Sie ist nicht allein. Ganz allein hätte sie gar nicht von hier weggekonnt«, beruhigte Franziska ihn.

Er sah sie an. »Warum nur will niemand was von mir? Warum kann ich sie nicht freikaufen?«

»Ich weiß es nicht.« Was für ein Satz. Eine Kapitulationserklärung. Franziska dachte an den morgendlichen Spaziergang mit Benedikt und an Burschis Fund. Das Ganze war jetzt schon gute zwei Stunden her. Da müsste doch schon was vorangegangen sein!

»Der Simbacher könnte sich auch ruhig mal melden! Was machen die eigentlich den ganzen Tag?«, fragte Gottfried. Er drückte die Zigarette aus und schnitt die mit zusätzlichen Peperoni, Sardellen und Mozzarellascheiben belegte Pizza auf.

»Er hat mir versprochen, dass er sich meldet«, beruhigte sie ihn. »Auf ihn ist Verlass.«

Gottfried hob die Augenbrauen. »Was soll das heißen, Verlass! Glaubst du etwa, auf mich kann man sich nicht verlassen?«

»Natürlich nicht! Ohne dich hätte Roswitha gar nicht hier in diesem Haus leben können. Sie wäre in einem Pflegeheim gelandet.«

»Vielleicht ist sie da ja jetzt.« Er klang bitter.

»Dann kommt spätestens gegen Monatsende eine

Rechnung«, entgegnete Franziska. Im nächsten Moment schämte sie sich. Diese Bemerkung war wirklich völlig unangebracht.

Er lachte befreit. »Das ist gut. Die Lösegeldforderung vom Pflegeheim mit sämtlichen Kontaktdaten. So hätte die Polizei das doch gerne.«

»Ja, aber so auf dem Silbertablett kriegen wir die Informationen leider nie.«

Die Pizza war köstlich. Franziska biss herzhaft hinein, und Gottfried kommentierte: »Roswitha mag sie so am liebsten.«

Um vierzehn Uhr zehn klingelten Franziskas Handy und das Festnetztelefon in Gottfrieds Wohnung gleichzeitig. Sie sahen sich an. Dann nahmen sie die Gespräche an.

Sandra sprach mit Gottfried, Benedikt mit Franziska. Sie hörte seiner Stimme an, dass es keine guten Nachrichten waren. »Frau Hausmann, des is die Roswitha. I kimm glei amoi rüber.«

Gleichzeitig beendeten sie ihre jeweiligen Gespräche.

»Na bitte, endlich passiert was!«, meinte Gottfried und zündete sich eine Zigarette an. »Der Simbacher kommt her. Es gibt Neuigkeiten.«

Franziska trat an den Herd und füllte eine Espressokanne mit Wasser und Kaffeepulver.

Wenig später stapfte Benedikt die Treppe herauf. Franziska reichte ihm die Hand, führte ihn in Gottfrieds Küche und wies auf einen Platz am Tisch.

»I hob leider koane guaden Nachrichten«, erklärte Benedikt.

Gottfried räusperte sich und kämpfte Augenblicke später mit einem Hustenkrampf. Keuchend brachte er hervor: »Ihr habt sie also gefunden?«

»Mir ham den Leichnam einer etwa vierzig Kilo schweren Frau aus dem Moor geborgen.«

»Kann ich sie sehen?«

»Du muasst. Jemand muass sie identifiziern. Und außer dir kennt sie ja niemand in Viechtach.«

»Doch, der Pflegedienst«, warf Franziska ein und sollte sich später fragen, was sie denn da geritten hatte.

»Natürlich mach ich das.« Gottfried schob sich eine Zigarette in den Mund und fixierte Benedikt mit starrem Blick. »Und jetzt will ich alles wissen.«

»Die Tote hod im Moor g'legen. Und zwar akkurat da, wo mei Hund heit früh Laut 'geben hod.«

Gottfried wandte den Kopf und sah Franziska vorwurfsvoll an. »Warum weiß ich das nicht?«

Sie ging nicht darauf ein, sondern nickte Benedikt zu, der mit leiser Stimme weitersprach. »Sie is fürs Erste in die Arberlandklinik bracht word'n. Von dort wird sie dann in die Rechtsmedizin nach München geschickt.«

Gottfried riss die Augen auf. »Warum?«

»Sie is vermutlich scho tot g'wesn, als sie im Moor versenkt word'n is. Des moant jedenfalls der Arzt.« Benedikt griff nach Gottfrieds Hand. »Sie schaut friedlich aus. Ruhig und entspannt. Und mir wissen ja, dass des Moor konserviert.«

Der hat aber gut aufgepasst, dachte Franziska und füllte drei Espressotassen.

Gottfried stand auf. »Dann lasst uns gehen. Ich muss es hinter mich bringen.« Er drehte sich zu Franziska um. »Kommst du mit?«

Die Sonderermittlerin schüttelte den Kopf. »Ich kenne sie ja nicht.«

Ich kenne sie nicht, aber ich habe mir ein Bild von ihr gemacht, dachte Franziska, nachdem sie Gottfrieds Küche aufgeräumt hatte und wieder in die Ferienwohnung zurückgegangen war. Dabei ärgerte es sie, dass sie sich schon wieder wie eine Haushälterin benommen hatte. In früheren Zeiten hatte sie immer dann mit Haus- und Putzarbeiten begonnen, wenn sie eigentlich in ihrem eigenen Leben aufräumen sollte. Vermutlich war das auch jetzt wieder mal der Fall. Baustellen gab es ja genug.

Wenn sie eine begabte Erzählerin wäre, wie würde sie Roswithas und Theresas Geschichte in ein Märchen einbetten? Es war einmal zu einer Zeit vor unserer Zeit, da lebten zwei Freundinnen, die einander gut gesonnen waren. Die eine war schön und reich, die andere jedoch klug und unscheinbar. Aber dann bekam die Unscheinbare etwas, von dem die Schöne dachte, dass es ihr zustehen müsse: ein Kind.

Franziska hielt inne. Gehörte das nicht zu den ältesten Geschichten der Menschheit? Wollte man nicht immer genau das besitzen, was man nicht hatte oder nicht haben konnte? Und wurde man nicht immer unglücklich, sobald einem der Wunsch erfüllt wurde? Mit welchen Tricks hatte es die Reiche und Schöne geschafft, der anderen das Kind abzuschwatzen?

Vermutlich hatte die Reiche und Schöne die damals Mittellose mit Geld gelockt. In Franziskas Vorstellung ging Roswitha mit rot geschminkten Lippen und in einem Ton, der keinen Widerspruch duldete, auf Theresa zu und versprach ihr: »Ich werde dem Kind die Rechte an den Tantiemen meines Vaters überschreiben, ich werde ihm die bestmögliche Erziehung angedeihen lassen, und ich werde dich, meine liebste und beste Freundin, von allen Sorgen entlasten. Dies ist eine Vereinbarung, bei der ein jeder nur gewinnt. Und immer wird das Kind für dich da sein, und immer kannst du es sehen.«

Franziska schnaufte. Spätestens jetzt wurde klar, dass es nur ein Märchen sein konnte! Eine Vereinbarung, bei der jeder gewann, war unwahrscheinlich. Sich sein Mutterglück abkaufen zu lassen, war von Haus aus ein fragwürdiger Gewinn. Eine würde dabei auf der Strecke bleiben. In diesem Falle waren es wohl gleich mehrere gewesen.

Während Franziska noch darüber nachdachte, wurde ihr klar, dass der wirklich Leidtragende an der ganzen Geschichte der Sohn gewesen sein musste. Arndt stand im Mittelhochdeutschen für Adler und Herrscher. Was für eine Mitgift. Der Junge wurde vermutlich im Standesamt zu Freising als Kind der schönen Roswitha registriert, der es an keinen Argumenten mangelte, das Kind als ihres auszugeben. Sie hätte diesen Arndt jetzt gerne gesprochen, aber natürlich meldete sich bei ihm nur der Anrufbeantworter. Wahrscheinlich hatte Lydia Hobmaier ihn so vergrault, dass er sich nur noch dann meldete, wenn ihm eine Nummer vertraut erschien. Benedikt hatte ihr Lydias Gesprächsprotokoll zukommen lassen – unglaublich, was diese Frau Hobmaier sich da geleistet hatte.

Draußen ging ein dichter Hagelschauer nieder. Jetzt waren Gottfried und Benedikt sicher schon im Leichenraum der Klinik. Vorgestern erst hatten sie dort nach Roswitha gesucht – jetzt war sie tatsächlich da gelandet, und zwar im Keller in einem der Kühlfächer. Nun konnte ihr niemand mehr helfen.

Franziska griff zum Telefon und wählte Sandra Falks Nummer. Die Kollegin hob sofort ab.

»Gottfried Hirschfeld müsste mit Benedikt Simbacher

gerade in der Klinik sein«, berichtete Franziska. »Wurde Roswitha Gewalt angetan?«

»Nein, sie sah aus, als würde sie schlafen. Sie wirkte wie eine, die froh darüber ist, endlich ihre Ruhe zu haben, wenn ich das so lapidar sagen darf. Was mag da nur vorgefallen sein? Haben Sie schon eine Idee? Für mich ist der Fall noch lange nicht gelöst. Frau Hirschfeld kann ja nicht von selbst bis ins Arracher Moor gegangen sein.«

»Jemand hat sie da hingebracht«, sagte Franziska. »Und es war nicht ihr Mann.«

»Sind Sie sich da so sicher?«

Franziska hielt kurz inne. »Nein, ganz sicher bin ich mir nicht. Das ist nur so ein Gefühl. Ich versuche gerade, die Geschichte irgendwie auf den Punkt zu bringen. Dazu hat mich die Textsammlung auf den Disketten inspiriert. Benedikt hat mir die Datei auf einem Stick vorbeigebracht.«

Sandra schien sofort zu begreifen, was Franziska meinte. »Märchenstunde?« Ihr Lachen klang warm. »Das ist ein interessanter Ansatz. Ich denke auch, wir kriegen da einen Hinweis. Nur welchen?« Die Viechtacher Kriminalkommissarin klapperte auf der Tastatur ihres Computers. »Gerade sehe ich, dass ich heute ab sechzehn Uhr allein im Büro bin. Wollen Sie vorbeikommen?«

»Als Schwägerin der Verstorbenen habe ich ja nun wohl allen Grund, in die Mönchshofstraße zu kommen und Ihnen meinen Verdacht mitzuteilen.«

Sandra schien mit dem Telefon in einen Nebenraum gegangen zu sein. Etwas leiser, damit Max sie nicht hören konnte, fragte sie nun: »Können Sie mir schon ein Stichwort sagen?«

»Theresa Wotzinger«, flüsterte Franziska automatisch

zurück. »Die hat was mit der Geschichte zu tun.« Und je länger sie diesem Satz nachlauschte, umso logischer erschien er ihr.

15. Kapitel

Lydia fror. In dieser Nacht hatte sie noch mehr gearbeitet als in der davor, doch als seien das Zusammenführen der Dateien und die Lektüre der Texte nichts wert, hatten Sandra und auch Benedikt das Ergebnis nach der ersten Durchsicht lapidar als Märchenstunde bezeichnet.

Für die bin ich doch immer nur der Depp, dachte Lydia, während sie frustriert auf die Mönchshofstraße trat. Sie entschloss sich spontan, nicht in ihre eigene Wohnung, sondern zu Ingo zu gehen. Schließlich war Samstag und sein Bett sicher noch warm – wenn er nicht vielleicht sogar noch darin schlief. Und dann würde er ihr gegen Mittag ein köstliches Frühstück servieren. Überhaupt war es mal wieder an der Zeit, Ingos Fähigkeiten als Hausmann zu testen. Und zwar auch mal in seiner Wohnung.

Er öffnete ihr verschlafen und in einem gestreiften Frotteebademantel, und sie sah ihm an, dass er sich freute. Wortlos zog sie sich aus und kroch in Windeseile zu ihm ins Bett. Zufrieden grunzend nahm er ihre Hand und schlief augenblicklich ein, aber sie lag wach und starrte an die Decke. Die Worte von Melusine gingen ihr durch den Kopf. Vorsichtig drehte sie sich zur Seite und betrachtete den Mann neben sich. Er wirkte nicht wie ein Alkohol- oder Drogenabhängiger oder wie jemand, der nach irgendetwas Verbotenem süchtig war. Aber was hieß das schon! Auch eine wie Melusine konnte sich täuschen.

Behutsam entzog sie ihm die linke Hand, stand auf, hüllte sich in eine graue Wolldecke und inspizierte die

Wohnung. Alles war ordentlich, alles stand genau dort, wo es hingehörte und am elegantesten wirkte.

Was wissen wir schon von denen, die wir lieben?, hatte Melusine während ihres Telefonats kryptisch gemurmelt, und Lydia hatte den Verdacht, dass diese durchdesignte Wohnung lediglich eine Fassade war, hinter der sich der wahre Ingo verbarg.

Das hieße aber auch, dass es irgendwo eine geheime Tür geben musste, die zu seinem wirklichen Reich führte. Wie Blaubarts berühmtes Zimmer. Lydia war Polizistin, und als solche musste sie das herausfinden. Nein, sie schnüffelte ihrem Ingo nicht nach – sie schützte ihn! Wenn es sein musste, sogar vor sich selbst.

Leise öffnete sie eine Tür nach der anderen. Hinter jeder von ihnen verbarg sich ein perfekt gestylter und ansprechender Raum. Arbeitszimmer, Wohnzimmer, Gästezimmer, Bad. In der Küche öffnete sich hinter einer weißen schmalen Schiebetür der Zugang zur Vorratskammer. Hier stapelten sich auf blank geputzten Stahlregalen Konservendosen, ungeordnet und ohne den in allen anderen Räumen vorherrschenden Anspruch an Perfektion. Es waren zum größten Teil Ravioli, Gulaschsuppen und Thunfisch.

Sie trat einen Schritt näher und stieß dabei gegen einen Pappkarton, der mit acht leeren Weinflaschen gefüllt war. Lydia ging in die Hocke und besah sich die Etiketten, die verrieten, dass es sich bei dem Flascheninhalt um in Barriquefässern gereifte Weine gehandelt hatte, alle mindestens fünf Jahre alt. Aus Erfahrung wusste sie, dass allein eine dieser Flaschen mindestens zwölf Euro kostete. Sie erstarrte. Deswegen war Ingo so müde gewesen und auch sofort wieder eingeschlafen. Hatte er gestern Abend nach Kampftrinkermanier Rotwein in sich hineingekippt?

Sachlich überschlug sie den vermuteten Preis und ahnte voller Entsetzen, dass ihr Ingo an all den Abenden, an denen sie nicht auf ihn achtgeben konnte, für Unmengen von Euro Alkohol in sich hineinliterte. So würden sie niemals auf einen grünen Zweig kommen. Das war erschütternd und vor allen Dingen finanziell nicht tragbar. Am besten, sie stellte ihn gleich zur Rede. Melusine hatte recht gehabt: Ingo war offensichtlich extrem suchtgefährdet. Wie hatte sie, Lydia, das nur so lange übersehen können! Offensichtlich machte Liebe wirklich blind.

Noch bevor sie den Wagen über die Brücke kommen sah, spürte Franziska die Trauer, die Gottfried Hirschfeld mitbringen würde. Als schickte er einen dunklen Klang voraus oder einen frostigen Schatten. Mit hochgezogenen Schultern stiegen die beiden aus Gottfrieds Kleinbus und betraten schweigend das Haus. Sie öffnete die Tür ihrer Ferienwohnung und sah ihnen abwartend entgegen.

»Gehen wir zu mir«, sagte Gottfried. »Da kann ich wenigstens rauchen.« In der Küche befüllte er als Erstes die Kaffeemaschine. Dabei wandte er Franziska und Benedikt den Rücken zu. Die verständigten sich mit einem kurzen Blick.

Franziska trat hinter Gottfried. »Sie ist es also?«

Er nickte. »Aber wie zum Teufel kommt sie dahin?«

»Des werd'n mir rauskriagn, versproch'n«, gelobte Benedikt schnell. »Und wenn ich bis zu meiner Rente dran arbeit, i find die Drecksau!«

»Es war keine Sau.« Gottfrieds Stimme klang müde.

Franziska schwieg. Jetzt keine vorschnellen Fragen stellen. Mit dem Zeigefinger an den Lippen gab sie Benedikt zu verstehen, es ihr gleichzutun.

Sie sahen, wie Gottfried drei Tassen und einen Aschenbecher auf den Tisch stellte. Mit so konzentrierten Bewegungen, als hinge von der richtigen Platzierung des Geschirrs sein Leben ab.

»Sie hat halt jemand anderen gefunden, der meinen Job gemacht hat«, bemerkte Gottfried und zog eine Schachtel Zigaretten aus seiner Hemdtasche. Dann ließ er sich auf den Stuhl zwischen Benedikt und Franziska fallen und begann gierig zu rauchen.

»Wer, verdammt noch mal, kann das gewesen sein?« Mit zerfurchter Stirn wandte sich der Schrotthändler an die beiden Polizisten.

Franziska goss Milch in ihren Kaffee und zog konzentriert mit einem Silberlöffel kleine Kreise in ihrer Tasse. Benedikt seufzte vernehmlich.

Gottfried schlug mit der Faust auf den Tisch. »Scheiße, und jetzt sieht sie auch noch so glücklich aus. Richtig zufrieden. Okay, sie hat ja auch wieder mal gesiegt und ihren Willen bekommen. Das war schon immer so!«

»Was hast du eben gemeint? Roswitha hätte jemanden gefunden, der deinen Job gemacht hat?« Franziska ahnte zwar, was er sagen würde, stellte sich aber absichtlich dumm.

»Als ich mir vor etwa drei Jahren den Transporter kaufte, hat sie mir auch deshalb das Geld dafür gegeben, damit ich sie in die Schweiz fahre.« Er hielt inne. Dann murmelte er: »Dort geht das ja.«

»Wos denn?«, fragte Benedikt dazwischen.

»Sterben auf Verlangen«, murmelte Gottfried und suchte Franziskas Blick. »Aber ich wollte das nicht. Sie ist doch noch so jung. Irgendwann macht die Medizin Fortschritte, und dann ist es wieder so wie früher. Sie sollte nicht aufgeben. Ich habe ja auch nicht aufgehört, sie zu lieben.«

»So viele kommen ja nun nicht infrage, die ihr diesen letzten Gefallen hätten tun können«, bemerkte Franziska.

Gottfried legte den Kopf in den Nacken und stieß eine dichte Rauchwolke aus. »Vermutlich kann man an zwei Händen abzählen, wer dafür infrage kommt. Die Leute von der ›Pflege vor Ort‹, die Psychologin und die drei Personen, mit denen sie dauernd telefoniert hat.«

Franziska sah ihn lange an. »Einer davon ist übrigens Arndt Danske, ihr Sohn!«

»Aber nicht ihr leiblicher«, widersprach Gottfried vehement, und Franziska hatte den Eindruck, als sei das Kind dadurch weniger wert. Mit gerunzelter Stirn hakte er nach: »War der das etwa?«

»Nein, die Alibis sind geprüft. Er kann es nicht gewesen sein.«

»Eben, wozu auch? Der hätte nicht mal mehr mit den Fingern für sie geschnippt.« Gottfried klang, als traue er dem jungen Mann nicht einmal das zu.

Als das Schweigen fast unerträglich wurde, fragte Franziska ihn, ob er in dieser Situation vielleicht mit einer Psychologin sprechen wolle.

»Willst du mir etwa Frau Zinnöcker ins Haus holen?« Er tippte sich an die Stirn. »Wenn mir eine noch zu meinem Unglück fehlt, dann diese Frau, die mir seit Jahren einreden will, dass ich unglücklich bin. Jetzt bin ich unglücklich. Tatsächlich! Und ich wäre jetzt gern allein. Ich will einfach nur hier sitzen und mich in Ruhe von ihr verabschieden.« Seine Stimme brach. »Macht es euch was aus, wenn ihr mich allein lasst?« Er wies Richtung Flur. »Ihr könnt ja in die Ferienwohnung gehen.«

Die beiden ließen Gottfried Hirschfeld in seiner Wohnung zurück. Draußen tippte Franziska ihrem Kollegen an die Schulter. »Ich begleite Sie in die Polizeiinspektion. Da können wir in aller Ruhe reden. Mit Ihrer Kollegin Falk habe ich vorhin schon telefoniert. Sie ist den ganzen Nachmittag allein im Büro.«

Die Viechtacher Kriminalkommissarin stand gerade vor dem Flipchart, als Franziska und Benedikt eintrafen. Sie begrüßte die beiden und führte sie zum Besprechungstisch.

»Ich habe schon die Telefonkontakte von Roswitha Hirschfeld aufgelistet. Was hatte sie denn noch für Kontakte in Viechtach?«

»Da san d' Leit von der ›Pflege vor Ort‹«, begann Benedikt und zählte auf: »Drei Pflegerinnen, Selma, Alma und Jenny hoaßen die. Und dann gibt's da no di Bürokraft Margot, die Roswitha früher öfter mal zurechtgemacht hod. Am meisten Kontakt hod sie zum Gerhard Gerleigner g'habt, der mit ihr trainiert hod.«

»Noch jemand?«, fragte die Viechtacher Kriminalkommissarin und schrieb die aufgezählten Namen auf das Flipchart.

»Die Psychologin Lioba Zinnöcker«, warf Franziska ein.

»Bisher insgesamt neun Kontakte«, fasste Sandra zusammen und nummerierte die Liste durch.

»Und wos is mit der Fußpflege?« Benedikt hob die Augenbrauen. »Mia sollten den Max fragen, ob er des Alibi überprüf'n ko.«

»Tatsächlich, die hätte ich fast vergessen.« Sandra schrieb den Namen Liesl Loibl auf das Flipchart. »Das wär's dann aber, oder?«

»Wenn wir Gottfried Hirschfeld ausschließen, ja.« Franziska sah in die Runde.

»Der war des ned«, bestätigte Benedikt. »Des wiss'n mir doch beide.«

Und falls doch, ist er ein begnadeter Schauspieler, dachte Franziska und fragte sich, ob sie Gottfried auch deshalb lieber als Opfer sah, weil das besser zu ihrem Bild von ihm passte.

»Wie gehen wir nun vor?«, meinte Sandra Falk und wies mit ihrem Stift auf die Namen am Flipchart.

Jetzt war Franziskas Stunde gekommen. Sie dachte an ihr Märchen über die beiden ungleichen Freundinnen und holte tief Luft. »Wie wäre es, wenn ich als Erstes Theresa Wotzinger kontaktiere? Ich könnte mich als Roswithas Schwägerin zu erkennen geben und ihr die traurige Mitteilung überbringen. Entweder persönlich oder am Telefon. Diese Entscheidung klärt sich bestimmt innerhalb der ersten beiden Sätze.«

Sie bemerkte den skeptischen Blick der Kollegin und stellte klar: »Natürlich frage ich sie nicht direkt, ob sie ihre Freundin entführt hat. Falls es tatsächliche Verdachtsmomente gibt, werde ich – oder werden wir – es heraushören.«

Theresa Wotzinger hatte in der Nacht von Freitag auf Samstag so gut geschlafen wie seit Jahren nicht mehr. Beim Frühstück hatte sie sich gefragt, woran das liegen mochte, und war dabei zu der Erkenntnis gelangt, das müsse an den zwei Gläsern Wein gelegen haben. Sie beschloss daraufhin, den abendlichen Tee künftig durch ein, zwei Gläser Wein zu ersetzen. Das machte das Leben angenehmer, verlieh ihm Leichtigkeit und Schwung. Also hatte sie bei ihrem

Samstagseinkauf vor dem Weinregal des Supermarktes innegehalten und zwei Flaschen Zweigelt mitgenommen, vor allem deshalb, weil die österreichischen Weine einen Schraubverschluss hatten und sie sich nicht sicher war, ob sie überhaupt so etwas wie einen Korkenzieher besaß.

Seit Mittwoch hatte die klagende Roswithastimme nicht mehr bei ihr angerufen und Theresas Tage durch Bitten und Betteln oder Befehle verdüstert. Die Studienrätin wünschte sich nichts so sehr, als dass es für immer vorbei wäre.

Zum Mittagessen trank sie versuchsweise ein erstes Glas Wein. Schließlich war Wochenende. Der Weiße gestern in dem italienischen Restaurant hatte ihr eine ungeahnte Unbekümmertheit verliehen. Auf dieses Geheimnis hätte sie doch schon früher kommen können. Seit ihrer Schwangerschaft hatte sie – bis auf eine Ausnahme – nie wieder einen Tropfen getrunken, also seit fast dreißig Jahren.

Draußen verdunkelte ein Schleier aus Nebel und Graupel den Tag. Drinnen zündete Theresa sich eine Kerze an und genoss die Gemütlichkeit ihres hochwertigen Reihenhauses. Ihr war auch gar nicht mehr so kalt.

In diesem Moment läutete das Telefon. Theresa sah auf ihre Uhr. Es war halb vier. Roswithas Anrufzeit. In zwei Stunden würde es wieder dunkel sein. Und sollte ausgerechnet jetzt der ganze Albtraum erneut beginnen?

Sie meldete sich, weil es keinen Sinn hatte, sich nicht zu melden. Was sie jetzt nicht hörte, würde ihr später vom Anrufbeantworter aus vorgetragen. Natürlich hätte sie den Stecker ziehen können, aber dann wären andere und wichtige Telefonate verloren gegangen. Obwohl in den vergangenen dreißig Jahren noch nie jemand Wichtiges bei ihr angerufen hatte, war sie dennoch jederzeit auf eine Nachricht gefasst, die ihr ganzes Leben auf den Kopf stellen würde.

Eine fremde, aber nicht unangenehme Frauenstimme meldete sich mit den Worten: »Sie kennen mich nicht«, und stellte sich als Franziska Hausmann vor.

Theresa hauchte ein fragendes »Ja?«.

»Ich rufe aus Viechtach an«, fuhr die Anruferin fort. »Ich bin die Schwägerin von Roswitha Hirschfeld. Mit der haben Sie ja in letzter Zeit des Öfteren telefoniert. Sie hat Ihre Nummer gespeichert.«

»Was ist mit ihr? Ist sie zurückgekehrt?« Theresa fühlte sich ganz leicht, als sie das fragte.

Sie hörte, wie die Frau am anderen Ende der Leitung schluckte. »Nein, es tut mir leid, so direkt wollte ich es Ihnen eigentlich gar nicht sagen. Aber ihr ist etwas Schreckliches passiert. Soll ich bei Ihnen vorbeikommen, und wir reden darüber?«

Theresa schüttelte den Kopf. »Nein, nein, das ist ja viel zu weit. Was wollen Sie denn jetzt noch bis Freising fahren? Bei dem Wetter! Außerdem sollten Sie sich um Ihren Bruder kümmern.« Sie trat an den Tisch und schenkte sich ein zweites Glas Wein ein. »Sie ist tot, nicht wahr?«

Die Frauenstimme am anderen Ende antwortete nur leise: »Ja.«

»Wie ist es denn passiert? War es ein Unfall?« Theresa nahm einen Schluck und fuhr fort: »Sagen Sie Gottfried, dass es mir leidtut.«

Die Schwägerin ging darauf nicht ein. »Ich wollte Ihnen an dieser Stelle dafür danken, dass Sie ihr geholfen haben«, sagte sie. »Ich weiß, dass Roswitha genau diesen Weg gehen wollte.«

»Ich habe ihr nicht geholfen«, korrigierte Theresa schnell. »Auch wenn sie mir dafür alles Mögliche versprochen hat.« Sie spürte, wie der Wein ihr Kraft gab und ihre Zunge löste. »Den Himmel auf Erden«, fügte sie bitter hinzu. »Und noch mehr. Dabei hat sie nie auch nur eines ihrer Versprechen gehalten.« Dann schwieg sie, lauschte dem Klang ihrer verbitterten Stimme und sah in den Hagelschauer hinaus. Erbsengroß waren die Körner und hüpften auf ihrer Fensterbank, als würden sie tanzen.

»Ich weiß, sie wollte Ihnen dafür Ihren Sohn zurückgeben.« Die Fremde klang, als wisse sie über alles Bescheid und habe alles Verständnis der Welt.

»Ein Versprechen, das sie in dreißig Jahren nicht eingelöst hat. So einer kann man doch nicht trauen! Oder? Wie geht es Arndt?«

In der Mönchshofstraße sah Franziska in die Runde. Sie hatte das Telefon laut gestellt. Benedikt hing an ihren Lippen, Sandra machte sich Notizen.

»Ich dachte nur, vielleicht wollen Sie Ihre Freundin ja noch mal sehen«, sagte Franziska nun. »Die Beerdigung wird am Mittwoch sein. Roswitha wird hier in Viechtach bestattet.« Franziska suchte Sandras Blick und log: »Mein Bruder würde sich freuen, wenn Sie dazukommen. Er hat ja sonst niemanden.«

»Das glauben auch nur Sie!« Theresa Wotzinger lachte ein wenig zu laut. »Was meinen Sie, wie der sich amüsiert, wenn er mich trifft. Ausgerechnet mich. Die, die ihn getröstet hat – so lange, bis das goldene Kalb sich wieder seiner erbarmte. Beide haben sie mich belogen – und bestohlen. Und jetzt soll ich ihn erneut trösten? Nein!«

Franziska schwieg und lauschte dem schweren Atem der

anderen. »Sie hat Ihnen Ihr Kind genommen!«, sagte sie dann und setzte noch eins drauf: »Sie hatte übrigens deswegen ständig ein schlechtes Gewissen.«

»Das kann nicht sein.« Theresa holte tief Luft. »Roswitha hatte überhaupt kein Gewissen. Sie hätte mir den Jungen zurückgeben müssen oder seinem Vater. Uns beide hat sie betrogen, Gottfried und mich!«

Die drei Zuhörer in der Polizeiinspektion rissen die Augen auf. Franziska zögerte kurz, brachte es dann aber auf den Punkt: »Arndt ist Ihr Sohn, und mein Bruder ist der Vater?«

»Ja, und sie wusste es, aber sie hat es ihm nie gesagt. Auch das ist ein Verrat. Jetzt kann er es ja wissen. Ich bin eine alte Frau. Ich will ihn nicht mehr sehen, und ich werde auch nicht mehr nach ihm suchen. Es ist gut, dass es vorbei ist.«

Franziska fragte sich, wen sie nicht mehr sehen wollte – Gottfried oder das Kind, das inzwischen ja auch schon dreißig Jahre alt war.

»Ich habe Arndts Telefonnummer. Ich werde ihn fragen, ob er am Mittwoch Abschied nehmen will. Dann sehen Sie Ihr Kind und den Vater Ihres Kindes wieder«, sagte Franziska. »Denken Sie einfach noch darüber nach. Sie müssen sich ja nicht gleich entscheiden. Ich melde mich wieder bei Ihnen.«

»Was ist das?« Lydia stand mit dem Weinkarton vor seinem Bett. Fast höhnisch klirrten die leeren Flaschen.

Er riss die Augen auf, murmelte: »Leergut«, und streckte die Arme nach ihr aus. »Komm wieder ins Warme.«

Sie schüttelte den Kopf, und ihre ganze Haltung mutierte zu einem einzigen Vorwurf: »Du bist Alkoholiker!«

Er lachte. »So ein Schmarrn«, sagte er und schlug einladend die Bettdecke zurück.

»Acht Flaschen! Wann hast du die denn alle getrunken? Gestern?«

»Die stehen da schon ewig. Außerdem hatte ich neulich Besuch.« Er ärgerte sich, weil er sich ihr gegenüber rechtfertigte.

Sie ließ ihn nicht aus den Augen. »Ja klar, Alkoholiker tun sich gern zusammen und lassen dann die anderen Leute, die ihr Leben im Griff haben, gnadenlos vor der Tür stehen. Jetzt weiß ich auch, warum du letztes Wochenende keine Zeit für mich hattest. Das Besäufnis mit deinem angeblichen Freund war dir also wichtiger!«

Sollte er darauf antworten? Er beschloss zu schweigen, und dabei fiel ihm ein, wie oft er in der Vergangenheit verzwickte Situationen allein durch Schweigen ausgesessen hatte. Wenn Arndt ihm eines hatte beibringen können, dann das.

Doch Lydia gab nicht auf. »Ich wette, dass es deinen sogenannten Freund überhaupt nicht gibt. Und ich frage mich, wie oft du mich sonst noch angelogen hast. Ein Leben mit einem Mann, der mich hintergeht und der auch noch süchtig ist und nicht mal dazu steht, nein, das hat keine Zukunft. Definitiv nicht.« Es hatte den Anschein, als kämpfte sie mit den Tränen.

Ingo setzte sich auf. Mit beiden Armen umschlang er die angewinkelten Knie und fixierte seine wutschnaubende Freundin aus zusammengekniffenen Augen. Ganz fest hatte er vorgehabt, mit Lydia über Arndt und über Roswitha Hirschfeld zu reden, die ja Arndts Stiefmutter war. Er hätte ihr von Arndts Ängsten vor dieser bösen Frau erzählt und sie auch wissen lassen, dass er inzwischen über die nächtliche Polizeiaktion in München informiert war und wusste, dass Arndt ein wasserdichtes Alibi hatte. Er hätte ihr berichtet, wie Arndt von Roswitha immer wieder mit falschen Versprechungen geködert worden war. Und er hätte ihr von seiner eigenen Kindheit erzählt. Denn was wusste Lydia schon von ihm? Nichts! Er dagegen wusste fast alles von ihr.

Jetzt aber schüttelte er den Kopf, hob die Schultern und murmelte: »Es ist vielleicht besser, wenn du gehst.«

»Darauf kannst du dich verlassen!« Sie stieg in ihre Uniform, als legte sie eine Rüstung an, und schlug die Wohnungstür hinter sich zu.

Cora bellte um den Bruchteil einer Sekunde früher, als das Telefon läutete. Max fragte sich, ob sie schneller hörte oder vielleicht sogar die feinsten Schwingungen wahrnahm. Begriffen Hunde rascher als Menschen? Es hätte ihn nicht gewundert. Leider konnte die Boxerhündin nicht sprechen, und so musste Max Deffner das Gespräch persönlich annehmen. »Ja, bitte?«

»Hab ich dich geweckt?« Sandras Stimme klang entschuldigend.

Max sah auf die Uhr. Viertel vor vier nachmittags. »Nein«, beruhigte er sie. »Es ist ja viel zu hell zum Schlafen.«

Er sagte ihr nicht, dass er faul auf dem Sofa gelegen und von der Fußpflegerin geträumt hatte.

»Ich weiß, du hast gerade nicht Dienst, aber wir brauchen momentan alle Leute. Es geht um die Überprüfung eines Alibis.«

Max gähnte gelangweilt und reckte sich. »Wen soll ich denn fragen? Und wonach?«

»Die Liesl Loibl.«

Augenblicklich saß der Polizeimeister kerzengerade auf dem Sofa. »Die Fußpflegerin?«, hauchte er.

»Exakt. Wir brauchen ihre privaten und beruflichen Termine von Dienstagabend bis Mittwochvormittag.«

»Die hat doch garantiert einen Terminkalender.« Max trat mit dem Telefon vor seinen Kleiderschrank. Ein gebügeltes Hemd gab's da noch. Gott sei Dank! Er würde in Zivil zur Liesl gehen. Schließlich fand die Befragung ja auch außerhalb seiner Dienstzeit statt.

»Hoffentlich stehen in diesem Plan nicht nur die beruflichen Termine drin, sondern auch die privaten«, sagte Sandra. »Kannst du sie heute noch befragen? Nur zu deiner Information: Wir haben heute Vormittag im Arracher Moor die Leiche der Entführten gefunden. Es hat den Anschein, als hätte jemand sie absichtlich dort hingebracht.«

Max spürte, wie ihm heiß und kalt wurde. »Darf ich ihr das sagen?«

»Nein, aber frag sie doch bitte erneut, ob man vom Laufen auf dem Laufband tatsächlich Hornhaut an den Füßen bekommt.«

Max sah sich in einem Expertengespräch mit der weiß gekleideten Liesl Loibl. »Dann vertrau ich ihr halt an, dass wir alle vermuten, dass die Hirschfeld in Wirklichkeit hat laufen können und selbstständig abgehauen ist?«

»Du vermutest das vielleicht – wir hingegen nicht.« Sandra klang ungewöhnlich streng. »Am liebsten wäre es mir, wenn du so einen Schmarrn erst gar nicht erzählst und deine Zeugenbefragung per Diktiergerät mitschneidest. Damit wir hier eine Abschrift für die Akte machen können.«

Er wusste genau, dass sie das nur sagte, um ihn zu kontrollieren. Offensichtlich traute sie ihm keine ordentliche Vernehmung zu. Tatsächlich hatte Max, während er noch vor seinem Kleiderschrank stand und das gebügelte blauweiß gestreifte Hemd begutachtete, darüber nachgedacht, die Loibl Liesl zu einem Spaziergang einzuladen oder sie zu fragen, ob sie eventuell mit ihm in ein Restaurant ginge. Das wär's. Wie eine weiß gekleidete Göttin würde sie ihm dann am gedeckten Tisch und bei Kerzenschein gegenübersitzen, und sie würde ihn nicht einen hirnlosen Deppen schimpfen, um danach mit ihm ins Bett zu gehen, wie seine Freundin Sabine das immer machte. Nein, die Liesl würde ihn attraktiv und aufregend finden, und aus einem kleinen Flirt würde sich eine große Liebe entwickeln, und sie wären glücklich bis ans Ende ihrer Tage.

Max Deffner seufzte und betrachtete im Badezimmerspiegel seinen Dreitagebart. Der ließ ihn männlich und ein bisschen verwegen aussehen.

»Freilich zeichne ich das Gespräch auf«, erklärte er. »Ich weiß doch, was zu einer ordentlichen Befragung gehört.«

»Jetzt sind es nur noch zwei.« Hauptkommissarin Franziska Hausmann wies auf das Flipchart mit den Namen. Benedikt Simbacher und Sandra Falk nickten nachdenklich. »Für mich kam eh keiner von denen infrage«, fuhr Franziska fort, »und wenn die Loibl Liesl einen ordentlichen Terminkalender führt und nachweist, dass sie für die Nacht von Dienstag auf Mittwoch ein Alibi hat, bleibt uns nur noch Gerald Gerleigner.«

Benedikt hob zweifelnd die Augenbrauen. »Warum sollt der sei eigene Klientin umbringa? Der hod doch allerweil guad an ihr verdient und ihr aa no die allerneuesten

Geräte og'schafft und vermutlich vom Händler no a Provision kriagt.«

Franziska sah ihn lange an, und er merkte, dass er unter diesem Blick errötete. »Gut kombiniert«, meinte sie dann. »Apropos gut verdient. Das Finanzielle könnte unser Stichwort sein. Gehen wir doch mal davon aus, dass diese Tötung auf Verlangen nicht nur aus reiner Menschenliebe erfolgte, sondern dass da auch Geld geflossen ist. Haben die Hirschfelds ein Konto bei der hiesigen Sparkasse?«

»Des wär a scheene Aufgabe für d' Lydia«, brummte Benedikt Simbacher. »Aber immer, wenn man die braucht, is sie ned do. Und wenn ma sie ned braucha ko, dann steht s' im Weg umanand und woaß ois besser.«

»Lass Lydia mal außen vor. Die hat heute Nacht sämtliche Disketten gecheckt. Das war wirklich hilfreich.« Kriminalkommissarin Sandra Falk ballte die Hände zu Fäusten und wandte sich an Franziska: »Ich kenne den Direktor der hiesigen Sparkasse.«

»Ob der uns weiterhelfen kann?« Franziska zweifelte. »Ich könnte mir vorstellen, dass solche Transaktionen eher über ein ausländisches Konto laufen, aber eine Überprüfung ist es allemal wert.«

»Die Hirschfeld hod ja eh nix zum Verliern g'hobt«, pflichtete Benedikt seiner Kollegin bei. »Die hat kriagt, wos woll'n hod. Nämlich a würdevolles Sterben – hoffentlich. Und g'wiss hod die sich denkt: Nach mir die Sintflut.«

Sandra runzelte die Stirn und kam auf den Sparkassendirektor zurück. »So wie ich den kenne, wird er sich auf sein Bankgeheimnis berufen.«

»Eine richterliche Verfügung kann ich innerhalb von einer Stunde besorgen«, trumpfte Franziska auf.

»Tatsächlich? Dann sollten wir diesen Weg gehen. Möglicherweise führt der uns direkt zum Ziel.«

»Du wuist den befrog'n?«, mischte sich Benedikt ein.

Sandra sah ihn lange an. »Du meinst, ich sei befangen? Bin ich nicht. Das alles ist Ewigkeiten her, und die Zwillinge haben inzwischen schon einen Führerschein.«

»Was für Zwillinge und was für ein Führerschein?« Doch niemand gab Franziska eine Antwort.

»Machen Sie das bitte mit der richterlichen Verfügung?« Sandra straffte sich.

»Wird sofort erledigt.« Franziska zückte ihr Handy und wählte die Nummer von Benno und Marie.

»Gut, dass du anrufst.« Ihre Freundin hörte sich an, als hätte auch sie gerade Franziskas Nummer wählen wollen. Maries Stimme klang rau und heiser. »Christian ist hier und will dich sprechen.«

»Dafür habe ich keine Zeit.« Franziska hatte das Gefühl, als sacke ihr der Boden unter den Füßen weg. Sie schnappte nach Luft, setzte sich auf einen der Schreibtische und versuchte, gleichmäßig zu atmen und das Zittern ihrer Hände zu unterdrücken. »Jetzt brauche ich erst einmal Benno. Ist er da?«

»Das mit der Verfügung klappt«, erklärte Franziska wenig später und nahm das Glas Wasser in Empfang, das Benedikt ihr fürsorglich reichte.

»Is wos passiert? Sie san ja ganz blass.«

Die Kommissarin schüttelte den Kopf und zwang sich zur Sachlichkeit. »Mein Staatsanwalt kümmert sich darum und faxt uns das entsprechende Papier zu. Ist das Gerät eingeschaltet?«

Benedikt nickte.

Mein Staatsanwalt. Wie das klang. Mein Auto, mein

Haus, meine Sparkasse, meine Katze … Plötzlich fiel ihr auf, dass sie gar nicht auf das Nächstliegende gekommen war: mein Mann.

Sandra hatte ihn zuletzt gesprochen, als er mit stolzgeschwellter Brust diesen Doppelkinderwagen mit den beiden kleinen Jungen vor sich herschob. Fast zwanzig Jahre war das schon her, und obwohl man sich in Viechtach nicht so leicht aus dem Weg gehen konnte, schon gar nicht, wenn die eine Beamtin und der anderer ein Bankangestellter in Führungsposition war, hatten sie es geschafft. Sandra verspürte eine eigenartige Genugtuung, als sie nun seine Nummer wählte und gleich offiziell werden konnte: »Wir sollten uns um viertel sechs direkt an der Sparkasse treffen. Ich habe eine richterliche Verfügung und brauche Einsicht in die Bewegung bestimmter Konten.«

»Es ist Samstag!«, sagte er so laut, dass sowohl Franziska als auch Benedikt es hören konnten.

Doch Sandra blieb gelassen. »Ich weiß.«

»Um welche Konten geht es?«

»Das klären wir dann vor Ort.«

»Du klingst, als würdest du mich gleich festnehmen wollen.« Er wirkte amüsiert

»Wer weiß? Bis dann.« Sandra legte auf.

Was ihn wirklich erstaunte, war, dass die Loibl Liesl ihn nicht erkannte. »Ja, was wollen Sie?«, hatte sie gefragt und ihn von oben bis unten betrachtet. »Samstags ist meine Praxis geschlossen.« Sie wies auf den Behandlungsraum im Erdgeschoss ihres Hauses. Dort waren die Jalousien heruntergelassen

Er zog seinen Polizeiausweis aus der Tasche seiner

Lederjacke und hielt ihn ihr vor die Nase. »Wir müssen noch ein paar Sachen klären.«

»Was denn?«

Überrumpelt von der Situation, die er sich ganz anders ausgemalt hatte, platzte es aus ihm heraus: »Wo waren Sie vom letzten Dienstagabend bis Mittwochvormittag?«

Mit gerunzelter Stirn ging sie zum Gegenangriff über: »Wissen *Sie* noch genau, wo und wie Sie den Dienstag und den Mittwoch verbracht haben?«

Damit brachte sie ihn ein wenig aus dem Konzept. So, wie sie jetzt vor ihm stand, war ihre Aura der Reinheit und der Frische verblasst. Hätte Max länger darüber nachdenken können, so wäre er vermutlich zu dem Schluss gekommen, dass das nur mit ihrer Kleidung zusammenhängen konnte. In grauer Jeans und schwarzem Pullover war sie nicht mehr die Göttin in Weiß. Und mit der weißen Kleidung hatte sie auch ihre verbindliche Freundlichkeit abgelegt, diese Achtsamkeit, das Zugewandte. Er stand vor ihr und wurde nicht wie ein Kunde behandelt, sondern wie eine Nervensäge. Dennoch blieb er am Ball. »Sie haben doch gewiss einen Terminkalender. Darf ich mir den mal ansehen? Oder noch besser: Sie machen mir eine Kopie der Seiten vom letzten Dienstag und Mittwoch.«

»Warum sollte ich? Über meine Nächte führe ich im Übrigen keinen Kalender.«

»In der Zeit ist Frau Hirschfeld entführt worden. Wir wollen bloß ausschließen, dass Sie was mit der Sache zu tun haben.«

Sie tippte sich mit dem Zeigefinger an die Stirn. »Das kann doch wohl nicht Ihr Ernst sein! Ich werde hier verdächtigt?«

»Nicht verdächtigt. Wir überprüfen das Alibi doch nur,

um Sie auszuschließen.« Max war wieder in die Rolle des Polizeimeisters geschlüpft und bedauerte es nun fast ein wenig, dass er für diesen Auftritt nicht doch seine Uniform angezogen hatte.

»Warum sollte ausgerechnet ich die entführen?« Liesl Loibl stand immer noch in der Tür.

Max holte seinen Spickzettel hervor. »Sie zeigen mir bitt' schön Ihren Terminkalender oder machen mir eine Kopie der Dienstag- und Mittwochseiten. Und dann sollte ich Sie noch etwas fragen.« Er trat einen Schritt auf sie zu und hoffte, dass sie zurückweichen möge. Das gäbe beiden die Chance, ins Innere des Hauses zu gelangen und die Tür hinter sich zu schließen. Es mussten ja nicht gleich alle Nachbarn mithören.

Aber sie blieb standhaft und schüttelte den Kopf. »So ein Schmarrn.«

»Was?« Er war sich nicht ganz sicher, ob sie seine Bitte meinte oder die Befragung als solche. Erst jetzt griff er in die Tasche und hielt ihr sein Diktiergerät vor die Nase. »Also, was ist am Dienstag und am Mittwoch gewesen?«

»Nix Besonderes.« Sie verdrehte die Augen. »Bleiben Sie hier stehen, dann hole ich meinen Wochenplaner.«

Er wartete, und während er dastand und sein Diktiergerät in die Stille hielt, breitete sich die Enttäuschung in ihm aus. Wenn er nicht achtgab, würde er bis zum Ende aller Zeiten statuengleich vor dieser Tür stehen bleiben: erstarrt zum Sinnbild der Enttäuschung. Um dieser Gefahr vorzubeugen, drehte er sich auf dem Absatz um, joggte zur Gartentür und wieder zurück. Dabei zog er beide Knie hoch.

»Trainieren Sie für den Zirkus?« Liesl Loibl stand in der Tür und winkte mit einem Blatt Papier.

Max Deffner errötete.

Sie reichte ihm die Kopie ihres Kalenders. Er registrierte auf einen Blick, dass sie eine schöne Schrift hatte. Überhaupt hatten Frauen grundsätzlich schönere Handschriften als Männer. Warum nur?

Am Dienstag war sie voll ausgebucht gewesen, quasi im Stundentakt. Bis abends um sieben.

»Was war denn am Dienstag nach neunzehn Uhr?«, erkundigte er sich.

»Da habe ich mich mit meinem Freund getroffen. Wir gehen jeden Dienstag zum Essen ins Schützenhaus und treffen uns da mit unserer Clique. Da wird es meistens Mitternacht. Und übernachtet habe ich bei meinem Verlobten.«

Die Tatsache, dass sie einen Verlobten hatte, brachte ihn kurz aus dem Konzept. Strenger als gewollt verlangte er daher dessen Namen und Adresse. Sie gab ihm beides und wippte demonstrativ von einem Bein aufs andere. »Also, was war die nächste Frage? Ich hab wenig Zeit.«

»Roswitha Hirschfeld hat doch Hornhaut unter ihren Füßen.« Er betonte es so, als sei die Loibl daran schuld.

»Ja, und?« Sie klang schnippisch.

»Aber Frau Hirschfeld ist gelähmt.« Lauernd hakte er nach: »Oder meinen Sie, dass sie doch hat laufen können?«

Die Loibl schüttelte den Kopf. »Nein, definitiv nicht. Die Hornhaut kam vermutlich von ihrem Laufbandtraining. Da nämlich hat sie sich ganz schön reingehängt. Aber mit ihr reden durfte man nicht darüber. Weder darüber noch über den Gerleigner. Da ging sie jedes Mal gleich hoch, aber ich will ja nix gesagt haben, ist ja schließlich meine Kundin. Gibt es eigentlich schon was Neues?«

Fragend sah sie ihn an und lächelte sogar, aber darauf fiel Max jetzt nicht mehr herein. Hätte sie keinen Freund gehabt, wäre sie weiß gekleidet und zudem nett zu ihm gewesen, dann hätte er ihr vielleicht sogar anvertraut, was er für sich behalten sollte. Jetzt aber schüttelte er den Kopf.

»Nein, wir ermitteln noch.«

Kaum war er mitsamt seiner Boxerhündin um die Ecke gebogen, griff er zum Handy und rief in der Inspektion an. »Sandra? Die Liesl Loibl kannst du vergessen. Die hat ein Alibi und scheidet als Täterin aus.«

»Hast du auch mit ihr über die Füße von Frau Hirschfeld gesprochen?«

»Sie sagt, das ist ganz normal, wenn man auf einem Laufband übt«, erklärte er und fügte expertengleich hinzu: »Vielleicht ist sie ja barfuß gelaufen.«

»Kannst du mir die Aufzeichnung vorbeibringen? Ich würde gern mal reinhören.«

Doch als Max kam, war Sandra verschwunden, obwohl sie auf ihn warten wollte. »Die hod no ganz schnell was recherchiern miassn«, erklärte Benedikt. Max hatte das Gefühl, in diesem Moment so gar nicht erwünscht zu sein. Benedikt saß mit der Schwester von Herrn Hirschfeld in der Inspektion, und die beiden sprachen ganz normal miteinander. Frau Hausmann sah etwas blasser aus als sonst, dabei müsste die doch weinen, weil ihre entführte Schwägerin nun tatsächlich tot war.

Max verstand die Frauen nicht, hatte sie nie verstanden. Sie waren grundsätzlich anders, als er es sich vorstellte. Selbst eine Liesl Loibl aus Viechtach. Aber was sollte man machen? Er seufzte. »Okay, dann geh ich wieder heim, oder braucht ihr mich noch?«

»Naa. Ois bestens, aber schau amoi kurz, bitt' schön!«

Benedikt trat an das Flipchart mit den Namen und machte ein Häkchen hinter den der Fußpflegerin. »Schau amoi, acht vo dene hamma scho' checkt. Fällt dir vielleicht noch oaner aus Viechtach ein, mit dem die Hirschfeld Kontakt g'habt hod?«

Halbherzig baute Max sich vor der Liste auf. »Wie lang hat sie hier gewohnt? Zwölf Jahre? Und mehr Leute hat sie nicht gekannt? Nur Krankenpfleger und den eigenen Ehemann? Was für ein Scheißleben!« Er schüttelte sich. »Ich geh dann mal heim.« Gut, dass er Cora hatte, so war er nicht ganz so allein.

Manfred Rautenberg stand auf den Stufen seiner Sparkasse und begrüßte Sandra mit Handschlag. »Lange nicht gesehen.«

Sandra nickte. »Das kann man wohl sagen.«

Damals vor zwanzig Jahren war ihr Herz fast zerbrochen. So zumindest hatte sie es empfunden, als er sich in sein biederes Eheleben zurückgezogen hatte und bald darauf mit seinem Zwillingskinderwagen ihren Weg kreuzte. Am meisten erstaunte Sandra, wie gelassen sie jetzt in seiner Gegenwart blieb. Er war ihr egal geworden. Völlig umsonst war sie ihm in all den Jahren möglichst aus dem Weg gegangen. Dabei hatten ihr Herz und ihr Verstand diesen Mann schon vor Ewigkeiten ad acta gelegt – nur ihre Sehnsucht hatte das alte Bild aufrechterhalten, als gäbe es ihr Halt.

»Geht es um die Entführte?«

Sandra nickte. Es hatte sich also schon herumgesprochen.

Er öffnete die Tür zu seiner Sparkasse. Mit einer heimlichen Geliebten hätte er keine Zeit gehabt für die Karriere, die er in den vergangenen Jahren hingelegt hatte. »Du hast dich ganz nach oben gearbeitet«, stellte sie fest.

Er drehte den Kopf zu ihr. »Du dich ja auch.«

Sie waren also quitt. So fühlte es sich zumindest an.

»Um welche Konten handelt es sich?«

»Gleich. Lass uns erst hineingehen.« Sie hatte gedacht, dass in diesen Räumen die Erinnerung über sie herfallen und schmerzhaft zubeißen würde wie ein gieriges Tier – aber nichts geschah. Fast hätte sie gelacht. Hatte sie also völlig umsonst die Bank gewechselt? Das Büro, das einst ihr Liebesnest gewesen war, hatte inzwischen einen rot-weiß gestreiften Teppich und elegantere Möbel. Einzig der Blick aus dem Fenster war noch der gleiche, und die Kastanie, auf die sie so oft geschaut hatte, war breiter und ausladender geworden. Genau wie der Mann.

»Gibt es schon etwas Neues?«

»Leider nicht«, behauptete Sandra. »Wir suchen noch, und daher ist für uns alles wichtig, was auch nur im Entferntesten eine Verbindung erahnen lässt. Die Hirschfelds hatten hier ein Konto, oder?«

Er nickte. »So wie alle, die hier wohnen«, meinte er und fügte kopfschüttelnd hinzu: »Nur du nicht. Du musstest ja nach Bad Kötzting abwandern. Kriegst du da bessere Konditionen?«

Das hatte er also auch schon rausgekriegt. Sie schwieg.

»Dann lass mal sehen, wen du überprüfen willst. Wenn wir uns beeilen, sind wir in einer halben Stunde durch.«

Sie war sich nicht ganz sicher, ob er diese Zeitansage mit einem verheißungsvollen Blick auf ihr einstiges Liebesnest verknüpfte. Aber sie traute es ihm zu, und das gab ihr Oberwasser.

»Dann sage ich dir, was ich wissen will«, meinte sie.

»Also, gab es bei den Hirschfelds in letzter Zeit irgendwelche ungewöhnlichen Kontobewegungen, vor allem besonders hohe Aus- und Einzahlungen?«

»Bei ihm oder bei ihr?«

»Du kennst Roswitha Hirschfeld persönlich?«

»Gesehen habe ich sie nie, aber sie hatte immer mal wieder jemanden, der mit einer Vollmacht von ihr kam und kleinere Summen abhob. Es gibt Konten, die auf den Namen Hirschfeld laufen, und ein Schließfach. Das allerdings gehört Roswitha Hirschfeld allein.«

»Und wer hatte Zugriff auf das Schließfach?«

»Anfangs nur der Ehemann, später auch ihr Physiotherapeut, aber immer nur mit Vollmacht – und zwar für Schließfach und Girokonto.« Letzteres betonte er so, als habe sie Zweifel an seiner Zuverlässigkeit angemeldet.

»Könnte so eine Vollmacht auch gefälscht gewesen sein?«

»Nein, niemals – außerdem habe ich sicherheitshalber immer bei ihr angerufen, um mir die Aktion bestätigen zu lassen.«

»Du hast mit ihr telefoniert?«

Kopfschüttelnd sah er an. »Wieso? Was ist daran verwerflich?«

Sandra klang streng: »Hast du sie mit einer unterdrückten Nummer angerufen?«

»Von meinem Handy aus, ja. Ich glaube, dass da die Nummer nicht zu sehen ist – warum?«

»Weil wir uns die ganze Zeit gefragt haben, wer hinter diesem ›unbekannten Anrufer‹ stecken könnte.«

»Jetzt weißt du es: die Vorsicht und die Kontrolle.« Er grinste. »Wie es sich halt für einen achtsamen Bankdirektor gehört.«

»Und was hat der Gerleigner an Roswitha Hirschfelds Tresor gemacht? Hat er was hineingetan, etwas herausgenommen?«

»Wie soll ich das wissen? Unsere Kunden sind allein, wenn sie ihr Schließfach öffnen. Übrigens hat der Gerleigner auch ein Fach bei uns.«

»Was?« Sandra sog die Luft so scharf durch die Zähne, dass es zischte. »Der könnte also unbeaufsichtigt etwas aus dem Fach von Roswitha Hirschfeld genommen und in sein eigenes geschichtet haben?«

»Wenn sie ihm das erlaubt hat – warum nicht?«

»Hör mal, Manfred.« Sie nahm ihn an den Schultern und schüttelte ihn fast. »Bist du so blauäugig, oder tust du nur so? Roswitha Hirschfeld konnte das doch niemals kontrollieren.«

»Das ist nicht mein Problem. Ich habe die Vollmacht gesehen und ihm den Zugang ermöglicht und mich zudem noch telefonisch vergewissert. Das ist meine Aufgabe und der bin ich nachgekommen.«

Sandra wurde ärgerlich. »Was stand denn in diesen Vollmachten?«, wollte sie wissen.

Er dachte nach. »Irgendwas Unspezifisches, Dinge sollten in ihrem Sinne und wie besprochen erledigt werden.«

»Hast du die Vollmachten noch?«

Er nickte. »Die sind im Archiv. Bei uns geht nichts Wichtiges verloren. Willst du sie sehen?«

Sie schüttelte den Kopf. »Danke, das reicht mir schon. Jetzt muss ich mich erst einmal mit meinen Kollegen beraten. Falls wir dich heute noch mal sprechen müssen, wo kann ich dich erreichen?«

»Immer und überall.« Er reichte ihr einen Zettel. »Das ist meine geheime und private Handynummer.« Er zwinkerte ihr zu. »Vielleicht kommen wir ja auch mal wieder außerhalb des Dienstes zusammen. Ich habe dich schon manchmal vermisst.«

Sie sagte nicht: Ich dich auch, obwohl sie wusste, dass er darauf wartete. Sie sah ihn an. Und es erstaunte sie, dass sie ihn lächerlich fand und dass sie einst nach diesem kleinen Männchen mit der großen Klappe so verrückt gewesen war. »Ich muss los.«

»Jetzt sofort?«

»Ja.« Sandra stand auf und ging eilig davon.

Mit gerunzelter Stirn sah er ihr nach.

Franziska zwang sich, Benedikt zuzuhören. Sie konzentrierte sich auf seine Stimme und auf jedes einzelne Wort. Solange er redete und sie ihm folgte, blieb Maries Flüstern im Hintergrund, die sagte: *Christian ist hier und will dich sprechen.* Sie wollte sich nicht vorstellen, wie ihr Mann in der barrierefreien Villa mit den Arbeitsflächen aus rotem Granit am Edelholzküchentisch saß und sich Worte der Versöhnung – oder auch des endgültigen Abschieds – zurechtlegte und möglicherweise mit Marie und Benno besprach.

»… und dann hod s' ihr Konto bei der Sparkasse gekündigt und is zur Raiffeisenbank nach Bad Kötzting ganga«, sagte Benedikt gerade, und Franziska, die keine Ahnung hatte, wovon der sprach, nickte interessiert. »Des war aa g'wiss besser so«, fuhr Benedikt fort und fügte nach einigem Nachdenken hinzu: »Ma wui sich ja ned allerweil über'n Weg laufa.«

Wenn Christian sich von ihr trennen würde oder sie sich von ihm, dann wäre es auch vernünftig, man würde sich nicht dauernd begegnen. Sollte sie das Haus verkaufen und in eine andere Stadt ziehen, oder sollte er sehen, wo er blieb? Am besten bei dieser geschmacklosen Angelika. Die nahm ihn sicher mit offenen Armen auf. Diese Schlampe! Es tat gut, das zu denken.

»Mindestens zwanz'g Johr ham die sich ned g'sehn, des woaß i g'wiss. Und jetzt geht s' einfach so zu dem hi.« Benedikt schüttelte den Kopf. »Respekt.«

Bevor Franziska ihn fragen konnte, von wem er eigentlich die ganze Zeit sprach, stand Sandra Falk im Raum. »Es ist unglaublich«, sagte sie, und ihre Stimme zitterte vor Empörung. »Der Gerleigner hat von der Hirschfeld immer wieder Vollmachten für deren Schließfach gekriegt. Und im gleichen Raum, quasi direkt daneben, ist sein eigener Tresor. Praktisch, oder? Man kann sich ja denken, was er da gemacht hat.«

»Papiere umgeschichtet«, stellte Franziska fest und trat an das Flipchart. »Damit ist er dann wohl der Hauptverdächtige.« Sie atmete tief durch und konzentrierte sich wieder ganz auf das Hier und Jetzt.

Benedikt sprang auf, und sein Hund bellte einsatzbereit. »Soll i eahm herbringa?«

Die Frauen wechselten einen langen Blick.

»Ja, warum eigentlich nicht?« Sandra warf ihre Jacke über einen Garderobenhaken. »Sag ihm was von Zeugenvernehmung und dass wir noch ein, zwei Fragen haben. Erzähl ihm bloß nicht, dass wir ihn verdächtigen. Sonst verschwindet der noch.«

Benedikt schüttelte den Kopf. »Für wie blöd hältst du mi? Hoffentlich ist er überhaupts dahoam.«

»Sonst holst du ihn halt von einem seiner Patienten weg.«

»Wenn er mit sei'm Rennradl unterwegs ist, fahrt er

mir eh davo«, entgegnete Benedikt und klang ganz aufgekratzt.

»Was haben Sie denn mit dem gemacht?«, wollte Sandra von Franziska wissen, nachdem der Kollege verschwunden war. »Der ist ja wie ausgewechselt.«

»Nichts, wir haben uns nur unterhalten, und natürlich habe ich ihn und seinen Hund gelobt.«

»Das war's wahrscheinlich. Sein Hund und er sind untrennbar miteinander verbunden. Quasi siamesische Zwillinge.«

Franziska lachte. Dann wurde sie wieder ernst. »Wie wollen Sie im Fall Gerleigner vorgehen? Wollen Sie ihn direkt mit unserem Verdacht konfrontieren oder ganz allgemein befragen?«

»Ich werde ihm die Tat direkt auf den Kopf zusagen, in allen Details. Und da wäre es mir sehr lieb, wenn Sie ihn dabei genau beobachten würden. Unabhängig davon lasse ich natürlich auch die Kamera mitlaufen.«

»In allen Details?« Franziska wirkte ratlos. »Aber die kennen wir doch gar nicht.«

»Die können wir uns doch denken. Und so, wie ich den Gerleigner kenne, wird er uns dann auch noch berichtigen, wenn ein Detail nicht stimmt. Und damit haben wir ihn dann.« Die Viechtacher Kommissarin hob die Hand zum Victory-Zeichen.

»Und wenn er es gar nicht war?«

»Wer soll es denn sonst gewesen sein?« Sandra Falk ließ sich nicht erschüttern.

»Sag bloß, jetzt kommen Sie auch noch wegen dem blöden Laufband. Habt ihr denn sonst nichts zu tun?« Gerhard Gerleigner stand, nur mit einem Badetuch bekleidet, in der Tür. »Kommen Sie rein, nicht, dass ich mich noch erkälte. Nach dem Joggen muss ich immer duschen. Also, was wollen Sie?«

»Mia brauchen Sie noch amoi. Die Kollegin hätt a paar Frog'n.«

Gerhard Gerleigner verdrehte die Augen. »Geht das nicht telefonisch?«

»Vermutlich ned, sonst hätt sie Sie scho ang'rufn.«

»Dann warten Sie kurz. Ich zieh mir nur schnell was über, aber passen Sie auf, dass der Hund nicht durch die Zimmer läuft und dabei Haare verliert.«

Wenn hier gleich einer Haare lassen muss, dann ja wohl du, dachte Benedikt, schwieg aber.

Etwa zwanzig Minuten später saßen sie zu viert am Konferenztisch. Sandra hielt immer noch den Schein eines reinen Informationsgesprächs aufrecht, bot Gerleigner Kaffee und Wasser an und stellte mit verbindlicher Freundlichkeit fest: »Sie standen Roswitha Hirschfeld ziemlich nahe.«

Der Physiotherapeut kniff die Augen zusammen. »Wieso standen? Ich stehe ihr immer noch sehr nahe.«

»Sogar ihre Bankgeschäfte ließ sie von Ihnen abwickeln. Wir fragen uns natürlich, warum ihr Mann das nicht gemacht hat.«

»Es gab da ein paar Transaktionen, von denen Gottfried nichts wissen sollte.«

Benedikt nahm wahr, dass sich auf der Stirn des durchtrainierten Physiotherapeuten ein paar Schweißtropfen bildeten. Aber sonst hatte er sich gut im Griff.

»Zum Beispiel?« Sandra sah Gerhard Gerleigner tief in die Augen.

»Sie will nicht, dass man darüber spricht.«

»Sie gab Ihnen Geld, damit Sie die entsprechenden Medikamente für ihren Suizid besorgten«, behauptete Sandra. »Wo haben Sie die gekauft? In der Schweiz, in Holland, in Tschechien?«

»Ich hab so was nicht gekauft«, versicherte Gerhard Gerleigner.

»Nein, aber Sie haben Frau Hirschfeld dennoch dafür zahlen lassen.«

»Ich sage jetzt gar nichts mehr.« Gerhard Gerleigner legte seine gefalteten Hände auf die Tischplatte und betrachtete eingehend jeden einzelnen seiner Finger.

»Wollen Sie Ihren Anwalt anrufen?«, mischte sich Franziska ein.

Der Physiotherapeut sah sie missbilligend an und wollte mit vorwurfsvollem Unterton wissen: »Was hat denn die Schwester vom Gottfried hier zu suchen?«

»Sie ist zufällig hauptberuflich Kriminalkommissarin«, belehrte Sandra ihn. »Und sie hilft uns in diesem Fall.«

»Pah!« Gerleigner schnaufte allwissend. »Wie kommen Sie denn darauf, dass es ein Kriminalfall ist?«

Die beiden Kommissarinnen und der Polizeihauptmeister sahen sich an. Mit diesem Satz hatten sie ihn.

Sandra stellte sich naiv. »Was soll es sonst sein, wenn kein Kriminalfall? Roswitha Hirschfeld wurde entführt und, wie wir seit Kurzem wissen, auch getötet.«

Gerleigner blickte kurz auf.

Sandra fixierte ihn mit dem Blick. »Jetzt sagen Sie mir sicher, dass sie es genau so geplant und genau so gewollt hat und dass Sie nichts anderes getan haben, als Roswithas Wunsch zu erfüllen.«

Er nickte.

»Sie wollte auch im Moor versenkt werden?«

Er nickte erneut.

»Damit sie gut aussieht, falls sie gefunden wird«, fuhr Sandra fort. »Hat sie Ihnen das so gesagt?«

Gerleigner hob hilflos die Schultern. Er schluckte krampfhaft, und sein Adamsapfel hüpfte auf und ab. Benedikt fragte sich, ob dem Phrasendrescher all seine Worte abhandengekommen sein mochten. Kurz stellte er sich vor, dass auch die Gerleigner'sche Geschwätzigkeit versehentlich im Moor versenkt worden war.

Die Stille tat allen gut, nur der Befragte rutschte unruhig auf seinem Stuhl hin und her. Dann richtete er sich auf und erklärte: »Sie können mir nichts vorwerfen.«

»O doch!« Sandra hob die Hand und zählte, am Daumen beginnend, auf: »Erstens: Entführung einer kranken und bewegungsunfähigen Person. Zweitens: Veruntreuung von Geldern ebendieser Person, die Ihnen vertraute. Drittens: Irreführung der Polizei. Sie hätten uns viel früher etwas sagen müssen. Stattdessen lassen Sie uns ermitteln und behindern uns sogar noch in unserer Arbeit. Viertens: Erpressung, denn wie sonst sollen wir die beiden Handybotschaften deuten? Und fünftens, und da frage ich mich, warum eigentlich: Tötung eines Nymphensittichs.« Sie wandte sich an Franziska: »Ich finde, das reicht für einen ersten Haftbefehl.«

Gerleigner wurde blass. »Ich hab doch alles genau so gemacht, wie sie es wollte. Weil nämlich der eigene Ehemann zu feige dafür ist.«

»Was hätte Gottfried denn tun sollen?« Franziska beugte sich vor. »Er hat seine Frau geliebt.«

»Quatsch«, widersprach Gerleigner. »Wenn er sie geliebt hätte, dann hätte er sie gehen lassen und ihr geholfen, nicht ich. Aber er wollte sie behalten. Für immer und ewig. Er wollte nicht, dass der Tod sie von ihm scheidet.«

Franziska musste plötzlich an die fast kaputt geliebten Plüschtiere auf dem Sofa von Gottfried Hirschfeld denken. Sie kniff die Augen zusammen und konzentrierte sich wieder auf das Gespräch.

Sandra blieb am Ball. »Roswitha Hirschfeld hat also von Ihnen verlangt, sie zu töten?«

»Nein.« Er schüttelte den Kopf. »Ich sollte nur das Medikament besorgen.«

»Und dazu sind Sie in die Schweiz gefahren?«

»Nein, ich kenne einen Tierarzt.«

»Sie haben Roswitha Hirschfeld mit einem Medikament getötet, mit dem normalerweise Tiere erlöst werden?«

Er nickte.

»Es wurde ihr intravenös verabreicht.« Sandra las die erste Einschätzung des Rechtsmediziners vor, die soeben per Fax angekommen war. »Wer hat das gemacht?«

»Den Infusionsständer hat eine meiner Kolleginnen bereits am Vortag neben das Bett gestellt. Ich habe sie darum gebeten und gesagt, dass Roswitha eine Kochsalzlösung brauche.«

»Und dann?« Jetzt war es Benedikt, der fragte.

»Ich habe den größten Teil des Kochsalzes weggekippt, und sie selbst hat dann das Narkosemittel in die Flasche gefüllt und die Tropfinfusion zum Laufen gebracht. Mit der rechten Hand konnte sie das noch. Sie wollte auf Nummer sicher gehen, deshalb habe ich ihr achtzig Milliliter besorgt.« Wie zur Erklärung fügte er hinzu: »Für ein Pferd nimmt man fünfzig Milliliter.«

Das wirklich Erschreckende an diesem Geständnis war die Ruhe, mit der es vorgebracht wurde. Er hätte im gleichen Tonfall über das Auswechseln eines Scheibenwischers an seinem Auto reden können. Franziska fröstelte.

»Welches Mittel war das?« Sandra sah erneut auf das Fax aus der Rechtsmedizin.

»Eutha 77.«

Die Kommissarin suchte Franziskas und Benedikts Blick. Dann nickte sie. »Das Krankenhaus bestätigt diese Substanz.«

»Ich habe nur getan, was sie wollte, und glauben Sie mir, es ist mir schwer genug gefallen.« Dieses Geständnis klang, als habe er es schon einige Male für sich geübt.

»Das allerdings glaube ich Ihnen nicht.« Sandra verschränkte beide Arme vor der Brust. »Sie haben sich für eine widerliche Inszenierung missbrauchen lassen. Sie haben sich von Frau Hirschfeld benutzen lassen und deren ganzes Umfeld in Angst und Schrecken versetzt. Warum? Was hat sie Ihnen dafür gezahlt?«

Er schwieg und errötete.

»Und was sollte das mit den beiden Kurznachrichten? Warum kam die erste SMS aus der Klinik und die zweite aus Runding?«

»In Runding ist sie verunglückt. Ihr Mann hatte das Pferd scheu gemacht. Ich sollte die Nachricht von dort verschicken. Damit er an seine Schuld erinnert wird.«

»Sie tun alles, was Frau Hirschfeld Ihnen sagt?«

»Sie brauchte Hilfe.«

»Was gab sie Ihnen dafür?« Sandra klang müde. »Wir kriegen es sowieso raus.«

»Fünfzigtausend.« Er sah zu Boden.

Franziska stand auf. Sie konnte diesem Mann nicht weiter gegenübersitzen.

Sandra schüttelte den Kopf. »Mag sein, dass sie Hilfe

brauchte. Aber nicht die, die Sie ihr gegeben haben. Und was, um Himmels willen, sollte das mit dem Vogel?«

»Das Viech hat meine Stimme nachgemacht. Der kannte nur ein paar Worte. Wenn er ›Feigling‹ sagte, klang es genauso, wie Roswitha es immer sagte. Und …«

»Und was?« Benedikt Simbacher sah ihn fragend an.

»Er kannte auch das Wort ›Vollmacht‹«, murmelte der Physiotherapeut.

»Und wenn Lori ›Vollmacht‹ sagte, war eindeutig Ihre Stimme zu erkennen?«

Gerleigner nickte.

»Dann haben Sie also den Vogel umgebracht, weil er Sie verraten hätte?«

»Ich hatte mir Roswitha schon auf die Schulter geladen. Draußen stand die Leiter, und der Vogel schrie lauthals. Er schrie nicht mehr ›Feigling‹, er schrie nur noch: ›Vollmacht, Vollmacht, Vollmacht!‹ Und das mit meiner Stimme. Das war dann auch sein letzter Schrei.«

Sandra stand auf. »Abführen, ich will das alles gar nicht mehr hören. Und morgen führen wir ihn dem Haftrichter vor.« Sie wandte sich an Franziska: »Können Sie sich darum kümmern? Sie haben doch die guten Kontakte.«

»Mache ich.« Aber erst morgen, dachte Franziska. Sie nahm sich vor, am nächsten Tag auch alle anderen Entscheidungen zu fällen. Da stand wirklich einiges an.

Epilog

Gottfried betrachtete sein Sofa und den Berg der kaputt geliebten Plüschtiere. Die hatte sie gar nicht weggeworfen. Das erstaunte ihn am meisten. Roswitha hatte also gelogen, und vielleicht war das andere ja auch eine Lüge gewesen, damals, als sie gemeinsam in Runding ausgeritten waren. Er erinnerte sich noch genau. Zu der Zeit hatten sie noch in Freising gewohnt und im Bayerischen Wald Erholung gesucht.

Auf Höhe der zerfallenen Burgruine hatte sie ihn angelächelt, als wollte sie ihn überraschen, und zwei Dinge gesagt, die sein Leben auf den Kopf stellen sollten: »Vor einer Woche habe ich deinen Karton mit all dem Kinderkram zum Wertstoffhof gebracht, mein Lieber. Es wird Zeit, dass du deine Vergangenheit loslässt. Und da wir gerade beim Loslassen sind: Du klammerst mir zu sehr. Ich werde dich auch verlassen. So kriege ich keine Luft. Erst wenn du mit dir selbst klarkommst, wirst du auch mit mir leben können.«

Er konnte sich noch genau an das Gefühl erinnern, als er diese Worte gehört hatte. Er war innerlich ganz leer gewesen, und das Einzige, was er dachte, war: Ich muss sie aufhalten. Sie darf nicht gehen. Es konnte nur ein Wink des Schicksals gewesen sein, dass er ausgerechnet da in der Anoraktasche seiner Windjacke, die er zuletzt an Silvester getragen hatte, einen Chinaböller entdeckte. Diesen hatte er mit der Glut seiner Zigarette angezündet und ihrem Pferd vor die Füße geworfen. Als das Ding explodierte, bäumten sich beide Pferde auf. Er hatte sich festhalten können, da er vorgewarnt war, sie aber stürzte, und ihr Pferd stob davon. Sie schrie kurz auf und verstummte dann für eine schrecklich lange Zeit. Als sie wieder erwachte, nach gefühlten Ewigkeiten, wusste er, dass er es nie wieder würde gutmachen können, er wusste aber auch, dass sie ihn niemals mehr verlassen konnte. Dabei sollte sie sich eigentlich nur das Bein brechen oder den Arm – und dann viel Zeit haben, um über alles nachzudenken.

Er war eindeutig zu weit gegangen.

Über all das hatte dann ausgerechnet Lioba Zinnöcker mit ihm reden wollen, als hätte das noch etwas ändern können. Seine Schuld war nicht mit Worten zu lindern – ebenso wenig wie das Reden mit der Therapeutin Roswitha hatte gesund werden lassen.

Gerhard Gerleigner kam in Untersuchungshaft und wurde wegen Beihilfe zur Selbsttötung angeklagt. Sein Verteidiger argumentierte in der Verhandlung, dass Beihilfe zu einer straflosen Tat nicht strafbar sein könne. Er berief sich dabei auf Professor Claus Roxin, dessen Vorlesungen er als Student in München gehört hatte. Die Richter folgten seiner Argumentation und sprachen Gerhard Gerleigner frei.

Inzwischen ist er Besitzer und Geschäftsführer eines gut laufenden Fitnessstudios.

Danksagung

Ein ganz besonderer Dank gilt meinem Mann Thomas für das geduldige und aufmerksame Lesen des Rohmanuskriptes. Er ist es auch, der den bayerisch sprechenden Figuren den richtigen Dialekt verleiht. Ebenso danke ich meiner klugen Erstleserin Sigrid Barthel für Anregungen, Anmerkungen und immer wieder neue Spekulationen.

Wie immer bin ich Herrn Professor Dr. Herbert Seibold äußerst dankbar. Er unterzog die medizinisch-forensischen Details einer genauen Prüfung. Lucia Vogginger ließ mich an ihrem Wissen teilhaben, ebenso wie Michaela Hossfeld von der Zeitschrift *Schöner Bayerischer Wald.* Sie übrigens war es, die mich nach Viechtach lockte, wofür ich ihr sehr dankbar bin.

Alina Overkamp durfte ich mit polizeilichen Fragen behelligen. Falls einige Szenen nicht ganz in ihrem Sinne verlaufen, so ist das der dichterischen Freiheit geschuldet.

Ganz besonders bedanke ich mich bei Frau Dr. Annika Krummacher, die mich nun schon elf Romane lang als Lektorin begleitet.

Katrin und Julia Metzmacher danke ich für die Hilfe bei der Titelfindung.

Die Handlung und die Personen dieses Romans sind wie immer frei erfunden.

Bei der Erstellung des Plots habe ich mich erstmals von der Software Beemgee unterstützen lassen.